Beverly Lewis

Das Gelübde

Abrams Töchter 1

FRANCKE
Verlag der Francke-Buchhandlung GmbH

Bibliografische Information Der Deutschen Bibliothek
Die Deutsche Bibliothek verzeichnet diese Publikation in der Deutschen Nationalbibliografie; detaillierte bibliografische Daten sind im Internet über http://dnb.ddb.de abrufbar.

ISBN 3-86122-627-8

Originaltitel: The Covenant

Published by Bethany House Publishers, Minnesota, USA

Deutsch von Silvia Lutz
Cover designed by Dan Thornberg
Cover Photos: Blair Seitz
Umschlaggestaltung: Enns Schrift & Bild, Bielefeld
Satz: Verlag der Francke-Buchhandlung GmbH
Druck: Ueberreuter Buchproduktion, Korneuburg, Österreich

Francke-Lesereise

Teil Eins

Prolog

Leah

In meiner Kindheit und Jugend trank ich einen bitteren Kelch. Ich war fest davon überzeugt, dass meine Jugendjahre sich ganz anders entwickelt hätten, wenn ich anstelle meiner Schwester Sadie die Erstgeborene im Haus gewesen wäre. Vielleicht hätten in jenen Jahren auf meinem Weg weniger Dornen gelegen. Aber wer hat schon Macht über sein eigenes Schicksal?

Als ich auf die Welt kam, hatten meine Eltern bereits ihre Tochter: die hübsche, blauäugige, blonde Sadie. Papa brauchte einen Sohn, jemanden, der ihm draußen bei der Arbeit half. Also kam er mit einem einzigen Blick auf mich zu dem Schluss, dass ich kräftiger gebaut sei als meine zarte, gertenschlanke Schwester. Somit war ich von frühester Kindheit an der Schatten meines Vaters. Ich arbeitete an seiner Seite auf den Feldern und konnte mit acht Jahren bereits ein Gespann Maultiere lenken. Von klein auf pflügte, säte und arbeitete ich auf dem Hof und im Stall. Schließlich brauchte Mama meine Schwester Sadie im Haus für die „Frauenarbeit". Sadie konnte putzen und kochen wie ein Wirbelwind. Das muss man ihr lassen. Niemand in unserer Gegend oder in ganz Lancaster County konnte ein Haus schneller aufräumen oder einen köstlicheren Eintopf kochen als sie. Aber das waren nur zwei von Sadies vielen Talenten.

Ehrlich gesagt, kämpfte meine Schwester mit der Welt und ihren Verlockungen ... und mit der amischen Kirche. Mit achtzehn nahm sie zusammen mit anderen jungen Leuten, die dem Herrn in der heiligen Taufe nachfolgen wollten, Taufunterricht bei Prediger Yoder, um sich auf einen lebenslangen Schwur vor dem allmächtigen Gott und der Kirche vorzubereiten. Gleichzeitig opferte sie jedoch ihr Herz und ihre Seele auf dem Altar verbotener Liebe.

Ich behielt Sadies grauenhaftes Geheimnis für mich. Ach, ein Teil von mir sehnte sich danach, dass sie erwischt und umgehend getadelt würde. Manchmal hasste ich sie wegen des unnötigen Risikos, das sie anscheinend viel zu bereitwillig einging. Es war nicht nur dumm, sondern auch sehr gefährlich. Ich machte mir große Sorgen, auch deshalb, weil ich beinahe alt genug war, um mit Jungen auszugehen. Ich konnte es nicht erwarten, an den Singtreffen sonntagabends teilzunehmen, als dieser ganze Betrug begann. Was würden die Jungen in unserem Gemeindebezirk wohl von *mir* denken, wenn sich herumspräche, wie schamlos Sadie lebte?

„Versprich mir, Leah", flüsterte sie nachts, als wir uns zum Schlafen fertig machten, „dass du nie ein Wort über Derry verrätst. Niemandem."

Obwohl ich wünschte, Papa und Mama wüssten von Sadies weltlichem Verehrer, hätte ich mich in Grund und Boden geschämt, so eine unerhörte Geschichte weiterzuerzählen. Ich bemühte mich, mit Sadie in Frieden zu leben, aber das tat ich wider besseres Wissen. Bald fragte ich mich, wie lange ich über die sündigen Wege meiner Schwester noch den Mund halten könnte. Ehrlich gesagt, hätte ich gewünscht, ich wüsste überhaupt nichts von diesem dunkelhaarigen englischen jungen Mann, den meine Schwester gegen jede Vernunft liebte.

In jenen Tagen schleppte ich ständig eine schwere Sorgenlast mit mir herum und hatte große Angst, dass ich für den Rest meines Lebens immer die zweite Geige hinter Sadie spielen würde. Ich lebte nicht nur unter den Fittichen meines unerschütterlichen, gottesfürchtigen Vaters, sondern verbrachte auch jeden Tag im Schatten meiner auf Abwege geratenen älteren Schwester. Dieses Kreuz war mir offenbar auferlegt; ich musste es tragen.

Manchmal huschte ich bei Einbruch der Nacht ins Schlafzimmer hinauf, das ich mit Sadie teilte. Allein, im schwachen Lichtschein, spähte ich in den kleinen Handspiegel und betrachtete mich ernst und forschend im Laternenlicht, konnte jedoch nichts von der Schönheit entdecken, die andere in mir sahen. Nur das Spiegelbild eines Wildfangs mit großen Augen starrte mir entgegen

– ein notwendiger Ersatz für einen Sohn, obwohl ich trotz allem eine junge Frau war. Und so unschuldig wie der Mondschein.

Abrams Leah ...

Noch als ich Anfang zwanzig war, gehörte Papas Vorname untrennbar zu meinem Namen. Für englische Außenstehende mochten die zwei Namen in dieser Kombination nett und sogar liebevoll klingen. Aber jedes Gemeindemitglied aus unserem Bezirk kannte die Wahrheit. Ja, die Amisch wussten ganz genau, dass Leah Ebersol sich nicht dafür entscheiden konnte, den Mann zu heiraten, den ihr Vater für sie ausgesucht hatte. Da ich eigensinnig war, stand ich in Gefahr, ein *altes Mädel* zu werden – eine alte Jungfer wie meine Tante Lizzie Brenneman, obwohl sie alles andere als griesgrämig war. Für die meisten jungen Frauen bedeutete es, seine eigenen Gefühle zu leugnen, wenn man nicht heiratete. Aber nicht für Lizzie. Sie war so fröhlich und lebendig wie kaum ein anderer Mensch, den ich kannte.

Was Abrams Leah anging, nun ja, ich besaß Entschlossenheit. Ich konnte „die Zähne zusammenbeißen ... und den Mund aufreißen", wie Papa oft sagte. Und ich erinnere mich, dass ich auch eine gehörige Portion Mut besaß. Ich konnte nie einfach kommentarlos dabeistehen und zuhören, wie die Frauen ihre Spekulationen über „Abrams raue und jungenhafte Tochter" äußerten und mit gerümpfter Nase auf mich herabblickten, nur weil ich nicht in der Küche stand und Strudel backte oder nähte und strickte. Meine Güte, damit verbrachte Sadie *ihre* Zeit ... und Hannah und Mary Ruth und natürlich Mama.

Es war Papas Schuld, dass ich nicht in der Küche stand. Ich hatte zu viel Arbeit auf dem Hof zu erledigen – zweimal am Tag die Kühe melken, die Hühner füttern, damit wir Eier hatten und das Geflügel später rupfen und verkaufen konnten. Die Zäune mussten gestrichen werden. Ach ja, und jeden Samstag durfte ich diesen großen, alten Stall blitzblank ausfegen. Ich war damals nicht der Typ, der ein Blatt vor den Mund nahm. Ich arbeitete genauso schwer wie alle anderen. Ich war vielleicht nur praktischer veranlagt als die meisten jungen Frauen, denke ich. Manchmal trug ich unter meinem langen Kleid sogar eine Arbeitshose, damit der Staub auf dem Heuboden oder die Mücken auf den Maisfeldern nicht den ganzen Sommer auf meinen Beinen juckten. Wenn ich genauer darüber nachdenke, dann war Jonas Mast, mein Vetter dritten Grades, dafür verantwortlich: Er hatte mir die Hose heimlich zugesteckt und auch versprochen, dieses Geheimnis für sich zu behalten.

Ach, ich hatte damals so viel Mut. Und auch immer etwas zu sagen. Aber jetzt versuche ich, erst zu überlegen, bevor ich rede. Ich koche meine Aprikosenmarmelade und Birnenbutter für englische Kunden und gehe hinaus und jäte Unkraut in meinem Garten hinter dem Haus zwischen meinen leuchtend lila, gelben und grünen Zinnien. Es kommt auch immer seltener vor, dass ich meine Abendgebete vergesse.

Natürlich zählen jetzt fast nur noch die Erinnerungen. Die liebe, liebe Mama und der unnachgiebige Papa. Die sanftmütige Tante Lizzie. Die fröhliche, unbeschwerte Mary Ruth und ihre viel zu ernste Zwillingsschwester Hannah – Konkurrentinnen und trotzdem durch unsichtbare Bande eng miteinander verbunden. Und Sadie ... nun ja, immer eine Schönheit. Wir vier amischen Schwestern, die versuchten, unter dem wachsamen Auge des himmlischen Vaters und der Gemeinde ihr Leben zu führen.

Es kommt jetzt oft vor, dass ich, wenn die letzten Strahlen der Sonne langsam über den goldenen Wiesen untergehen, auf meine kleine Veranda hinter dem Haus hinaustrete und meine Gedanken schweifen lasse. Dann kann ich tausend verschiedene Echos aus längst vergangener Zeit hören. Wie ein Feld, das mit Glühwürmchen übersät ist, leuchtet eine Erinnerung nach der anderen auf. Hell wie ein Frühlingsmorgen, strahlend wie eine reine, weiße Lilie. Andere kommen verschwommen, von Schwarz fast verschlungen, flackern eilig auf ... übereifrige kleine Lichter ... dann sind sie fort.

Die Nachtluft hat es mir anscheinend angetan. Obwohl ich eine vernünftige, erwachsene Frau bin, ergebe ich mich ihrem Drängen. In meinen Gedanken scheint sich eine weite Landschaft endlos auszubreiten, während ich über die Schatten hinweg einen Blick in eine andere Welt werfe. In ein anderes Universum, wie es mir jetzt vorkommt. Dort sehe ich wie in einem Spiegel ein Bild, das ich über alles andere liebe – das Abbild von einem lächelnden, einfühlsamen, jungen Mann, dessen bewundernde Augen an jenem Tag mein Herz eroberten, als sich unsere Blicke über einen langen Esstisch hinweg begegneten, während wir alle den zweiten Weihnachtsfeiertag bei Mamas Verwandten drüben in Grasshopper Level verbrachten. Es war ein unvergesslicher Tag, auch wenn Papa bald dafür sorgte, dass ich mir wünschte, ich hätte nie zurückgelächelt.

Seitdem ist ein ganzes Leben vergangen. Heute hauche ich einfach stille Fragen in den Wind: *Mein Geliebter, an was erinnerst du dich? Wirst du je wissen, dass ich deine Leah bin und immer sein werde? Deine Leah, Abrams Tochter, Sadies Schwester und Gottes Kind.*

1

Sommer 1946

Gobbler's Knob schimmerte einzigartig im farbenfrohen Licht des Hochsommers, wenn die Mittagssonne, die am klaren, blauen Himmel thronte, hoch oben Wache stand. Die Lichtstrahlen bahnten sich ihren Weg durch den Baldachin der dichten Laubbäume und warfen in großen, goldenen Strahlen, in denen Staubkörner und Insekten tanzten, für kurze Zeit Licht auf den Waldboden, dass Waschbären, Maulwürfe und gelegentlich sogar ein Murmeltier innehielten und neugierig blinzelten. Die Waldkuppe, auf der wilde Truthähne frei herumliefen, war von Ahorn, Eichen, Robinien und vielen anderen Bäumen bewachsen. Im Gestrüpp der Himbeersträucher verfingen sich manchmal ahnungslose junge Vögel, die in der Sommerhitze oder durch den Knall einer Schrotflinte in der Jagdsaison zur Regungslosigkeit erstarrten.

„Haltet euch von den Wäldern fern", flüsterten die Dorfkinder untereinander. Sie warnten einander mit Geschichten, die sie über Leute gehört hatten, die sich verirrt und nicht mehr aus dem Wald herausgefunden hätten. Am häufigsten kursierten diese Gerüchte während der Erntezeit, wenn heimlich die Nacht anbrach im Schutz des runden, weißen Mondes, der größer war als zu jeder anderen Jahreszeit. Ungefähr zu der Zeit, in der in ganz Lancaster County Väter loszogen, um einen fetten Truthahn für Thanksgiving zu erlegen. Aber auch vor und nach der Jagdsaison ermahnten die Kinder ihre jüngeren Geschwister, nicht in den Wald zu gehen. „Es ist wahr", warnten sie dann mit großen Augen, „der Wald kann dich bei lebendigem Leib verschlingen."

Manche Mütter in der kleinen Gemeinde benutzten die abergläubischen Geschichten als Druckmittel, um ihre Kinder in den fröhlichen Tagen, in denen sie von Büchern und Unterricht Ferien hatten, pünktlich zum Abendessen nach Hause zu holen.

Ein Junge und seine Freunde aus der Schule schenkten den

Warnungen keine Beachtung. Sie zogen los und durchstreiften in den endlosen Sommerwochen regelmäßig bei Tag und Nacht den Wald. Sie spielten Cowboy und Indianer in der Nähe einer alten Hütte, in der Jäger vor den eisig kalten Regengüssen im Herbst Schutz suchten und heißen Kaffee ... oder etwas Stärkeres tranken. Die Jungen kamen schnell zu dem Schluss, dass diese Stelle, an der die verwahrloste Schutzhütte stand, der tiefste, dunkelste Teil des Waldes war. Sie flüsterten einander zu, dass es tatsächlich wahr sei: Das Sonnenlicht drang wirklich nie durch die ineinander verwachsenen Zweige und das dichte Blattwerk. Dort, inmitten des dichten Dornengestrüpps und des fast undurchdringlichen Buschwerks, war alles schattenhaft und hatte graublaue Konturen.

Das Gebiet rund um Gobbler's Knob bot ziemlich vielen Menschen ein Zuhause. Amischen und Engländern gleichermaßen. Soldaten, die aus dem Krieg zurückkehrten, strömten nach Hause: nach Quarryville, nur zehn Kilometer im Südwesten, in das Städtchen Strasburg, ungefähr acht Kilometer im Nordwesten, und in das Dorf Ninepoints, das nur eine kurze Wegstrecke entfernt lag.

Abram und Ida Ebersols Land war laut Landkarte Teil des Gemeindebezirks Strasburg. Mitten im Herzen von Amischland in Pennsylvania. Das graue Steinhaus war vor über achtzig Jahren auf drei Hektar Land am Waldrand von Abrams Vater, dem ehrwürdigen Bischof Ebersol, gebaut worden, der jetzt in seinem Grab ruhte und auf den Klang der Posaune wartete.

Der „Ebersol-Hof", wie Leah das Sandsteinhaus ihres Vaters gern nannte, schaute nach Osten. „Zum Aufgang der Sonne", sagte sie oft und entlockte ihrer Mutter damit ein lächelndes Nicken. Das Haus war auf der Vorderseite von einem gepflegten Rasen gesäumt, der in eine große Wiese aus samtigem Gras überging, auf dem die Familie und Freunde den ganzen Sommer sitzen und auf Decken picknicken konnten. Der leiseste Windhauch erzeugte tiefe, grüne Wellen auf dem Gras. Hinter dem zweistöckigen Haus beherbergte ein bescheidener weißer Schindelstall zwei Milchkühe, zwei Maultiere und zwei Zugpferde.

Das Wohnhaus hatte im vorderen Raum und in der Küche große, hohe Fenster. Die grünen Vorhänge waren über dem Fenstersims zurückgezogen. Leah konnte sich nicht erinnern, dass die Vorhänge im Erdgeschoss je zugezogen waren. Mama schätzte natürliches Licht sehr und zog es jedem anderen Licht vor. Sie sagte immer, es bestehe kein Anlass, das Licht, das der himmlische Vater geschaffen habe, auszusperren, sei es nun das Sonnenlicht an einem hellen Tag oder das Mondlicht bei Nacht.

Bei den Fenstern im ersten Stockwerk stand die Sache jedoch ganz anders. Da die Schlafzimmer der Familie in diesem Stockwerk untergebracht waren, wurden die Vorhänge sorgfältig zugezogen, wenn sich jemand in den Zimmern aufhielt, besonders in der Abenddämmerung und im Morgengrauen. Abram legte großen Wert auf seine und Idas Privatsphäre sowie auf die seiner heranwachsenden Töchter.

Von ihren Fenstern im ersten Stockwerk, die nach Westen hinausschauten, hatten Abram und Ida einen ausgezeichneten Blick auf den großen Hof hinter dem Haus, die Gemüsegärten, die Scheune, das Toilettenhäuschen, die Windmühle, die Brunnenwasser ins Haus pumpte, und auf den großen Wald, der dahinter lag. Was Ida mehr faszinierte als die saftig grünen Farben der Bäume und Sträucher, waren die Singvögel, die von Baum zu Baum flatterten und die Lieder des späten Frühlings und frühen Sommers zwitscherten, sobald die offenen Fenster ihren Gesang ins Haus ließen.

Das Bauernhaus wurde sorgfältig in Ordnung gehalten und jede Woche gründlich geputzt und befand sich für sein Alter in einem bemerkenswert guten Zustand. Abram und seine Familie sowie alle anderen, die vor ihnen hier gelebt hatten, schätzten, ja liebten die Wärme des Ofens und die gemütlichen Räume. Es war ein Haus, in das man gern zurückkehrte, wenn man fort gewesen war. Leah hatte oft den Eindruck, wenn sie von einem Besuch bei den einen oder anderen Verwandten nach Hause zurückkam, die Haustür und die Veranda lächelten sie zur Begrüßung an.

Immer wenn Abrams Töchter einmal das Zugpferd und den

Familieneinspänner nahmen und damit nach Strasburg hinüberfuhren, um Stoff oder dergleichen zu kaufen, drehten sich beim Anblick der vier Mädchen viele Köpfe nach ihnen um. Die dreizehnjährigen Zwillinge Hannah und Mary Ruth waren noch nicht so groß wie Leah, die in wenigen Wochen sechzehn werden würde, aber bei ihnen war in letzter Zeit ein ziemlicher Wachstumsschub zu beobachten. Hannahs Gesichtszüge – die nachdenkliche Schönheit ihrer braunen Augen und dichten Wimpern sowie die zierlichen Konturen ihrer Nase und ihres Kinns – ähnelten zu einem gewissen Grad Mary Ruths Aussehen, aber nicht so sehr, dass die Leute automatisch davon ausgingen, dass sie Zwillinge waren. Aufgrund des faszinierenden Schimmers ihrer strohblonden Haare bildeten Hannah und Mary Ruth ein auffallendes Paar, wenn sie miteinander die Beete an der Straße pflegten, in denen orangefarbene und gelbe Ringelblumen blühten, oder wenn sie an Mamas Gemüse- und Obststand ihre Waren verkauften.

Aber am häufigsten nahmen die jungen Männer von der flachsblonden Sadie Notiz – die immerhin drei unübersehbare Jahre älter war als Leah. Leah, die einzige Brünette unter den Schwestern, kostete es einige Mühe, es hinzunehmen, dass Sadie oft bevorzugt wurde. Trotzdem beobachtete sie schweigend, wie die jungen Männer sich zu ihrer verführerischen älteren Schwester hingezogen fühlten, besonders jetzt, da es so aussah, als bereite sich Sadie darauf vor, ihren lebenslangen Bund mit Gott und der amischen Kirche mit einem Eid zu besiegeln.

* * *

Je näher Sadies Eid rückt, umso verrückter wird sie anscheinend, dachte Leah an einem heißen und feuchten Nachmittag, während sie Papa half, die Maultiere vom Feld in den Stall zu bringen. Es war nicht ihre Art, sich über die persönlichen Belange einer ihrer Schwestern den Mund zu zerreißen. Es gab schon genug Geschwätz in der Gemeinde, meistens dann, wenn die Frauen zusammenkamen, um in dem einen oder anderen Bauernhaus eine Quiltdecke zu nähen und dabei Kochrezepte oder Familiengeschichten – längst vergangene und ganz aktuelle – auszutauschen. Jeder konnte die Geschichten hören und sich eine eigene Meinung dazu bilden. Es gab einige gute Themen, über die geplaudert wurde, aber der größte Teil davon war reine Zeitverschwendung, hatte sie schon sehr früh für sich beschlossen.

Leah selbst war noch nie bei einem Nähtag oder Quilttag gewesen. Kein einziges Mal in ihrem ganzen Leben. Sie hatte jedoch viel von Sadie und den Zwillingen darüber gehört, mehr, als ihr lieb war. Solche Zusammenkünfte bildeten einen fruchtbaren Nährboden für Geschichten, die auf Tatsachen beruhten ... und auch für andere Geschichten, wie sie fand. Sie bevorzugte direkte, sachliche Unterhaltungen, wie die Gespräche, die sie gelegentlich mit ihrem Vater draußen auf dem Maisfeld führte, wenn sie miteinander die fruchtbare Erde pflügten oder eggten. Leah schätzte die klaren Worte ihres Vaters, seine Lebenseinstellung, die keinen Unsinn duldete. Immerhin hatte Sadie Mamas Zuneigung, und die Zwillinge bekamen von beiden Elternteilen genug Beachtung.

In letzter Zeit fand Leah, dass sie einen außergewöhnlich klar denkenden Kopf auf ihren kräftigen Schultern habe und dass es Zeit sei, sich selbst eine gewisse Glaubwürdigkeit zu verschaffen. Besonders im Umgang mit Papa, auch wenn sie und ihr Vater in einer Sache von ganzem Herzen verschiedener Meinung waren. Das stand unumstritten fest. Ihr Vater hatte schon vor Jahren entschieden, wen Leah eines Tages heiraten sollte, selbst wenn er nie gesagt hatte, dass in irgendeiner Weise eine *Abmachung* getroffen worden sei – was bei den Amisch ziemlich ungewöhnlich war.

Der junge Mann war Gideon Peachey, der einzige Sohn des Schmieds auf dem Nachbarhof. Er war überall als Smithy Gid bekannt, um ihn von den anderen Jungen mit demselben Vornamen unterscheiden zu können. Gideons Vater und Leahs Papa bearbeiteten schon lange, bevor Leah überhaupt geboren war, das Land, das eine gemeinsame Grenze hatte. Es kam immer wieder vor, wenn sie draußen auf den Feldern waren und arbeiteten, dass Papa auf die sechs Hektar im Osten von ihnen deutete und zu Leah sagte: „Da, schau dir deine Zukunft an ... sie liegt gleich da drüben. Niemand besitzt ein schöneres Stück Land auf Gottes grüner Erde als der Schmied."

Das war ein vertracktes Problem, denn Leah wollte ihrem geliebten Papa bei der Frage, wen sie heiraten würde, gern eine Freude machen. Und sie war sich der Vorzüge dieses Bräutigams sehr wohl bewusst. Ihr war auch klar, dass sich das Mädchen, das Gideons Braut werden würde, glücklich schätzen konnte, denn der Sohn des Schmieds bekäme bei seiner Heirat das Weideland seines Vaters überschrieben. Natürlich hatte das alles zweifellos bei der Absprache eine Rolle gespielt, die getroffen wurde, als Leah und Gideon noch kleine Kinder gewesen waren. Aber bestimmt hatte es auch damit zu tun, dass der Schmied Peachey und Papa die besten Freunde waren und dass Gideon der Sohn war, den ihr Vater sich immer gewünscht hatte.

Leah hegte keine verliebten Gefühle für den neunzehnjährigen Gideon. Er sah ganz nett aus mit seinen gewellten braunen Haaren, die fast den gleichen Farbton hatten wie ihre, und mit seinen hellen Wangen, die sich röteten, wenn er zu breit lächelte. Er war ein guter Junge, wirklich. Er war fleißig und aufrichtig. Er hatte aus Gewissensgründen den Kriegsdienst verweigert und hatte Ersatzdienst in der Landwirtschaft leisten dürfen, sehr zur Erleichterung seines Vaters und der ganzen Gemeinde. Genauso wie viele andere junge Männer aus der Amischgemeinde, die achtzehn Jahre oder älter waren.

Leah und ihre Schwestern waren zusammen mit Gideon und seinen Schwestern, Adah und Dorcas, aufgewachsen. Sie hatten miteinander an dem langen Seil auf dem Heuboden der Peacheys geschaukelt und waren auch miteinander draußen auf dem Blackbird Pond Eis gelaufen. Sie wusste aus erster Hand, was für ein guter und netter Kamerad Gideon war. Und auch Adah ... eine ihrer liebsten Freundinnen.

Aber Leahs Herz gehörte Jonas Mast. Daran ließ sich nun einmal nichts ändern. Natürlich wusste niemand außer Sadie davon, denn Herzensangelegenheiten wurden heimlich ausgetragen, so wie Leahs Eltern es als junge Leute gehandhabt hatten und deren Eltern vor ihnen. Leah konnte kaum den Tag erwarten, an dem sie sechzehn würde. Endlich würde sie mit Jonas in seinem offenen Einspänner vom Singen am Sonntagabend nach Hause fahren, leise ins Haus huschen, um niemanden in der Familie zu wecken, das rhythmische Hufeklappern seines Pferdes hören, wenn er in den frühen Morgenstunden nach Hause fuhr, und dabei die ganze Zeit süße verliebte Träume träumen. Ja, der 2. Oktober durfte endlich kommen.

* * *

Das hügelige, bewaldete Gebiet, das als Gobbler's Knob bekannt war, hatte dem jungen Derek Schwartz, dem zweiten Sohn des Arztes in dieser Gegend, noch nie Angst eingejagt. Trotz der vielen Warnungen seiner Mutter war er in dem weitläufigen, dunklen Wald wie zu Hause. Als Junge hatte er absichtlich zugefrorene Pfützen gesucht, die er mit einem schwungvollen Fußtritt durchbrach. Er ließ es sich nicht nehmen, fast jede Grenze, die man ihm in seiner Jugend steckte, zu überschreiten, und er lebte weiterhin so, als habe er vor, niemals zu sterben.

Als Derek an jenem Abend Mitte August Sadie Ebersol kennen lernte, war er auf der Stelle von ihr fasziniert. Es geschah im Städtchen Strasburg, wo zwei amische Mädchen versuchten, englischen Jungen den Kopf zu verdrehen. Die beiden befanden sich in ihrer „Rumspringzeit", den wilden Jugendjahren, in denen keine Regeln galten. Die Amisch gestanden ihren Kindern diese Zeit zu, bevor sie sich mit der Taufe lebenslang der amischen Kirche und ihren Gesetzen unterordneten. Sie hatten ihre traditionelle Kleidung und ihre Gebetshauben abgelegt und waren für den Abend in der Stadt in Baumwollröcke und kurzärmelige Blusen geschlüpft. Aber Dereks Freund Melvin Warner mit seinen seitlich gescheitelten pomadigen Haaren sagte sofort, er wisse, dass die beiden Mädchen zu den Amisch gehörten. „Schau dir nur ihre langen Haare an ... ganz lang und glatt, keine Wellen oder Locken wie bei *unseren* Mädchen."

Derek waren die dichten, langen Haare der Mädchen natürlich auch aufgefallen. Ebenso hatte er Sadies umherwandernde blaue

Augen und ihre vollen Lippen bemerkt, die sich reizvoll nach oben bogen, wenn sie lächelte. „Es ist mir egal, ob ein Mädchen amisch ist oder nicht“, erklärte er Melvin schnell. „Ich sage dir: Die Blonde gehört mir.“ Kaum hatte er seine Ankündigung ausgesprochen, stand er auch schon vom Tisch auf, an dem er und seine Kumpel – die alle frisch ihren Mittelschulabschluss in der Tasche hatten – saßen und ihre Milchshakes tranken, herumalberten und darauf warteten, dass irgendetwas geschah. Er baute sich zu seiner vollen Körpergröße auf und schlenderte hinüber, um sich mit den Mädchen, die ihm mit großen Augen entgegensahen, locker zu unterhalten. Besonders mit Sadie.

Sadie hätte nie geglaubt, was passieren würde, wenn sie weiterhin freitagabends heimlich nach Strasburg ginge. Nein, niemals! Sie war schon mehrere Male zuvor dort gewesen und hatte genau das Gleiche getan. Sie hatte ihr langes Kleid mit dem Umhang und ihre schwarze Schürze ausgezogen und sogar ihre Gebetshaube abgelegt, hatte ihre Zöpfe gelöst, ihre langen Haare an der Seite und nicht in der Mitte gescheitelt und sie in ihrer vollen Länge über die Schultern hängen lassen. Ach, wie oft hatte sie sich in ihren geheimsten Träumen gewünscht ... nein, danach gesehnt, dass ein gut aussehender, junger Mann wie dieser, noch dazu ein Engländer, sich für sie interessierte! Der große junge Mann, der durch das Café, in dem ein lautes Stimmengewirr herrschte, auf sie zukam, hatte die schönsten dunklen Haare, die sie je gesehen hatte. Und – was für eine Freude! – er schien direkt auf sie zuzusteuern. Ja, während sie wartete, wusste Sadie genau, dass er es auf *sie* abgesehen hatte! Der Blick in seinen dunklen Augen war fesselnd und durchdringend. Sie hätte die Augen nicht von seinem Blick losreißen können, selbst wenn sie es noch so sehr versucht hätte. Er kam ihr irgendwie vage bekannt vor. War sie ihm in den Jahren an der Schule in Georgetown begegnet, als sie und ihre Schwestern zusammen mit ihren jüngeren Kusinen und Vettern und amischen Freunden das Schulhaus der Gemeinde besucht hatten, das nur aus einem einzigen Klassenzimmer bestand? Ihr Mund war trocken. Sie presste die Lippen zusammen und hoffte, ihm würde nicht auffallen, wie furchtbar nervös sie war, hier in der Stadt, so weit weg von ihrer gewohnten Umgebung.

Schnell ließ sie ihren Blick nach unten gleiten. Diese modische Kleidung, die sie trug, vor allem die Söckchen und die hellen Lederschuhe mit dem farbigen Einsatz, war sie immer noch nicht gewohnt. Wie wirkte sie wohl auf einen solchen Mann? Vermutete er, dass sie unter ihrem Make-up und ihrer Kleidung amisch war? Würde es ihn stören, wenn er die Wahrheit wüsste? Aus dem Funkeln in seinen Augen schloss sie, dass im Augenblick ihre Herkunft überhaupt keine Rolle spielte.

Sadies Herz schlug aufgeregt unter der dünnen Baumwollbluse, die sie *unter* ihrer gewohnten Kleidung angezogen hatte, damit Mama oder Leah keinen Verdacht schöpften, falls man sie erwischte, wenn sie aus dem Haus schlich, nachdem sie und ihre Schwester nach oben gegangen waren, um sich schlafen zu legen. Nervös und gespannt hob sie den Kopf und legte ihn leicht schief, wie sie es mindestens ein Dutzend Mal eingeübt hatte, und lächelte den gut aussehenden Arztsohn zur Begrüßung an. Bald erfuhr sie, dass er den Spitznamen Derry, den seine Kumpels ihm gegeben hatten, viel lieber hörte als Derek, den Namen, den seine Eltern nach dem Vornamen seines gottesfürchtigen Großvaters väterlicherseits, einem Prediger des Evangeliums, für ihren jüngsten Sohn ausgesucht hatten.

* * *

Aus keinem ersichtlichen Grund wurde Leah wach und sah, dass Sadies Seite des Bettes leer war. Und das an einem Freitag! Der Freitag war nicht der Tag, an dem die amische Jugend sich abends zum Singen traf. Das wusste sie mit Bestimmtheit. *Sadie ist wieder in die Welt hinausgeflogen,* dachte sie und wünschte sich, Mama und Papa hätten gehört, wie ihre auf Abwege geratene Tochter das Haus verließ, nachdem die ganze Familie zu Bett gegangen war. *Warum muss sie nur so unbeugsam sein, Herr?*, flüsterte Leah in die Dunkelheit hinein.

Sie schlüpfte aus dem Bett, trat an eines der Fenster und zog den Vorhang zur Seite. Sie schaute zum weiten Himmel hinauf, der im Licht des aufsteigenden Mondes fast weiß schimmerte. Wie war Sadie *dieses* Mal fortgekommen? Sadie war im Stall nicht sonderlich geschickt, ganz und gar nicht. Sie hätte nicht einfach eines der Zugpferde vor die Familienkutsche einspannen können, ohne in einer solch stillen, mondhellen Nacht viel Lärm zu veranstalten. Nein, das war bei Sadie unmöglich. *Sie muss mit jemand gefahren sein, der ein Auto hat.* Bei solch unglaublichen Vermutungen wurde Leah fast übel. Sadie würde doch sicher nicht so tief sinken und so etwas tun. Solche Dinge würden nicht nur ihren Eltern das Herz brechen, sondern auch ihre ganze Familie in Schimpf und Schande bringen. Aber Leah befürchtete, dass ihre Schwester genau das getan hatte. Ach, sie sollte sich nicht so viele Sorgen machen wegen etwas, das sie nicht mit Bestimmtheit wusste. Wegen etwas, über das sie ohnehin keine Kontrolle hatte.

Bald würde der neue Tag anbrechen. Papa würde sich über Hilfe beim Fünf-Uhr-Melken freuen. Sie brauchte ihren Schlaf. Immerhin sollte *irgendjemand* hier im Haus Verantwortungsgefühl zeigen und am Wochenende vernünftig ausschlafen.

Leah wandte sich vom Fenster ab. Sie zog den Vorhang wieder zu und sperrte das Mondlicht aus, ehe sie auf Zehenspitzen zu ihrem Bett zurückschlich. Sie weigerte sich, ihre Gedanken um eine Unmenge anderer beschämender Taten kreisen zu lassen, die ihrer Schwester heute Nacht womöglich noch einfallen könnten. Leah seufzte. Sie schlüpfte unter ihre Decke und legte den Kopf auf das Federkissen. Sie sehnte sich nach Schlaf. Nach einem tiefen, sorglosen Schlaf.

* * *

Aus dem Radio im Café ertönte das Lied „Chiquita Banana“, während Derek und sein Freund und die zwei amischen Mädchen, mit denen sie angebändelt hatten, zu Melvin Warners Auto schlenderten. Bald rasten sie lachend und scherzend in Richtung Gobbler’s Knob die Georgetown Road entlang. Er hatte auf der Stelle begriffen, dass Sadie Ebersol, seine neueste Eroberung, das moderne Leben nicht gewohnt war. In keiner Weise. „Halte hier an", forderte er seinen Freund auf, der am Steuer saß. „Sadie und ich ... wir steigen hier aus."

„Du willst sie *zu Fuß* nach Hause bringen? Durch den Wald?", fragte Melvin ungläubig vom Fahrersitz aus.

Sadie warf ihm einen vorsichtigen Blick zu. Es war das erste Mal an diesem Abend, dass Derek bei ihr einen Anflug von Besorgnis bemerkte. „Müssen wir durch den Wald gehen?", fragte sie.

„Vertrau mir! Ich kenne den Wald wie meine Westentasche." Er öffnete die Autotür und half ihr hinaus.

„Ach, Sadie, bist du sicher?", fragte das andere amische Mädchen, das vorne neben Melvin saß und Sadie jetzt mit besorgter Miene ansah. „Du weißt, was man sich erzählt. Womöglich findet ihr nie wieder aus dem Wald hinaus."

Derry nickte beruhigend. „Uns passiert schon nichts."

„Mach dir keine Sorgen, Naomi." Sadie warf ihrer Freundin einen kleinen Rucksack durch das offene Fenster auf den Schoß. „Hier, nimm das für mich bitte mit nach Hause. Ich komme morgen und hole es bei dir ab."

Sobald der Kombi weiter die Straße hinabrollte, drehte sich Derry um und bot Sadie eine Hand an. Er half ihr über den Graben, der entlang der Straße verlief, dann durch das Unterholz, das zu der Erhebung führte. „Du bist noch nie hier draußen spazieren gegangen?", fragte er, während er sich umdrehte und sie im Mondlicht lächelnd anschaute.

„Nicht auf dieser Seite des Waldes", antwortete sie. „Ich besuche aber öfter ... äh, die Frau, die in dem Blockhaus am anderen Ende des Waldes wohnt. Ich gehe immer mit meinen Schwestern dorthin, über die Lehmstraße, drüben, wo der Fingerhut wächst."

Er kannte die mit Blumen übersäte Seite des Hügels nicht so gut, hatte aber die Frau schon gesehen, von der Sadie sprach, und auch die Schilder, auf denen „Durchgang verboten" stand. Sie waren rund um ihr Land aufgestellt, um Jägern anzuzeigen, dass es sich hier um Privatgrund handelte. Er lächelte leise und dachte: *Für wie dumm hält Sadie mich eigentlich ... Diese Frau ist eine Amisch.* Er erinnerte sich daran, dass er sie in den Blumenbeeten, die dieses Blockhaus umgaben, arbeiten gesehen hatte. „Ist diese Frau eine Freundin von dir?"

„Ja ... äh, ja." Sadie runzelte einen Augenblick die Stirn, dann drehte sie sich mit einem Lächeln zu ihm um. „Kennst *du* Lizzie Brenneman?"

Er schüttelte den Kopf. „Nicht persönlich, falls du das meinst."

„Sie wohnt allein. Das gefällt ihr, schon immer. Sie liebt diese Seite des Waldes und die Tiere, die es im Wald gibt."

„Sie kann noch nicht allzu alt sein", bemerkte er.

„Vierunddreißig ist sie", antwortete Sadie, aber er wurde den Verdacht nicht los, dass sie ihm nicht alles erzählte. Vielleicht war diese Frau eine Verwandte von ihr, womöglich sogar Sadies Tante. Aber er verfolgte diese Frage nicht weiter. Er hatte andere, wichtigere Dinge im Sinn. *Wir müssen unbedingt die Gegend um das Blockhaus meiden,* überlegte er und war froh, dass Sadie ihn indirekt gewarnt hatte. Er wusste genau, wohin dieser mitternächtliche Spaziergang sie führen würde. Nicht in die Nähe von Tante Lizzie, dafür würde er schon sorgen.

Sadies einladendes Lächeln und die Unschuld, die sie nur allzu gern verlieren würde, spornten ihn an. „Hast du schon einmal einen Jungen bei der ersten Verabredung geküsst?", fragte er grinsend.

Ihr herzliches, ausgelassenes Kichern begeisterte ihn. Er wusste, dass er in dieser jungen Frau seinesgleichen gefunden hatte. Hand in Hand liefen sie tief in den dunklen Wald hinein, in dem das Mondlicht kaum bis zum Boden durchdrang. Die alten, hohen Bäume hinderten es daran. Die Nacht war wolkenlos und still.

2

Seit sie ein kleines Mädchen war, dachte Hannah immer wieder über den Tod nach. Sie war die Ältere der Ebersol-Zwillinge – sie war dreiundzwanzig Minuten früher geboren als ihre Schwester. Sie fragte sich, wie es wohl war, wenn man diese Welt hinter sich ließ und die nächste betrat. Solche Gedanken gingen ihr nicht aus dem Kopf, besonders wenn sie allein war und am Obst- und Gemüsestand der Familie am Straßenrand auf Kunden wartete.

Allerdings kam es nicht gerade häufig vor, dass an einem Vormittag nur eine Hand voll Kunden kam, sobald die dekorativen Flaschenkürbisse und die runden Kürbisse den langen Holztisch in sauberen, geraden Reihen zierten. Ihr kräftiges Herbstgelb und Orange stach fast jedem Passanten ins Auge. Viele blieben stehen und kauften etwas aus dem reichhaltigen Angebot und genossen die Begegnung mit einem jungen amischen Mädchen. Jetzt im August stellten die Babykarotten, der Spinat und die Buschbohnen zusammen mit den Salatköpfen und dem Rhabarber ein verlockendes Angebot dar.

Hannah war scheu und schüchtern und konnte es kaum erwarten, bis die Engländer ihre Erdbeeren, Rettiche oder Tomaten ausgesucht hatten und sich dann wieder in ihre Autos setzten und weiterfuhren. Sie war so schüchtern, dass sie nur sehr ungern allein am Verkaufsstand arbeitete. Wahrscheinlich war das genau der Grund, warum Mama ausgerechnet sie ausgewählt hatte und von ihr verlangte, auf die vielen Obst- und Gemüsesorten aufzupassen, denn, wie Mama immer sagte: „Je öfter du etwas machst, Hannah, umso besser kannst du es.“

Das mochte für einige Menschen gelten, dachte Hannah oft, aber Mama kannte wahrscheinlich nicht das Gefühl, wenn einem schon beim Gedanken, sich höflich unterhalten zu müssen, und das auch noch auf Englisch und mit Außenstehenden – mit Fremden –, die Knie weich wurden und der Atem kurz und abgehackt kam. Mit der Schule ging es ihr genauso. Allein der Gedanke an das Schulhaus, das aus einem einzigen Klassenzimmer bestand, löste schon seit Jahren bei ihr dieselbe Reaktion aus. Zum Glück war Mary Ruth ihr ständiger Begleiter; sonst hätte es ihr überhaupt nicht gefallen, fort von zu Hause aus Büchern zu lernen.

Das Stehen am Verkaufsstand war noch schlimmer. Der Anblick eines Autos, das die Straße entlangkam, sein Tempo verlangsamte, nichtamische Leute, die aus den Autofenstern glotzten und manchmal sogar mit dem Finger auf sie deuteten. Waren sie nur neugierig wegen ihres langen Kleides und ihrer schwarzen Schürze ... ihrer Gebetshaube, ihres strengen Mittelscheitels? Blieben sie deshalb stehen? Dieses Unbehagen steigerte sich fast ins Unermessliche, wenn das Auto dann auch noch groß und breit vor ihrem Verkaufsstand stehen blieb. Ach, es war nicht so schlimm, wenn ihre Zwillingsschwester keine anderen Aufgaben zu verrichten hatte und sich zu Hannah gesellte. Die Arbeit am Verkaufsstand ließ sich dann leicht ertragen, wenn nicht sogar genießen.

Heute Abend jedoch lag sie neben Mary Ruth im Bett, hörte auf die gleichmäßigen, tiefen Atemzüge ihrer Schwester und dachte erneut an den Himmel, denn der Schlaf wollte einfach nicht kommen. Sie fragte sich, wie es wohl gewesen war, als ihre Großmutter väterlicherseits, Großmami Ebersol, ihren letzten Atemzug getan hatte. Das lag jetzt genau sechs Monate zurück. Papa hatte in der Nacht, als seine Mutter starb, nicht an ihrem Bett gesessen, aber mehrere von den Frauen. Mama und drei Tanten, Papas Schwestern. Es hatte geheißen, dass Großmami friedlich eingeschlafen sei – was immer das bedeutete. Hannah konnte nicht ganz verstehen, wie es eine angenehme Erfahrung sein sollte, den Körper zurückzulassen und den Geist loszulassen – jenen Teil des Menschen, der angeblich in der Ewigkeit weiterlebt. Nicht, wenn am Anfang des Lebens genau das Gegenteil der Fall zu sein scheint, wenn man brüllend und schreiend auf die Welt kommt. Sie hatte genug Hausgeburten erlebt, um zu wissen, dass *das* ganz gewiss stimmte.

Sie war sich also nicht sicher, ob man wirklich sagen konnte, ein Mensch sei friedlich gestorben. Andererseits war sie natürlich nie dabei gewesen, wenn ein Mensch starb. Noch nicht. „Du lebst einfach noch nicht lange genug, meine Tochter", hatte Mama kürzlich bemerkt, als Hannah endlich den Mut aufbrachte, ihr zu gestehen, wie sehr die ganze Sache mit dem Sterben sie beschäftigte.

„Himmel, Hannah", hatte Mary Ruth sie über einer Schüssel Bohnen getadelt. „Glaubst du denn nicht, dass der Herr seine Engel schickt, damit sie kommen und dich über den Jordan tragen, wenn die Zeit kommt? So steht es in der Bibel."

Seitdem schwieg Hannah zu diesem Thema und brachte es nicht mehr zur Sprache. Offenbar dachte nicht jeder im Stillen über seinen eigenen Tod nach. Vielleicht war es ein Irrtum von ihr gewesen, das anzunehmen.

Als sie jetzt im Bett lag, das sie mit Mary Ruth teilte, konnte sie sich des Gedankens nicht erwehren, dass ihre Zwillingsschwester vielleicht einfach zu unbeschwert war. Ja, vielleicht war das der große Unterschied zwischen den beiden Schwestern. Mary Ruth war gelassen und fröhlich, während Hannah mit ernsten, sorgenvollen Augen das Leben betrachtete. So lange sie zurückdenken konnte, war das schon so. Natürlich teilten sie fast alles miteinander, manchmal beendeten sie sogar die Sätze der anderen – Papa musste immer hellauf lachen, wenn das am Esstisch passierte. Ähnliche Haarfarbe, ähnliche Vorlieben beim Essen. Manchmal fielen Mary Ruth und ihr sogar dieselben Jungen auf. Auch wenn von ihnen beiden erwartet wurde, dass sie in den nächsten drei Jahren noch nicht beim Singen am Sonntagabend auftauchten – es schickte sich nicht, dass anständige Mädchen dorthin gingen, solange sie noch nicht sechzehn waren –, gab es bei den Predigtgottesdiensten am Sonntagmorgen genügend interessante Jungen. Besonders die Stoltzfusbrüder – Esra und Elias –, die man beinahe für Zwillinge hätte halten können, obwohl Esra ein gutes Jahr älter war. Im Vertrauen hatte sie Mary Ruth verraten, dass sie sich fragte, ob nicht ein paar dieser Jungen über sie und Mary Ruth ähnliche Gedanken hegten. Mary Ruth hatte daraufhin herzhaft gelacht. Es war richtig tröstlich gewesen, als sie zugab, dass ihr dieselben jungen Männer im Kopf herumgeisterten. Mary Ruth hatte mit einem Zwinkern in ihren blauen Augen geantwortet: „Wir sind nicht zu jung, um nicht unsere Aussteuertruhen aufzufüllen."

Das wusste Hannah auch. Sie und Mary Ruth hatten viele Abendstunden damit verbracht, Kissenbezüge zu sticken und Deckchen zu häkeln. Sticken war Hannahs Lieblingsbeschäftigung: winzige, bunte Blumen oder einen Schmetterling in die Ecken von einfachen quadratischen Taschentüchern, die Mama in Strasburg kaufte. Manchmal bot Hannah sie mit einem Schild „zu verkaufen" am Straßenrand an, aber meistens gab sie die Handarbeiten als Geschenke weiter.

Mama steckte oft eines von Hannahs hübschen Taschentüchern in den Ärmel ihres Kleides. So hatte sie es immer zur Hand, um einem kleinen Kind einen Schmutzfleck aus dem Gesicht zu wischen – bei den vielen Neffen und Nichten, die zu Besuch kamen, war immer etwas zu tun – oder einfach, um sich selbst die Nase zu putzen. Eines der Taschentücher, die Hannah bestickt hatte, zeigte sechs winzige Personen in der Ecke, von denen jede ein Mitglied aus ihrer unmittelbaren Familie darstellte. Dieses spezielle Taschentuch war sowohl Leahs als auch Mamas Lieblingstaschentuch, aber normalerweise durfte Mama es in ihre Tasche stecken.

Vieles von dem, was bereits sauber gefaltet in Hannahs Aussteuertruhe aus Pinienholz lag, konnte auch in Mary Ruths Truhe gefunden werden. Was eine Schwester nähte oder stickte, fertigte meistens auch die andere an.

Jetzt drehte Hannah sich im Bett herum und betrachtete das friedliche Gesicht ihrer Zwillingsschwester. Mary Ruths Augenlider bewegten sich schnell. *Was träumt meine Schwester wohl heute Nacht?*, fragte sie sich.

Sie wünschte, sie würde schlafen und die Schritte, die die Treppe heraufkamen, nicht hören. War das Sadie, die wieder erst nach Mitternacht nach Hause kam? Hannah überlegte ernsthaft, ob sie aus dem Bett schlüpfen und sie dabei ertappen sollte, wie sie in ihr Schlafzimmer schlich. Aber nein, lieber nicht. Wer weiß, welcher gut aussehende, interessante amische Junge *ihr* eines Tages den Schlaf rauben würde. Natürlich nur, falls sie je aus ihrem Schneckenhaus ausbrechen und ihre Schüchternheit überwinden würde. Wer weiß, welche Risiken sie vielleicht einginge, um mit einem Freund zusammen zu sein, wenn sie erst einmal im heiratsfähigen Alter wäre.

Unruhig, mit hundert Gedanken über ihre eigene Zukunft und die Zukunft ihrer lieben Schwestern beschäftigt, rollte sie sich auf die Seite und starrte mit großen Augen zur dunklen Zimmerdecke hinauf und hörte, wie Mary Ruth völlig frei von allen Sorgen leise im Schlaf seufzte.

* * *

Leah wusste, dass es wahrscheinlich falsch war, sich schlafend zu stellen, während sie in Wirklichkeit hellwach war wie eine Eule und Sadies flinke Bewegungen sehr wohl bemerkte. Ganz zu schweigen von der schrillen Aufmachung ihrer Schwester. Aber sie vertraute darauf, dass der gute Herr im Himmel ihr vergeben würde, weil sie ihre Schwester nicht zur Rede stellte und ihr in dem stillen, nächtlichen Haus keine Szene machte.

Sadie war leise in ihr gemeinsames Zimmer geschlichen, hatte sich schnell zu ihrer Holztruhe am Fußende des Doppelbettes bewegt, den Deckel gehoben und ihn festgeklemmt. Dann hatte sie schnell ihren weiten, viel zu kurzen Rock ausgezogen, dann die dünne Bluse, die weißen, kurzen Söckchen und die bunten Lederschuhe.

Leah konnte es jetzt nicht sehen und versuchte es auch nicht, aber den Geräuschen nach zu urteilen, stopfte Sadie die englischen Kleidungsstücke ganz unten in ihre Truhe.

Der kräftige, feuchte Geruch nach Wald erfüllte den Raum, zusammen mit einem Hauch von Hyazinthen, einem billigen Parfüm vielleicht. Wo in aller Welt hatte Sadie diese Kleidung aufgetrieben, ganz zu schweigen von ihrer Frisur? Wie war sie nur auf die Idee gekommen, ihre Haare so zu verunstalten? Man hätte meinen können, Sadie wäre eine frustrierte Künstlerin und ihre goldenen Locken die Leinwand. Fast jedes Mal, wenn sie nachts nach Hause kam, hatte sie eine andere Frisur. Leah hatte keine Ahnung gehabt, dass man so viele verschiedene Sachen mit seinen Haaren machen konnte.

* * *

Die Samstage unterschieden sich bei den Amisch nicht allzu sehr von den anderen Werktagen. Ida entging jedoch nicht, dass Sadie an diesem Morgen ganz schwerfällig wirkte. Ihr fehlte ihr üblicher Schwung. Sadies Augen waren wässrig grau. Nichts war von ihrem üblichen strahlenden Blau zu sehen. Stattdessen hatte sie dunkle Ringe um die Augen. War es möglich, dass ihre Älteste sich die ganze Nacht schlaflos im Bett hin- und hergewälzt hatte? Was konnte ihre liebe Tochter nur so quälen, dass sie nachts nicht schlafen konnte? War sie krank?

„Du siehst aus, als ginge es dir nicht gut!", bemerkte sie, während Sadie den Teig für den Strudel ausrollte. „Hast du vielleicht schlecht geschlafen?"

Sadie schwieg. Dann sagte sie: „Ich muss mich später vielleicht ein wenig hinlegen."

„Kann ich irgendwas für dich tun?", bot Ida schnell an und überlegte, dass ein guter warmer Kräutertee Sadie heute Abend vielleicht helfen könnte, sich zu entspannen und einzuschlafen.

Aber Sadie schien bei ihrer Bemerkung zu erstarren. „Kein Grund zur Sorge, Mama", kam die unerwartete Antwort.

„Wie du meinst." Ida ging ihrer Küchenarbeit nach und fegte und putzte den Boden. Sie begann, das Mittagessen für Abram und die Mädchen zu kochen, denn sie wusste, welchen Bärenhunger ihr Mann und auch Leah hatten, wenn sie gegen halb zwölf aus dem Stall ins Haus kamen und sich auf ein gutes Essen freuten. Heute gab es Fleischklößchensuppe, selbst gebackenes Brot und Butter, Hüttenkäsesalat und Schokoladenriegel, Abrams Lieblingsnachspeise.

Im Haus gab es viel Arbeit, und im Gemüsegarten hinter dem Haus musste Unkraut gejätet werden. Mehr Arbeit, als Sadie an diesem Tag anscheinend bewältigen würde. Sie sah aus, als fehlte ihr heute die Energie dafür. Vielleicht hatte ihre Erstgeborene wirklich nur schlecht geschlafen. Aber warum in aller Welt wirkte sie so nervös, fast ängstlich? Das passte nicht zusammen. Als sie länger darüber nachdachte, kam ihr der Gedanke, dass Leah vielleicht wissen könnte, was Sadie quälte, aber Ida hatte von ihrer Zweitältesten keine Spur gesehen, seit Leah mit den Hühnern aufgestanden war und noch vor Sonnenaufgang mit Abram zum Melken in den Stall gegangen war. Außerdem war es wie Zähneziehen, wenn man Leah dazu bringen wollte, etwas über Sadie oder die Zwillinge zu erzählen. Nein, wenn Ida wirklich wissen wollte, warum Sadie dieses ständige versonnene Lächeln im Gesicht hatte, müsste sie wohl warten, bis Sadie selbst kam und sich ihr anvertraute, was sehr lange dauern konnte. Vielleicht geschah es auch nie.

* * *

Leah fegte jeden Quadratzentimeter des Stalls, der gekehrt werden musste, und wirbelte kräftig Staub auf. Sie konnte nicht anders. Ihr war einfach danach, ihren Unmut an dem alten Besen und dem Stallboden auszulassen. Es war richtig gewesen, früh am Morgen im Stall zu verschwinden. Sie war so wütend auf Sadie.

Ein interessantes Gespräch mit Papa war fast das Einzige, das ihre Gedanken von ihrer Schwester ablenken könnte. Sie warf einen Blick zu ihm hinüber. Er war im Milchhaus und wusch den kleinen Raum aus. Er bemerkte ihren Blick in seine Richtung. Als er sah, mit welcher Vehemenz sie ihrer Arbeit nachging, hielt er mit seiner Tätigkeit inne und gesellte sich zu ihr. Er kramte in seiner Hosentasche und zog ein sauberes, blaues Taschentuch heraus. „Hier, Leah. Es sieht so aus, als könntest du das brauchen. Damit du nicht so viel Staub in die Lunge bekommst“, erklärte er und legte ihr das Tuch um die Nase und den Mund und knotete es hinter ihrem Kopf fest zu.

„Mit diesem Aussehen jage ich den Maultieren bestimmt Angst

ein", schmunzelte sie, obwohl die mitfühlende Geste ihres Vaters sie zutiefst anrührte.

„Mach dir keine Gedanken um die Tiere! Sie haben uns schon schlimmer gesehen, oder?"

„Wahrscheinlich hast du Recht." Trotzdem kam sie sich seltsam vor mit Papas Tuch um den Kopf und der verrutschten Gebetshaube. Sie erhöhte ihr Tempo und brachte ihre Arbeit im Handumdrehen zu Ende. Sie war gerade fertig, als ihr Vater erwähnte, er wolle zum Schlosser fahren. „Hast du Lust mitzukommen? Wir sind zurück, bevor deine Mutter uns vermisst", sagte er und holte bereits das Pferd für die kurze Fahrt aus dem Stall.

„Ja, ich komme mit." Sie zog sein Taschentuch von ihrem Gesicht. Viel lieber verbrachte sie den Morgen mit Papa als irgendwo in Sadies Nähe. Daran bestand für sie im Moment nicht der geringste Zweifel! Aber das würde sie ihrem Vater nie verraten, während sie sich in dem leicht schaukelnden Wagen vom Pferd zum Schlosser ziehen ließen.

„Prediger Yoder spielt mit dem Gedanken, sich und seine Familie von einem Fahrer zu einem kurzen Urlaub nach Indiana bringen zu lassen. Wenn die Ernte vorbei ist."

„Warum ausgerechnet nach Indiana?"

„Es würde mich nicht wundern, wenn sie sich dort nach Weideland umsehen, wenn sie schon dort sind. Nicht, dass er selbst umziehen wollte, er will nur einem seiner Vettern helfen, der daran denkt, bald zu heiraten."

„Ein Mädchen aus Indiana?"

Papa nickte. „Ja, das habe ich gehört."

„Eine ziemlich große Entfernung für eine Beziehung." Bestimmt würde Papa jetzt wieder mit Smithy Gid anfangen und davon, dass Gid und sie heiraten würden; aber er sagte nichts. Sie war ziemlich überrascht, dass er sich diese Gelegenheit entgehen ließ, vor allem, weil er leicht die eine oder andere Bemerkung hätte einflechten können.

Sie fuhren eine Weile schweigend dahin, genossen die Stille des Tages und lauschten dem Summen der Insekten und dem Zirpen der Vögel. Schließlich fragte Leah: „Worin besteht eigentlich der Unterschied, ob man in Versuchung geführt wird oder ob man ihr nachgibt?“

„Da ist ein riesengroßer Unterschied, wie uns die Heilige Schrift sagt. Wir werden ermahnt, zu wachen und zu beten, damit wir nicht in Versuchung geraten.“

„Aber wie kann ein Mensch verhindern, dass er in Versuchung geführt wird?“

„Indem er sich von denjenigen fern hält, die Werkzeuge des Feindes sein könnten.“

„Du meinst Engländer?“

Die Zügel lagen lose auf seinem Schoß. Er hob seinen Strohhut hoch und kratzte sich den Kopf. „Es gibt bestimmt Zeiten und Orte, an denen man mit der Welt draußen in Berührung kommt, aber wenn es darum geht, enge Freunde zu finden oder sich einen Partner fürs Leben zu suchen, dann ist Gottes Weg immer noch der Beste, weißt du.“

Sie versuchte, jetzt nicht an Sadie zu denken, da sie fürchtete, Papa könnte, so weise wie er war, ihre Fragen durchschauen und vielleicht argwöhnen, warum sie solche Dinge fragte. Sie sprachen darüber, dass der Geist willig ist und das Fleisch manchmal schwach. Papa erwähnte das reine Gewissen des Gerechten und den Kampf, der in jedem Mann tobt, und auch in jeder Frau. Er schaute sie ernst an. „Aber das Wichtigste bei den Versuchungen ist, dass man weiß, wie man ihnen aus dem Weg gehen kann.“

Sie schwieg erneut und versuchte zu verarbeiten, was Papa gesagt hatte.

* * *

Als Mama anderweitig beschäftigt war, schlüpfte Sadie in das große Sonnenzimmer gleich hinter der Küche und ließ ihren Blick sehnsüchtig durch die Fenster nach draußen wandern, hinüber zum Stall und auf den dunklen Wald dahinter. Sie hatten es durch das grauenhafte Gestrüpp geschafft – die beklemmende Umgebung, die lauernden Schatten überlebt. Genau wie Derry vorhergesagt hatte. Er hatte ihr geholfen, den Weg aus dem Wald hinaus zu finden. Das würde sie Naomi auch erzählen, wenn sie später zu ihr ging, um ihren Rucksack zu holen.

Warum hatte sie sich letzte Nacht überhaupt Sorgen gemacht? Mit Derry an ihrer Seite konnte ihr im Wald nichts passieren. Mit ihm konnte ihr nirgendwo etwas passieren, egal, wo sie war.

Derry Schwartz. Der wunderbarste Mann auf der ganzen Welt. Mit einem starken Herzklopfen – teilweise aus Aufregung, teilweise aus Angst – dachte sie an sein und ihr Leben und wie sie beide scheinbar zufällig aufeinander gestoßen waren. Wie ein Auto, das aus dem Nichts auftaucht und mit einem Pferd und Einspänner kollidiert. So in der Art. Natürlich sollten sie keine Zeit miteinander verbringen. Alles sprach dagegen. Aber sie fühlten sich zueinander hingezogen. Sadie allein schon wegen des Abenteuers, einen englischen Jungen zu treffen, der die Welt draußen durch und durch kannte, und wegen der großen Liebe, die er ihr bestimmt bald entgegenbringen würde. Und Derry? Das wusste sie noch nicht so ganz. Vielleicht waren es ihre weizenblonden Haare und ihre großen blauen Augen. Vielleicht sah er etwas in ihr, das andere Jungen nicht erkannten. Sie musste es in Erfahrung bringen. Sie würde herausfinden, was dem Sohn des Dorfarztes an ihr gefiel, und das nach so kurzer Zeit. Er hatte gefragt, ob er sie wiedersehen könne, und zwar schon heute Nacht! „Glaubst du, wir können uns hier im Wald treffen? Hättest du Angst, allein im Wald zu sein?“, hatte er nach ihrem fröhlichen gemeinsamen Abend gefragt. Sie hatte geantwortet, dass sie das nicht so genau wisse. „Es ist so dunkel draußen, und auch so verwirrend, so viele Büsche und Sträucher.“

Sie wollte auf keinen Fall zugeben, dass sie sich im Wald fürchtete. Sie hoffte einfach, er würde auch so verstehen, was sie meinte. Er hatte es verstanden. Er hatte gesagt, er würde sie gern gegen zehn Uhr abends hinter dem Stall ihres Vaters abholen.

„Du kannst auch deine normale, äh ... Kleidung tragen, wenn du willst“, hatte er schnell hinzugefügt, was sie völlig überraschte.

„Meinetwegen brauchst du nicht so tun, als wärst du nicht amisch." Er hatte es also schon die ganze Zeit gewusst.

Sie hatte gefühlt, wie ihre Wangen zu glühen anfingen. „Bist du sicher?"

„Geh bitte nicht das Risiko ein, in moderner Kleidung erwischt zu werden. Dann bekommst du womöglich nur Schwierigkeiten, weil du einen nichtamischen Freund hast."

Freund ... Ihr Herz hatte bei diesem Wort schneller geschlagen. Derry musste sie wirklich schon sehr mögen.

Derry war ein sehr weiser junger Mann, wenn er so geradeheraus sagte, dass sie sich nicht länger die Mühe machen solle, ihn mit moderner englischer Kleidung beeindrucken zu wollen. Damit nahm er ihr wirklich eine schwere Last von den Schultern. Sie konnte in seiner Nähe ganz sie selbst sein und musste sich nicht verstellen. Sie würde sich amisch kleiden, wenn ihn das nicht störte. Sie müsste ihm nichts vorspielen. Vielleicht hatte sie den Mann ihrer Träume gefunden. Wer weiß, vielleicht wollte er sich ihrer Gemeinde anschließen. Vielleicht würde er mehr über das Leben in der Amischgemeinschaft fragen. Warum sonst hatte er sie gebeten, ein zweites Mal mit ihm im Wald spazieren zu gehen? Aber andererseits würde sie sich vielleicht *seiner* Welt anschließen und das amische Leben hinter sich lassen.

Die Antwort auf diese Fragen wusste sie noch nicht. Wenn nur Mama endlich aufhören würde, den Kopf ins Zimmer zu stecken und sie anzuschauen, um herauszufinden, was in aller Welt in Sadies Kopf umging. Nein, sie würde nicht alles verderben, indem sie Mama oder Leah in ihr Geheimnis um den jungen Mann mit den dunklen, gewellten Haaren und den leuchtend braunen Augen einweihte. Jetzt noch nicht. Mama würde ihr strengstens verbieten, einen Jungen von außerhalb ihrer Gemeinde zu treffen, besonders da sie plante, in nicht allzu ferner Zukunft getauft zu werden. Und Leah ... ach, sie wusste genau, ihre Schwester würde ihr unumwunden ins Gesicht sagen, dass sie mit dem Feuer spielte. Und das auch noch in diesem riesigen Wald. Am besten behielt sie alles für sich.

* * *

Mama hatte Mary Ruth oft – natürlich nur im Spaß – vorgeworfen, sie wisse nicht, wann sie aufhören müsse, wenn sie einmal anfing zu reden. Und sie *hatte* wirklich viel geredet, als sie heute Morgen Mama half, das Frühstück zu kochen.

Ich werde eines Tages eine gute Lehrerin sein, dachte sie. *Aber Papa und Mama würden sich große Sorgen machen, wenn sie das wüssten.*

Ihr ganzes Leben lang träumte Mary Ruth schon davon, Lehrerin zu werden. Aber wie sollte so etwas Wunderbares Wirklichkeit werden? Eine weiterführende Schulbildung galt unter den Amisch als absolutes Tabu. Länger als bis zum fünfzehnten Lebensjahr sollten die jungen Leute nicht zur Schule gehen. So hatte es der Bischof festgelegt. Aber es war unmöglich, ihren Herzenswunsch, Kindern Wissen zu vermitteln, zum Schweigen zu bringen.

Während sie den Teig für den Pfannkuchen rührte, ließ sie ihre Gedanken schweifen. Morgen beim Predigtgottesdienst drüben bei den Peacheys waren bestimmt wieder viele kleine Kinder anwesend. Sie hoffte, sie könnte beim Picknick nach dem Gottesdienst mit ein paar von ihnen spielen. Wie viele Kinder würde Gott *ihr* und ihrem künftigen Mann schenken? Und was für ein junger Mann würde ihre Liebe zu Büchern teilen?

Sie konnte es nicht erwarten, Mama und Sadie nach dem Frühstück bei der Vorbereitung für das Essen am Tag des Herrn zu helfen. Im Gegensatz zu Sadie war sie nur *ein bisschen* an Jungen interessiert. Was Leah anging, nun ja, ihre zweitälteste Schwester gab ihr wirklich Rätsel auf, besonders was Smithy Gid anging. Er schien ein Auge auf ihre burschikose Schwester geworfen zu haben. Mary Ruth hatte schon seit mindestens einem Jahr diesen Verdacht. Natürlich würde sie niemandem gegenüber ein Wort darüber verlieren. Leah war ein sehr in sich gekehrtes Mädchen – und auch sehr praktisch veranlagt. Es gab keinen Hinweis darauf, dass sie irgendwelche verliebten Gefühle hegte, soweit Mary Ruth das beurteilen konnte.

Sie warf einen kurzen Blick zu Hannah hinüber, die gerade den

Tisch deckte. Mary Ruth konnte sehen, dass ihre Zwillingsschwester sich mehr dafür interessierte, warum Sadie so einen glasigen Blick hatte. Ihr Blick erinnerte Mary Ruth an die weltlichen Mädchen in der staatlichen Schule, die sie und Hannah besuchten. Dort hatten amische, mennonitische und englische Kinder gemeinsam Unterricht. Manchmal hörte sie in der Pause einige Mädchen über bestimmte Jungen flüstern.

Mary Ruth gefiel der Gedanke nicht, Sadie mit weltlichen Mädchen zu vergleichen, obwohl Sadie bis zu ihrem 17. Geburtstag die staatliche Mittelschule drüben in Paradise besucht hatte. Inzwischen verkündete Papa jedoch unumstößlich, dass es keine so gute Idee gewesen sei, seine älteste Tochter an diese Schule gehen zu lassen, wo sie Freundschaft mit Engländern hatte schließen können. Es war eine Umgebung, die Individualität förderte, etwas, das die Amisch mit einem starken Stirnrunzeln bedachten. Hatten jene Jahre Sadie ermutigt, in ihrer Rumspringzeit so wild zu sein?

Es stand Mary Ruth natürlich nicht zu, sich darüber ein Urteil zu erlauben. Sie würde abwarten, wie der himmlische Vater im Leben jeder ihrer Schwestern seinen Willen verwirklichte.

Sie goss eine Tasse Teig in die zischende schwarze Pfanne und schüttelte den lästigen Anflug von Traurigkeit von sich ab. Sie stimmte ein Kirchenlied an und tat ihr Möglichstes, um alle wieder fröhlich zu stimmen, auch sich selbst. Es war höchste Zeit, sich zu freuen. Immerhin stand der Tag des Herrn vor der Tür.

3

Nach dem Mittagessen half Leah Sadie dabei, jede der Öllampenschirme im Haus zu waschen und trockenzureiben. Die Glaskolben waren gestern Abend beim Bibellesen und bei der Abendandacht so beschlagen, dass deshalb das Licht zu schwach gewesen war. Papa hatte sich mit keinem Wort beschwert, auch wenn er seine Lesebrille wiederholt zurechtrücken musste und sich nahe an die Lampe in der Küche gesetzt hatte, wo sie sich alle kurz vor Einbruch der Dämmerung eingefunden hatten. Die Tür hinter dem Haus hatte weit offen gestanden und auch alle Fenster, damit wenigstens ein leichter Windhauch in das warme Haus gelangte.

„Wir sollten diese Lampen eigentlich jeden Tag putzen", sagte Leah und reichte Sadie einen Lampenschirm zum Trockenreiben. „Es muss doch nicht sein, dass Papa sich so anstrengen muss, um in der Bibel lesen zu können, oder?"

Sadie nickte halbherzig.

„Gehst du heute Abend wieder aus?", flüsterte Leah.

Aus Sadies Augen schoss ihr eine scharfe Warnung entgegen. „Nicht jetzt ..."

Mit einem schnellen Blick über die Schulter sah Leah, dass Mama auf den Möbeln im Sonnenzimmer Staub wischte. *„Sauberkeit kommt gleich nach der Gottesfurcht"*, sagte Mama immer. Hannah und Mary Ruth waren hinausgelaufen, um die Veranda hinter dem Haus und den gepflasterten Gehweg mit dem Schlauch abzusprühen.

„Du brichst Mama das Herz, wenn du mit englischen Jungen herumschleichst. Das weißt du hoffentlich", mahnte sie leise.

„Woher willst du wissen, was ich mache?"

„Ich habe dich gestern Nacht nach Hause kommen sehen. Ich habe auch gesehen, was du anhattest." Aber bevor sie noch fragen konnte, woher in aller Welt Sadie eine solche Aufmachung hatte, kehrte Mama zurück, womit ihr Gespräch ein abruptes Ende fand.

Leah wusch den Rest der Lampenschirme und richtete ihre Gedanken auf den Predigtgottesdienst am nächsten Tag. *Wird Gid mich vor dem gemeinsamen Essen wieder ansprechen?*, fragte sie sich. Er zeigte ihr unverhohlen, welche Absichten er ihr gegenüber hegte. Wenn auch diskret. Sie wusste, dass er die Wochen zählte, bis sie alt genug war, um sonntags zum Singen zu gehen. Sie konnte es ebenfalls kaum erwarten. Aber aus ganz anderen Gründen. „Ich will der Erste sein, der dich bittet, dich nach Hause fahren zu dürfen", hatte er vor zwei Sonntagen draußen im Stall zu ihr gesagt, als ihre Familie an der Reihe gewesen war, den Gottesdienst in ihrem Haus abzuhalten.

Vor Überraschung war sie sprachlos gewesen und hätte sich gewünscht, ihr würde etwas Kluges und Freundliches einfallen, das sie ihm erwidern könnte. Etwas, mit dem sie ihm eine Absage erteilen könnte, ohne ihm wehzutun. Aber ihr war kein einziges Wort in den Sinn gekommen, und sie hatte nur unsicher dagestanden, während der einzige Sohn des Schmieds sie freundlich angegrinst hatte.

Worauf sie sich wirklich freute, das war der *nächste* Sonntag: der freie Sonntag zwischen den Gemeindegottesdiensten, den die Amisch meistens damit verbrachten, Verwandte zu besuchen. Mama konnte es nicht erwarten, nach Grasshopper Level zu fahren und die Masts, entfernte Verwandte ihrer Mutter, wiederzusehen. Die letzte Begegnung lag schon mehrere Monate zurück.

Leah erinnerte sich genau, wo sie im Stall gestanden hatte, als Papa ihr die Nachricht von dem bevorstehenden Besuch überbrachte. Sie hatte vom Heuboden hinabgeschaut, war kurz stehen geblieben, hatte ihre Heugabel vor sich aufgestützt und sich halb darauf gelehnt, während sie ihr Herz zwang, langsamer zu schlagen.

Sie lächelte und erinnerte sich zärtlich an das erste Mal, als sie mit Jonas gesprochen hatte. Beide hätten beinahe das Abendessen verpasst. Sie hatten draußen im Milchhaus gestanden und sich über Vögel unterhalten, besonders über die bunten Arten, die auf Tante Lizzies Seite des Waldes in der Nähe der wilden Blumen lebten. Sie hatte ihm erzählt, dass ihr Lieblingsvogel das Rotkehlchen sei. Jonas hatte von ganzem Herzen genickt. Seine blauen Augen hatten ihr dabei tief ins Herz geschaut. Einen Augenblick hatte sie fast vergessen, dass er drei Jahre älter war als sie. Er war in Sadies Alter. Aber im Gegensatz zu jedem anderen Jungen schien er ihr Herz zu kennen und zu verstehen, zu wissen, wer Leah wirklich war. Kein burschikoser Wildfang, sondern ein wirkliches Mädchen.

Ganz ehrlich, sie hatte so etwas noch nie bei *irgendjemandem* erlebt. Bei Sadie ganz gewiss nicht. Und auch nicht bei Mama, obwohl ihre Mutter bei seltenen Gelegenheiten ein wenig offener wurde. Hannah und Mary Ruth hatten sich gegenseitig und flüsterten ständig miteinander. Nur mit Tante Lizzie und mit Adah Peachey, Gids jüngerer Schwester, konnte Leah vertraulich über alles sprechen, was sie im Innersten beschäftigte.

Zwischen ihr und Jonas gab es also etwas Besonderes. Das war gar nicht gut. Wenigstens würde Mama so urteilen, wenn sie es wüsste, denn von jungen Frauen wurde erwartet, dass sie sich jungen Männern gegenüber kaum öffneten, es sei denn, sie waren verlobt oder verheiratet.

Sadie warf einen nervösen Blick ins Sonnenzimmer, wo Mama immer noch alle Hände voll zu tun hatte. „Geh mit mir zum Toilettenhäuschen hinaus“, flüsterte Sadie Leah zu.

„Wozu denn das?“

„Frag nicht. Komm einfach.“ Sadie ging voraus, durch die Abstellkammer, über die verglaste Veranda, dann die Stufen hinter dem Haus hinab und an den Zwillingen vorbei, die fröhlich ihrer Arbeit nachgingen.

Schweigend schritten sie nebeneinander her, bis Sadie sich ruckartig umdrehte und sagte: „Hör zu, wenn du es schon unbedingt wissen musst: Ich glaube, ich bin gerade dabei, mich zu verlieben.“

„Verlieben? Ach, Sadie, in wen denn?“

„Pscht! Er wohnt nicht weit weg von uns. Er heißt Derry.“

„Dann habe ich also richtig vermutet. Er ist Engländer.“ Leah wollte sich am liebsten auf dem Absatz umdrehen und wieder ins

Haus zurücklaufen. Sie wollte kein weiteres schmutziges Wort mehr hören. „Was ist nur aus dir geworden? Englische Jungen bringen nichts als Schwierigkeiten. Das solltest du doch wissen, nachdem du auf der Mittelschule warst."

„Du redest genauso wie Papa."

„Irgendjemand muss dich ja zur Vernunft bringen! Eine wilde Rumspringzeit zu haben, ist eine Sache, Sadie, aber bitte bleibe innerhalb der Grenzen der amischen Ordnung."

Sadies Augen funkelten böse. „Denk, was du willst, aber verrate niemandem ein Wort."

„Vielleicht *sollte* ich es verraten."

Sie schauten einander finster an. Sadie beugte sich näher zu ihr vor. „Du hast auch ein Geheimnis, Leah."

„Willst du mir drohen?"

„Nenne es, wie du willst, aber wenn Mama erfährt, was ich tue, dann weiß ich, woher sie ihre Informationen hat. Und wenn du hingehst und Mama etwas über mich erzählst, dann erzähle ich Papa etwas über dich. Wenn Papa herausfindet, dass du lieber Jonas als Smithy Gid heiraten willst, wird er der Sache sofort ein Ende bereiten."

Leahs Herz wollte stehen bleiben. Sadie hatte sie in der Hand.

Sadie bedachte sie mit einem bösen Blick, öffnete die Tür zum Toilettenhäuschen und verschwand darin. Leah hörte, wie der Riegel vor die Tür geschoben wurde. Sie drehte sich um und flüchtete ins Haus.

* * *

Sadie tauchte aus dem Toilettenhäuschen wieder auf. Als Leah weit und breit nicht zu sehen war, begab sie sich zum Maultierpfad. Der Lehmweg führte zu den Ausläufern der Anhöhe im Nordwesten des Waldes, wo Tante Lizzies kleines Häuschen stand. Sie fühlte den weichen Staub unter ihren nackten Füßen. Ihre Kehle war wie zugeschnürt. Sie bedauerte, dass sie Leah überhaupt etwas von ihrem englischen Freund erzählt hatte. Es könnte ihr gut tun, ihre Tante zu besuchen und auf andere Gedanken zu kommen.

Als sie sich dem weißen Zaun vor dem Haus näherte, erblickte Sadie Tante Lizzie, die gerade die Fliegengittertür öffnete. Ihre Tante lief ihr mit einem winkenden Geschirrtuch entgegen. Ihr langes lila Kleid und ihre schwarze Schürze wedelten im leichten Wind. „Hallo. Wenn das nicht Sadie ist!" Auf Lizzies sonnengebräuntem Gesicht lag ein breites Grinsen.

Sadie beschleunigte ihre Schritte. „Hallo, Tante."

„Komm mit nach hinten und setz dich ein wenig hin!", schlug Lizzie vor und führte sie um die große Steinmauer, die ihr Blockhaus umgab – hoch genug, um Rehe und andere Waldtiere von ihren Blumen fern zu halten –, zur Veranda hinter dem Haus, wo drei Hickoryschaukelstühle in einer Reihe standen.

Das kleine Häuschen mit vier Zimmern befand sich am Waldrand, „halb drinnen und halb draußen", wie Mama immer sagte. Man konnte die Sonne und den Himmel genießen, aber auch den Schatten der hohen Bäume, die die Rückseite des Hauses flankierten. Und es gab genügend sonnige Stellen für Lizzies geliebte Rosen, Lavendel, Lilien, Clematis und verschiedene Kräuter. Und auch für ihren Gemüsegarten.

Als sie auf der Veranda hinter dem Haus saßen, fragte Tante Lizzie: „Und, was führt dich zu mir? Noch dazu ganz allein."

„Ich wollte einfach einen kurzen Spaziergang machen."

„Ein schöner Tag für einen Spaziergang."

„Ja, ich hoffe, morgen wird es auch so schön." Sadie erkundigte sich nach dem Predigtgottesdienst. „Kommst du zu den Peacheys?"

„Ich habe schon lange keinen Gottesdienst mehr verpasst. Auch morgen will ich dabei sein."

Sadie nickte. Sie war sich Lizzies neugierigen Blickes bewusst.

„Ich bin reich gesegnet, weil ich nicht so leicht krank werde."

„Das muss an den ganzen Kräutern liegen, die du in deinem Garten anbaust. Mama sagt, sie haben heilende Wirkung."

„Die Löwenmäulchen auch." Lizzie deutete zu einer Gruppe schneeweißer, purpurroter und gelber Löwenmäulchen, die wild wuchsen, und zu einem goldenen Beet Butterblumen, die um ihre Aufmerksamkeit buhlten.

„Ja, wie denn das?"

„Das Löwenmäulchen reißt seinen kleinen Mund auf und verscheucht die Krankheit." Lizzie brach in ihr fröhliches Lachen aus.

„Ach, Tante Lizzie, das tut es doch nicht wirklich, oder?"

Da sagte Lizzie plötzlich und unerwartet: „Du siehst ein wenig bleich aus. Fühlst du dich nicht gut?"

Sadie war sicher, dass sie nicht blasser aussah als sonst. Immerhin war ihre Haut meistens hell, da sie ein blonder Typ war. Außer wenn sie einen Sonnenbrand hatte. „Ich bin nur ein wenig müde. Das ist alles", erwiderte sie.

Lizzie kratzte sich ihren dunklen Kopf. Ihre haselnussbraunen Augen waren jetzt ernst. „Du siehst mir aus, als hättest du die ganze Nacht nicht geschlafen."

„Ich war ein bisschen lang auf", gestand Sadie.

„Dann gehst du heute bestimmt ganz früh ins Bett?"

„Vielleicht."

Lizzie hörte auf zu schaukeln und streckte eine Hand nach ihr aus. „Du solltest sehr vorsichtig sein, mit wem du deine Zeit verbringst, Sadie, Liebes", warnte sie.

Das Schweigen lag schwer und bedrückend in der heißen Luft. Es war so sonderbar, dass Tante Lizzie ihre Nase in Dinge steckte, die sie überhaupt nichts angingen.

Sie überlegte gerade, was sie erwidern sollte, als plötzlich aus heiterem Himmel Hannah mit einem Laib Brot auftauchte. Ihre Schwester war um die Ecke gekommen und grinste sie breit an, während sie die Verandastufen heraufstieg.

„Mama hat gerade ein Rosinen-Nuss-Brot gebacken." Hannah gab Lizzie einen Kuss auf die Wange.

Da nur noch ein einziger Schaukelstuhl frei war, kam Hannah herüber und setzte sich neben Sadie. Sie sah aus wie ein Backenhörnchen, das eine Eichel jagte.

Sadie wollte keine voreiligen Schlüsse ziehen, betrachtete aber dennoch Hannahs wache braune Augen. Wie lange hatte ihre kleinere Schwester hinter der Ecke gestanden?

Hannah fiel es sehr schwer, ruhig zu sitzen und zuzuhören, während Tante Lizzie über ihre Pläne plauderte, noch ein Gartenstück umzugraben – dieses Mal für Ringelblumen –, nachdem sich die beiden vorher über etwas viel Interessanteres unterhalten hatten. Ihre Vermutung war also richtig gewesen.

Sie wollte etwas über den Spaß sagen, den sie morgen bestimmt alle beim Picknick auf dem Hof der Peacheys haben würden, aber Tante Lizzie erzählte immer noch von ihren Kräutern und Blumen. Sadie starrte nur wortlos vor sich hin; ihre Augen waren verschwommen und müde und auf den dunkelsten Teil des Waldes gerichtet.

„Sagt eurer Mama, dass ich ihr am Montag helfe, wenn sie Blumenkohl und Brokkoli pflanzt“, sagte Tante Lizzie.

„Wir freuen uns immer über zusätzliche Hilfe“, erwiderte Hannah.

„Ich komme gleich nach dem Frühstück zu euch.“

„Ach, aber Mama würde bestimmt sagen, dass du mit uns Rührei und Waffeln essen sollst, nicht wahr, Sadie?“, fragte Hannah an ihre Schwester gewandt.

„Wa-was?“, stotterte Sadie.

Hannah stand auf und konnte es nicht erwarten, nach Hause zu kommen. „Wir sehen dich dann am Montag zum Frühstück, Tante Lizzie.“ Mit einem breiten Lächeln beugte sie sich nach unten und umarmte ihre Tante zum Abschied.

Schnell stand Sadie auf und verabschiedete sich ebenfalls von ihrer Tante. Die beiden Mädchen begaben sich nach Hause, ohne auf dem Weg auch nur ein einziges Wort miteinander zu wechseln.

4

„Er war draußen und hat sich wieder im Wald herumgetrieben“, murmelte Henry Schwartz klagend. Er zupfte eine Himbeerdorne nach der anderen aus den Jeans-Aufschlägen seines Sohnes, da er seiner Frau Lorraine gern half, wo er nur konnte. *Derek konnte sich noch nie von diesem Wald fern halten,* dachte er und fragte sich, warum sein Sohn ihn angelogen und ihm erzählt hatte, er fahre mit Freunden nach Strasburg, wenn es doch offensichtlich war, wo der Junge den größten Teil des Freitagabends verbracht hatte.

Henry hegte große Hoffnungen für Derek und wünschte, er würde bald erwachsen werden und sich nicht mehr so sehr für die vielen jungen Frauen interessieren. Konnte er nicht hin und wieder zu Hause bleiben? Vielleicht nicht ganz so viel wie sein älterer Bruder, ein ehemaliger GI, der aus dem Krieg heimgekehrt war und rund um die Uhr schlief. Wenn er nicht gerade in seinem Bademantel herumhing, starrte er in das neue Fernsehgerät. Er schien jede Motivation, sich eine Arbeit zu suchen, verloren zu haben. Offenbar genügte ihm im Augenblick sein Arbeitslosengeld.

„Lass ihm mehr Zeit, Schatz. Er wird schon bald wieder mit seinem Leben zurechtkommen“, hatte Lorraine ihn beschwichtigt, als er seine Bedenken äußerte. „Er hat den Krieg überlebt, meine Güte.“

Aber Henry war nicht sicher, ob es weise war, dass sich ein junger Mann auf den Verdiensten ausruhte, die er im Krieg erworben hatte. Ob er nun ein ehemaliger Soldat war oder nicht. Immerhin hatte der junge Derek fast eine volle Stelle auf dem Hof von Peter Mast, einem amischen Bauern drüben in Grasshopper Level, und plante, zur Armee zu gehen, sobald er im Dezember achtzehn wäre. Robert brauchte mit seinen zwanzig Jahren etwas, das ihn am Morgen aus dem Bett holte, einfach eine sinnvolle Aufgabe. Was wäre so falsch daran, wenn sein ältester Sohn ans Telefon ginge und Peter fragen würde, ob er noch eine zweite Hilfe auf dem Hof brauche?

Henry packte die schmutzige Jeans und ging damit in den Keller, wo er Lorraine fand, die die feuchte Kleidung in den großen Weidenkorb vor ihren Füßen legte. Was für eine fleißige, gottesfürchtige Frau er hatte. Er wusste, dass er sich glücklich preisen konnte, eine Frau wie sie geheiratet zu haben. Sie hatte ihn während seines Medizinstudiums unterstützt und hatte sogar in dem Jahr treu zu ihm gehalten, in dem ihre Ehe auf eine schwere Probe gestellt worden war. Und sie kümmerte sich liebevoll um die Bedürfnisse ihrer drei Männer. Einen dieser drei müsste Henry wegen seines nächtlichen Spaziergangs durch den Wald zur Rede stellen.

* * *

Nach dem Mittagessen verschwand Mama in ihrem Schlafzimmer zu einem Nickerchen. Sadie wollte diese günstige Gelegenheit nutzen, um zu Naomi Kauffman zu gehen und den Rucksack zu holen, den sie ihr zum Aufbewahren gegeben hatte – und um ihre Spuren ein wenig zu verwischen.

„Gut zu wissen, dass du gestern Nacht wieder aus dem Wald herausgefunden hast“, sagte Naomi in der Stille ihres Zimmers. „Ich hatte große Angst, dass du verschlungen werden würdest.“

„Ich bin hier, oder?“

„Dieses Mal hattest du Glück, Sadie. Aber geh dieses Risiko nicht wieder ein!“ Naomi beugte sich vor und zog Sadies Beutel mit der zusammengerollten Kleidung unter ihrem Bett hervor. „Niemand hier hat eine Ahnung, wo wir gestern Abend waren oder was wir anhatten. Absolut kein Mensch.“

Sei froh, dass du keine Schwester namens Leah hast, dachte Sadie. „Danke.“

„Und ... hast du ihm erlaubt, die ganze Zeit deine Hand zu halten?“

„Meine Güte, Naomi. Er ist ein weltlicher junger Mann.“

„Ich bin nicht blind! Ich habe *gesehen,* dass er nach deiner Hand griff, als ihr aus dem Auto gestiegen seid.“

Sadie drehte den Spieß um. „Habe ich nach *deinem* englischen Freund gefragt?“

Naomi unterdrückte ein Lächeln. „Ach, er sah so gut aus. Findest du nicht? Wir sollten nächsten Freitag wieder fortschleichen. Ich habe gehört, drüben in Strasburg ist ein Fest. Wollen wir hin?“

„Das ist vielleicht keine so gute Idee ... na ja, für *mich* wenigstens. Immerhin nehme ich Taufunterricht, du weißt schon.“

„Aber ich dachte ...“

„Nein, es wird Zeit, dass ich ein paar Sachen regle“, beharrte Sadie und hoffte, dass ihre Freundin keinen Verdacht schöpfte.

„Dann ist also deine Rumspringzeit zu Ende? Du bist bereit, dich der Kirche unterzuordnen?“

Das war nicht genau das, was sie gesagt hatte. Es stimmte schon, sie ging in den Taufunterricht, aber bis jetzt ließ sie sich einfach treiben. Sie hatte sich noch nicht entschieden, ob sie den Eid ablegen würde, wenn der Tag der Taufe kam. Natürlich wäre sie nicht der erste junge Mensch, der so kurz vor der heiligen Aufnahme in die Gemeinde seine Meinung änderte.

Sadie seufzte. „Wie oft, meinst du, könnten wir *wirklich* nach Strasburg fahren, so modern gekleidet und angemalt wie eitle Mädchen, ohne dass man uns erwischt?“

„Bis jetzt schienst du dir darüber keine Sorgen zu machen.“

„Ich habe nachgedacht. Du solltest in Zukunft lieber sonntagabends zum Singen gehen. Lass dir von einem netten amischen Jungen den Hof machen, werde ruhiger, und heirate in einem Jahr oder so.“

Naomi war entrüstet. „Ach, das sind ja ganz andere Töne, als ich sie von dir gewohnt bin, Sadie Ebersol!“

„So, wirklich?“, fragte sie und wandte sich zur Tür. Naomi folgte ihr auf den Gang hinaus und die Treppe hinunter.

„Du hast bis jetzt immer gesagt, dass du in der modernen Welt draußen ein wenig Aufregung und Spaß wolltest. Abenteuer. Du wolltest aus erster Hand sehen, was du bis jetzt verpasst hast.“

Natürlich hatte sie das gesagt. Sie hatte diese Meinung fast mit zu viel Eifer vertreten. Aber jetzt? Jetzt hatte sie, was sie wollte –

einen jungen Mann namens Derry. Aber das konnte sie Naomi beim besten Willen nicht verraten. Nein, so etwas würde sich wie ein Lauffeuer ausbreiten, und ehe sie sich versah, würden Papa und Mama sie zur Rede stellen, vielleicht sogar im Beisein von Prediger Yoder. Oder noch schlimmer des Bischofs.

„Die Dinge ändern sich." Sie war froh, dass ihre Freundin am Ende der Auffahrt stehen blieb.

„Willst du wieder zum Singen gehen?", fragte Naomi.

„Wir werden sehen." Sie wandte sich zum Gehen.

„Sadie ... warte!", rief Naomi und stolperte hinter Sadie her, als hinge irgendwie ihr Leben davon ab.

Sadie ging unbeirrt weiter. „Mama wartet zu Hause auf mich", sagte sie, ohne zurückzuschauen. Nein, sie würde jetzt allein weitergehen. Ihren Rucksack hatte sie eng an ihre Brust gedrückt. Es hatte keinen Sinn, Naomis Enttäuschung noch mehr in die Länge zu ziehen. Es hatte auch keinen Sinn, sie offen anzulügen.

* * *

Als die Sonne am heißesten schien und Sadie am Nachmittag zu einem Spaziergang aufgebrochen war, schlich Leah in ihr gemeinsames Schlafzimmer, schloss die Tür hinter sich und wünschte sich zum ersten Mal in ihrem Leben ein Schloss an der Tür. Wie ein neugieriges Kätzchen eilte sie zu Sadies Aussteuertruhe und öffnete den Deckel. Den ganzen Tag hatte sie an nichts anderes gedacht. Sie wollte gern einen genaueren Blick auf den modernen Rock und die Bluse werfen, die Sadie gestern Abend getragen hatte, und auch auf die weiß-schwarzen Schuhe. Sie konnte sich nicht vorstellen, überhaupt etwas an ihren Füßen zu tragen, wenigstens nicht vor dem ersten kalten Frost.

Sie steckte den Arm tief in die Truhe und tastete nach den Schuhen. Die Bettlaken und Kissenbezüge, genug für drei Betten, wie sie jedes amische Mädchen üblicherweise hatte, schob sie zur Seite. Sie fand auch Handtücher und Waschlappen neben Tischdecken, handgemachten Läufern und kleinen Kissenbezügen. Endlich stießen ihre Hände auf die Schuhe. Sie zog den ersten heraus und dann den zweiten und betrachtete beide. Mit zwei Fingern hielt sie die Schuhe an den weißen Riemen hoch, wie Papa tote Mäuse am Schwanz hochhielt. Sie sahen so seltsam aus. Ach, sie fühlte sich allein schon durch die Berührung fast sündig. Sie betrachtete die eitlen Schuhe mit Verachtung, wohl wissend, wer sie getragen hatte, und fragte sich plötzlich, wer sie wohl vor Sadie getragen hatte. Die Baumwollbluse roch nach Parfüm und Wald. Der Rock war hellrot und elegant geschnitten. Er war nicht abgetragen. Auch die Bluse war nagelneu. War Sadie tatsächlich irgendwo in ein englisches Bekleidungsgeschäft gegangen und hatte sich diese Sachen gekauft? Wenn nicht, wie war dann diese modische Aufmachung in ihren Besitz gelangt? Vielleicht durch eine von Sadies früheren Freundinnen an der Mittelschule?

Sie dachte an Sadies amische Freundinnen, die ihre Chance nutzten, die Welt da draußen kennen zu lernen, bevor sie sich entschieden, ob sie vollwertige Mitglieder der amischen Kirche werden wollten oder nicht. Es gab jede Menge Mädchen, die Sadie in dieser Hinsicht beeinflusst haben könnten. Andererseits konnte es auch sein, dass Sadie diejenige war, die die anderen beeinflusste. Wenn sie genauer darüber nachdachte, war das wahrscheinlich sogar eher der Fall ... so eigensinnig wie Sadie immer war. Manchmal tat sie Leah sogar Leid.

Leah erinnerte sich an den Tag, an dem Sadie vom Predigtgottesdienst zu Hause bleiben und ein krankes Hündchen hatte pflegen wollen. Mama hatte gesagt: „Kommt nicht in Frage“, aber am Ende hatte Sadie doch ihren Willen durchgesetzt. Leah hatte schon damals bezweifelt, dass ihre Schwester tatsächlich zu Hause sitzen und ihr neues Hündchen pflegen würde. Sie hatte das Gefühl, Sadie wolle in Wirklichkeit nur in den Ponywagen springen und zu einer Wiese fahren und dort Wildblumen pflücken. Und das am Tag des Herrn! Leah war ziemlich sicher, dass Sadie genau das getan hatte, denn später hatte sie einen Strauß verwelkter Butterblumen in Sadies oberster Schublade gefunden. Außerdem war das kranke Hündchen in jener Nacht gestorben. Es war überhaupt nicht gepflegt worden.

Wütend über sich selbst, verstand Leah ehrlich nicht, warum sie sich jetzt an so etwas erinnerte. Sie sollte lieber auf die Knie gehen und für ihre eigensinnige Schwester beten und Gott bitten, die liebe Sadie mit seiner Strafe zu verschonen.

Sie stopfte die schändliche Kleidung und die Schuhe wieder in Sadies Aussteuertruhe und sprach seufzend ein Gebet. Dabei war ihr sehr wohl bewusst, dass mehr als ein paar geflüsterte Worte zum Himmel nötig wären, um ihre Schwester vor sündigen Vergnügungen zu retten. Leider hatte sie nicht die geringste Idee, wie sie jemanden vor den rasanten Strudeln der Welt retten sollte, besonders wenn nichts darauf hindeutete, dass diese Person mit den Armen um sich schlug oder um Hilfe rief. Sadie würde sich doch gewiss nicht kampflos in die Tiefe reißen lassen?

Leah kam ein schrecklicher Gedanke. War sie an Sadies Untergang mitschuldig, weil sie das Geheimnis ihrer Schwester für sich behielt? *Lieber Herr, bin ich dabei, einen furchtbaren Fehler zu begehen?*

* * *

Henry Schwartz' Versuch, mit seinem jüngsten Sohn zu sprechen, verlief völlig erfolglos. Derek hatte sich kaum blicken lassen und blieb lange oben und rasierte sich. Danach rief er seinen Freund Melvin Warner an. Dabei wurde er mehrere Male von Mrs. Ferguson unterbrochen, die mit ihrer frisch verheirateten Tochter plaudern wollte. Aber Derek wimmelte sie ab und vereinnahmte für sich den Gemeinschaftsanschluss, den sie mit zwölf anderen Familien teilten. Schließlich rief Lorraine sie alle ins Esszimmer zum Frühstück.

Auch Derek war irgendwann an den Tisch gekommen, wo Lorraine und Robert in ein langes Gespräch vertieft waren und über solch aufwühlende Themen sprachen wie „friendly fire", das so viele alliierte Soldaten getötet hatte. Robert war bei seiner Einberufung erst achtzehn gewesen und war Anfang 1944 prompt zur Grundausbildung eingezogen worden, genau zu der Zeit, als der Krieg in die entscheidende Phase kam und die Angriffe auf Deutschland zunahmen.

Während er still am Tisch saß und beobachtete, wie seine Familie ihr Frühstück einnahm, überlegte Henry, ob es klug sei, Derek heute wegen seines jüngsten Ausfluges in den Wald zur Rede zu stellen. Sein Sohn hatte es eilig, das sah er an der Art, wie er seinen Mund an seiner Serviette abwischte und sie zusammengeknittert auf den Teller legte, dann „entschuldigt mich“ murmelte und den Raum verließ, ohne jemanden anzuschauen. Seine schnellen Schritte waren auf der Treppe zu hören. Henry vermutete, dass er pünktlich zur Arbeit bei den Masts sein wollte.

Wenn er an seine Versuche dachte, *diesen* Sohn zu zähmen, die in der Vergangenheit immer gescheitert waren, wurde ihm erneut bewusst, dass Derek ein Junge war, den er nie wirklich hatte beeinflussen oder kontrollieren können. Er war das genaue Gegenteil des gewissenhaften und friedfertigen Robert, aber in mancherlei Hinsicht war er Henry ähnlich, der in seinen Jugendjahren selbst auch ziemlich ungestüm gewesen war. Niemand, nicht einmal sein Vater, Pastor Schwartz, hatte ihn in jenen Tagen bändigen können.

Wie der Vater so also auch der Sohn. Henry musste diese Tatsache anerkennen. Täglich damit zu leben, war jedoch manchmal ganz schön schwer. Er würde also auf eine günstigere Gelegenheit warten, um mit Derek in Ruhe darüber zu sprechen. Falls sich dieser Augenblick überhaupt je ergab.

* * *

Es war bei den Amisch üblich, sich pünktlich um neun Uhr am Sonntagmorgen zum Predigtgottesdienst zu treffen. Am Tag zuvor entfernten die Männer die Trennwände, die das Wohnzimmer von der großen Küche trennten, und schufen damit sehr viel Platz für gut hundertfünfzig Leute. Teppichläufer wurden entfernt, das Porzellan wurde gespült und war makellos sauber. Die Möbel wurden umgestellt und der Ofen poliert und eingefettet, bis er schwarz glänzte. Im Stall war der Mist beseitigt worden, und alles war sauber geputzt. Der Predigtgottesdienst dauerte üblicherweise drei Stunden und endete mit einem gemeinsamen Mittagessen.

Danach war Zeit, sich miteinander zu unterhalten. Ein Tag, der mit großer Vorfreude erwartet wurde.

Ida saß auf der Bank ohne Rückenlehne zwischen Lizzie zu ihrer Linken und Leah zu ihrer Rechten. Sadie und die Zwillinge hatten genau vor ihnen Platz genommen, und Ida war erneut von den auffallend schönen Haaren ihrer Töchter fasziniert, die sie sehr an ihre eigenen Jugendjahre erinnerten. Hannah und Mary Ruth waren von hinten kaum auseinander zu halten. Sadie, die nur ein bisschen größer war, hatte in ihrem Körperbau viel Ähnlichkeit mit ihren Zwillingsschwestern und war immer noch ziemlich dünn, obwohl sie fast schon eine erwachsene Frau war. Dankbar bewunderte Ida ihre Mädchen, die alle in einer Reihe saßen, während sie eigentlich als Vorbereitung auf das Wort Gottes, das sie bald hören würde, eine Gebetshaltung einnehmen sollte.

Sie erinnerte sich, dass Leah auf dem Weg zum Gottesdienst sehr ruhig gewesen war. Wie üblich war Mary Ruth diejenige gewesen, die am meisten geredet hatte. Sadie hatte lediglich bemerkt, wie hübsch die Wolken an diesem Morgen seien. „Sie sind ganz weich und zart“, hatte sie gesagt. Ida fragte sich, was ihrer erstgeborenen Tochter *wirklich* im Kopf umging. In der letzten Nacht war sie gegen ein Uhr an der Küchentür mit Sadie zusammengestoßen, die gerade ins Haus geschlichen war. Ida war nach unten gegangen, weil sie Magenbeschwerden hatte. Sie hatte keine Ahnung, woher diese gekommen waren – sie hatte nichts anderes gegessen als sonst auch. Sie hatte sich ein Glas Milch eingegossen und hätte es beinahe fallen lassen, als plötzlich die Hintertür aufgegangen war.

Als sie sich umgedreht hatte, um zu sehen, wer das war, hatte es ihr die Sprache verschlagen. „Sadie, du bist das?“

„Ja, Mama. Ich bin zu Hause“, war alles, was Sadie gesagt hatte.

„So spät warst du noch unterwegs?“, hatte sie ihre Tochter sanft getadelt.

Sadie hatte geschwiegen.

Sie hatte nicht auf eine bessere Gelegenheit gewartet, um ihre Tochter daran zu erinnern, was die Bibel lehrte. *„Was hat die Ge-*

rechtigkeit zu schaffen mit der Ungerechtigkeit? Was hat das Licht für Gemeinschaft mit der Finsternis?"

„Aber ... es ist meine Rumspringzeit", hatte Sadie gemurmelt, war an ihr vorbeigehuscht und die Treppe hinaufgeeilt.

Ein leichter Geruch nach Wald hatte sich mit einem Duft vermischt, den Ida nicht ganz einordnen konnte, als Sadie aus der Küche geflüchtet war. Ach, wenn Abram nur ihre Älteste nach der achten Klasse zu Hause behalten hätte, dann wäre sie vor dem Einfluss der staatlichen Mittelschule bewahrt geblieben. Ida und Abram hatten sich beide geirrt und bezahlten nun teuer dafür. Es war falsch gewesen, Sadie länger zur Schule zu schicken. Dadurch hatte sie mit weltlichen Lehrern und Schülern zu engen Kontakt bekommen. Nach der Erfahrung mit Sadie waren sie klüger geworden und hatten eine Erlaubnis beantragt, dass Leah von der Schule befreit würde, um Abram auf dem Hof zu helfen. Dadurch war Leah seit ihrem fünfzehnten Geburtstag von der Welt abgesondert und lebte geschützt in der Amischgemeinschaft.

Es fiel Ida zwar schwer, nicht zu sehr in die starrsinnige Sadie zu dringen. Aber sie ließ die Dinge einfach auf sich beruhen. Ihr Mutterherz sehnte sich danach, einzugreifen, wenn auch nur zu Sadies Wohl. Aber das war bei den Amisch nicht üblich. Es war besser für ihre Älteste, wenn sie jetzt, vor ihrer Taufe, ein wenig die Welt kennen lernte, als wenn sie später neugierig würde und sich dafür interessierte. Deshalb war sie auch in der Nacht vor dem Predigtgottesdienst nicht so streng gewesen. Nein, das Haus war dunkel und ruhig und sollte es auch bleiben, auch wenn sie befürchtete, dass Sadie so spät in der Nacht draußen im Wald gewesen sein könnte. Und das höchstwahrscheinlich nicht allein.

Dann hatte Sadie auf dem Weg zum Gottesdienst bei den Peacheys auch noch Bemerkungen über den Himmel und die Wolken gemacht. Ida konnte sich nicht erinnern, dass ihre Älteste irgendwann einmal schon so geredet hätte, als würde sie nach all den Jahren plötzlich das Wirken des Schöpfers schätzen. Nein, Sadie war nicht der Typ, der sich Gedanken um den Himmel machte; sie hatte nie auf die Natur geachtet wie Leah oder Lizzie.

Da die Gemeindeversammlung sozusagen gleich nebenan stattfand, waren sie und Lizzie mit den Mädchen gemeinsam die Straße hinabspaziert. Ida hatte ihren Beitrag zum gemeinsamen Essen schon gestern Abend im Wagen zu den Peacheys gebracht und hatte jetzt also die Hände frei. Früh an diesem Morgen war Abram nach dem Melken und einem herzhaften Frühstück losgegangen, um dem Schmied bei den letzten Vorbereitungen zu helfen.

Jetzt saßen sie da, die Frauen und kleinen Kinder auf der linken Seite des Raumes, und warteten darauf, das erste Kirchenlied zu singen, während sich oben die Prediger berieten, wer die einleitende Predigt halten solle, wer für die Hauptpredigt zuständig sei und wer für den Zeugnisteil.

Während dieser ganzen Zeit konnte Ida den Blick nicht vom Hinterkopf ihrer geliebten Sadie abwenden. Die Bänder ihrer weißen Gebetshaube hingen lose über ihre anmutigen Schultern. Bald, ja *sehr* bald würde Sadie ihren Bund mit Gott und der Kirche schließen. Ida ertappte sich dabei, wie sie hörbar aufseufzte. Sadie hatte so viel Ähnlichkeit mit Lizzie, obwohl Ida hoffte und betete, ihre Älteste würde die Zeit des Rumspringens friedlich hinter sich bringen und nicht so sehr auf Abwege geraten wie Lizzie damals. Ach, die Jugend war viel komplizierter, als man von außen sehen konnte. Für einige war es der Spielplatz des Teufels – wilde Feste und solche Sachen. „Eine Sünde und eine Schande", sagte Prediger Yoder oft in seinen Sonntagspredigten und ermahnte die jungen Leute, „in Jesus zu bleiben". Sie musste dafür sorgen, dass Sadie den Taufunterricht bis zum Schluss besuchte und dem Herrn in der heiligen Taufe im September Gehorsam versprach.

* * *

Lizzie ging Miriam Peachey und ihrer Tochter Adah bei den Vorbereitungen für das Picknick auf ihrem Gelände zur Hand. Sie und mehrere andere Frauen arbeiteten in Miriams Küche, bereiteten große Platten mit kaltem Aufschnitt, Käse und selbst gebackenem Brot vor. Ihr entging nicht, dass immer mehr junge Leute sich im Hof versammelten. Viele kamen ins Rumspring- und ins

Heiratsalter. Sie war eine praktische Frau, die sehr früh gelernt hatte, keine zu hochtrabenden Erwartungen an die jungen Leute aus der Gemeinde zu stellen, die Hoffnungen nicht zu hoch zu setzen. Sie wusste, was sie selbst getan hatte. Sie war sich der menschlichen Schwächen sehr wohl bewusst und hatte aufgehört, zu sehr in die Zukunft zu blicken. Vielmehr konzentrierte sie sich auf die Gegenwart. Auf das Hier und Jetzt. Immerhin musste man mit dem, was man heute tat, morgen leben. Ach, sie wusste nur zu gut, wie wahr diese Aussage war.

Schweigend beobachtete sie Sadie und ihre Busenfreundin Naomi Kauffman. Lizzie könnte ihnen das eine oder andere raten, wenn sie nur zuhören würden. Aber sie würden ihr kein Gehör schenken. Nicht jetzt. Sie genossen ihre herrliche, aufregende Jugend und freuten sich an ihren jugendlichen Abenteuern. Oh ja, sie erinnerte sich sehr gut daran, dass sie jene Jahre selbst nur knapp überlebt hatte. Leider war nach jenen unruhigen Tagen nichts so gekommen, wie sie es sich erhofft hatte. Gott wusste, dass sie davon geträumt hatte, zu heiraten und mindestens eine Hand voll Kinder zu haben. Stattdessen wurde ihre Aussicht, selbst eine Familie zu gründen, von Jahr zu Jahr schlechter.

Aber trotz alledem war Lizzie der letzte Mensch, der sich lange seiner Enttäuschungen hingab. Sie versuchte, fröhlich zu leben und so viel Freude in das Leben anderer zu bringen, wie sie nur konnte. Beispielsweise in das Leben von Idas Mädchenquartett. Inzwischen war eine recht fröhliche Runde junger Frauen zusammengekommen, besonders am Esstisch, an den Lizzie oft eingeladen wurde. Sie würde sich nie eine Gelegenheit entgehen lassen, Zeit im Haus ihrer Schwester zu verbringen. Oh, wie sie lachten und einander Geschichten erzählten, besonders Ida, wenn sie sich an ihre Kindheit erinnerte und erzählte, wie sie mit einem Haufen Geschwistern aufgewachsen waren. Eine Schwester wohnte drüben in Hickory Hollow und hatte mit ihren achtunddreißig Jahren schon zehn Kinder, und jetzt war schon wieder eines unterwegs.

Manchmal wünschte Lizzie, ihre Geschwister hätten sich alle

näher bei Gobbler's Knob niedergelassen, wo sie seit ihrer Jugend wohnte. Mit diesem Ort verband sie wunderbare Erinnerungen. Erinnerungen an manchen saftig grünen April und manchen farbenfrohen Oktober, auch wenn solche Erinnerungen sich bald mit schmerzlichen Erinnerungen vermischten, so wie sich Fäden bei einer Quiltdecke aus Jade, Saphir und Brombeer mit tiefschwarzen und aschgrauen Fäden vermengten.

Aber an einem so wunderschönen Tag wie heute, an dem der Himmel sich mit tiefstem Blau geschmückt hatte, setzte Lizzie ein Lächeln auf, begab sich nach draußen, stieg die Stufen hinab und ging in den großen Garten hinter dem Haus, wo Picknickdecken bereits im Schatten der Linde ausgebreitet waren, deren dichte, herzförmige Blätter sich in der Hitze des Tages leicht bewegten.

Sie weigerte sich, auch nur ein Quäntchen Energie mit Selbstmitleid zu vergeuden. Es war Zeit, die Männer zum Essen ins Haus zu rufen, und bald danach dann die Frauen und die Mädchen. Sie würde sich auf die große Decke der Ebersols setzen und mit Ida, Leah und Hannah ihr Essen genießen, während Mary Ruth mit den kleinen Kindern aß und spielte und Sadie und einige der älteren Mädchen einen Steinwurf weit entfernt in einer Gruppe zusammensaßen. Sie würde die Gemeinschaft genießen, umgeben von so vielen Menschen, denen es gelang, gegen alle Widerstände glücklich zu sein.

5

Der Zug, der zwischen Quarryville und Atglen verkehrte, war hier, so weit von der Bundesstraße 372 entfernt, nur selten zu hören. Gelegentlich jedoch, in den frühen Morgenstunden, bevor die Vögel mit ihrem fröhlichen Gesang das erste Licht begrüßten, drang das Rollen des Zuges auf den Schienen weit über das Land bis an Leahs Ohren, wenn sie sich aus dem Bett erhob und ihre nackten Füße auf den Holzfußboden stellte. Sie hörte ein leises Pfeifen aus der Ferne, das jetzt, da die Luft besonders ruhig war und sich kaum ein nennenswerter Windhauch regte, fast unheimlich klang.

Während sie daran ging, ihr braunes Arbeitskleid anzuziehen und ihre Schürze umzubinden, vernahm sie immer noch das Pfeifen des Zuges in der Ferne. Papa wäre überrascht, wenn sie in den Stall hinauseilte und noch vor ihm an diesem Montagmorgen an die Arbeit ginge, aber irgendwie fühlte sie sich gezwungen, heute besonders früh mit der Arbeit zu beginnen. Sie hatte ein dringendes, fast panisches Gefühl und wollte aus dem Bett kommen und so schnell wie möglich von Sadie fort sein, die nach einer weiteren langen Nacht jetzt friedlich schlief. Wie ihre Schwester es schaffte, mit nur wenigen Stunden Schlaf ihren täglichen Pflichten nachzugehen, wusste Leah nicht.

Oh, wie sehr sie die sorgenfreien Tage vermisste, die sie und Sadie als kleine Mädchen genossen hatten. Sie hatte so angenehme Erinnerungen. Wie gern hatten sie miteinander an warmen Sommertagen Himmel-und-Hölle gespielt, die Nacht bei Tante Lizzie verbracht und an kalten, verregneten Nachmittagen Verstecken gespielt. Sie hatten begeistert kleine Holzwagen durch den Hof gezogen, in denen sie ihre gesichtslosen Puppen in winzige handgemachte Decken eingewickelt hatten, die Mama für jede von ihnen genäht hatte. Eines Tages hatten sie sich bei einem Spaziergang hinüber zum Hof der Peacheys versprochen, immer die besten Freundinnen zu bleiben; *„Egal, was kommt“*, hatte Leah gesagt. Sadie hatte ihr zugestimmt. Ihre tiefen Grübchen waren zu sehen gewesen, als sie gelächelt und Leahs kleine Hand ergriffen hatte.

Leah sehnte sich nach jenen Tagen, als sie alles miteinander geteilt und nichts voreinander geheim gehalten hatten. Aber Sadie war leider „völlig aus dem Tritt geraten".

* * *

Montagmorgens war es üblich, dass Mama und Sadie die erste Ladung Wäsche schon gewaschen und auf der Leine hängen hatten, bevor sie das Frühstück vorbereiteten. Heute jedoch konnte Leah vom Hof aus hören, dass Mama Sadie rief, sie solle aufstehen. Kurze Zeit später hörte sie ähnliche Aufforderungen, diesmal an Hannah und Mary Ruth gerichtet. „Morgenstund' hat Gold im Mund", sagte Mama immer.

Sie kehrte in die Küche zurück und goss sich einen frisch gepressten Orangensaft ein. Wer tauchte in diesem Augenblick in der Küche auf, um in den Keller zu gehen und Mama zur Hand zu gehen? Die Zwillinge!

„Sadie fühlt sich nicht gut", erklärte Mary Ruth ungefragt, als Leah die beiden erstaunt anschaute, überrascht, dass sie die Arbeit ihrer älteren Schwester verrichteten.

„Ja, oder sie ist einfach furchtbar müde", fügte Hannah leise hinzu, die immer noch etwas verschlafen aussah.

Das überraschte Leah nicht allzu sehr. Sie fragte sich, wann es so weit wäre, dass Sadie sich ganz weigerte, morgens aufzustehen. Und das ausgerechnet heute, wo Tante Lizzie kam, um Mama bei der Gartenarbeit zu helfen.

Sie eilte die Kellerstufen hinab und rief, dass Tante Lizzie wahrscheinlich bald zum Frühstück hier wäre. „Das hast du doch nicht vergessen, oder Mama?"

Mama nickte, sah aber selbst ein wenig mitgenommen aus. „Lizzie hat beim Gottesdienst gestern erwähnt, dass sie kommen und mir im Garten helfen wolle. Außerdem erzählte sie, dass ihr Mädchen sie neulich besucht habt. Das war wirklich nett von euch."

„Ja, Sadie war bei ihr“, erwiderte Leah.

„Und ich habe ihr einen Laib Rosinen-Nuss-Brot gebracht“, gestand Hannah unsicher.

„*Dahin* ist also mein süßes Brot verschwunden“, schmunzelte Mama und ging wieder daran, die Kleidung auszusortieren, aber ohne ihren gewohnten Schwung.

„Es ist schon so lange her, seit Tante Lizzie das letzte Mal zum Frühstück bei uns war“, bemerkte Leah. „Ich wünschte, sie würde öfter kommen.“

„Also, deine Tante ist praktisch hier zu Hause ... an den meisten Tagen“, erwiderte Mama.

Das stimmte. Trotzdem fühlte sich Leah in Lizzies Nähe immer richtig wohl. Sie war wie der stille Duft nach einem Frühlingsregen. Ja, Lizzie war für sie mehr als nur eine Tante; sie war auch eine gute Freundin.

* * *

Leah saß neben Tante Lizzie auf der langen Holzbank am großen Tisch. Normalerweise saß ihre Tante, wenn sie zum Essen bei ihnen war, direkt neben Mama, während Papa an der Stirnseite seinen Platz hatte. Heute hatte Lizzie weiter unten auf der Bank Platz genommen, zwischen Leah und Mary Ruth. Sadie schleppte sich gerade noch rechtzeitig die Treppe herab, um Papas stillem Tischgebet beizuwohnen, und setzte sich auf die andere Seite des Tisches neben Hannah. Papa warf Sadie einen strengen Blick zu, bevor er den Kopf zum Gebet beugte.

Eine unbeschreibliche Spannung lag über dem Raum, als Sadie das Zimmer betreten hatte. Papa und Mama entging Sadies Verhalten keineswegs, das konnte Leah sehen.

Leah fühlte sich nicht nur unbehaglich, sie wusste überhaupt nicht, wie sie mit dieser Anspannung umgehen sollte, besonders wenn jemand am Tisch saß, der nicht zu ihrer direkten Familie gehörte. Die anderen Geschwister ihrer Mutter wohnten weiter weg, einige drüben in Hickory Hollow und Summer Hill, andere in der Gegend von Grasshopper Level. Tante Lizzy sahen sie am häufigsten, da sie gleich oben am Waldrand wohnte. Sie konnte sogar hören, wenn Mama die Essenglocke läutete. Gott sei Dank verbreitete Lizzie, wo immer sie hinkam, Fröhlichkeit. An diesem Tag war Leah besonders dankbar, dass die jüngere Schwester ihrer Mutter mit ihnen frühstückte und an ihrem Gespräch teilnahm.

Ihre Tante hatte sich immer viel Zeit genommen, den vier Mädchen einen ehrfurchtsvollen Blick für Gottes Schöpfung zu vermitteln, besonders für das Reich der Kleintiere. Leah hatte ihre Worte und Erklärungen über die Natur wie ein trockener Schwamm aufgesogen. Sie erinnerte sich an einen Sommernachmittag vor langer Zeit, als Tante Lizzie ihr gezeigt hatte, was Eichhörnchen mit ihrem Schwanz alles anstellen können. „Schau nur, Liebes", hatte Lizzie gesagt, als Leah gerade drei oder vier Jahre alt gewesen war. „Siehst du, dass sie ihren Schwanz wie einen Schirm über ihrem Kopf zusammenfalten?" Sie hatte erfahren, dass der schirmförmige Schwanz die Eichhörnchen schützte, wenn der Dauerregen einsetzte, „was hier in der Gegend im Herbst oft der Fall ist".

Während sie im Schatten von Lizzies Garten saßen, hatte ihre Tante weitergesprochen: „Eichhörnchen benutzen ihren Schwanz aber auch noch zu anderen Dingen, Leah. Sie setzen sich auf die Fersen und werfen ihren Schwanz wie ein Wolltuch über ihren Rücken, damit er sie warm hält, wenn sie auf dem kalten Boden sitzen und fressen."

Die junge Leah hatte das sehr interessant gefunden und hätte ihrer Tante am liebsten noch stundenlang weiter zugehört. Sie hatte gespannt ihren Schilderungen gelauscht, während sie die vielen Eichhörnchen beobachtet hatten, die hier und da die Bäume hinauf und hinunter und über die Steinmauer sprangen.

„Hast du dich schon einmal einsam gefühlt ... und wärst gern umarmt worden?" Tante Lizzie stellte Leah manchmal sonderbare Fragen, mit denen sie überhaupt nicht rechnete.

„Ich denke schon, ja", hatte sie geantwortet, obwohl sie sich nur schwer an eine Zeit erinnern konnte, in der sie sich tatsächlich allein gefühlt hatte. Immerhin hatte sie drei Schwestern im Haus und mehr Kusinen und Vettern, als sie zählen konnte.

„Eichhörnchen fühlen sich auch manchmal einsam. Hast du das gewusst?“ Lizzie führte ihr mit ihren eigenen Armen vor, wie Eichhörnchen ihren Schwanz benutzten, um sich sozusagen selbst zu umarmen. „Das ist für sie ein großer Trost.“

Damals hatte sich Leah gefragt, ob ihre Tante sich manchmal auch ein wenig einsam fühle. Immerhin hatte sie keinen Mann, der sie umarmte. Sie lebte allein im Wald ... nun ja, nicht ganz im Wald, aber ganz nahe daran. „Du musst Eichhörnchen sehr gern haben, Tante Lizzie“, hatte Leah gesagt, nachdem sie darüber nachgedacht hatte, wozu einem Eichhörnchen sein Schwanz nützlich war.

„Wer sollte diese klugen kleinen Tiere nicht mögen? Sie sehen so zufrieden aus, wenn sie ihren buschigen Schwanz hoch über ihrem Kopf halten oder ihn hinter sich herziehen“, erwiderte Lizzie. „Aber am schönsten ist, dass ihre Gesichter immer so aussehen, als würden sie lächeln.“

Das war Leah noch nie aufgefallen. Jedes Mal, wenn sie seitdem ein Eichhörnchen erblickte, fiel ihr nicht nur auf, was sie mit ihrem Schwanz taten, sondern auch das humorvolle leichte Lächeln auf ihren pelzigen kleinen Gesichtern.

Als sie jetzt so neben Tante Lizzie saß, konnte Leah sich des Gedankens nicht erwehren, ob ihre Tante nicht vielleicht auch eine liebevolle Umarmung vertragen könnte. Wie lange war es her, seit sie das letzte Mal länger zusammen gewesen waren, nur sie beide? Viel zu lang, fand sie. Mama umarmte ihre Töchter oft, und Papa und Mama umarmten sich auch, wenn Papa zum Essen ins Haus kam. Tante Lizzie tat es sicher auch gut, umarmt zu werden – wahrscheinlich brauchte sie es mehr als alle anderen. Sie wusste nicht, warum sie ausgerechnet jetzt auf solche Gedanken kam. Aber Leah beschloss in diesem Augenblick, dass sie Tante Lizzie an diesem Tag den Arm drücken oder sie umarmen wollte. Einfach so, aus keinem besonderen Anlass. Ja, das würde sie tun.

* * *

Sadie fühlte, dass die Augen ihres Vaters während des gesamten Frühstücks auf ihr ruhten. Und auch Mamas Blicke. Hatten sie gestern Nacht wieder gehört, dass sie spät nach Hause gekommen war? Hegten sie irgendeinen Verdacht?

Sie atmete tief ein und hielt die Luft eine oder zwei Sekunden an, dann atmete sie aus und überlegte, ob Leah ihr Wort gebrochen und mit Mama gesprochen hatte. Vielleicht hatte auch Papa von Leah das schreckliche Geheimnis erfahren, das Sadie ihr anvertraut hatte.

Sie war so müde, dass es ihr fast egal war; sie konnte kaum ihre Gabel halten. Sie zitterte vor Schwäche, als sie sich an den Tisch setzte. Beim Geruch des Essens drehte sich ihr fast der Magen um. Wie viele Stunden würde es noch dauern, bis sie sich hinlegen und ausruhen, ein bisschen Schlaf nachholen konnte? Vielleicht heute Nachmittag, während Mama, Hannah und Mary Ruth nach Georgetown einkaufen fuhren? Leah und Papa hätten bestimmt im Hof alle Hände voll zu tun. Sie hätte also das Haus für sich allein, falls Mama nichts dagegen einzuwenden hatte, dass sie zu Hause blieb. Sie musste sehr bald etwas Zeit für sich allein haben. Eine Stunde Schlaf würde ihr gut tun.

„Noch fünf Tage, bis wir Mamas Vetter und seine Familie besuchen“, bemerkte Mary Ruth mit strahlendem Gesicht. „Kusine Rebekka hat mir einen Brief geschrieben und von dem Brautherz-Quilt erzählt, den sie und die anderen für Anna nähen. Sieht so aus, als gäbe es in Mamas Verwandtschaft bald eine Hochzeit.“

Diese Nachricht kam für niemanden am Tisch überraschend. Sadie und Leah – und wahrscheinlich auch Mama – rechneten fest damit, dass die älteste Tochter von Mamas Verwandten und ihr Freund, Nathanael King, im kommenden Herbst die bevorstehende Hochzeit bekannt geben ließen. Natürlich wären sie alle zur Hochzeit im November eingeladen.

Sadie fühlte sich unbehaglich, als von Anna Mast und ihrer möglichen Hochzeit die Rede war. Wenn es nach dem Alter ging, wäre sie als Nächste an der Reihe. Das wusste Sadie, obwohl sie sich bei diesem Gedanken innerlich sträubte. Ihre Faszination von Derry Schwartz machte die Sache allerdings kompliziert. Was sollte sie nur tun?

***

Dass sie Tante Lizzie zum Frühstück eingeladen hatten, war eine hervorragende Idee gewesen. Nach Mamas köstlichen Eiern, die mit gewürfeltem Käse aufgeschlagen worden waren, war Leah wieder richtig fröhlich. Als sie den Schinken und den Toast gegessen hatte, hatte sie kaum noch Platz für die Waffeln. Sie nahm trotzdem eine und nippte am schwarzen Kaffee, um den süßen Geschmack des Ahornsirups zu vertreiben. Sie beobachtete Sadie, die ganz und gar nicht sie selbst war, sondern während des gesamten Essens fast regungslos ihr gegenüber am Tisch saß – und nichts sagte. Ihr Gesicht war blass und in ihren Augen war nichts von ihrem gewohnten Leuchten zu entdecken. Hannah war wie üblich still, aber sie lächelte. Ihre rötlich blonden Haare glänzten auf beiden Seiten ihres Mittelscheitels. Sie sprach nur sehr selten, und dann hauptsächlich nur, um eine zweite Portion des köstlichen Frühstücks zu bekommen. Mary Ruth, frisch, munter und ausgeschlafen, mischte sich ungezwungen in das Gespräch zwischen Mama und Tante Lizzie ein.

Papa sprach kaum ein Wort. Er war wohl zu hungrig, um viel zu sprechen. Mama sah aus, als freue sie sich riesig, ihre Schwester bei sich zu haben. Sie fragte, ob Lizzie vielleicht Lust hätte, am nächsten Sonntag mitzukommen, wenn sie Peter und Fannie und die Kinder besuchten.

Lizzie freute sich über die Einladung zum Ausflug zu den Masts, die eine große Apfelplantage besaßen. „Ja, das wäre bestimmt schön“, sagte sie.

„In ein paar Wochen fahren wir wieder hin und helfen ihnen, Äpfel zu pflücken, sobald Fannie sagt, dass sie reif sind und vom Baum geholt werden müssen“, erzählte Mama. „Warum kommst du dann nicht auch mit, Lizzie?“

„Kann Tante Lizzie uns helfen, wenn wir Apfelmus kochen, Mama?“, fragte Mary Ruth. Sie beugte sich um ihre Tante herum und schaute ihre Mutter flehend an.

Leah hoffte, ihre Tante würde zustimmen und an diesem Arbeitseinsatz teilnehmen. Es war immer sehr schön, wenn Mamas jüngere Schwester da war. Sie war im gleichen Maße fröhlich und herzlich, wie Sadie in letzter Zeit griesgrämig war.

„Die Masts haben die besten McIntosh-Äpfel, nicht wahr?", bemerkte Tante Lizzie zwischen zwei Bissen.

„Mhm, hervorragende Äpfel für Apfelmus", mischte sich Mary Ruth ein.

„Aber der Lodi ... und der Granny Smith sind auch köstliche Äpfel", fügte Hannah mit einem Grinsen in Richtung ihrer Schwester hinzu.

Papa blickte in diesem Augenblick auf und schaute Sadie an, als wäre ihr Gespräch jetzt auch zu ihm durchgedrungen und hätte ihn aus seinen Gedanken gerissen. „Die meisten essen Äpfel sehr gern", sagte er. „Dabei kommt es weniger auf den Namen als auf die Qualität und den Geschmack an."

Mama knüpfte dort an das Gespräch an, wo Papa aufgehört hatte. „Angeschlagene Äpfel, die vom Baum gefallen sind, nimmt man normalerweise nicht für Apfelmus. Sie werden meistens zu Apfelsaft verarbeitet."

Sadie runzelte einen Augenblick die Stirn. Ihre Augen zuckten mehrmals. Aber sie sagte kein Wort. Hannah verstand als Einzige die stille Botschaft. Sie nickte kräftig mit dem Kopf, sprach aber ebenfalls kein Wort.

Tante Lizzie spürte anscheinend die Spannung und bemerkte, dass auch Äpfel, die zu Apfelsaft verarbeitet werden, einen richtig süßen Geschmack haben konnten – wenn man sie richtig verarbeitete, gut würzte und so weiter. Sie schien ihre Worte an Sadie zu richten, denn sie schaute ihre älteste Nichte direkt an.

Leah verstand, was Lizzie damit sagen wollte. Auch wenn man von Bäumen fiel und vom harten Aufprall Schrammen davontrug, konnte der Geist eines Menschen – wenn er von Anfang an ehrlich und angenehm gewesen war – mit der Zeit und mit der richtigen Pflege wieder in die richtigen Bahnen kommen.

Tante Lizzie schien zu wissen, wovon sie sprach. Das verwirrte Leah am meisten. Während sie die schmutzigen Teller und das

Besteck zusammenräumte, überlegte sie eine Weile, dass es ganz interessant wäre, etwas über Lizzie Brennemans eigene Jugendzeit zu erfahren. Natürlich käme sie nie auf die Idee, sie geradeheraus danach zu fragen; so etwas fragte man nicht aus heiterem Himmel, wenn man so höflich war, wie Leah es sein wollte. Trotzdem hätte sie es wirklich gern gewusst.

* * *

Es war mitten am Nachmittag, als Sadie, die sich auf ihrem Bett ausgestreckt hatte, von ihrem einstündigen Mittagsschlaf erwachte. Wie gut es tat, diese Gelegenheit zum Ausruhen zu haben, bevor Mama und die Mädchen vom Einkaufen zurückkamen. Leah war draußen und arbeitete entweder im Stall oder im Schuppen – zwei ihrer Lieblingsplätze, auch wenn Sadie nie verstehen konnte, warum Leah sich so gern draußen aufhielt.

Sie setzte sich auf die Bettkante und gähnte verschlafen. Sie bereute, dass sie Leah von Derry erzählt hatte. Das war ein riesengroßer Fehler gewesen. Sie und Derry ... nun ja, ihre Beziehung war viel zu kostbar, um einem Mädchen davon zu erzählen, das wahrscheinlich keine Ahnung hatte, was Liebe war, außer einem Anflug von kindlicher Verliebtheit vor mehreren Jahren. Sie erinnerte sich, dass Leah ihr vor Jahren einmal von einem Herbstspaziergang mit Kusine Fannys ältestem Sohn erzählt hatte. „Jonas sagt, dass er mich eines Tages heiraten will“, hatte Leah ihr mit strahlenden Augen erzählt.

„*Dich* heiraten?“ Sadie musste hämisch grinsen.

„Ich weiß, dass das töricht klingt ...“

„Allerdings.“ Dabei hatte sie Leah einen Augenblick neugierig betrachtet. „Du bist also im reifen Alter von zehn Jahren heimlich mit Jonas Mast verlobt?“

Leah grinste sie an, und ihr Gesicht errötete leicht. „Ja, ich glaube schon.“

„Du hast tatsächlich gesagt, dass du ihn heiraten willst?“

„Ich kann mir nicht vorstellen, dass ich je einen anderen Jungen auf dieser Welt lieben werde“, hatte Leah erklärt. Bei der Erwähnung des Mast-Jungen hatten ihre großen, haselnussbraunen Augen erneut aufgeleuchtet.

„Puh!“, hatte Sadie gelacht. Aber jetzt konnte sie solche verliebten Gefühle verstehen. Damals hatte sie mehr als einmal über Leahs unreifes Verliebtsein gelacht. Ihre Schwester war ja noch so grün hinter den Ohren gewesen! Woher sollte man wissen können, mit wem man den Rest seines Lebens verbringen wollte, wenn man noch nicht einmal eine Frau war? Der Unterschied zwischen ihr und ihrer unreifen kleinen Schwester war riesengroß. Es gab nicht viel, wenn überhaupt irgendetwas, das Leah veranlassen könnte, je auf den Gedanken zu kommen, aus der amischen Kirche auszutreten.

Draußen fand sie Leah im winzig kleinen Gartenschuppen. In der Nähe ragte das Vogelhaus hoch in den Himmel, gleich neben Mamas Beet mit rosa und lila Petunien. Unweit davon standen der große Ahornbaum und eine weiße Bank. „Hallo“, rief sie, um ihre Schwester nicht zu erschrecken, als sie sich der Tür zum Schuppen näherte.

Leah drehte sich leicht um. Ihre Finger steckten tief in der Blumenerde. „Hast du gut geschlafen?“

Sadie nickte.

„Was führt denn dich in den Garten?“

Sadie hörte das leichte Schmunzeln in Leahs Stimme. „Ich dachte einfach, wir könnten uns vielleicht ein wenig unterhalten. Das ist alles“, erwiderte sie.

Mit einem fast wissenden Nicken lächelte Leah erneut. „Ich habe fast damit gerechnet, dass du kommst.“

Leahs Bemerkung machte es Sadie leicht, das zu sagen, was ihr auf dem Herzen lag. „Ich hoffe, du hast nichts verraten. Du weißt schon ... das, worum ich dich gebeten hatte.“

„Ich habe keinen Ton gesagt.“

Der Druck, der auf ihr lastete, nahm ab, als hätten Leahs Worte in ihr eine innere Anspannung gelöst. „Zu *niemandem*?“

„Nicht zu Tante Lizzie; und auch nicht zu Papa oder Mama.“

Sadie war froh, das zu hören. So wie sie Leah kannte, musste sie einfach darauf vertrauen, dass Derrys Name niemals in einem Familiengespräch auftauchte. So Gott wollte.

6

Peter und Fannie Mast kamen Arm in Arm aus dem Haus und schlenderten ihren Gästen entgegen, als Leah, ihre Mama, Tante Lizzie und ihre Schwestern aus dem Wagen stiegen. „Willkommen alle miteinander!“, kam die freundliche Begrüßung. Es war fast ein Uhr nachmittags; die heiße Sonne brannte auf sie herab und machte alle ein wenig müde, obwohl die Fahrt nur eine halbe Stunde gedauert hatte.

Jonas und seine sieben Geschwister kamen aus der Küchentür in den Hof hinter dem Haus. Anna, Rebekka, Katie und Martha Mast versammelten sich um Sadie, Leah und die Zwillinge und plauderten in ihrem amischen Dialekt, während Jonas, Eli, Isaak und der kleine Jeremia Mast sich ein wenig abseits hielten, die Arme unsicher auf den Rücken legten und bloß lächelten.

Papa spannte das erschöpfte Pferd aus und führte es in den Stall, wo es frisches Wasser bekam. Peter folgte ihm. Fannie lud alle ins Haus ein zu einem kalten Gewürztee. „Ihr Kinder könnt eure Gläser nehmen und euch unter der Weide in den Schatten setzen“, schlug sie vor und lächelte über die Schulter, als ihr alle durch die Tür hinter dem Haus folgten.

„Unsere Mama will anscheinend in aller Ruhe mit eurer Mama und eurer Tante plaudern“, flüsterte Anna Sadie zu. Leah hatte ihre Worte gehört und fragte sich, was die Frauen wohl zu besprechen hatten.

„Draußen im Schatten ist es wahrscheinlich sowieso kühler“, meinte Sadie. „Vielleicht weht sogar ein leichtes Lüftchen.“

Bei Leah war keine Überredungskunst nötig. Was sie anging, so freute sie sich darauf, sich mit Kusine Fannies Kindern draußen hinzusetzen und zu plaudern, auch wenn die meisten von ihnen entweder jünger als sie waren oder schon auf die Zwanzig zugingen und keine Kinder mehr waren. Trotzdem hoffte sie auf eine Gelegenheit, nach so langer Zeit ein paar Worte mit Jonas wechseln zu können.

Bevor sie die Küche verließen und in den Hof gingen, verteilte Hannah neu bestickte Taschentücher unter Tante Fannie und ihren Töchtern.

„Das ist aber ein schönes Geschenk, danke", bedankte sich Fannie.

„Vielen Dank", sagten Anna, Rebekka, Katie und Martha wie aus einem Mund.

Über Mamas Gesicht zog ein Lächeln. „Hannah liebt es, andere mit ihren handgenähten Sachen zu überraschen."

„Geben ist seliger als Nehmen", sagte Mary Ruth und lehnte den Kopf an die Schulter ihrer Zwillingsschwester. Die beiden sahen aus, als suchten sie aneinander Halt wie zwei kleine Vögelchen in einem Nest.

Tante Lizzie nickte. Dann trugen sie trotz der Hitze ihre Gläser mit Eistee nach draußen und suchten sich einen gemütlichen Platz unter dem hohen, weit ausladenden Baum in der äußersten Ecke des Hofes. Jonas und seine jüngeren Brüder, darunter der dreijährige Jeremia, saßen mit überkreuzten Beinen als bunt gemischter Haufen etwas abseits von den Mädchen, aber immer noch in deren Hörweite. Sadie und Anna saßen nebeneinander und ließen Leah, Hannah, Mary Ruth und die vier kleineren Mast-Mädchen in einem Kreis neben ihnen Platz nehmen.

„Es dauert nicht mehr lang, dann gehen wir alle zum Sonntagabend-Singen", bemerkte Rebekka mit erwartungsvoll leuchtenden Augen. „Ist das nicht großartig?"

Leah nickte. „Wie viele kommen bei euch zum Singen?", fragte sie Rebekka und vergaß ganz, dass ihre Kusine erst fünfzehn war.

„Ich war noch nie dort", grinste Rebekka. „Solche Fragen solltest du lieber Anna stellen. Oder Jonas. Sie gehen immer zum Singen."

Als sie ihren Namen hörte, drehte sich Anna zu ihnen um. Sadie tat es ihr gleich. „Was hast du gesagt?", fragte Anna, unter deren Gebetshaube ein paar dunkle Haarsträhnen zu sehen waren, die sich in ihrem Nacken gelöst hatten. Sie sah fast zu jung aus für eine Hochzeit im kommenden Herbst.

Rebekka war nicht schüchtern und sagte schnell: „Leah wollte nur wissen, wie viele Jugendliche in unserem Gemeindebezirk zum Singen gehen."

„Mehr als ich zählen kann", kam Annas Antwort. „Es werden von Woche zu Woche mehr."

Jetzt mischte sich Sadie ein. „Und du hast einen Verehrer, ja?"

Das löste bei den Mädchen ein mühsam unterdrücktes Gekicher aus. Leah beobachtete, wie die Jungen sich ins Gras zurückfallen ließen und aus voller Kehle lachten. Alle außer Jonas. Er erwiderte nur ihren Blick und bewegte in diesem Augenblick den Kopf, als versuche er, ihre Aufmerksamkeit auf sich zu lenken. Wollte er mit ihr spazieren gehen? Hatte sie diese Bewegung richtig gedeutet? Oder wollte er nur eine Fliege von seinem sonnengebräunten Gesicht vertreiben? Vermutlich hätte sie ihn nicht so lange anschauen sollen. Aber sie konnte einfach nicht anders. Und, ja, er gab ihr mit dem Kopf ein Zeichen. Natürlich bemerkte das jetzt niemand von den anderen, da alle noch über Sadies Bemerkung lachten und kicherten.

Mama wäre nicht damit einverstanden – überhaupt nicht einverstanden –, wenn Leah mit Jonas allein wegginge. Es war nicht der richtige Zeitpunkt. Man lernte sich beim Singen kennen. Dort sollten sich die jungen Leute nach Meinung der Gemeindeältesten nach Einbruch der Nacht in der Scheune eines Gemeindemitglieds treffen, miteinander reden, singen und sich kennen lernen – junge Männer und junge Frauen. Nicht hier, im hellen Tageslicht, wenn die Familie zusammensaß. Jetzt kamen Papa und Peter Mast aus dem Stall zurück. Sie unterhielten sich in ihrem amischen Dialekt, wie es die Männer oft taten. Sie gingen an ihnen vorbei, überquerten den grünen Rasen und steuerten auf das große, weiße Bauernhaus zu.

Als Leah wieder einen kurzen Blick zu Jonas hinüberwarf, war er mit dem kleinen Jeremia beschäftigt. Dann unterhielt er sich mit seinen Brüdern. Sie hörte wie er vorschlug, dass sie alle eine Runde Volleyball spielen könnten ... ein *ruhiges* Spiel, bei dem niemand laut wurde. Schließlich war heute der Tag des Herrn. Die anderen waren einverstanden, obwohl es unerträglich heiß war. Im Schatten der Weide teilten sie sich in zwei Mannschaften auf. Leah überraschte es nicht, dass sie auf der Seite von Jonas, Eli und deren achtjähriger Schwester Martha zusammen mit Hannah und Mary Ruth ausgewählt worden war.

„Sechs Spieler auf der einen Seite. Fünf auf der anderen. Alle einverstanden?“, fragte Jonas. Alle nickten zustimmend. „Wir spielen drüben im Garten neben dem Haus.“ Lächelnd führte er seinen kleinen Bruder die Stufen hinter dem Haus hinauf und ins Haus.

„Jeremia muss müde sein“, bemerkte Anna.

„Ja, es ist Zeit für seinen Mittagsschlaf“, nickte Rebekka.

Leah fand es sehr einfühlsam von Jonas, dass er sich als Ältester Zeit für den Jüngsten nahm. *Er wird eines Tages ein wunderbarer Vater sein,* überlegte sie.

Auf dem Weg um das Haus herum, an der Brunnenpumpe vorbei zum Garten, hielt sich Leah ein wenig abseits. Dadurch hörte sie unabsichtlich, wie Rebekka Mary Ruth fragte: „Hättest du mit deinen Schwestern Lust, zu kommen und uns zu helfen, den Hochzeitsquilt zu nähen, den Anna bekommen soll?“

„Sadie, Hannah und ich könnten schon kommen“, antwortete Mary Ruth. „Aber rechne nicht damit, dass Leah mitkommt. Sie näht keine Quiltdecken. Ehrlich gesagt, näht sie überhaupt selten.“

Der überraschte Blick in Rebekkas Gesicht belustigte Leah. „Willst du damit sagen, dass Leah nie Quiltdecken näht?“

Mary Ruth senkte die Stimme, aber Leah hörte ihre Antwort trotzdem. „Nein ... Leah arbeitet draußen und hilft Papa.“

„Sie verrichtet *Männer*arbeit?“

„Wusstest du das nicht?“, fragte Mary Ruth.

Rebekka schüttelte den Kopf.

„Es ist nicht so, dass sie Schwielen und Hornhaut an den Händen bekommt. Das nicht. Sie hebt auch nie etwas Schweres. Sie ist ja nicht wie ein Mann gebaut. Sie hilft ihm einfach überall, wo sie kann ... und leistet ihm Gesellschaft. So war es schon immer.“

„Schon immer?"

„Ja", nickte Mary Ruth.

Rebekka sagte nichts mehr, worüber Leah wirklich froh war. Ihr war unbehaglich zumute, weil sie dieses Gespräch belauscht hatte. Sie wünschte, sie wäre vor den beiden gegangen, zusammen mit Anna, Sadie und Hannah, und hätte der Versuchung widerstanden, die beiden zu belauschen. Wenn sie ehrlich war, musste sie zugeben, dass es sie schmerzte. Es gab ihr einen richtigen Stich durchs Herz. Rebekkas verblüffte Reaktion darauf, dass sie Papa bei der Arbeit half, gab ihr irgendwie das Gefühl, keine richtige Frau zu sein. Das weckte in ihr neu den Gedanken, sie sei weniger wert, weil sie Papa auf dem Hof zur Hand ging, statt Mama bei der Frauenarbeit zu helfen. Wenigstens in Rebekkas Augen.

Warum machte es ihr eigentlich etwas aus, was Rebekka oder irgendjemand sonst dachte? Es war nicht ihre Idee gewesen, wenigstens nicht am Anfang, die Arbeit auf dem Hof zu machen. Es war nicht so, dass sie nicht kochen oder backen oder das Haus hätte putzen können. Das konnte sie auch alles, wenn es sein musste. Aber nach all diesen Jahren hatte sie das Gefühl, nicht dazuzugehören, wenn sich die Frauen zu einem Quilttag oder einem Einmachtag in der Küche einer Nachbarin trafen. Natürlich machte es ihr Spaß, Apfelbutter zu machen oder im Gemüsebeet Unkraut zu jäten und Mama bei ihren Topfpflanzen zu helfen. Ihr stellte sich nie die Frage, ob sie die Rollen lieber tauschen würde. Wenigstens war ihr diese Frage bis jetzt nie in den Sinn gekommen. Bis zu dieser Minute, als sie hörte, wie ihre Schwester und ihre Kusine über Leahs Platz im Leben sprachen.

Rebekka ging immer noch Schulter an Schulter neben Mary Ruth her, als sie plötzlich sagte: „Ich finde, Leah ist sehr hübsch. Findest du nicht auch?"

Mary Ruth zuckte mit den Achseln. „Ich glaube, darüber habe ich mir nie Gedanken gemacht."

„Doch, sie *ist* hübsch", beharrte Rebekka. „Es würde mich kein bisschen überraschen, wenn sich mehr als ein Junge in sie verliebt, sobald sie anfängt, zum Singen zu gehen. Warte nur ab! Du wirst schon sehen."

„Vielleicht. Das kann schon sein", erwiderte Mary Ruth leise.

Leah bog abrupt nach rechts ab und eilte auf den Garten zu, in dem das Volleyballnetz schon spielbereit aufgebaut war.

Mary Ruth und Rebekka sollten nicht erfahren, dass sie jedes Wort der beiden gehört hatte. Sie interessierte sich nur dafür, was Jonas über sie dachte. Fand er sie attraktiv? Nach all den Jahren?

* * *

Beim Volleyballspiel ging es nicht so sehr darum, welche Mannschaft gewann, sondern man wollte Spaß haben und miteinander etwas unternehmen. Leah freute sich besonders, dass Jonas ihr immer wieder eine Vorgabe zuspielte, damit sie den Ball mühelos über das Netz schlagen konnte. Sie fand es sogar fast auffällig, wie oft das im Laufe dieses Nachmittags geschah. Sie hatte versucht, sich von Jonas nicht ablenken zu lassen. Sie wollte zeigen, wie gut sie spielen konnte. Um ihrer Mannschaftskameraden willen versuchte sie, das Kribbeln in ihrem Magen zu ignorieren, damit nicht jeder an ihrem Gesicht ablesen konnte, was sie fühlte. Es sollte nicht jeder wissen, wie viel ihr Jonas Mast bedeutete.

* * *

Ida freute sich sehr über einen gemütlichen, wenn auch kurzen Besuch bei Fanny. Sie tranken zusammen mit Lizzie eisgekühlten Gewürztee und sie erfuhr, was es hier in Grasshopper Level Neues gab. Abram und Peter hatten sich längst ins Wohnzimmer gesetzt und waren in ein etwas ernsteres Gespräch vertieft. Mit gesenkter Stimme, von Mann zu Mann.

„Ich schätze, euch ist aufgefallen, dass wir viel Sellerie gepflanzt haben", lächelte Fannie leise und stützte ihre rundlichen Ellbogen auf den Tisch.

„Ich muss sagen, ich habe nicht aufgepasst. Aber ihr denkt anscheinend daran, eure Tochter im kommenden November zu verheiraten, oder?" Sie wollte ihre Nase nicht zu neugierig in fremde

Familienangelegenheiten stecken, aber Fannie hatte es in solchen Dingen noch nie bei vagen Andeutungen bewenden lassen.

„Ja, Anna ist bald eine Braut. Du hast Recht."

„Lizzie, die Mädchen und ich können euch gern bei den Vorbereitungen für die Hochzeit helfen", bot Ida an. Wenn ihre eigenen Töchter so weit wären, würde sie ebenfalls Hilfe bekommen.

„Es wird wohl nicht mehr lange dauern, bis wir beide Großmütter sind", seufzte Fannie und fächerte sich mit ihrem neuen Taschentuch, das sie von Hannah bekommen hatte, Luft zu. „Das wird ein großer Tag werden."

„Wie steht es mit Sadie? Hat sie schon einen jungen Mann, der feste Absichten hat, sie zu heiraten?"

Ida zuckte leicht zusammen, hoffte jedoch, Fannie habe das nicht bemerkt. Sie wusste nicht, was sie darauf antworten sollte. Lizzie war ebenfalls schweigsam. Zu schweigsam vielleicht. Irgendwie ging es niemanden etwas an, dass Sadie viel zu viel Zeit nachts außer Haus verbrachte. Zwei ... manchmal sogar drei Nächte in der Woche. Sie war nicht bereit, das Fannie zu erzählen, deren Kinder ihr anscheinend noch keine Sorgen bereitet hatten. Wenigstens bis jetzt noch nicht.

„Als sie sechzehn wurde, begann Sadie, zum Singen zu gehen, und es schien ihr viel Spaß zu machen. Aber in letzter Zeit geht sie nicht mehr hin." Ida wünschte, sie könnte das Gespräch auf ein ganz anderes Thema lenken, über andere Verwandte oder Kochrezepte reden.

„Warum, glaubst du, ist das so?", kam Fannies nächste Frage.

Lizzie stand auf, ging zur Tür und schaute auf den Hof hinaus.

Ida schüttelte den Kopf. „Man hat auf einige junge Leute einfach nicht so viel Einfluss. Du weißt selbst, wie es ist, bevor sie sich taufen lassen. Sie wollen ihren Spaß haben."

Einige junge Leute ...

Warum in aller Welt hatte sie Sadie in einen Topf mit den anderen geworfen? Fannie vermutete jetzt bestimmt, dass trotzdem etwas nicht stimmte. Immerhin war ihre Kusine nicht auf den Kopf gefallen. Sie war eine kluge Frau, ein paar Jahre jünger als Ida, die von genügend Problemen wusste, die Eltern mit ihren jungen Leuten während deren Rumspringzeit hatten. Aber sie hatte wahrscheinlich noch nicht eine ihrer eigenen Töchter dabei ertappt, wie sie mitten in der Nacht heimlich durch die Küchentür ins Haus geschlichen kam und ihren Spaß offensichtlich zu weit getrieben hatte.

Ida warf einen Blick aus dem Fenster und schaute zu, wie ihre Kinder fast schweigend Volleyball spielten. Ihr Blick wanderte zu Sadie: Sie war groß, schlank, schön. Was für eine Schande, dass ein solches Mädchen innerlich nicht so makellos war. Mit einem Seufzen beobachtete sie eine Weile Leah. Bei ihrer burschikosen Zweitältesten war genau das Gegenteil der Fall. Ihr Herz war so weiß wie eine Lilie, unvergleichlich hübsch. Und diese innere Schönheit strahlte durch ihr angenehmes Wesen auch nach außen. Ach, welch ein ungleiches Paar ... zwei völlig verschiedene Schwestern! Genauso wie sie und Lizzie es in ihrer Jugend gewesen waren. Aber jetzt nicht mehr. Die harten Schläge des Lebens brachten einen Menschen auf die Knie. Sie und Lizzie waren Frauen, die viel beteten. Sie waren fast wie gute Mennoniten, die still mit dem himmlischen Vater über alles sprachen, was sie beschäftigte.

Fannie brach das Schweigen. „Peter und ich ... wir bekommen noch ein Kind. Im nächsten Frühling. Ende März."

„Na, das ist aber eine freudige Nachricht."

Lizzie drehte sich mit einem erfreuten Lächeln um. „Ach, wie schön!"

„Wir haben es noch niemandem erzählt", sagte Fannie, deren Augen bei dieser Nachricht strahlten. „Peter freut sich riesig. Und Jeremia bekommt einen Spielkameraden."

Ida freute sich für Fannie. Das neue Baby würde das jüngste Kind in ihrer näheren Verwandtschaft sein. Ja, ein Kleinkind machte allen viel Freude, besonders bei ihren vielen Familientreffen.

„Hast du je daran gedacht, auch noch ein Kind zu bekommen? Vielleicht dieses Mal einen Jungen?", fragte Fannie unerwartet.

„Nein, eigentlich nicht." Sie war über Fannies unverblümte Frage etwas überrascht. „Ich komme allmählich aus dem Alter hinaus, in dem man Kinder bekommt."

„Wäre es nach vier Töchtern nicht sehr nett, wenn Abram endlich seinen Sohn bekäme?", kam Fannies viel zu schnelle Frage. „Damit der Familienname erhalten bleibt."

Ida musste daran denken, dass Leah immer als Abrams Sohn betrachtet wurde, auch wenn sie diese Gedanken nicht laut aussprach. In ihrem Gemeindebezirk war diese Ansicht ziemlich weit verbreitet. Natürlich entwickelte sich Leah in letzter Zeit immer mehr zu einer jungen Frau. Wahrscheinlich würde sie eines Tages der Arbeit auf dem Hof und im Stall überdrüssig werden und sich auf die Ehe vorbereiten wollen ... und endlich anfangen zu lernen, wie man Quiltdecken näht und dergleichen.

Es weckte in ihr ein Unbehagen, dass Fannie so redete. Weder sie noch Abram hatten sich je den Kopf darüber zerbrochen, dass der Name Ebersol aussterben würde. „Wir haben unsere Kinder schon immer dem Herrn anvertraut", sagte sie. „Wenn Gott wollte, dass wir Söhne bekommen, nun ja ... dann denke ich, hätten wir inzwischen welche."

Dem konnte Fannie nichts entgegensetzen, was Ida sehr froh machte.

* * *

Sadie blickte erstaunt auf, als ein Auto in die Auffahrt vor dem Haus einbog. Sie hätte nicht gewusst, wer der Fahrer war, wenn sie nicht ausgerechnet in diesem Augenblick während einer kurzen Spielunterbrechung in diese Richtung geschaut hätte. Die Mannschaft auf ihrer Seite des Volleyballnetzes wechselte die Positionen und ging in Stellung, damit der junge Isaak die Angabe machen konnte. In diesem Moment fuhr ein grauer Wagen neben dem Haus vor.

Ihr wurde schnell klar, wer der Fahrer war, und sie musste sich stark beherrschen, um ihre Aufmerksamkeit wieder auf das Spiel zu lenken. Es gelang ihr nur zur Hälfte. Sie beobachtete, wie Derry Schwartz aus dem Auto stieg und zur Hintertür lief. Es sah fast so aus, als gehörte er zur Familie. Seine Kühnheit verwirrte sie noch mehr als sein plötzliches Auftauchen. Niemand außer Verwandten und Freunden klopfte an die Hintertür eines amischen Hauses. Alle anderen benutzten die vordere Tür. Aber Derry hatte überhaupt nicht an die Tür geklopft. Er war sofort hineingegangen, als würden Peter und Fannie ihn erwarten.

Wie seltsam, dachte sie. *Kennt Derry Mamas Verwandte?*

Es dauerte nur ein paar Minuten. Dann kam er wieder heraus und hatte einen großen Korb in der Hand.

In diesem Augenblick rief Jonas ihm zu: „Hallo, Derek! Hast du endlich die Erdbeermarmelade für deine Mama geholt?"

Derry hielt inne, bevor er ins Auto stieg. „Ich war sowieso in dieser Richtung unterwegs und dachte, ich komme kurz vorbei", sagte er und legte schon die Hand auf die Autotür. „Ich muss mir zu Hause ein paar Pluspunkte erarbeiten."

Sadie hatte keine Ahnung, was Derry mit diesen Worten meinte. Sie versuchte ihr Möglichstes, um keine Aufmerksamkeit auf sich zu lenken, als Jonas Derry einlud, den Korb stehen zu lassen und seine Kusinen und Vettern kennen zu lernen.

Derry hatte immer noch nicht entdeckt, dass sie hier war. Sonst wäre er längst zu ihnen herübergekommen. Sie fürchtete schon, sie würde zu schnell atmen und in Ohnmacht fallen, so nervös war sie.

Als Jonas ihm Sadie vorstellte, lächelte Derry nur und sagte: „Schön, dich kennen zu lernen, Sadie." Genauso wie er es vorher getan hatte, als er Leah, Hannah und Mary Ruth vorgestellt worden war. Er hatte sie ganz genauso behandelt wie ihre Schwestern. Als wäre sie überhaupt nicht seine geliebte Freundin. Sondern einfach nur eine entfernte Verwandte von Jonas Mast und seiner Familie, die an einem heißen Sonntagnachmittag Volleyball spielte.

Sie konnte kaum ruhig bleiben und weiterspielen. Besonders als Derry sie kurz anschaute, als er das Auto auf dem Weg wendete, langsamer wurde und ihnen allen aus dem Fenster zuwinkte, bevor er wieder in Richtung Straße davonfuhr. Jonas hatte ihnen

Sadies englischen Freund als den jungen Mann vorgestellt, der für seinen Vater auf dem Hof arbeitete. Was für eine Arbeit war das? Und warum hatte er ihr bei ihren vielen Spaziergängen im Wald nie erzählt, dass er für einen amischen Bauern arbeitete?

Ihre Gedanken rasten voraus zu ihrer nächsten Verabredung. Würde er ihr erklären, warum er heute so getan hatte, als kenne er sie nicht? Warum er sich so benommen hatte, als begegne er ihr zum ersten Mal?

Leah prallte mitten im Spiel mit Mary Ruth zusammen, als sich beide nach dem Ball in die Höhe streckten. Ihre Schwester war überhaupt nicht verletzt, aber als Leah das Gleichgewicht verlor und stürzte, vertrat sie sich den Knöchel und blieb im Gras liegen, unfähig, ihren Fuß zu bewegen. Jonas eilte als Erster an ihre Seite und fragte, ob sie noch gehen könne. Tapfer versuchte sie aufzustehen, obwohl sie stöhnte und sich den Fuß hielt – der Schmerz war unerträglich.

Aber schnell bückte sich Jonas und schwang sie auf seine Arme. Er trug sie durch den Garten und Hof zum Haus. „Ich trage dich, Leah“, sagte er leise immer wieder. „Alles wird wieder gut.“

Sie lehnte den Kopf an sein blaues Hemd, verlegen, weil sie gestürzt war, und fühlte sich so leicht wie eine Feder in Jonas' Armen, der sie trug, als sei es das Natürlichste auf der Welt.

„Es tut mir Leid ...“, murmelte sie.

„Ach, es war ein Unfall, Leah.“

Das unablässige Pochen in ihrem Knöchel trübte vielleicht ihr Wahrnehmungsvermögen, aber sie glaubte fast, Jonas habe gesagt: „*meine* Leah“, während er mit ihr die Stufen hinter dem Haus hinauf und in die Küche ging. Vielleicht hatte er ihre heimliche Verlobung aus ihrer Kindheit doch nicht vergessen!

* * *

Ida, Fannie und Lizzie drehten sich gleichzeitig um und schauten Jonas verblüfft an, als dieser Leah in die Küche brachte und sie auch noch auf den Armen trug. Ihr Gespräch brach abrupt ab. Ida war ziemlich erleichtert über den Themenwechsel. Aber es tat ihr so Leid, dass Leah solche Schmerzen hatte. Was in aller Welt war passiert? Und was bedeutete dieser seltsam triumphierende Blick in Jonas' Augen?

„Leah hat sich den Knöchel verletzt", erklärte Jonas und hielt sie immer noch auf den Armen.

Fannie stürzte Jonas förmlich entgegen und wies ihn an, Leah auf den Stuhl neben dem Holzofen zu setzen. „So ... vorsichtig ... das ist gut so. Pass auf, dass du ihr nicht noch mehr wehtust."

Ida und Lizzie waren sofort neben ihr und knieten schnell nieder, um sich Leahs verstauchten Knöchel anzusehen. „Am besten sollten wir Eis auf den Fuß legen", schlug Ida vor.

„Und ihn hochlegen, damit die Schwellung zurückgehen kann", ergänzte Lizzie.

„Jonas, geh und hol ein paar kalte Wickel aus dem Keller", ordnete Fannie an. Sobald er außer Hörweite war, murmelte sie: „Und mach dich nützlich, meine Güte."

Ida runzelte die Stirn. *Hatte* Jonas sich nicht nützlich gemacht, indem er Leah ins Haus gebracht hatte? Sie hielt Leahs geschwollenen linken Fuß in der rechten Hand und berührte ihn leicht an den Stellen, an denen sich dunkle, blaue Streifen gebildet hatten. Schweigend betete sie ... für zwei Dinge: dass Leahs Knöchel nicht gebrochen war ... und dass Jonas' Absichten lediglich darin bestanden, Leah zu helfen.

Mit Unruhe erinnerte sie sich an den verschneiten Januartag vor fast sechs Jahren, als Abram und sie mit ihren Kindern hierher zu Peter und Fannie gefahren waren, um miteinander das Epiphaniasfest zu feiern. Leah war damals erst zehn gewesen und Jonas dreizehn. Ihr war aufgefallen, wie die beiden sich während des ganzen Essens immer wieder über den Tisch hinweg angeschaut und sich ständig angelächelt hatten. Später an jenem Nachmittag hatte sie die beiden zufällig draußen im Milchhaus angetroffen. Natürlich hatten sie sich nur unterhalten, aber dieser faszinierte Blick in Jonas' himmelblauen Augen hatte sie doch so sehr beunruhigt, dass sie später, als sie wieder zu Hause waren, Abram davon erzählte. Ihr Mann, der längst beschlossen hatte, dass Leah sich in den Sohn des Schmieds verlieben sollte, wies das arme Mädchen sofort streng zurecht. Viel später, als sie zu zweit in ihrem Schlafzimmer waren, erklärte Abram Ida: „Nichts wird sich einer Ehe zwischen Gideon Peachey und Leah in den Weg stellen. Auch nicht der älteste Sohn deiner Verwandten."

Sie erschauerte bei der Erinnerung an die Wut in Abrams Stimme und in seinen Augen. Er war wie ein wild gewordener Hund in ihrem Schlafzimmer auf und ab gegangen und nur immer wieder kurz stehen geblieben, um einen Blick aus dem Fenster zu werfen. Dann hatte er sich umgedreht und war weiter auf und ab gegangen und hatte mit den Händen an seinem buschigen braunen Bart gezupft. Seine grauen Augen hatten gefunkelt. „Ich lasse nicht zu, dass Leah einen anderen als Smithy Gid heiratet!", hatte er gesagt.

Aber, ach, heute war nicht der Tag, um über solche Dinge nachzusinnen. Sie sollte ihre Aufmerksamkeit lieber auf den schmerzenden Knöchel ihrer geliebten Tochter konzentrieren und Leah zum Sofa helfen, wo sie ihren verletzten Fuß hochlegen konnte, damit die Schwellung zurückging, wie Lizzie gesagt hatte.

7

Nach dem Bibellesen und den Abendgebeten humpelte Leah an diesem Abend die Treppe hinauf, bevor irgendjemand anbieten konnte, ihr zu helfen. Sie wollte allein sein – brauchte Zeit für sich, um die Ereignisse dieses Tages zu verarbeiten. Das einzige wirklich Angenehme, das ihr Herz immer noch schneller schlagen ließ, war die Begegnung mit Jonas, der sehr um sie besorgt gewesen war und sie so fest entschlossen ins Haus getragen hatte. Sie dachte erneut daran, wie ihr Gesicht sein Hemd berührt hatte, wie seine starken Arme sie sicher gehalten hatten, wie seine Worte sie getröstet und ihr neuen Mut zugesprochen hatten. Warum hatte er nicht gewartet, um zu sehen, ob sie auftreten könnte, nachdem sie gestürzt war? Sie dachte an den Unfall zurück. Vielleicht hätte sie es ja doch geschafft, ins Haus zu humpeln, wenn sie dazu nur eine kleine Chance gehabt hätte. Aber Jonas war so impulsiv gewesen und hatte es nicht erwarten können, ihr höchstpersönlich zu helfen.

In der Stille ihres Schlafzimmers, das sie mit Sadie teilte, stand sie auf einem Fuß – ihrem guten Fuß – und spähte in den Handspiegel und versuchte, die Schönheit zu entdecken, die Rebekka in ihr gesehen hatte. Aber das Spiegelbild, das ihr entgegenschaute, war nicht annähernd so schön wie Sadies oder gar Annas Gesicht. Wenigstens nicht in dem Sinn, wie *sie* sich ein schönes Mädchen vorstellte. Vielleicht lag es daran, dass ihre Schwestern alle so helle Haare hatten. Konnte es das sein? Aber nein, sie wusste in der Tiefe ihrer Seele, dass es keinen Unterschied machte, ob ihre Haare braun waren oder blond. Sie hielt sich einfach nicht für schön. Burschikose Mädchen waren nun einmal nicht attraktiv. Diese Erkenntnis setzte sich in ihrem Kopf fest und verursachte ihr genauso große Schmerzen wie ihr verwundeter Knöchel.

* * *

Mama und Tante Lizzie waren in den nächsten Tagen außerordentlich nett zu ihr. Sie bestanden darauf, dass sie im Haus blieb, entweder in ihrem Bett oder auf dem Sofa im Wohnzimmer, und ihren linken Fuß hochlegte. Sie brachten ihr das Essen auf einem Holztablett und überredeten sie, mehr zu essen, als sie wahrscheinlich benötigte. Das war ihre Art, Leah ihre Liebe zu zeigen. Papa hatte draußen mehr Arbeit, als er allein bewältigen konnte. Die Frühkartoffeln mussten gehackt und die Alfalfa bald zum zweiten Mal geschnitten werden. Sie konnte ihm jedoch beim besten Willen nicht helfen. Der Schmied Peachey und sein Sohn Gid kamen mehrere Male in dieser Woche und halfen ihm, aber abgesehen davon blieb die ganze Arbeit an ihrem Vater hängen.

Tante Lizzie sagte, sie sei bereit, zu einem Arzt zu gehen, der in der Nähe wohnte, und ihn zu holen, damit er einen Blick auf Leahs Knöchel werfen und feststellen könnte, ob der Fuß gebrochen war oder nicht. Aber Mama glaubte nicht, dass er gebrochen sei. Schließlich konnte Leah den Fuß bewegen – und auch mit den Zehen wackeln –, ohne dass ihr dies zusätzliche Schmerzen bereitete. So kam man einstimmig zu dem Schluss, dass der Knöchel nur verstaucht sei. „Was genauso schmerzhaft oder sogar noch schmerzhafter sein kann als ein Bruch", erinnerte Lizzie sie.

Nach den ersten paar Tagen sehnte sich Leah immer mehr danach, aus dem Haus zu kommen, obwohl Hannah und Mary Ruth ihr zeigten, wie man stickt, Mama ihr Anweisungen gab, wie man Kleidungsstücke flickt, und Sadie und Tante Lizzie ihr zeigten, wie man ganz winzige Quiltstiche näht – Dinge, die sie bis jetzt nicht gelernt hatte. Es war also höchste Zeit. In gewisser Weise erwies sich ihr verstauchter Knöchel also als ein Segen. *Fast so, als sei es so gewollt,* dachte sie. Sie war fest entschlossen, eine richtige Frau zu werden. Eine Frau, auf die Jonas eines Tages stolz sein könnte, wenn sie an seiner Seite stünde.

In dieser Woche kam sie in den Genuss mehrerer unerwarteter Besuche. Zwei ihrer Besucher waren Fannie und Rebekka Mast, was Leah sehr nett von den beiden fand, denn sie hatten einen weiten Weg zurückzulegen.

Am nächsten Tag überraschte Jonas Mast sie mit einem kurzen Besuch. Er brachte zwei Blaubeerstrudel und einen Zuckerkuchen für die Familie mit. Während er die Köstlichkeiten von seiner Mutter überbrachte, erblickte Leah, die im Wohnzimmer lag, ihn zufällig, wie er in der Küche stand. Natürlich stellte Mama klar, dass er nicht weiter gehen dürfe als bis zum Türrahmen. Sie erlaubte ihm nur, ihr zuzurufen: „Hallo, Leah ... ich hoffe, dein Knöchel verheilt bald. Gute Besserung!", bevor sie ihn wieder nach Hause schickte.

Adah Peachey kam eines Nachmittags vorbei und blieb zwei Stunden. Sie las Leah aus der Bibel vor und aus einigen Texten, die sie selbst verfasst hatte. Sie nannte sie „persönliche Aufsätze über das Leben und andere Dinge". Leah fand die Aufsätze ihrer lieben Freundin sehr interessant und sagte ihr das auch. „Mama lässt mich fast überhaupt nichts machen, solange mein Knöchel nicht besser ist", erklärte sie. „Ich bin so froh, dass du mich besuchen kommst."

Sie waren oben in Leahs Zimmer, wo Adah neben Leah, die auf ihrer gelbgrünen Quiltdecke hockte, auf dem Stuhl saß. „Da ist noch etwas, das ich dir gern vorlesen würde, bevor ich wieder gehe", sagte Adah. Ihre meergrünen Augen wurden ganz weich und leuchteten. Sie öffnete einen Umschlag und zog einen zusammengefalteten Brief heraus. „Ach, wenn ich es mir recht überlege, dann solltest du den Brief vielleicht lieber selbst lesen."

Leah nahm den Brief entgegen. Sie erkannte Gids Handschrift darauf. Adahs Bruder, der immer noch in sie verliebt war, hatte ihr diesen Brief geschrieben.

„Komm schon, mach den Brief auf. Mein Bruder kann mit Worten gut umgehen", sprach Adah ihr Mut zu.

Ehrlich gesagt, war sie versucht, den Brief wieder in das Kuvert zurückzuschieben.

„Ach, Leah, meine Güte. Jetzt lies doch endlich, was er dir schreibt!"

Um auf keinen Fall Adahs Gefühle zu verletzen oder einen noch schlimmeren Fehler zu begehen – wie würde sich Gid fühlen, wenn

Adah ihm später diesen Moment schilderte? –, faltete Leah den Brief auseinander. Sie begann zu lesen:

Meine liebe Freundin Leah,
ich grüße dich im Namen des Herrn Jesus.
Ich habe gehört, dass es dir nicht gut geht und dass du dir den Knöchel verletzt hast. Meine Schwester Adah versprach mir, dir diesen Brief persönlich zu übergeben. Dieser Brief kommt von ganzem Herzen und soll ein Zeichen dafür sein, dass ich an dich denke, und für unsere Freundschaft. Bitte pass gut auf dich auf und schone deinen verletzten Fuß! Und denk daran, dass die Gebete unserer Familie dich täglich begleiten.
Sehr bald wirst du wieder auf den Beinen sein. Dann können wir sonntagabends zum Singen fahren: du, Adah und ich. Schone dich, damit du schnell wieder gesund wirst.
Der Herr sei mit dir.

Herzliche Grüße
Gideon Peachey

Der zärtliche Unterton dieses Briefes rührte sie an, aber sie wusste, dass sie solche Gefühle Adah nicht zeigen durfte. Nein, sie musste sehr vorsichtig sein, damit Adah nicht auf die Idee käme, ihr Bruder habe eine Chance bei Leah. „Danke", sagte sie leise. „Sag Gid, der Brief war sehr lieb von ihm."

Adahs Gesicht leuchtete entzückt. „Ja, natürlich richte ich ihm das aus."

Ihr Herzschlag stockte kurz, als sie die viel zu große Begeisterung in Adahs Gesicht sah. Egal, was sie über Gids Brief sagte, seine Schwester würde ihre Reaktion wahrscheinlich völlig missverstehen, so groß waren Adahs Hoffnungen, Leah als Schwägerin zu bekommen. Ach, Leah hatte den Eindruck, sie könne bei dieser Sache nur verlieren.

* * *

Man hätte den Nachmittag leicht für den frühen Abend halten können, so grau war es draußen. Strömender Regen ergoss sich wie die Sintflut über das Land. Nicht einmal die beherzten Schwalben, die im großen Vogelhaus neben dem Stall lebten, unternahmen an diesem Tag einen Versuch auszufliegen. Sie putzten sich die weißen Federn und warteten ungeduldig darauf, dass die Sonne wieder schien.

Leah saß im Wohnzimmer und hatte den Fuß mit kalten Umschlägen umwickelt und hochgelegt. Sie lauschte der trommelnden Musik des Regens auf dem Dach. Es störte sie nicht, allein zu sein. Sie saß hier und stickte gelbe und lavendelfarbene Blümchen auf ein neues Kopfkissen. Sie begann sogar, die Hausfrauenarbeiten zu genießen, und fragte sich, was Papa wohl davon hielte, wenn sie Mama, Sadie und den Zwillingen häufiger bei der Arbeit half. Sie wusste, dass sie die seltenen, aber tief greifenden Gespräche mit ihrem Vater vermissen würde. Sehr sogar. Trotzdem konnte sie sich des Gefühls nicht erwehren, dass man sie von ihrer Mutter und ihren Schwestern absichtlich so viele Jahre lang fern gehalten hatte. Auch wenn sie angeblich das „kräftige Mädchen“ in der Familie war, wusste sie keinen Grund, warum ihr Vater beschlossen hatte, sie bei der Arbeit auf dem Hof einzuspannen ... außer wegen der Erlaubnis, früher von der Schule abzugehen, um daheim helfen zu können, damit sie nicht ein Opfer der höheren Schulbildung würde wie Sadie. Sie machte sich nicht die Mühe, Spekulationen darüber anzustellen. Das würde zu nichts führen.

Sobald ihr Knöchel kräftig genug war, wäre sie wieder draußen und würde im Hühnerstall und im Hof, wo immer er sie brauchte, helfen. Bis dahin würde sie es genießen, eine Nadel in der Hand zu haben und einen Faden durch den Stoff zu ziehen. Sie hoffte, sie bekäme noch mehr Gelegenheiten, zu nähen und zu quilten. Auch ohne einen verletzten Fuß.

* * *

Tante Lizzie überraschte Leah am nächsten Tag mit ihrem Besuch. Leah freute sich und hoffte auf eine schöne, ruhige Zeit mit ihrer

Lieblingstante. Bei dem doch beträchtlichen Altersunterschied von acht Jahren zwischen Lizzie und ihrer Mutter hatte Leah oft gestaunt, dass die beiden einander näher standen als Mama und ihre anderen Geschwister, obwohl einige von ihnen nur wenige Jahre jünger oder älter waren als sie. Meine Güte, wie viel Spaß die beiden miteinander hatten, und wie fröhlich sie lachten, wenn sie in Mamas oder Lizzies Gemüsegarten miteinander arbeiteten!

Es hatte auch einige Male gegeben, bei denen Leah als junges Mädchen unerwartet zu ihnen gekommen war und überrascht festgestellt hatte, dass die beiden mitten in ihrem Gespräch abbrachen, sobald sie das Mädchen sahen. Diese Situationen hatten sie richtig verlegen gemacht. Die beiden benahmen sich, als wären sie selbst noch Jugendliche ... heimlichtuerische kleine Schwestern, die Puppen spielen. Das machte sie wirklich neugierig, was die beiden wohl flüsterten. Aber sie hatte keine Ahnung. Wahrscheinlich hatte ihr Gespräch überhaupt nichts mit Leah zu tun. Solche Situationen hatte es über die Jahre hinweg öfter gegeben, solange Leah zurückdenken konnte.

„Hat deine Rumspringzeit sehr lange gedauert?“, fragte sie, als Lizzie und sie endlich allein im Wohnzimmer saßen.

„Nein, *lang* würde ich eigentlich nicht sagen.“ Ihre Tante bot ihr eine Erdbeere aus der Schüssel an, die sie in der Hand hielt. „Aber eines muss ich zugeben: Ich bin auf diese Jahre nicht stolz. Absolut nicht.“

„Nein? Hast du den Teufel versucht?“ Die Worte rutschten ihr über die Lippen, bevor sie richtig darüber nachdachte. „So wie es ein paar junge Leute tun, meine ich.“

Tante Lizzie seufzte laut und wandte das Gesicht zum Fenster. Der Regen prasselte immer noch kräftig auf das Dach. „Ich wünschte, ich könnte sagen, dass ich in jener Zeit ein gottesfürchtiges Leben geführt habe. Aber um die Wahrheit zu sagen: Ich ging viel zu lange auf dem Weg dieser Welt. Ich hätte mein Vertrauen auf den Herrn setzen sollen, statt ...“ Sie brach ab und schaute Leah an. „Du kommst auch bald in dieses Alter, Liebes.“

Leah war überrascht, dass ihre Tante dieses Kosewort benutzte. Wie lange war es her, seit Lizzie sie das letzte Mal so genannt hatte? Sie seufzte. „Ich will nicht die Fehler begehen, die viele junge Leute machen", erklärte sie ihrer Tante.

„Es ist eine gute Sache, von ganzem Herzen dem Herrn nachzufolgen, egal in welchem Alter du bist. Ich bete dafür, dass dir einer unserer amischen jungen Männer den Hof macht, wenn es Gottes Wille ist."

Einer unserer amischen jungen Männer ... Die Art, wie Lizzie das sagte, machte Leah hellhörig. Wusste Lizzie etwas über Sadie? Aber nein, wie sollte sie? Was ihre persönliche Zukunft anging ... dass Gott etwas damit zu tun haben könnte, wen sie heiratete ... nun ja, sie fragte sich, ob Tante Lizzie Papas Pläne vergessen hatte: Dass Smithy Gid früher oder später um Leahs Hand anhalten sollte. Wie sollte der Vater im Himmel dann bei der Wahl eines Mannes ein Wort mitreden können?

Sie musste es einfach fragen. Sie wollte unbedingt mehr wissen. „Hast *du* dich damals in einen amischen jungen Mann verliebt?"

Lizzies große Augen wanderten erneut weit in die Ferne. „Ach, zu meiner Zeit gab es jede Menge junger Männer aus der Gemeinde, ja, es waren viele. Einer mochte mich besonders gern, aber er heiratete dann doch eine andere. Ich kann ihm daraus keinen Vorwurf machen. Aber er war wirklich ein kluger Junge."

„Wie kann er klug gewesen sein, wenn er es sich entgehen ließ, dich zu heiraten, Tante Lizzie? Wie konnte er das nur tun? Ich würde sagen, er war sehr dumm."

„Nein ... nein, ich trödelte zu sehr herum. Ich habe ihn zu lange hingehalten. Er hatte jedes Recht, nicht auf mich zu warten."

Leah interessierte sich weniger für den jungen Mann. Vielmehr ärgerte sie sich, dass ihre Tante so eine geringe Meinung von sich selbst hatte. „Ich finde, du bist wunderschön, Tante Lizzie", sagte sie plötzlich. „Ehrlich."

Lizzies Augen leuchteten auf. Liebevoll berührte sie Leahs Hand. „Bleib so lieb, wie du jetzt bist, Leah. Ja?"

Sie wollte am liebsten spontan antworten, dass sie nie daran denken würde, Mama und Papa wehzutun, und auch nicht Tante Lizzie, anders als Sadie, die weiterhin so engen Kontakt mit der Welt hatte. Aber sie sagte nichts von dem, was sie dachte, sondern streckte nur die Hand aus und legte sie auf Tante Lizzies Hand und nickte, sorgsam bemüht, die Tränen, die ihr die Kehle zuschnüren wollten, zurückzuhalten.

Als der Tag vorbei war, lange nachdem Tante Lizzie wieder die Anhöhe hinauf zu ihrem eigenen kleinen Haus gegangen war, lag Leah in der Dunkelheit in ihrem Bett. Sie legte ihren immer noch schmerzenden Knöchel so unter das Baumwolllaken, dass er bequem lag, und dachte an ihre neu entdeckte Freude – Nähen und Flicken mit ihren Schwestern und ihrer Mutter. Natürlich wagte sie es nicht, Papa zu sagen, sie würde die Arbeit im Haushalt der Arbeit auf dem Hof vorziehen. Nein, sie würde nicht mit der Tür ins Haus fallen und etwas in dieser Richtung zu ihm sagen. Sie müsste sich Zeit lassen ... auf den richtigen Augenblick warten und sich dann vortasten, genauso wie sie jeden Morgen vorsichtig die Eier einsammelte, damit die empfindlichen Schalen nicht in ihren zarten Händen zerbrachen.

* * *

Leah saß draußen im Schuppen und war froh, dass der Nachmittagsregen noch auf sich warten ließ. Nachdem sie von der Schule nach Hause gekommen waren, hatten Hannah und Mary Ruth ihr geholfen, hinauszuhumpeln, damit sie Mama helfen konnte, den Schuppen ein wenig aufzuräumen, bevor der Regen einsetzte.

„Im Schuppen ist es so schmutzig wie noch nie“, murmelte Mama, die mit Kehrschaufel und Besen die Arbeitsfläche säuberte, die eine gesamte Wandseite säumte. Mehrere alte Vogelhäuser standen dort und warteten auf den Frühling. Eine Ansammlung von Werkzeugen – Handrechen, Spaten, Harken und dergleichen – und ein Beutel mit Dünger waren am anderen Ende sauber untergebracht neben dem Cricket-Set der Familie und einer Kiste mit einem Wurfringspiel auf dem obersten Regalbrett. Die Arbeitsschürze hing an einem Haken.

„Ich putze die Fenster von innen", bot sich Leah freiwillig an und freute sich, dass sie helfen konnte. Heute war der erste Tag seit fast zwei Wochen, an dem sie wieder aus dem Haus gehen konnte. Sie hatte im Hühnerstall die Eier eingesammelt und später einer Schar gackernder Hühner und einem Hahn Futter hingestreut. Die Tiere hatten sie wie eine Fremde behandelt. Früher hatte sie sich nie über ihre Beziehung zu den Hühnern den Kopf zerbrochen. Jetzt brach sie in ein helles Lachen aus, während sie die staubigen Schlieren vom Schuppenfenster wischte.

„Was ist denn so lustig?", fragte Mama.

Als Leah ihre Mutter anschaute, fiel ihr erneut auf, welche Zufriedenheit ihre Mutter ausstrahlte. Mama sah immer sehr hübsch aus.

Sie erzählte, wie seltsam sich die Hühner verhalten hatten und vor ihr zurückgewichen waren, als würden sie Leah nicht kennen.

„Hühner sind launische Tiere. Das ist alles. Mach dir deshalb keine Gedanken, Liebes."

„Es ist aber doch lustig, nicht wahr?"

Mama stimmte ihr zu. Ihre blauen Augen funkelten, als sie lächelnd fragte: „Aber sie haben trotzdem das Futter gefressen, das du ihnen hingestreut hast, oder?"

Das löste ein neues Lachen aus. „Ja, das haben sie."

Leah musste immer noch schmunzeln und freute sich, dass sie mit ihrer Mutter gemeinsam lachen konnte. Sie hatte den Eindruck, dass sie und Mama sich in den letzten zwei Wochen näher gekommen waren. „Mama, was würdest du davon halten, wenn ich Papa sage, dass ich gern nähen und kochen und putzen möchte, wie du und Sadie?", fragte sie.

Ein unerwarteter Sonnenstrahl drang durch das frisch geputzte Fenster in den Schuppen und ließ den Staub, den Mama zusammenfegte, im Licht tanzen. „Das klingt, als hättest du dir ernsthaft Gedanken darüber gemacht."

„Ja, das habe ich", war alles, was sie sagte. Sie hielt fast den Atem an, während sie wartete, wie Mamas Antwort wohl ausfallen würde.

„Ja, ich denke auch, es ist allmählich an der Zeit, dass du Frauenarbeit lernst. Ich bin einverstanden."

Mamas Antwort bedeutete eine große Erleichterung für sie. Immerhin würde es nicht mehr lange dauern, dann würde sie heiraten, ihrem Mann den Haushalt führen und ihren Kindern etwas zum Anziehen nähen. Es war höchste Zeit, dass sie ihre Aussteuertruhe auffüllte, die bis jetzt ziemlich leer war, mit Ausnahme von ein paar Quiltdecken und Leinentüchern, die Mama, Tante Lizzie und einige andere Verwandte ihr im Laufe der Jahre geschenkt hatten.

„Willst du, dass ich mit Papa darüber rede?", fragte Mama.

Leah wollte das lieber selbst tun. „Danke ... aber nein. Es ist wahrscheinlich am besten, wenn ich selbst sehe, wie Papa auf diese Idee reagiert. Einverstanden?"

Mama zuckte die Achseln und fegte weiter. Leah hatte das Gefühl, dass ihr eine Last von der Schulter genommen wurde. Ja, noch ein paar Tage und sie würde mit Papa über alles sprechen.

8

Leahs Knöchel hatte sich inzwischen so weit erholt, dass sie die Wände und den Boden des Milchhauses abwaschen konnte. Sie musste zwar bei jedem Schritt gut aufpassen, wohin sie ihren Fuß stellte, aber sie wollte die Zwillinge nicht noch mehr bemühen, obwohl ihre Familie gern bereit war, ihr jederzeit zu helfen. Sie legte eine kleine Pause ein und kletterte dann vorsichtig die Leiter hinauf, um sich hoch oben auf den Heuboden zu setzen. Dort lockte sie ein goldenes Kätzchen aus seinem Versteck und streichelte sein weiches Fell und rieb mit der Hand sanft über seinen Rücken, als Papa oben die Tür öffnete und mit verschwitztem Gesicht und ernster Miene vor ihr stand. „Hallo, Leah", sagte er.

„Ich würde gern mit dir reden, Papa. Hast du Zeit?"

Er kam näher, ging auf dem Heu in die Hocke und betrachtete das Kätzchen auf ihrem Schoß. Dann nahm er langsam seinen Strohhut ab und wischte sich mit der Innenseite seines Unterarms die Stirn. „Ich bin so froh, dass ich dich wieder habe, Leah. Ich habe dich vermisst."

„Ich bin auch froh. Ich habe nur überlegt ..."

„Ich hatte gehofft, dass ich jetzt, da dein Knöchel wieder verheilt ist, wieder mit dir rechnen kann."

Sie wartete geduldig, was er noch sagen würde. Ob Mama ihm womöglich doch schon etwas verraten hatte? Eigentlich wollte sie ihrem geliebten Vater ihren Wunsch gern selbst nahe bringen.

Seine Augen waren ruhig, sein rötliches Gesicht ernst. „Es ist so, Leah: So gern du deiner Mama und deinen Schwestern helfen möchtest, ich brauche doch hier draußen im Stall ... und im Hof und bei der Ernte ganz dringend deine Hilfe."

Bin ich denn dazu verurteilt, mein ganzes Leben lang Männerarbeit zu verrichten?, fragte sie sich, aber sie wagte es natürlich nicht, diese Gedanken laut auszusprechen.

„Wenn ich davon ausginge, dass du in ... sagen wir, in einem

Jahr oder zwei Jahren heiraten würdest, dann müsste ich mir natürlich eine andere Lösung einfallen lassen", erklärte Papa.

Sie war froh, dass er jetzt Gids Namen aus dem Spiel ließ. „Meine Aussteuertruhe ist ja noch nicht einmal voll." Das Schnurren des Kätzchens verwandelte sich in ein leises Brummen in ihrem Schoß. „Was für eine Ehefrau wäre ich ohne Tischdecken oder Bettwäsche? Wie könnte ich einen Ehemann glücklich machen, wenn ich nicht richtig kochen kann, wenn ich nicht weiß, wie man Chow-Chow kocht, grüne Bohnen einmacht oder Grapefruitgelee zubereitet?"

„Du hast es dir also genau überlegt, ja?" Der Anflug eines Schmunzelns lag in Papas Worten.

„Ja. Bis ich meinen Knöchel verstaucht hatte, war mir gar nicht klar, was ich im Haushalt verpasse." Sie atmete tief ein, um neuen Mut zu fassen, und roch das süße Heu und den warmen Schweiß der Tiere im Stall unter sich. „Jetzt weiß ich, wie man stickt und näht, Chili-Eintopf kocht und Dattel-Nuss-Brot backt – all die Dinge, die Mama so gern mag. Und ich hätte gern die Gelegenheit, das auszuprobieren .... damit ich genauso gut einen Haushalt führen kann wie jedes andere Mädchen in Gobbler's Knob."

Papas Mundwinkel zuckten leicht, aber er schaute sie unverwandt an. Aus seinen ehrlichen Augen sprach Verständnis. „Willst du damit sagen, dass du auch eine Tochter sein willst und nicht nur ein Sohn?" Ein Zwinkern leuchtete aus seinen Augen.

„Ach, Papa ... ich ..."

„Was hältst du von einem Kompromiss?" Er wurde wieder ernst.

Sie war ganz Ohr. Was würde er ihr nach diesen vielen Jahren, die sie ihm einen Sohn ersetzte, vorschlagen?

„Was hältst du davon, wenn du zweimal am Tag melkst, die Eier einsammelst, und hin und wieder aushilfst, wenn Opa Brenneman zu uns zieht und im Stall Hilfe beim Füttern braucht? Könntest du dir das vorstellen?"

Ach, ihr fielen so viele Arbeiten ein, die er nicht erwähnt hatte: die Wiesen mähen und düngen, die Melkgeräte ausspülen, Mist aus dem Stall schaufeln und vieles mehr. Wollte er ihr einreden, dass Opa kräftig genug war, das alles zu schaffen? Was ihr Vater vorgeschlagen hatte, war kein schlechter Anfang. Also schluckte sie hinunter, was sie dachte. „Und den Rest des Tages könnte ich dann Mama helfen?"

Papa lächelte schwach und nickte ein einziges, langsames Mal. Er setzte seinen Hut wieder auf seinen verschwitzten Kopf und richtete sich auf, ohne den Blick von ihrem Gesicht abzuwenden.

Das Kätzchen auf ihrem Schoß hatte nicht im Geringsten den Wunsch, bewegt oder losgelassen zu werden. Die Sonnenstrahlen hatten ihren Weg zu Leah und der Katze hier oben auf dem Heuboden gefunden. Papa hatte einige sehr wichtige Worte gesprochen und ihr zu verstehen gegeben, dass ihm klar war: Sie war nicht länger ein burschikoser Wildfang, sondern eine junge Frau. Ja, das war sie auch.

Am liebsten wäre sie aufgesprungen und im Stall herumgehüpft. *Gott sei Dank!*, dachte sie und strahlte über das ganze Gesicht. Was für eine gute Nachricht!

* * *

Bei Sonnenuntergang war Gobbler's Knob einer der hübschesten Orte in ganz Lancaster County, fand Sadie mit einem Blick über die Felder und Wiesen, die die weite Landschaft überzogen und die in der graublauen Abenddämmerung eingetaucht waren.

Sie war mit ihren Ausflügen auf den bewaldeten Hügeln mutiger geworden und wartete nicht mehr hinter dem Stall auf Derry. Sie hielt es nicht mehr für nötig, einen Führer in die Tiefe des Waldes zu haben. Nach diesen vielen Wochen fand sie den Weg zur Schutzhütte auch in der Nacht allein. Manchmal traf sie eine halbe Stunde vor Derry dort ein und hockte auf der hölzernen Kante, die in die Wand gehauen war. Oder sie rutschte auf das Fenstersims, auf dem sie schweigend sitzen blieb und durch das winzige Fenster hinausspähte und auf ihren Geliebten wartete, während die Dunkelheit sich über den Wald legte. Oft erinnerte sie sich an Derrys vorsichtige, aber einfühlsame Bemerkungen, die er in einer ihrer ersten Nächte gemacht hatte, als sie miteinander durch die Sträucher und das Unterholz spaziert waren. All die Dinge in diesem Wald, die gefährlich, ja sogar tödlich sein konnten. Wie giftige Eicheln, tödliche Pilze, bestimmte Kräuterarten ... und wenn man nicht vorsichtig war, die Art, wie die Dunkelheit sich plötzlich über den Wald legte und einen unerwartet überraschen konnte. „Man kann hier drinnen leicht die Orientierung verlieren“, hatte er gesagt und zu den dicht nebeneinander wachsenden Bäumen hinaufgeblickt, „oder sich auch vollkommen verlaufen.“ Damals hatte sie gedacht, es sei sehr lieb von Derry, sie auf solche Dinge hinzuweisen. Er kümmerte sich um sie und interessierte sich für sie wie kein anderer junger Mann.

Er bedeutete alles für sie. Sie lebte den ganzen Tag nur für die eine Stunde, in der sie – sie und auch Derry – ihre eigene Gesellschaft hinter sich ließen und sich in den Wald schlichen. Zu ihrem geheimen Platz, fort aus einer unbarmherzigen Welt. Sie beide verband ein nicht ausgesprochener Pakt, das Versprechen von Liebenden, dass sie ihm gehörte und er ihr. Für Sadie gab es auf der ganzen Welt keinen anderen Mann. Und sie war ganz sicher, dass Derry genauso empfand.

Nicht einmal der bevorstehende Regen und der Wind hoch oben in den Bäumen konnte den Eifer, mit dem sie ihren Geliebten an diesem Abend erwartete, trüben. Wenn sie und Derry Schwartz zusammen waren, konnte sie vergessen, wer sie war – konnte sie sich selbst etwas vormachen und die Realität verdrängen, dass sie Abram und Ida Ebersols älteste Tochter war, die früher oder später in die amische Kirche eintreten würde, innerhalb der amischen Gemeinschaft heiraten, zahlreiche Kinder zur Welt bringen, weiterhin unzählige Arbeitseinsätze zusammen mit fünfzig oder noch mehr Frauen besuchen, sich ihr Leben lang amisch kleiden und ein Leben mit strengen Regeln und Bestimmungen, die irgendein Bischof festlegte, führen würde.

Aber diese Wirklichkeit über ihre Zukunft verblasste, wenn sie mit Derry zusammen war. Dann, und nur dann, war sie frei, sie selbst zu sein. Eine junge Frau, ein brennender und doch zerbrechlicher Geist, der keine Grenzen kannte. Und wenn es an der

Zeit war, dass Derry und sie sich trennen mussten, wünschte sie sich jedes Mal, den kostbaren Augenblick festzuhalten und die Zeit in die Länge zu ziehen. Ihr graute davor, allein nach Hause zu gehen. Sie wusste, dass sie mit Freude alles tun würde, was er sagte, selbst mit ihm davonlaufen. Frustriert dachte sie daran, was sie erwarten würde, falls Leah wieder zufällig wach sein sollte, wenn sie auf Zehenspitzen an ihrem Bett vorbeischlich und in ihr langes, weißes Baumwollnachthemd schlüpfte, während ihr geliebter Derry längst in seine eigene, ganz andere Welt zurückgekehrt war und sein „Ich liebe dich" immer noch tief in ihrem Herzen widerhallte.

Du könntest dich verirren ...

Mit zitternden Fingern fuhr sie den gestickten Schmetterling in der Ecke ihres Taschentuchs nach, das Hannah ihr geschenkt hatte. Sie wünschte, sie könnte eines Tages wie dieser Schmetterling sein und fortfliegen. Wohin sie fliegen wollte, wusste sie jedoch nicht. Vielleicht an einen Ort, der Freiheit heißt.

Sie zählte die Sekunden und fragte sich, wie lange es noch dauern würde, bis sie Derry durch den vom Regen nassen Wald laufen sähe, um eilig zu ihr zu kommen. Würde er sie dieses Mal nach ihrem amischen Leben und Glauben fragen? Ihr ins Ohr flüstern, wie er sich ihre gemeinsame Zukunft vorstellte? Von ganzem Herzen hoffte sie, dass er das an diesem Abend vielleicht tun würde.

* * *

Der nächste Nachmittag war ein strahlender Sommertag. Eine gute Gelegenheit für Leah, ihre liebe Freundin zu besuchen, sobald alle Arbeiten auf dem Hof erledigt waren. Es war ein wunderbares Gefühl, nicht mehr ans Bett und ans Haus gefesselt zu sein, auch wenn ihr Knöchel immer noch empfindlich schmerzte, wenn sie länger auf den Beinen war. Gemeinsam spazierten sie und Adah langsam über die Wiese zum Blackbird Pond hinter den Ställen der Peacheys.

Leah erzählte von ihrer neu gefundenen Freude am Nähen und Quilten und plauderte viel über alles, was sie in den letzten paar

Wochen gelernt hatte. Natürlich verriet sie mit keinem Ton ihre Hoffnungen und Träume in Bezug auf Jonas. Schließlich glaubte Adah, ihre beste Freundin könnte vielleicht eines Tages ihre Schwägerin werden.

„Wäre es nicht herrlich, wenn wir richtige Schwestern sein könnten?", fragte Adah. „Dann würde ich mich nicht mehr so sehr wie ein mittleres Kind fühlen, ein Sandwich-Kind zwischen Gid und Dorcas."

„Dieses Gefühl kenne ich", erwiderte Leah, ohne auf die eigentliche Frage ihrer Freundin einzugehen. „Manchmal denke ich, ich wäre in meiner eigenen Familie fast unsichtbar."

„Was, *du auch*, Leah?"

„Oh, ja. Ich war immer irgendwie ein bisschen einsam. Ich weiß gar nicht, wie ich es richtig erklären soll. Vielleicht ist es ... nun ja, ein wenig so, wie Tante Lizzie sich bestimmt fühlt."

„Ich glaube fast, Sandwich-Kinder haben überhaupt keine Ahnung, wie wichtig sie für ihre Familien sind", überlegte Adah.

Leah bückte sich und pflückte ein weißes Löwenmäulchen, das auf dem weiten Weideland wild wuchs. Das Wiesenschaumkraut war hier über einen Meter hoch und mit seinen zartrosa Blüten im Juni weit zu sehen. „Kinder, die nach den Erstgeborenen kommen, haben auch eine Meinung, aber sie werden selten gehört ... oder verstanden", sagte sie leise, ohne zu wissen, warum sie so etwas sagte.

„Es ist wirklich traurig, wenn man sich so verloren vorkommt", erwiderte Adah und ergriff Leahs Hand. „Du kommst dir aber *jetzt* nicht so vor, oder?"

„Nein ... nicht, wenn wir zusammen sind." Das war die Wahrheit. Leah und Adah standen einander so nahe, wie es sich zwei Schwestern nur wünschen konnten. Manchmal wünschte sie sogar, Adah wäre ihre richtige Schwester. Das war der *einzige* Grund, warum sie vielleicht tatsächlich in Betracht ziehen würde, Gideon zu heiraten.

Hand in Hand kamen sie zum See, dessen Oberfläche ruhig vor ihnen lag. An vielen glücklichen Wintertagen hatten sie hier mit den Peachey-Kindern gespielt und waren Eis gelaufen. Selbst jetzt, als Teenager, waren sie alle hier draußen und rutschten in ihren Schlittschuhen über das Eis, sobald der erste harte Dezemberfrost sich über das Land legte und bis Ende Februar den See in eine Eisfläche verwandelte. Vorher war es nicht sicher genug, auf dem Blackbird Pond Eis zu laufen, da das Wasser ziemlich tief war. Leah wusste das, denn an einem Sommertag vor vielen Jahren, als sie alle noch klein gewesen waren, hatte Gid fünfundvierzig lange Sekunden die Luft angehalten, um zum Boden zu tauchen und das schlammige Seebett zu berühren. „Der See ist wirklich sehr tief", hatte er ihnen erklärt, nachdem er keuchend um Atem gerungen hatte. Sein Gesicht war rot wie eine Himbeere gewesen, denn er hatte länger getaucht als je zuvor in seinem jungen Leben.

„Wir gehen bald gemeinsam zu unserem ersten Singen", bemerkte Adah.

„Ja, das kann nicht mehr lang dauern."

Adah strahlte. „Wir könnten mit Gid in seinem offenen Einspänner zum Singen hier in der Nähe fahren."

„Lieber nicht."

„Was soll denn das heißen?", wollte Adah wissen und ließ überrascht Leahs Hand los.

„Nur, dass ich überlegt habe ... dass ich gern woanders zum Singen gehen würde."

„Nicht in *unserem* Gemeindebezirk?"

„Nein, ich glaube nicht."

„Aber wir könnten doch trotzdem miteinander fahren. Gid wird uns überall hinbringen, wohin wir wollen." Adah machte eine kurze Pause. „Mit wem du nach dem Singen nach Hause fährst ... das ist selbstverständlich deine Sache."

Trotzdem fürchtete Leah, dass Gid davon ausgehen könnte, sie würde auch wieder mit ihm nach Hause fahren. So hatte sie das nicht geplant. Sie musste eine gewisse Freiheit haben, für den Fall, dass Jonas auch dort wäre. Und sie war ziemlich sicher, dass er dort wäre, wenn sie daran zurückdachte, wie sie sich vor ungefähr einer Woche unterhalten hatten, als die ganze Familie zu den Masts gefahren war, um ihnen bei der Apfelernte zu helfen.

Der Morgen im Obstgarten hatte ziemlich trübe begonnen, erinnerte sie sich. Aber als die Mast-Kinder und Kusine Fannie mit Leah, ihren Schwestern, Mama und Tante Lizzie mit Körben in den Händen zu den Apfelbäumen hinausgegangen waren, hatte der Nebel sich allmählich gelichtet und sogar ein paar Sonnenstrahlen durchscheinen lassen. Leah hatte es noch nie so viel Spaß bereitet, Äpfel zu pflücken, obwohl sie jedes Jahr nach Grasshopper Level fuhren, um ihren Verwandten bei der Ernte zu helfen. Vermutlich hatte ihre Freude mehr mit Jonas zu tun gehabt und damit, wie fürsorglich er sich die ganze Zeit um sie gekümmert hatte. Ja, das war bestimmt der Grund gewesen. Selbst jetzt, als sie an diesen Tag zurückdachte, wurden ihre Wangen bei der Erinnerung noch ganz warm.

Jonas war direkt mit der Sprache herausgerückt und hatte gefragt, an welchem Sonntag im Oktober sie zum ersten Mal zum Singen ginge. Und wohin? Sie hatte sich in seiner Gesellschaft so wohl gefühlt, dass sie ihm erklärt hatte: „Ich gehe gleich nach meinem Geburtstag zum ersten Singen. Wahrscheinlich in die Nähe von Grasshopper Level." Daraufhin hatte Jonas gegrinst und genickt, als wollte er sagen, dass ihm das sehr recht sei. Sie hatte seine Reaktion als Hinweis verstanden, dass er selbst auch dort sein werde. Wenn das der Fall wäre, würde er sie vielleicht bitten, in *seinem* Einspänner mit ihm nach Hause zu fahren. Dann bliebe Smithy Gid außen vor. Was er in ihren Augen schon immer gewesen war. Auch wenn ihr Vater das natürlich nicht wusste.

Sie seufzte und sagte zu Adah: „Danke für das Angebot, aber ich fahre wahrscheinlich mit Sadie zum Singen."

„Sadie geht wieder zum Singen?", erkundigte sich Adah viel zu interessiert.

Leah war nicht sicher, was in den nächsten Wochen geschehen würde. Sie hoffte immer noch, dass Sadie sich zur Überraschung aller doch noch taufen lassen würde. Heute Abend wollte sie Sadie wegen des Singens ansprechen, falls sie zur Abwechslung einmal zu Hause bliebe.

„Ich denke, du wirst in Zukunft meine Schwester viel öfter sehen“, sprach sie ihre eigene Hoffnung aus.

„Beim Singen meinst du?“

„Ich habe den Eindruck, dass Sadie es vermisst. Ehrlich.“

„Warum ist sie dann nicht mehr hingegangen?“

Leah spazierte weiter. Sie wollte nicht stehen bleiben, nur weil sie zu der riesigen Weide auf der Nordseite des Sees gekommen waren, wo Adah und sie immer gern im Schatten verweilten und Kieselsteine über die Wasserfläche tanzen ließen und zuschauten, wie die kleinen Wellen auf dem blaugrauen Wasser immer weitere Kreise zogen. „Sadie hat ihre eigene Meinung, genauso wie wir“, war alles, was sie sagte.

„Ja, wahrscheinlich“, nickte Adah. „Das gehört alles dazu, wenn man erwachsen wird, sagt Mama.“

„Damit hat sie wohl Recht.“ Bei diesen Worten warf Leah das Löwenmäulchen weg, das sie gepflückt hatte, und setzte sich unter der Weide auf die Erde.

„Was machst du denn da?“ Adah schaute fragend zu ihr hinab.

„Komm, setz dich neben mich ... bevor wir zu schnell erwachsen werden.“

Adah nickte. „Ja, bevor wir vergessen, wer wir sind, wer wir *immer* waren.“

Leah lächelte und wandte ihr Gesicht der strahlenden Sonne zu. Sie saß neben Adah und fühlte sich plötzlich wunderbar. Die Sorgen des Lebens fielen von ihr ab und purzelten in das üppige Weidegras unter der knorrigen Weide und dem weiten, blauen Himmel.

* * *

Beim großen gemeinsamen Maisschälen an diesem Nachmittag wurde Ida mit einer Bemerkung von Eunice, der Frau von Prediger Yoder, konfrontiert: Sadie hatte die vorletzte Stunde des Taufgottesdienstes versäumt. Offenbar hatte die Vergesslichkeit oder das offene Desinteresse von Idas Tochter inzwischen bei mehreren Leuten neugierige Fragen geweckt. Ehe sich das Gespräch zu sehr auf ihre Familie konzentrierte, lenkte Ida die Aufmerksamkeit der

Frauen schnell auf ihren kürzlichen Besuch in Grasshopper Level. „Abram und ich sind neulich mit unseren vier Mädchen und mit Lizzie hinübergefahren und haben unseren Verwandten beim Äpfelpflücken geholfen. Ihr hättet sehen sollen, wie flink wir die Bäume geleert haben."

„Was für Äpfel haben die Masts denn?", erkundigte sich eine Frau.

„McIntosh. Hervorragend geeignet für Apfelmus." Sie sprach weiter und erzählte ausführlich, wie saftig und süß die Äpfel waren, die sie in Peter Masts Obstgarten gepflückt hatten. Sie kam sich selbst ganz sonderbar dabei vor. Besonders, da aller Augen auf sie gerichtet waren und darauf warteten, eine Reaktion auf die Bemerkung der Frau des Predigers zu hören.

Die Blicke der anderen wichen nicht von ihr und bohrten mit unbeantworteten Fragen weiter. Warum benahm sich eine junge Frau immer noch so wild wie in ihrer Rumspringzeit, wenn sie sich doch gleichzeitig auf die Taufe vorbereitete? Das ergab einfach keinen Sinn. Prediger Yoder – und auch der Bischof – hätten Sadie zu Recht vorwerfen können, sie sei einfach faul, oder noch schlimmer, gleichgültig. Die Gemeindeältesten könnten sie ganz von der Taufe ausschließen. Ida wusste, dass unziemliches Verhalten gemeldet werden musste. Meine Güte, die Leute fingen schon an zu reden. Sie musste so bald wie möglich mit Abram darüber sprechen. Sadies Zukunft in der Gemeinde stand in Gefahr.

Ida war ängstlich, ja deprimiert angesichts des scheinbar mangelnden Interesses ihrer Tochter und fühlte sich in diesem Augenblick sehr einsam. Sie sehnte sich danach, dass Sadie sich ihr anvertrauen und ihr erzählen würde, was sie umtrieb. Ohne zu den Frauen aufzublicken, schälte sie den süßen Mais weiter und hoffte und betete inständig, es gäbe eine Möglichkeit, das Gespräch von ihrer eigensinnigen Tochter abzulenken.

9

Leah konnte das Gespräch, das sie zwischen ihrer Kusine Rebekka Mast und ihrer Schwester Mary Ruth an jenem heißen Sonntagnachmittag Ende August ungewollt belauscht hatte, einfach nicht vergessen. Es war fast Ironie des Schicksals, dass sie an einem Samstag mit Pferd und Einspänner unterwegs war, um Anna Mast zu helfen, einen Hochzeitsquilt zu nähen, während Mama und Sadie mit einer Magenverstimmung im Bett lagen. Es war nicht so, dass sie als Ersatz für eine von ihnen kommen würde. Sie wäre heute auf jeden Fall mitgekommen. Sie freute sich von ganzem Herzen auf ihren ersten Quilttag.

Ein leichter Hauch des bevorstehenden Herbstes lag in der Luft. Das Pferd schnaubte und trabte mit klappernden Hufen dahin. Blaue Eichelhäher schimpften bei den Sonnenblumen, die am Straßenrand wuchsen. Leah genoss die kurze Fahrt nach Grasshopper Level und musste daran denken, wie bockig dieses Pferd damals gewesen war, als Papa es neu von Onkel Noah Brenneman gekauft hatte. Aber das Ross hatte sich im letzten Jahr ziemlich gut entwickelt, besonders wenn die Zügel in Leahs geschickten Händen lagen. Anscheinend gefiel es ihm, wenn Leah die Zügel hielt. Das war ein gutes Zeichen dafür, dass sie ihre sichere und sanfte Art, mit der sie die Tiere behandelte, nicht verlernt hatte, als sie ans Haus gefesselt gewesen war.

Leah entging nicht das leise Kichern ihrer Schwestern Hannah und Mary Ruth auf dem Sitz hinter ihr. „Kommt schon, findet ihr nicht, dass ihr mich mitlachen lassen könntet?“, sagte Leah mit einem Blick über die Schulter.

„Ach ... es ist eigentlich gar nicht so lustig“, erklärte Mary Ruth.

„*Was* ist nicht so lustig?“, fragte Leah und glaubte, jetzt zu wissen, was die jüngeren Mädchen so erheiterte.

„Du sitzt auf dem Fahrersitz wie Papa“, sagte Hannah schließlich.

Leah lächelte. „Ihr denkt also, ihr hättet jetzt euren ganz persönlichen Chauffeur?“

„Ja, so ähnlich." Mary Ruth sprang über die Rückenlehne des vorderen Sitzes und setzte sich, immer noch lachend, neben Leah. „So, was sagst du dazu?"

„Was ist mit mir?" Hannah beugte sich verspielt über Mary Ruths Schulter.

„Es ist genug Platz, wenn du dich ein wenig dünn machst", erwiderte Leah.

„Ja, wir machen dir Platz." Mit dieser Bemerkung rutschte Mary Ruth so nahe neben Leah heran, dass sie kaum noch sitzen konnte.

„Dann machen wir uns eben alle drei ganz dünn", sagte Leah und hielt die Zügel fest ... und die Luft an.

Das löste neues Gekicher aus. Sie fuhren weiter – alle drei eng nebeneinander gezwängt, aber ziemlich glücklich –, unterwegs zu einem Quilttag, der bis zum frühen Abend dauern würde.

„Zu schade, dass es Mama nicht gut geht", sagte Hannah, als sie von der Hauptstraße abbogen. „Es ist gar nicht ihre Art, sich gleich nach dem Frühstück wieder ins Bett zu legen."

„Und Sadies Art ist es auch nicht", ergänzte Mary Ruth.

„Wahrscheinlich haben sie sich den gleichen Virus eingefangen. Oder sie haben etwas nicht vertragen", sagte Leah, fragte sich jedoch, warum dann der Rest der Familie kerngesund sei.

* * *

Die Fahrt zum Quilttag erwies sich als wunderbare Idee. Leah war selbst sehr überrascht, wie viel Spaß es ihr bereitete, die feinen Stiche in Annas Diamant-Quilt zu nähen. Im nächsten Winter würden sich die glückliche Braut und der Bräutigam unter die bunten, wollenen Quadrate kuscheln, wo es warm und gemütlich war. Das weckte bei Leah die Frage, wie lange es noch dauern würde, bis Mama ihr sagte, sie solle anfangen zu überlegen, wie viele Decken und Bezüge sie bis zum Jahresende in ihrer Aussteuertruhe haben sollte.

Es war ein außergewöhnlich sonniger Tag. Viel Licht fiel durch die Fenster ins Wohnzimmer, in dem zwölf Frauen dicht beieinander um den großen Rahmen saßen. Drei der Näherinnen waren Leahs Kusinen aus Summer Hill – die Drillinge Nancy Mae, Sally Anne und Linda Fay. Zwei der älteren Frauen, Priscilla und Ruth Mast, waren durch ihre Heirat ebenfalls enge Verwandte von Fannie Mast. Alte Bekannte, langjährige Verwandte und Freundinnen bildeten eine bunte Mischung. Leah saß zwischen ihren Schwestern. Auch Anna war dabei, die in diesen Tagen ständig ein Lächeln auf den Lippen trug. Die achtjährige Martha kümmerte sich draußen im Garten um ihren kleinen Bruder Jeremia.

Obwohl die Nähnadel zwischen ihren Fingern immer noch ein wenig ungewohnt war, war Leah dankbar, dabei sein zu können. Es wurde kaum ein Wort darüber verloren, dass sie kurz vor ihrem sechzehnten Geburtstag stand und dennoch erst an ihrem allerersten Quilttag teilnahm. Würde eine der älteren Frauen im Laufe des Tages, während die Stunden vergingen, eine Bemerkung dazu machen? Aber die Frauen waren freundlich, wenn man bedachte, dass Leah für sie fast eine Fremde war, da sie noch nie bei ihren häufigen Arbeitseinsätzen und Quilttagen dabei gewesen war.

Leah war schweigsam.

„Seit dem Krieg ist es viel schwerer, schöne Stoffe und Nähmaterial aufzutreiben. Findet ihr nicht auch?“, bemerkte Fannie Mast, die gegenüber von Leah am Quiltrahmen saß. Sie richtete diese Frage an Priscilla und Ruth.

„Ja, und die Stoffe halten auch nicht mehr so gut“, erwiderte Priscilla.

Ruth nickte. „Die Farben bleichen beim Waschen ziemlich schnell aus.“

„Die Sonne bleicht sie auch aus“, fügte Fannie hinzu.

„Ich habe sieben Quiltdecken, die in nur wenigen Jahren fast abgetragen sind“, erklärte Priscilla zustimmend.

„Ja, das ist wirklich schade. Immerhin sind einige meiner besten Stiche in deinen Quiltdecken“, bemerkte Ruth. Das löste ein Lachen in der Runde aus.

Wenn sie fertig wäre, würde Annas neue Quiltdecke einen Meter neunzig auf einen Meter neunzig groß sein. Der Saum war sauber und breit, und die Ecken verstärkt. Aber Leah gefiel der Farbkontrast am besten: grün und purpurrot neben dem kräftigen Violett von Pflaumen. Diese fröhlichen Farben erinnerten sie an eine ausgelassene Feier. Ja, genau das sollte eine Hochzeit sein – eine lebenslange Vereinigung von zwei fröhlichen Seelen.

Die Bemerkung von Fannies Kusine Ruth riss sie aus ihren Gedanken. Ruth hatte anscheinend darüber gesprochen, dass Ida mit derselben Krankheit im Bett lag wie Sadie. Dann kam die sonderbare Bemerkung über Leah selbst: „Aber wir sind sehr froh, dass wir Abrams Leah heute bei uns haben."

Alle Augen blickten auf sie. *Abrams Leah* ... Ruth Mast wollte damit doch hoffentlich nicht andeuten, dass Leah ihr Leben lang unverheiratet bleiben würde wie Tante Lizzie! Sie verstand nicht, wie sie auf einen solchen Gedanken kommen sollten. Schließlich war sie auf ihren eigenen Wunsch hin gekommen, um mit ihren Schwestern an der Quiltdecke zu nähen, und hatte diese Arbeit und die Gemeinschaft zutiefst genossen. Bis zu diesem Augenblick.

* * *

Der Septembertag war am Morgen leicht windig und ein wenig frostig, begleitet von einem weißen Himmel, der durch keinen Farbschimmer unterbrochen wurde. Bis zum Nachmittag hatte der Himmel eine indigoblaue Farbe angenommen, ein deutliches Zeichen dafür, dass kälteres Wetter bevorstand. Lizzie war um sechs Uhr aufgestanden, da sie keine Sekunde länger im Bett bleiben konnte. Ein unbehagliches Gefühl hatte sich auf sie gelegt, aber sie konnte nicht erkennen, was die Ursache dafür war.

Nach einem Frühstück mit frischem Obst, schwarzem Kaffee und Rühreiern ging sie daran, ihr kleines Haus sauber zu machen. Sie fing im Wohnzimmer an, machte weiter in der Küche und dann auf der Rückseite des Hauses in ihrem Schlafzimmer: Sie räumte auf, wischte Staub, kehrte und bezog die Decke ihres großen Federbettes, das ihre Mutter ihr vererbt hatte. Sie war so dankbar für das gebrauchte Bett, und war froh, dass sie überhaupt etwas aus ihrer Kindheit hatte. Mit dem Gedanken daran, wie gut der Herr ist, kehrte sie in die Küche zurück und holte einen Laib Brot aus dem Ofen, überrascht, wie schnell sie heute ihre Hausarbeiten erledigen konnte.

„Ich mache jetzt einen schönen langen Spaziergang", beschloss sie und trat in die Speisekammer, die gleichzeitig als Abstellkammer diente. Sie nahm ihren Wollschal vom Haken neben der Hintertür und legte ihn sich über die Schultern. Dann trat sie aus dem Haus.

Amseln flatterten von Baum zu Baum und folgten ihr auf ihrem Weg in den tiefsten Teil des Waldes. Während sie jetzt, wie so oft, schnellen Schrittes wanderte, bemerkte Lizzie die vorbeihuschenden Tiere, besonders die anmutigen, rotbraunen Eichhörnchen, die an den Stämmen der leuchtend gelben Eichen hinauf- und hinunterflitzten und miteinander Verstecken spielten. In zwei Monaten wären hier oben Jäger unterwegs und durchkämmten diese Wälder in der Hoffnung auf einen schönen dicken Truthahn, den sie zum Thanksgivingfest nach Hause bringen wollten. Dann müsste sie sich eine andere Ecke für ihre Spaziergänge suchen, bis die ganze Schießerei wieder vorbei wäre.

Diese Jahreszeit brachte viel Wehmut mit sich, fast ein Gefühl von Heimweh. Ihre Schwestern, besonders Ida, schienen auf den Wechsel der Jahreszeiten nie besonders zu achten. Lizzie hingegen schon. Sie freute sich immer darauf, vor allem auf den Herbst, wenn die Blätter tanzten und knisterten und mit ihren kühnen neuen Farben prahlten. Deshalb spazierte sie oft durch die Wälder. Im Winter, im Frühling, im Sommer und auch die paar kostbaren Wochen am Anfang des Herbstes, dick in ihren Schal gehüllt, um sich vor der Kälte zu schützen, und im Schutz der alten Bäume, die ihr ständiger Begleiter geworden waren.

Sie folgte einem nicht gekennzeichneten Pfad. Einen Weg, den sie manchmal einschlug und der zu einer kleinen Hütte führte, in der die Truthahnjäger rasteten und ihre Schinken- und Käsebrote verzehrten, die ihre Frauen und Freundinnen ihnen für die Jagd eingepackt hatten. Eine Hütte, in der einige der Männer Zigarren rauchten. Lange nachdem die Jagdsaison vorbei war, fand sie immer die Reste, die achtlos auf den einfachen Holzboden geworfen worden waren, wenn sie dorthin ging, um in der Hütte ein wenig aufzuräumen. Manchmal nahm sie dazu sogar ihren eigenen Besen und ihre eigene Kehrschaufel mit. Sie hatte gern alles ordentlich und sauber, auch wenn die Schutzhütte fast einen Kilometer von ihrem Haus entfernt war.

Heute hatte sie nicht die Absicht, die alte Hütte auszufegen, und sie hätte sie nicht einmal betreten, wenn sie nicht ein Geräusch gehört hätte, das klang, als wäre ein Waschbär oder vielleicht ein kranker Hund dort eingeschlossen, der herzzerreißend winselte.

Sie zog mit ganzer Kraft an der Tür, trat ein und sah nach, wer hier so einen Lärm veranstaltete. Da bot sich ihr der bedauernswerteste Anblick, den man sich vorstellen konnte: ein winziger Waschbär, der auf sie zu tapste, als hätte er seit Tagen nichts zu fressen bekommen, weil er sich nicht allein aus der Hütte befreien und zu seiner Mutter laufen konnte. „Komm, Kleiner. Alles ist wieder gut. Geh nach Hause zu deiner Mama!“ Als sie das sagte, lief er an ihr vorbei, zur Tür hinaus und geradewegs auf den Wald zu. „Deine Familie wird überglücklich sein, wenn sie dich wiederhat“, rief sie dem flauschigen Tierchen nach. Wie in aller Welt hatte dieses arme Ding nur hier drinnen landen können, statt draußen im Wald zu sein, wo es hingehörte?

Sie blieb im Türrahmen stehen und schaute hinter ihm her, bis sie seinen buschigen, geringelten Schwanz nicht mehr sehen konnte. „Herr, bitte kümmere dich heute auch um deine kleinsten Geschöpfe“, betete sie leise.

Sie lehnte sich an die Tür und schloss sie hinter sich, obwohl sie genau wusste, dass sie aufgrund der Feuchtigkeit, die zu dieser Zeit in der Luft lag, festklemmen und nur schwer wieder aufzubekommen sein würde. Trotzdem wollte sie die kalte Luft und das laute Gezeter der frechen Amseln hoch oben auf den Bäumen aussperren, die zweifellos darauf warteten, dass sie den Nachhauseweg antrat.

Von einer plötzlichen Müdigkeit übermannt, trat sie an eine der breiten Holzbänke, um sich zu setzen und ein wenig auszuruhen, als ihr auffiel, wie sauber diese Hütte war. Ihr entging auch nicht, dass kaum Müll herumlag. Normalerweise fand sie die verschiedensten Abfälle in den Ecken: alte Zeitungen, Mineralwasser- und Bierflaschen, zusammengeknüllte Papiertüten und Zigarrenkippen. Während sie sich fragend in dem kleinen Raum umschaute, gewann sie den Eindruck, dass jemand sich besondere Mühe gegeben haben musste, hier aufzuräumen. Es war ungewöhnlich, dass diese Hütte so frei von jedem Müll war. Jemand *musste* hier gewesen sein und alles sauber gemacht und mitgenommen haben. Das kam ihr sehr sonderbar vor.

Nicht ganz ausgeruht, aber bereit, wieder aufzubrechen, da sie wusste, dass sie einen weiten Weg zurück zu ihrem Blockhaus hatte, stand sie auf und rückte ihr Tuch zurecht. Dabei fiel ihr ein weißes Taschentuch auf, das unter der Bank auf dem Boden lag. Mit einem kunstvollen Zierstich um den Saum. Sie bückte sich, um es aufzuheben. Der eingestickte Schmetterling fiel ihr sofort ins Auge.

„Ach, du meine Güte", flüsterte sie entsetzt. Es war unverkennbar Sadies Lieblingstaschentuch.

Sie hatte Angst. Langsam bewegte sie das Taschentuch an ihr Herz und blinzelte die Tränen zurück.

Lizzie schlug den kürzesten Weg zu ihrem Häuschen ein. Mitten durch das Dickicht. Aber wenn sie sich nicht irrte, führte ein schmaler Pfad durch das struppige Unterholz. So schmal und unauffällig, als hätte sich eine große, schlanke, junge Frau bei mehr als einer Gelegenheit diesen Weg freigekämpft. Hatten ihre Augen sie vor mehreren Wochen also doch nicht getäuscht? In jener Halbmondnacht, in der sie in den frühen Morgenstunden aufgestanden war, weil ihr zu warm gewesen und sie zu unruhig gewesen war, um noch länger schlafen zu können. Sie hatte gedacht, sie hätte jemanden durch den Wald laufen gesehen, am Fingerhut vorbei, an der hohen Steinmauer entlang ... ein flüchtiges Bild von einem Mädchen mit einer Laterne in der Hand. Jedoch hatte

Lizzie sich damals gefragt, ob sie nicht einfach noch zu schläfrig sei, um ihren Augen ganz trauen zu können.

Warum muss sich die Geschichte wiederholen?, fragte sie sich und begab sich traurig zur hinteren Veranda ihres Hauses. *Warum, warum nur, oh Herr?*

Das Zetern der Amseln war laut, wenn nicht sogar gnadenlos und schmerzend. Ein Schwarm von ihnen war so kühn, sich sogar neben ihre Blumenbeete zu setzen. Aber ihr Gezänk war nicht die Antwort, die sie suchte.

* * *

Sadie suchte überall ihr verlorenes Taschentuch. Als sie es in keiner ihrer Kommodenschubladen finden konnte, kam sie auf die Idee, dass es vielleicht im Ärmel des Kleides hängen geblieben sein könnte, das sie gestern getragen hatte. Aber als sie mit der Hand in das blaue Kleid fuhr, das an einem Holzhaken in ihrem Schlafzimmer hing, konnte sie kein kleines Stofftuch ertasten. *Wo habe ich es nur* dieses *Mal wieder verloren?*, überlegte sie und ging im Geiste noch einmal durch, wo sie am Vortag überall gewesen war.

Plötzlich wusste sie es. Sie musste es auf dem Weg durch den Wald zu der kleinen Jagdhütte verloren haben, wo sie letzte Nacht lange auf Derry gewartet hatte. Aber er war nicht gekommen. Sie vermutete, dass er wahrscheinlich bis spät am Abend für Peter Mast hatte arbeiten müssen. Entweder das oder etwas anderes Wichtiges war dazwischengekommen. Was das war, wusste sie natürlich nicht.

Jetzt, da sie genauer darüber nachdachte, war sie ziemlich sicher, dass sie das Taschentuch mit dem Schmetterling in der Hütte dabei gehabt hatte. Sie machte sich Sorgen, dass jemand das Tuch in der Hütte finden und die Stickerei ihrer Schwester erkennen könnte. Hannahs Handarbeit auf den kleinen Taschentüchern war bei den Amisch bestens bekannt. Falls es dort gefunden würde, könnte jeder zwei und zwei zusammenzählen und wüsste sofort, dass eine der Ebersol-Töchter in der Jagdhütte gewesen war ... und würde sich natürlich fragen, was sie dort wohl gewollt hatte.

Besonders, da bekannt war, dass diese zugige alte Hütte von erwachsenen Männern benutzt wurde – von Engländern –, auf der Suche nach Schutz vor Wind, Regen und Kälte. Eine Hütte, in der man sich hinsetzte und eine dampfend heiße Tasse Kakao oder Kaffee trank. Sie hatte kürzlich bei verschiedenen Gelegenheiten zwei vergessene Thermoskannen entdeckt.

Für sie war diese kleine Hütte – *ihre* Hütte – gewissermaßen ein Paradies. Ein Zuhause fort von zu Hause; denn wenn sie in Derrys Armen lag, hörte die Welt auf, sich zu drehen, und schien für sie beide stillzustehen.

Jetzt, im schwachen Licht ihres Schlafzimmers lag sie ruhig da und wartete auf Leahs gleichmäßige, tiefe Atemzüge. Ihr Blick wanderte durch das Zimmer zum Fenster, wo ein winziger Lichtstreifen des Mondes sich unter der Jalousie durchmogelte und wie ein silberner Splitter auf dem Fenstersims leuchtete. Sie dachte an die Nacht zurück, in der Leah ihr unter Tränen ihr Herz ausgeschüttet und ihr von Papas „Arrangement" mit Smithy Peachey erzählt hatte. Die feinfühlige Leah stand ganz kurz vor ihrer eigenen Rumspringzeit. Wie würde *sie* mit diesen Jahren zurechtkommen? Würde sie sich unterwürfig Papas Wünschen beugen ... und sich vom Sohn des Schmieds den Hof machen lassen – ihn heiraten und seine Kinder gebären?

Sadie seufzte und wünschte, sie müsste jetzt nicht wieder aus ihrem Nachthemd schlüpfen, sich anziehen und in die Dunkelheit hinauseilen. Der leichte Abendwind würde sie noch mehr frösteln lassen. Sie hatte sich schon vorher so unwohl und schwindelig gefühlt. Sie warf einen fragenden Blick auf Leah, die schon fast eingeschlafen war. Es war nicht nötig, dass Leah sich erneut Sorgen machen müsste, wohin ihre Schwester zu so später Stunde aufbrach. Es war nicht nötig, dass sie Sadie noch mehr Fragen stellte. Nicht, nachdem Leah sich an diesem Abend so stark in Sadies Privatleben eingemischt hatte.

In der Privatsphäre ihres gemeinsamen Schlafzimmers war ihre normalerweise ruhige Schwester viel zu weit gegangen und hatte gebeten ... nein verlangt, dass Sadie wieder sonntags zum Singen ging und mehr Zeit mit den jungen Leuten aus der Gemeinde verbrachte. „Warum musst du denn in die Welt hinauslaufen, um Gemeinschaft zu finden?“, wollte Leah wissen. Ihre Augen hatten sich tief in Sadies Herz gebohrt. Dann war ihre Stimme plötzlich ganz weich geworden, und sie hatte gebeten: „Würdest du bitte mit mir zu meinem ersten Singen fahren, Sadie? Bitte, sei so gut!“

Sadie hatte nicht gewusst, was sie dazu sagen sollte, und hatte deshalb überhaupt nichts gesagt. Sie war verwirrt, hin und her gerissen zwischen Leahs wütenden, anklagenden Worten, gefolgt von dieser unerwarteten Frage, die mit solcher Verletzlichkeit ausgesprochen worden war. Sie wollte gern die ältere Schwester sein, die Leah brauchte. Sie wünschte, sie könnten sich so nahe stehen wie damals in ihrer Kindheit. Aber jetzt ... *jetzt* war sie in ihrer eigenen Welt gefangen. Sie konnte nicht loslassen, selbst wenn sie es versuchte. Sie hatte sogar Mühe zu atmen, wenn sie Derry nicht alle paar Tage sah, und fragte sich, ob sich jede Frau so fühlte, wenn sie den Mann fürs Leben gefunden hatte. Einen Mann, den der Herr gewiss als ihren Ehemann vorgesehen hatte.

Nach einer Zeit, die ihr wie eine Stunde vorkam, erhob sich Sadie leise aus ihrem Bett, zog ihr Arbeitskleid und die Schürze an und eilte mit der Laterne in der Hand nach draußen. Den dünnen Pfad durch das Unterholz, den sie sich im Laufe der Wochen selbst geschaffen hatte, mit ihrem schwachen Licht absuchend, ging sie auf die Jagd nach ihrem Taschentuch. *Ich muss vorsichtiger sein,* sagte sie zu sich, denn sie bemerkte eine Öllampe, die immer noch im Schlafzimmer auf der Rückseite von Tante Lizzies Holzhaus brannte, während sie barfüßig nur wenige Meter davon entfernt vorbeischlich, durch das feuchte Unterholz von Gobbler's Knob.

Völlig außer Atem erreichte sie schließlich die Hütte, ohne jedoch unterwegs das Taschentuch gefunden zu haben. Sie schob kräftig an der Tür. Sie klemmte! Sadie drehte sich um und stellte die Laterne auf den Boden. Dann drückte sie ihr ganzes Gewicht gegen die Tür und stemmte sich mit aller Kraft dagegen. Als sie schließlich nachgab, eilte sie hinein und stolperte vor Aufregung über ihren langen Rock. Sie wischte sich ab, ging zurück, um ihre Laterne zu holen, und begab sich auf die Suche nach ihrem Taschentuch und hoffte, es wäre irgendwo hier ... wo sie es vielleicht versehentlich hatte fallen lassen.

Sie glaubte schon fast, sie hätte diese nächtliche Wanderung vergeblich unternommen, als sie etwas Weißes über dem Fensterbrett entdeckte. Genau an der Stelle, an der sie gesessen hatte und in ihre Tagträume versunken gewesen war. Sie hatte zugeschaut, wie der Regen an der Fensterscheibe hinablief, während sie auf Derry gewartet hatte. Sie eilte zu dem breiten Fenstersims und nahm das Schmetterlingstaschentuch, das so ordentlich zusammengefaltet dort hingelegt worden war, wo es für alle zu sehen war ... wo es für *sie* zu sehen war.

Jemand weiß Bescheid, dachte sie entmutigt. Es gab nur einen einzigen Menschen, der es wagte, so weit in den Wald vorzudringen. Weiter als bis zur Lichtung. Mitten hinein in den tiefen Wald. Nur ein einziger Mensch fühlte sich in diesem dunklen Wald genauso wohl wie Derry Schwartz.

Teil Zwei

Ihr Herz ist falsch; nun wird sie ihre Schuld treffen ...
Sie reden und schwören falsch und schließen Bündnisse,
und ihr Recht grünt wie giftiges Kraut auf allen Furchen im Felde.

Hosea 10,2.4

10

Sadie verbrachte trotz ihrer nicht enden wollenden Übelkeit einen Teil des Samstagvormittags damit, die Lampen und Laternen im Haus neu mit Öl zu füllen. Mama, die immer noch ein wenig blass war, räumte zusammen mit Hannah und Mary Ruth fleißig das Großvaterhaus auf, den kleinen Anbau neben dem Haupthaus, der vor Jahren errichtet worden war, als Papas Eltern noch lebten. Jetzt sollte Opa Brenneman kommen und nebenan einziehen, damit Mama sich ein wenig um ihren verwitweten Vater kümmern konnte. Es war nicht so, dass Opa aufgefordert worden wäre, den Hof seines ältesten Sohnes drüben in Hickory Hollow zu verlassen. Diese Entscheidung war gekommen, weil Onkel Noah und Tante Becky Brenneman selbst in die Jahre kamen und ihr jüngster Sohn und seine Frau so weit waren, den Hof zu übernehmen.

Deshalb war es an der Zeit, dass Opa Johannes nach Gobbler's Knob umzog. Sadie mochte Mamas Vater gern und freute sich auf ihn. Mit seinen siebenundsiebzig Jahren war ihr Großvater noch kein bisschen kränkelnd, und sie war ziemlich sicher, dass er noch viele schöne Jahre vor sich hatte. Nicht einmal eine Spur von Arthritis war zu bemerken. An manchen Tagen wirkte er fast genauso fit wie ihr Vater. Sadie war dieser Gedanke bis jetzt noch nicht gekommen, aber jetzt fragte sie sich, ob Leah zu ihrem Vater gegangen sei und ihn gebeten habe, ihr weniger Arbeit im Stall und auf den Feldern aufzutragen und ihr stattdessen zu erlauben, Mama im Haus mehr zu helfen. Ja, das war wahrscheinlich der Fall gewesen, auch wenn sie das nicht ganz genau wusste. Vielleicht war das sogar der Grund, warum Mama und Papa sich so schnell einverstanden erklärt hatten, dass Opa Johannes zu ihnen ziehen sollte. Schließlich konnte er bei den leichteren Stallarbeiten und anderen Tätigkeiten helfen und Leah damit ablösen. Es gab keine bessere Möglichkeit, ihrer Schwester endlich ihren Wunsch zu erfüllen.

Sadie musste lachen, wenn sie an Leahs plötzliches Interesse am Nähen und Quilten, Backen, Kochen, Einmachen und Putzen dachte. An all den vielen Dingen, die von Frauen erwartet wurden. Das weckte in ihr die Frage, ob Leah sich nicht vielleicht in naher Zukunft auf eine Ehe vorbereiten würde. Wenn ja, dann würde sie im nächsten Jahr von Mai bis August den Taufunterricht besuchen, der nach der Frühlingskommunion begann, genauso wie Sadie das getan hatte.

Was ihre eigene Taufe anging, so hatte sie die beschämende Situation ertragen müssen, dass Papa ihr Kapitel zwölf, Vers zwei aus dem Römerbrief zitiert hatte. Das alles nur, weil Eunice Yoder überall herumgetratscht hatte, dass Sadie die vorletzte Unterrichtsstunde bei Prediger Yoder verpasst hatte.

Eine tiefe Sorgenfalte war über Papas sonnengebräuntes Gesicht gezogen. Seine grauen Augen waren so ernst gewesen, wie Sadie sie noch nie gesehen hatte. „Und stellt euch nicht dieser Welt gleich, sondern ändert euch durch Erneuerung eures Sinnes, damit ihr prüfen könnt, was Gottes Wille ist, nämlich das Gute und Wohlgefällige und Vollkommene“, hatte er sie mit diesem Bibelvers getadelt. Aus heiterem Himmel hatte er sie aufgefordert, sie solle sich in die Küche setzen – in Mamas Anwesenheit –, und sie daran erinnert, dass das Gute und Wohlgefällige darin bestehe, dem Herrn durch die heilige Taufe in die amische Kirche nachzufolgen. Falls sie hoffe, seinen und Mamas Segen zu ihrer Ehe zu bekommen, oder ihre Aussteuer – die Möbel, die Väter ihren Töchtern normalerweise zur Hochzeit schenkten –, dann sollte sie der amischen Kirche nachfolgen.

Gedemütigt und wütend verhärtete sie ihr Herz, während ihr Vater fortfuhr, ihr das Gesetz auszulegen. Ohne dass ihre Eltern etwas davon wussten, traf sie eine Entscheidung. Äußerlich würde sie sich brav bei Prediger Yoder entschuldigen und die letzte Unterrichtsstunde vor der Taufe am kommenden Samstag besuchen – in der den Taufkandidaten die Artikel der amischen Ordnung vorgelesen wurden. Die jungen Täuflinge würden dann die Zustimmung und den Segen der Mitglieder zur Aufnahme in die

Gemeinschaft bekommen. Am darauf folgenden Tag, am Sonntag, würde Sadie – nach der zweiten Predigt – ihren Bund mit Gott schließen, so geheuchelt er auch sein mochte.

Mit dem Gefühl, das Gewicht der ganzen Welt auf den Schultern zu tragen, brachte sie jede der Öllampen an ihren jeweiligen Platz zurück. Hinten neben die Tür im Abstellraum stellte sie die große Laterne für den Fall, dass jemand von ihnen nach der Schlafenszeit schnell zur Toilette auf den Hof müsste. Natürlich war es Mama lieber, wenn sie ihre Nachttöpfe benutzten; sie waren viel bequemer als das Toilettenhäuschen, wenn man schlaftrunken war. Sie legte in jeden der Nachttöpfe Seifenstückchen, die den Geruch nahmen, dafür jedoch in der Nacht viel Seifenwasser erzeugten. Bevor sie zum Großvaterhaus hinüberging, um zu sehen, ob ihre Hilfe noch benötigt wurde, setzte sich Sadie an den Küchentisch und schrieb Derry eine Nachricht. Sie wusste nicht, wann sie ihn wiedersehen würde, da er jetzt bei Peter Mast länger arbeitete. Ach, wie sehr sie ihn vermisste! Warum konnte er nicht einfach am Wochenende kommen, sie unten am Ende ihrer Auffahrt mit seinem Auto abholen und sie irgendwohin zu einem Imbiss einladen – einfach ein bisschen Geld für sie ausgeben? Oder warum kam er nicht auf die Idee, mit ihr in das Café nach Strasburg zu fahren, in dem sie sich kennen gelernt hatten? Immerhin war seit jener wunderbaren Nacht schon ein ganzer Monat vergangen.

Sie schrieb einen kurzen Brief, den sie ihm mit der Post schicken wollte, in der Hoffnung, dass er diese Andeutung vielleicht richtig verstehen und diese Geste erwidern würde. Oh, wie sehr würde sie sich freuen, wenn sie einen Brief oder eine Karte von ihm bekäme, etwas Greifbares. Etwas, das sie anschauen könnte und das sie daran erinnern würde, wie sehr er sie liebte.

Lieber Derry,
wie geht es dir? Mir geht es gut. Ich helfe im Haus und stehe nachmittags an unserem Verkaufsstand an der Straße. Ich helfe meiner Mutter, die Stoffstücke für einen Quilttag, der bald drüben in Grasshopper Level stattfindet, vorzubereiten. Daneben steht der

Hausputz vor dem Herbst an, der immer mit viel Arbeit verbunden ist. Die Wände werden abgewaschen, die Fenster geputzt und so weiter. Der Vater meiner Mutter zieht in zwei Tagen zu uns. Am Montagnachmittag kommt er. Er wird dann auf der anderen Seite des Hauses wohnen. Darauf freue ich mich.
Ich muss jetzt aufhören. Aber ich vermisse dich sehr. Ich dachte, das schreibe ich dir einfach und schicke dir mit der Post einen Brief, um dich zu überraschen.

Ich liebe dich.
Sadie

PS: Falls du zufällig Zeit hast, könntest du doch am kommenden Mittwoch vorbeikommen, wenn ich an unserem Obststand am Straßenrand stehe. Dann könnten wir uns ein wenig unterhalten, während du so tust, als wärst du ein Kunde. Was hältst du davon?

Sie machte sich nicht die Mühe zu lesen, was sie geschrieben hatte. Sie konnte es nicht erwarten, den Brief zu falten, in den Umschlag zu stecken, die Adresse darauf zu schreiben und eine Briefmarke darauf zu kleben. Im Telefonbuch suchte sie nach Derrys Adresse, da sie nicht genau wusste, wo er wohnte. Unter dem Namen Dr. Henry Schwartz fand sie die richtige Postanschrift, die weniger als einen Kilometer von ihrem Elternhaus entfernt war, die Georgetown Road. Man könnte zu Fuß dorthin gehen.

Sie war zu fast allem bereit, um Derry wiederzusehen. Sie wollte mit ihrem geliebten Freund allein sein, sie sehnte sich danach, dass er ihr wieder sagte, sie sei das einzige Mädchen für ihn. Wie blühte sie auf, wenn er ihr zuflüsterte, dass er sie liebe, und ihr versprach, dass sie „irgendwie eines Tages“ zusammen sein könnten. Ja, sie wäre bereit, das Risiko einzugehen, den Segen ihrer Eltern zu verlieren, auch all das, was ihr rechtmäßig zustand, um mit dem jungen Mann zusammen sein zu können, dessen tiefe, braune Augen sie unwiderstehlich in ihren Bann zogen und am Zentrum ihrer Glaubenssätze rüttelten ... an den Grundfesten ihrer Seele.

Ja, sie wusste jetzt, was Derry in jener ersten Nacht in ihr gesehen hatte. Sie war für ihn nicht nur irgendein Mädchen mit einem hübschen Gesicht. Nein. Sie waren aus demselben Holz geschnitzt, waren durch ein gemeinsames Band miteinander verbunden, trotz ihrer gegensätzlichen Kulturen. Er hatte sozusagen sein Gegenstück gefunden, und sie ihres.

Sie eilte nach draußen und steckte den Umschlag in den Briefkasten am Ende ihrer Hofauffahrt. Am Montag würde ihr Freund Sadies geschriebene Worte in Händen halten. Was würde er von ihrer Einladung halten, unauffällig an ihrem Obststand vorbeizukommen? Würde er sich freuen oder wäre er verärgert, weil sie so aufdringlich war? Mama würde sich ihrer schämen, wenn sie davon wüsste. Aber Mama wusste es *nicht,* und wenn Leah auch nur die leiseste Andeutung machen sollte, dass sie ihr Wort nicht hielte, würde Sadie ihrer Schwester drohen, Papa alles zu verraten: dass Leah und Jonas Mast einen dummen kindischen Pakt geschlossen hatten. Ja, damit würde sie Leah zum Schweigen bringen.

Es gab also keinen Grund zur Besorgnis. Überhaupt keinen ... bis Papa sie erblickte und ihr zurief: „Was stehst du da herum? Bewege dich, und hilf deiner Mama und deinen Schwestern!"

Sie verstand nicht, warum ihr Vater so kurz angebunden war, aber sie beschleunigte dennoch ihre Schritte und begab sich geradewegs zum Großvaterhaus.

* * *

Die Hühner benahmen sich an diesem Morgen wieder so, wie sie sich immer benommen hatten, bevor Leah ihren Knöchel verletzt hatte. Ja, selbst der stolze Hahn reagierte ziemlich zufrieden auf ihr leises Zungenschnalzen im Hühnerstall. Manchmal machte es ihr sogar Spaß, mit ihnen zu sprechen, immer leise mit einem Lächeln auf den Lippen. „Esst jetzt schön", lockte sie die Hühner. „Guten Appetit."

Sobald sie ihre Arbeiten draußen auf dem Hof beendet hatte – weniger als die Hälfte der Pflichten, die sie früher verrichten musste –, wollte sie über den Hinterhof zum Großvaterhaus eilen und

Mama und den Zwillingen und auch Sadie beim Staubwischen und Fegen, beim Abwaschen der Wände und Fensterputzen helfen, um das kleine Haus für Großvater Brenneman vorzubereiten. Ach, wie hatten Sadies Augen gestrahlt, als Papa gestern angekündigt hatte, Opa wolle zu ihnen umziehen. Leah war froh, dass er bald so nahe bei ihnen wohnen würde. Denn Sadie brauchte einen weisen Ratgeber. Jemanden, der vernünftig war und sie unter seine Fittiche nahm, da sie auf Papas Ermahnungen nicht mehr hörte. Sadie machte zurzeit, was sie wollte. Wie etwa letzte Nacht, als sie wohl gedacht hatte, Leah schliefe tief und fest. Sie hatte ganz lange gewartet, bis sie aus dem Zimmer geschlichen und im Wald verschwunden war. Aber Leah hatte gespürt, wie sich die Matratze bewegt hatte, hatte gehört, wie ihre Schwester durch das Zimmer geschlichen war, um ihre Kleider zu suchen, und dann auf den Flur hinausgegangen und auf Zehenspitzen die Treppe hinuntergeschlichen war. Obwohl Leah gelauscht hatte, um das Knarren der Tür hinter dem Haus zu hören, musste sie wohl wieder eingeschlafen sein, bevor Sadie die Laterne bei der Hintertür aufgehoben und sich wieder einmal aus dem Haus gestohlen hatte. Unterwegs nach wer weiß wohin.

* * *

Mama begrüßte Leah mit einem erfreuten Lächeln, obwohl sie ziemlich müde aussah und sich wahrscheinlich lieber ein wenig hätte hinlegen sollen, statt das Großvaterhaus an einem einzigen Tag sauber zu machen. „Wir können deine Hilfe gut gebrauchen, Leah. Geh doch bitte und beziehe das Bett frisch und trage dann alle Teppiche hinaus und klopfe sie mit einem Besen aus."

Hannah und Mary Ruth reinigten den alten Holzofen, der den Mittelpunkt der Küche bildete. Sie benutzten dazu viel Schmierfett, auch wenn der Ofen überhaupt nicht schmutzig aussah. Die Küche war bei weitem nicht so groß wie Mamas Wohnküche. Trotzdem würde sie Opa gute Dienste leisten, falls er einmal seine Mahlzeiten getrennt von der Familie einnehmen wollte, obwohl es sie überraschen würde, wenn Mama so etwas zuließe. Aber vielleicht kam manchmal Tante Lizzie und kochte ihm einen Eintopf oder eine Bohnensuppe. Ja, sie war ziemlich sicher, dass Lizzie Mama ein wenig zur Hand gehen würde und wahrscheinlich einige Arbeiten im Großvaterhaus übernähme. Großvater bot Leah eine weitere Gelegenheit, ihre Koch- und Backfähigkeiten bei jemandem einzuüben. Er würde höchstwahrscheinlich alles gern essen, was sie ihm zubereitete. Sie musste lächeln und hätte beinahe laut aufgelacht. Sie konnte es kaum erwarten, dass Opa Brenneman gleich nebenan wohnte.

Während sie die Fußbodenläufer die Stufen hinabtrug, sah sie Sadie den Gehweg heraufkommen. Sie sah aus, als hätte sie ihren einzigen Freund verloren. „Was ist denn mit dir los?", fragte Leah und ließ die Teppiche auf einen Haufen ins Gras fallen.

„Nichts", kam die tonlose Antwort.

„Du hast doch etwas."

„Nein, ich habe dir doch gesagt, dass nichts ist."

„Hat dir jemand etwas getan? ... Du klingst so."

Sadie schüttelte den Kopf. Leah nahm den ersten Teppich und hängte ihn über die Wäscheleine, damit sie den Staub ausklopfen konnte. „Du klingst, als könntest du einen guten Sonntagsgottesdienst vertragen."

„Ich werde mich am nächsten Sonntag taufen lassen", sagte Sadie.

„Das hattest du doch schon lange vor", platzte Leah heraus. „Warum erzählst du mir das dann?"

Sadie zuckte die Achseln. „Ich dachte einfach, ich erzähle es jemand."

Jemand .... das war sie also für Sadie geworden? Einfach irgendjemand, nicht die vertraute Schwester und beste Freundin wie vor Sadies Rumspringzeit. „Was ist eigentlich in dich gefahren?", platzte sie heraus, ohne nachzudenken. „Was stimmt bei dir nicht, Sadie?"

Sadies Augen funkelten wütend. „Ich weiß nicht, wovon du redest!"

„Oh doch, das weißt du ganz genau!", rief Leah zurück.

„Mädchen ... Mädchen, ihr braucht nicht so laut zu werden", tadelte Mama sie von der Tür aus.

Sadie drehte sich um und schritt wütend an Leah vorbei und die Stufen hinauf ins Großvaterhaus. Leah blieb sich selbst und den Teppichen vor ihren Füßen überlassen.

„Hast du gedacht, es sei eine gute Lösung, dass ihr euch gegenseitig anschreit, Leah, Liebes?", fragte Mama und kam auf sie zu.

„Es tut mir Leid, Mama." Sie schaute zu Boden. Es tat ihr aufrichtig Leid, was gerade geschehen war, auch wenn sie die schmerzliche Spannung, die zwischen ihr und Sadie in der Luft lag, nicht verstand. Ihr gefiel dieser Zustand absolut nicht. Als sie schließlich den Kopf hob, konnte sie sehen, dass sich auch Mama Sorgen machte.

„Komm mit, machen wir einen schönen Spaziergang hinüber zum Blackbird Pond."

„Aber, Mama ..."

„Ich warte schon lange genug. Es wird Zeit, dass du mir erzählst, was du über Sadie weißt."

Leah war zutiefst erschrocken. „Sadie steckt mitten in dem Alter, in dem sie sich mit Jungen treffen darf, Mama, oder?" Sie musste ihre Mutter nicht an die Tradition der Amisch erinnern, ihre Freundschaft mit einem Jungen geheim zu halten. Was im Schutz der Nacht geschah, wurde immer bis zur letzten Minute geheim gehalten. Erst am zweiten Sonntag nach der Herbstkommunion im Oktober wurde die Verlobung der Paare, die im November heiraten wollten, vom Bischof öffentlich bekannt gegeben. So war es schon immer in den Kreisen der Amisch der Alten Ordnung gewesen, seit fast zweihundertfünfzig Jahren.

„Warum vertraust du dich mir nicht an, Leah? Ich mache mir so große Sorgen."

„Also gut, eines kann ich dir sagen ... Sadie sagte, sie werde sich morgen in einer Woche taufen lassen."

Diese freudige Nachricht lockte eine leichte Röte auf Mamas Wangen. Sie blieb abrupt stehen und küsste Leah auf die Wange. „Danke, dass du mir das gesagt hast. Oh, Leah!" Freudig und erleichtert lief sie über die Wiese zum Hof zurück.

Leah beobachtete, wie der Rocksaum ihrer Mutter im leichten Wind flatterte. *Sadie kann froh sein, dass ich ihr Geheimnis für mich behalte,* dachte sie.

Sie drehte sich wieder in Richtung See um und ging jetzt langsamer als vorher weiter. Sie dachte über die Worte ihrer Mutter nach, die sie vor ein paar Jahren zu ihr und Sadie gesagt hatte, als sie miteinander die Wäsche aufhängten. *„Vergesst nicht, Mädchen ... Reinheit um jeden Preis"*, hatte Mama gesagt. *„Das mag altmodisch sein, aber so will es Gott ... und so ist es am besten."* Mama sagte außerdem, dass ein Mensch mit einem reinen Herzen Kraft aus dem Gebet schöpfen könne. Dass sie Gott so persönlich erwähnte, war ungewöhnlich, hatte Leah damals gedacht. Ja, sie wusste, dass ihre Mutter wahrscheinlich mehr betete als die meisten Frauen. Aber nicht viele Amisch fühlten sich wohl dabei, wenn sie über den himmlischen Vater sprachen. Über Heiliges wurde nicht sehr oft geredet, außer im Gottesdienst von Prediger Yoder und dem Bischof, wenn er aus der Bibel vorlas.

Als sie die alte Weide erreichte, setzte sie sich darunter und beobachtete die Libellen, die über die Oberfläche des graublauen Sees tanzten. Sie war froh, dass sie Mama eine gute Nachricht hatte sagen können. Was wäre gewesen, wenn sie und Sadie nicht diese kleine hitzige Auseinandersetzung gehabt hätten? Wenn sie nicht gewusst hätte, dass ihre Schwester sich am Sonntag zur Taufe niederknien würde? Jetzt würde Sadie einen Bund mit Gott eingehen. Derry hatte also anscheinend keinen Platz mehr in Sadies Leben.

Dankbar und erleichtert atmete Leah aus. Sadies Geheimnis hatte sie ziemlich stark belastet, denn sie wusste: Falls ihrer Schwester etwas Schlimmes passieren würde, dann trüge Leah die Verantwortung dafür. Aber jetzt wurde bestimmt alles besser.

11

Am Mittwoch bot sich Sadie freiwillig an, nachmittags am Gemüsestand am Straßenrand zu stehen. „Dann kann Leah Mama helfen, wenn sie will", hatte sie gesagt. Papa nickte und wirkte ein wenig verwirrt über ihren plötzlichen Eifer. Mama sagte, sie sei damit einverstanden, da Leah und die Zwillinge – wenn Hannah und Mary Ruth aus der Schule zurück wären – an diesem Nachmittag andere Aufgaben zu erledigen hätten. Mary Ruth hatte beim Frühstück angeboten, gegen sechzehn Uhr hinauszugehen. „Damit du ein wenig frei hast", hatte sie gesagt. Aber Sadie lehnte ab und erklärte, sie könne sich sehr gut ohne fremde Hilfe um den Obststand kümmern. Sie wollte kein Mitleid, nur weil sie sich zurzeit nicht so wohl fühlte.

Sie war also allein, genau so, wie sie es geplant hatte. Sie hatte sich besondere Mühe gegeben, ihre Haare an den Seiten glatt zu kämmen und die losen Haarsträhnen sauber in den Knoten in ihrem Nacken zurückzustecken. Außerdem trug sie Derrys Lieblingsfarbe. „Dieselbe Farbe wie deine Augen", hatte er einmal bei einem ihrer ersten Treffen gesagt. Jetzt überlegte sie manchmal, ob ihm eigentlich auffiel, wie gut der blaue Stoff an einem sonnigen Tag wie heute zu ihren Augen passte. Nachts fielen die Temperaturen leicht ab. Deshalb trug sie ihren sauberen weißen Pullover über ihrem schlichten amischen Kleid. Obwohl sie barfüßig an den Straßenrand gekommen war, dachte sie daran, ins Haus zurückzugehen und ihre hohen schwarzen Schuhe anzuziehen. Es war das erste Mal seit dem letzten Frühling, dass ihr dieser Gedanke kam. In der Nacht hatte eine Spur von Frost über der Erde gelegen, vielleicht ein wenig früh für Anfang September. Aber sie erinnerte sich, dass sie an diesem Morgen aus dem Schlafzimmerfenster gesehen hatte und Papas und Leahs Schritte auf dem grünen Rasen deutlich hatte erkennen können. Jetzt stand die Sonne hoch am blauen Himmel und es regte sich kein Windhauch. Der

Tag war viel wärmer geworden, als so mancher erwartet hatte. Wer würde glauben, dass die Morgenstunden so kalt gewesen waren?

Die Bauern hatten alle Hände voll zu tun. Eifrig füllten sie ihre Silos. Die Gemüsegärten wurden allmählich leer, und der Mais wurde fest. Jetzt begann die Zeit, in der viel eingemacht und gebacken wurde. An diesen Arbeitseinsätzen nahmen besonders die jüngeren Frauen eifrig teil. Sadie störte es nicht, Eintöpfe zu kochen. Ehrlich gesagt, zog sie Koch- und Einmacheinsätze den Quilttagen vor. Vielleicht auch, weil sie bei den letzten Malen so neugierig beäugt worden war. Sie war froh, dass Leah neulich an ihrer Stelle zu Anna Masts Quilttag gefahren war. Sie war nicht froh gewesen, dass es ihr nicht gut ging, nein. Es wäre ihr einfach zu viel gewesen, mit den hochgezogenen Augenbrauen und den nicht ausgesprochenen Fragen fertig zu werden, die sicher viele beschäftigten, während sie inmitten eines Dutzends oder noch mehr Frauen saß und nähte.

Das letzte Mal, als sie und Mama zu einem ganztägigen Arbeitseinsatz nach Hickory Hollow hinübergefahren waren, waren *zwei* große Quiltdecken eingespannt gewesen – das Sonnenschein- und Schattenmuster für Mamas Freundin Ella Mae Zook und die andere Decke im Balkenmuster für Ella Maes Zwillingsschwester Essie King, die beide entfernte Kusinen von Fannie Mast waren. An einem anderen Tag hatten sich dieselben Frauen bei Ella Mae versammelt, um jede Menge Obstmus einzukochen. Bei der Erinnerung daran lief Sadie erneut das Wasser im Mund zusammen. Als sie und Mama schließlich nach Hause gekommen waren, hatten sie Leah dabei angetroffen, wie sie am Butterfass arbeitete ... mehr hatte sie bis dahin noch nicht gekocht.

Heute war das anders gewesen. *Heute* Morgen hatte Leah darauf bestanden, das Frühstück für die Familie vorzubereiten. Wirklich erstaunlich. Sadie hatte sich ein hämisches Grinsen verkniffen, als sie das Entzücken in Mamas Gesicht sah und auch das erfreute Lächeln bei Hannah und Mary Ruth. Aber die Rühreier waren viel fester gewesen als Mamas gewohnte „weiche, leichte" Eier, wie Papa sie gern mochte. Was den Schinken anging, so waren die dünnen Streifen viel zu lange angebraten gewesen, fast zu hart, um sie noch essen zu können. Aber die Familie war sehr höflich gewesen und hatte gegessen, was ihr vorgesetzt wurde, und eben länger und mühsamer gekaut als in den letzten Jahren.

Sadie war dankbar für die Zeit, die sie allein sein konnte, hier draußen auf der Straße. Würde Derry kommen oder nicht? Hoffentlich hatte er ihren Brief bekommen. Sie ging um den Stand herum und betrachtete von vorne die langen Holzregale, die sie und Leah gebaut hatten, als die ersten Bohnen und Kopfsalat verkauft worden waren. Es gab drei Ebenen: Körbe mit Süßkartoffeln und Roter Bete auf der ersten Ebene; zweifarbige birnenförmige Kürbisse sowie limonengrüne, gelbe, orangefarbene und dunkelgrüne Kürbisse, die wie Flaschen, Eier oder Äpfel geformt waren, auf dem zweiten Regalboden zusammen mit verschiedenen Zucchinisorten, späten Himbeeren, Erdbeeren und Heidelbeeren. Rüben und Tomaten säumten das dritte Regal. Gelegentlich brachte Hannah ein flaches Körbchen mit bestickten Taschentüchern und bot sie Stammkunden an, wenn sie für mehr als einen Dollar Obst und Gemüse kauften. Natürlich gab es immer die Liebhaber – gewöhnlich Nachbarn aus der näheren Umgebung –, die darauf bestanden, die hübschen Taschentücher zu kaufen, egal wie viel Obst und Gemüse sie erstanden. In letzter Zeit hatte Mary Ruth ziemlich viel Kürbisnussbrot gebacken, das sich fast schneller verkaufte, als sie es backen konnte.

Gerade als ihre ersten Kunden an diesem Nachmittag vorfuhren, trat Sadie wieder an die Seite des Verkaufsstandes. Es waren Mrs. Sauder und Mrs. Kraybill, zwei ihrer Stammkundinnen, die nur drei Kilometer in südöstlicher Richtung wohnten. Mrs. Sauder war immer irgendwohin unterwegs. Zum Beispiel fuhr sie mit ihren zwei Vorschulkindern auf dem Rücksitz nach Strasburg, „bevor mein Mann von der Arbeit nach Hause kommt“, sagte sie immer. Mrs. Kraybill war die mennonitische Nachbarin, die Hannah und Mary Ruth dreimal in der Woche mit zur Schule nahm. Papa brachte die Zwillinge an den anderen zwei Tagen in seinem Marktwagen auf dem Weg nach Bird-in-Hand zur Schule.

„Was darf es heute sein?“, fragte Sadie und faltete wartend die Hände, während die zwei Frauen sich alles anschauten.

„Oh, ich glaube, ich möchte ein paar Pfund Erdbeeren und Blaubeeren“, sagte Mrs. Sauder.

„Sie wollen wohl Strudel backen?“, erkundigte sich Sadie höflich.

„Mein Mann liebt Obststrudel. Und die Kinder auch.“ Bei diesen Worten deutete Mrs. Sauder auf Jimmy und Dottie, die Sadie aus dem Auto heraus angrinsten.

Nachdem Mrs. Kraybill ihr frisches Gemüse für diese Woche ausgewählt hatte, setzte ein ständiger Kundenstrom ein. Sadie hatte den Eindruck, dass die Flaschenkürbisse und die Zucchini am meisten gefragt waren. Gegen vierzehn Uhr waren auch fast alle Beeren und Tomaten verkauft.

Während sie dastand und damit beschäftigt war, die übrige Ware sauber anzuordnen, war Sadie ein wenig überrascht, aber sehr erfreut, als sie aufblickte und Derrys graues Auto an den Straßenrand fahren sah. Sie erkannte sofort seine karierte Wolljacke und die blauen Jeans mit dem Aufschlag, als er auf sie zugeschlendert kam. Normalerweise, wenn sie ihn sah, trug er ein kurzärmliges Hemd und manchmal eine gute Hose. Aber heute war er gekleidet, als wäre er nur hierher gefahren, um sie zu sehen, statt direkt von der Arbeit nach Hause zu fahren.

Sie schaute ihn lächelnd an und wartete darauf, dass er zuerst etwas sagte.

„Hallo, Sadie“, begrüßte er sie.

„Hallo.“ Sie schaute ihm fragend in die Augen.

„Ich wäre heute beinahe nicht gekommen.“

Lag es an dem Brief, den sie ihm geschrieben hatte? Hatte ihn das gestört?

„Ich bin froh, dass du gekommen bist“, sagte sie. „Möchtest du ein paar Süßkartoffeln oder Rüben für deine Mutter mitnehmen?“

Er nickte, kramte in seiner Hosentasche und holte ein paar Münzen heraus. „Hier, nimm, was sie kosten.“

„Nein ... nein. So habe ich es nicht gemeint. Ich wollte dir etwas mitgeben, zum Abendessen für deine Familie, von mir ... für sie."

Da zog ein breites Lächeln über sein Gesicht, das ihr das Herz erwärmte. „Danke, aber ich kann zahlen." Er wählte eine Rübe und eine Hand voll Kartoffeln.

„Da bekommst du heute Abend ein köstliches Essen." Sie war unsicher. Es war so seltsam, dass sie hier standen und sich höflich unterhielten. Die unangenehme Anspannung, die zwischen ihnen lag, befremdete sie.

„Ich habe deinen Brief bekommen." Seine Stimme klang plötzlich ganz nüchtern. „Meine Mutter hat ihn zuerst gesehen. Im Briefkasten."

„Oh ... es tut mir Leid, wenn ich ..."

„In Zukunft wäre es besser, wenn du mir nichts mit der Post schickst. Warte, bis ich mich bei *dir* melde."

Sie war also zu kühn gewesen. Aber wie sollten sie ohne Telefon und Post miteinander in Kontakt bleiben? Sie hatte das Gefühl, dass sie ihn die letzten paar Male, die sie zusammen gewesen waren, verärgert hatte, obwohl sie nicht wusste, woran das lag ... und es war von Mal zu Mal schwerer, die Sache wieder gutzumachen.

Er wandte sich zum Gehen und schlenderte zurück zu seinem Auto, die Rüben und Süßkartoffeln, die sie ihm gegeben hatte, in der braunen Tüte. Sollte sie noch einmal sagen, dass es ihr Leid tue? Ihn anflehen? Mama würde ihr klar und deutlich sagen, dass sie das auf keinen Fall tun solle. Es war nicht gut, gegenüber einem jungen Mann zu aufdringlich zu sein. Aber Sadie hätte so gern gehört, dass er sich wenigstens von ihr verabschiedete. Doch irgendwie wusste sie: Falls sie es wagen sollte, ihm nachzurufen, würde sie ihn vielleicht niemals wiedersehen. Das wäre zu viel für sie. Also blieb sie still. Der Kloß in ihrem Hals raubte ihr fast die Luft zum Atmen.

Bitte komm zurück, dachte sie und kämpfte mit den Tränen.

Er ließ den Motor an und fuhr langsam auf die Fläche vor ihrem Verkaufsstand zu. Dort blieb er stehen, beugte den Kopf zur Seite und rief ihr durch das offene Fenster auf der Beifahrerseite zu: „Steig ein, Sadie. Mach mit mir eine Spritztour!“

Eine Spritztour in seinem Auto? Ach, er liebte sie doch noch!

Sie wollte gern ihren Posten verlassen und ihm folgen. Aber was würden ihre Schwestern denken, wenn sie herausfanden, dass sie fort war? Und noch schlimmer: Was würde Mama sagen, wenn sie das Gemüse unbeaufsichtigt hier zurückließ? Plötzlich wusste sie, was sie tun könnte. Miriam und Adah Peachey hatten eine gute Idee gehabt: Wenn sie im Haus oder im Garten zu viel Arbeit hatten, um untätig am Straßenrand zu stehen und auf Kunden zu warten, schrieben sie ein Schild. Genau das wollte sie jetzt auch machen.

„Ich muss aber vorher ein Schild schreiben“, sagte sie zu ihm, überglücklich, dass er sie bei sich haben wollte. Dieser Tag würde viel schöner werden, als sie ihn sich erträumt hatte.

Er beugte sich nach vorn, öffnete das Handschuhfach und holte einen Papierblock und einen Stift heraus. „Hier, schreib dein Schild!“

Sie lehnte eines der selbst geschriebenen Schilder vor die Rüben. Darauf stand: *Heute Selbstbedienung. Bitte bezahlen nicht vergessen.*

Plötzlich war sie vor Freude ganz außer sich. So glücklich war sie schon lange nicht mehr gewesen. Dieser Nachmittag würde wunderschön werden. Das konnte sie am Funkeln in Derrys Augen ablesen. Ja, selbst die Landschaft um sie herum schaute mit einem Mal viel schöner aus, als hätte jemand goldene Sonnenstrahlen über die Maispflanzen gestäubt.

* * *

Der Schultag war pünktlich um halb vier Uhr zu Ende. Hannah und ihre Zwillingsschwester fuhren mit ihren mennonitischen Nachbarn, deren Kinder ebenfalls die Georgetown-Schule besuchten, nach Hause. Als sie von der Straße in ihre Auffahrt einbogen, fiel Hannah auf, dass am Verkaufsstand niemand stand. *Das ist aber komisch,* dachte sie.

Die Zwillinge bedankten sich bei Mrs. Kraybill fürs Mitnehmen und gingen dann ins Haus, gaben ihrer Mutter einen Begrüßungskuss und legten ihre Schulbücher auf den Küchentisch.

„Wie war euer Tag in der Schule?", erkundigte sich Mama, die damit beschäftigt war, ein Schokoladendessert umzurühren.

„Oh, wir haben die meiste Zeit damit verbracht, einfache Algebra-Aufgaben zu wiederholen", sagte Mary Ruth.

„Waren sie für *dich* auch einfach, Hannah?", fragte Mama.

„Nicht unbedingt", antwortete Hannah. „Mary Ruth kann viel besser rechnen als ich, weißt du."

Mama zog die Augenbrauen in die Höhe. „Algebra klingt für mich nach Stoff für die Mittelschule."

„Das steht auf dem Lehrplan, sagt die Lehrerin", erklärte Mary Ruth. Hannah wünschte, ihre Schwester würde die Sache einfach auf sich beruhen lassen. Mama musste nicht wissen, wie faszinierend solche schweren Aufgaben für Mary Ruth waren.

„Nun ja, ich kann dazu nur sagen: Strengt euch an, aber kommt nicht auf die Idee, dass ihr länger als bis zur achten Klasse in die Schule geht. Acht Jahre Schule genügen für amische Mädchen." Mama winkte Hannah herbei: „Lauf doch bitte hinaus und sag Sadie, sie soll ins Haus kommen, ja? Ich backe einen dreifachen Fondant-Kuchen, und ich kann mich nicht genau an die Sahnefüllung erinnern."

„Weiß Sadie, wie sie gemacht wird?", fragte Hannah.

Mary Ruth nickte. Ihre große Schwester würde sich ganz bestimmt an die Zutaten für die Füllung erinnern.

„Dann hole ich sie", nickte Hannah und lief aus der Küche.

Hannah war so sehr darauf konzentriert, nach Sadie Ausschau zu halten, dass sie das handgeschriebene Schild, das an die Rüben gelehnt war, fast übersehen hätte. „Was ist denn das?", flüsterte sie und fragte sich, wohin ihre Schwester verschwunden sein könnte. Was hatte sie nur veranlasst, für ihre treuen Stammkunden ein so unpersönliches Schild aufzustellen? Das gehörte sich einfach nicht! Papa würde das nicht gefallen, auch wenn sie wussten, dass es andere gab, die sich nicht die Mühe machten, sich stundenlang an einen Verkaufsstand zu stellen. Aber das fanden die Ebersols irgendwie nicht höflich. Was sollte sie jetzt Mama sagen, die sie auf die Straße geschickt hatte, um Sadie ins Haus zu holen?

Sie blickte sich nach allen Seiten um und ging sogar barfüßig ein Stück auf dem heißen Teer die Straße hinauf und hinunter und strengte ihre Augen an, um zu sehen, ob ihre Schwester vielleicht einen kleinen Spaziergang unternommen hatte. Aber sie sah nur Hektar über Hektar von Getreidefeldern. Die goldbraunen Pflanzen wiegten sich leicht im Herbstwind. In der Ferne waren Bauern auf dem Feld und droschen ihren goldenen Weizen.

„Wohin kann sie nur gegangen sein?“, fragte sie sich laut. „Wohin nur?“

Ihr graute davor, es Mama zu sagen. Sie drehte sich um und lief zurück zum Haus. Zuerst wollte sie zu Mary Ruth, die das Gras im Garten zusammenrechte, und ihr sagen, dass Sadie wie vom Erdboden verschluckt sei. Als ihnen bewusst wurde, wie ernst diese Sache sein könnte, denn auch ihre Zwillingsschwester hatte bestürzt reagiert, eilten die beiden in die Küche. Dort fanden sie Mama, die das alte Rezept auswendig aufsagte, als helfe ihr es, sich an jede einzelne Zutat zu erinnern, wenn sie sie laut wiederholte.

„Mama! Hannah sagt, dass Sadie fort ist. Sie ist vom Verkaufsstand verschwunden, ohne jemandem etwas davon zu sagen“, rief Mary Ruth aus.

Mamas Stirn legte sich in tiefe Falten. „Hannah?“, fragte sie und schaute sie fragend an. Sie war ganz Ohr.

„Ja, Sadie hat den Kunden ein Schild hingestellt“, nickte Hannah. „Ich habe überall geschaut. Sie ist nirgends zu sehen.“

Mamas Schultern sackten um fünf Zentimeter nach unten. „Aber sie muss doch *irgendwo* sein, oder?“

Einen Augenblick später wurde über das Thema Sadie nicht mehr gesprochen. Hannah wurde umgehend wieder zur Straße geschickt, wo sie das Schild entfernen und stehen bleiben sollte, um die Leute zu begrüßen, ihnen Wechselgeld herauszugeben und dergleichen. Mary Ruth sollte Mama bei dem Schokoladen-Kokosnuss-Rezept helfen. Dabei musste Hannah die ganze Zeit denken, dass Leah keine Ahnung von Sadies Verschwinden hatte. Und Papa auch nicht. Was würden die beiden dazu sagen? Würden sie sich Sorgen machen, so wie Hannah? Und Mama, auch wenn sie versuchte, ihre Besorgnis nicht zu zeigen. Sadie war doch sicher nicht gezwungen worden, gegen ihren Willen mit jemandem mitzufahren, oder?

Etwas wirklich Sonderbares war im ganzen letzten Monat vor sich gegangen. Das wusste Hannah genau. Ihre große Schwester war irgendwie woanders. Wenigstens mit ihren Gedanken. Und das die meiste Zeit. Mama hatte das neulich auch gesagt. Sadie würde in nur vier Tagen Mitglied der amischen Kirche werden. Ja, am kommenden Sonntag würde sie mit den anderen Kandidaten getauft werden. Das beruhigte Hannah sehr, wenn sie jetzt darüber nachdachte ... obwohl Sadie von ihrem Posten verschwunden war.

* * *

Derry fuhr mit Sadie den ganzen Weg bis nach Pinnacle Overlook in der Nähe von Holtwood, wo sie hoch oben auf einem Felsen standen und auf den Susquehanna River hinabblickten, dessen grünlich graues Wasser sich unter dem strahlend blauen Himmel ausbreitete. Zu ihrer Überraschung flüsterte er ihr ins Ohr, dass er sie liebe und dass es ihm Leid tue, was er vorher gesagt habe ... dass seine Mutter ihren Brief im Briefkasten gefunden habe und das alles. Er schien seine unüberlegten Worte zu bedauern und küsste sie sanft auf die Wange, als ihr Tränen in die Augen traten und ihr übers Gesicht liefen. Er hielt ihre Hand, und sie gingen Seite an Seite spazieren. Alles war wieder vergeben.

„Onkel Sam will mich nach Weihnachten haben", sagte er, als sie wieder im Auto saßen und die Straße entlangrasten.

„Dein Onkel?"

Er verzog liebevoll die Lippen zu einem Schmunzeln und bedeutete ihr, neben ihn zu rutschen. Sie kam seinem Wunsch gern nach. Sie rutschte über den Vordersitz, setzte sich nahe neben ihn und kuschelte sich eng an ihn, als er den Arm um ihre Schultern legte. Sie hörte aufmerksam zu, als er erklärte, dass Onkel Sam eigentlich eine liebevolle Bezeichnung für die USA war. „Verstehst du jetzt, was ich meine, Sadie?“ Ach, er konnte so lieb sein, wenn er wollte.

Aber was er als Nächstes sagte, erschütterte sie zutiefst. „Du wirst Soldat?“, fragte sie.

„So ist es. Ich gehe zur US-Armee, sobald ich achtzehn bin.“

„Aber ich dachte ... du und ich ...“

„Ach, Sadie, es ist ja nicht für immer. Du wirst schon sehen.“

„Willst du damit sagen, dass ich dann wissen werde, wo du bist?“

Er drehte sich zu ihr um. Sein Atem strich sanft über ihr Gesicht. „Natürlich. Ich werde dir zweimal am Tag schreiben.“

Sein zärtliches Versprechen berührte sie zutiefst. So tief, dass sie seine Pläne mit dem amerikanischen Onkel fast vergaß. Sie war gern bereit, ihre Gebetshaube abzunehmen und für ihn ihre hüftlangen Haare ungehindert nach unten hängen zu lassen. Sie genoss den warmen Wind, der durch die Autofenster hereinkam und ihr die langen Locken aus dem Gesicht wehte. Verliebt atmete sie den würzigen Geruch des frühen Herbstes ein.

Derry war ein schneller Fahrer, aber er beherrschte sein Fahrzeug sehr gut, während er mit einer Hand am Lenkrad das Auto steuerte und mit der anderen ihre Schulter streichelte. Wenn er sie heute bitten würde, seine Frau zu werden, würde sie ja sagen, egal, was es für sie bedeutete. Am kommenden Sonntag würde sie in die amische Kirche eintreten. Wenn sie danach mit ihm davonlief und ihn heiratete, würde sie mit Sicherheit mit dem Gemeindebann belegt werden. Aber trotzdem musste sie um Mamas und Papas willen, wenn schon aus sonst keinem Grund, diese Taufe durchziehen.

Solche Sorgen verblassten schnell unter seinen Küssen. Sie wusste wieder einmal in der Tiefe ihres Herzens, dass Derry für immer ihre einzige Liebe war.

12

In der Nacht ihres sechzehnten Geburtstags träumte Leah von ihrer Aussteuertruhe, die mit wertvollen Geburtstagsgeschenken neu gefüllt worden war, auch wenn sie im Vergleich zu Sadies Truhe immer noch ziemlich leer war. In ihrem Traum steckte die Sonne ihren goldenen Kopf in jedes Fenster des Schlafzimmers und warf einen leuchtenden Lichtstrahl auf das Fußende des Doppelbettes, wo die Pinientruhen der beiden Mädchen Seite an Seite standen. Leah warf einen Blick auf Sadies Truhe und spürte in sich den Wunsch, einen Blick hineinzuwerfen. Sie wollte ihre Geschenke mit den vielen Sachen vergleichen, die Sadie im Laufe der Jahre selbst gemacht oder geschenkt bekommen hatte. Sie beugte sich vor und öffnete den schweren Holzdeckel. Vor ihren Augen lag der schöne Inhalt von Sadies jahrelanger mühsamer Handarbeit.

Immer noch im Traum wühlte Leah tiefer und stellte plötzlich entsetzt fest, dass alle *ihre* hübschen Geburtstagsgeschenke, jedes Einzelne davon ... in *Sadies* Aussteuertruhe waren. Sie zog die hübschen handgenähten Kissenbezüge, die gehäkelten Deckchen und die Tischtücher heraus, die sie erst an diesem Tag von Tante Lizzie, Tante Becky und anderen Tanten bekommen hatte, sowie von Fannie Mast und Miriam Peachey. Besonders gefielen ihr Adah Peacheys bestickte Blumenkissenbezüge und die gelben gequilteten Topflappen mit den dazu passenden Handschuhen von Mary Ruth und Sadie. Hannah hatte eine eigene Überraschung für Leah gehabt. Sieben hübsche Taschentücher, eines für jeden Tag der Woche. Mama hatte ihr ebenfalls ein nützliches Geschenk überreicht: ein Set Bettlaken mit dazu passenden Kopfkissen, eine Wolldecke und einen gequilteten Bezug. Und jetzt fand sie alles, sauber gefaltet, in der Truhe ihrer Schwester wieder.

„Ach, Sadie ... was hast du nur getan?“ Sie musste weinen. Ihre Schwester hatte ihr die wenigen, kostbaren Geschenke weggenommen. Der Himmel war plötzlich grau, und sie hatte furchtbare Angst.

Da erwachte sie aus ihrem Traum, setzte sich schwer atmend im Bett auf und schaute sich im dunklen Zimmer um. Es war mitten in der Nacht, nicht helllichter Tag wie in ihrem Traum. Sadie lag neben ihr und schlief ruhig. Am liebsten wäre sie aus dem Bett geschlüpft und hätte die zwei Holztruhen untersucht. Ihr Herz pochte noch ganz schnell nach diesem aufwühlenden Traum. Aber je länger sie dasaß, umso mehr wurde ihr bewusst, dass alles nur ein Traum gewesen war. Sie drehte sich auf die Seite, weg von Sadie und kuschelte sich in die Kissen. *Schenke mir doch angenehme Träume, Vater im Himmel,* betete sie leise. Bald schloss sie die Augen und schlief erneut ein.

* * *

Heute war Sadies Tauftag. Der Morgen war so trüb und verregnet wie kaum einer, an den sie sich erinnern konnte. Sie glaubte fast, der Himmel gieße bereits seinen göttlichen Zorn über sie aus, während sie in der Reihe stand und mit fünf anderen jungen Frauen darauf wartete, ihren Platz in der Mitte des Raumes neben der Bank der Prediger einzunehmen. Sie verspürte den überwältigenden Wunsch, hin und her zu rutschen, aber ihre Erinnerung ließ sie nicht im Stich: Als sie klein war und nicht so lange stillsitzen konnte, wie Mama es von ihr erwartete, hatte sie bei vielen Gottesdiensten Mamas festen Griff auf ihrem Bein gespürt. Sie konnte den leichten Schmerz auch jetzt fast fühlen, eine dumpfe Erinnerung an ihre Gleichgültigkeit gegenüber dem, was ihre Eltern als heilig betrachteten.

Eine heilige Unruhe legte sich über den Raum. Die Täuflinge bereiteten sich vor, sich von der Welt und allen ihren Verlockungen abzuwenden und zum Herrn Jesus und zur amischen Ordnung, den ungeschriebenen Regeln für ein heiliges Leben, Ja zu sagen.

Prediger Yoder hatte sich ausführlich über die Aspekte ausgelassen, die ein Bund bedeutete, wie er im Alten Testament beschrieben wurde, und ihnen erklärt, dass es lebenslange Konsequenzen nach sich zog, wenn man einen Eid brach. „Der Kirche nicht zu gehorchen, bedeutete den Tod der Seele."

Gehorchen oder sterben ...

Auch von Papa hatte es Ermahnungen gegeben, erinnerte sich Sadie. Er hatte sie gestern aufgefordert, sich zu ihm zu setzen. Dann hatte er ihr laut aus dem ersten Buch Mose, Kapitel fünfzehn vorgelesen, in dem Gott einen Bund mit Abram geschlossen hatte. Das Blut einer jungen Ziege oder eines Widders oder einer Taube hatte vergossen werden müssen. Dann war eine Feuerflamme erschienen und hatte die blutige Bahn durchschritten und den Bund besiegelt. „Mit dem himmlischen Vater, dem heiligen Gott, einen Bund zu schließen ist eine sehr ernste Sache", hatte Papa gesagt. Sie hatte dazu geschwiegen.

Während sie jetzt vor dem Bischof und seiner Frau kniete, focht Sadie innere Kämpfe aus, hin und her gerissen zwischen richtig und falsch, zwischen gut und böse. Sie ließ sich taufen, um den Hoffnungen und Wünschen ihrer Eltern Genüge zu leisten. Aber es war nur ein Lippenbekenntnis. Sie konnte ihre verzweifelte Liebe zu Derry Schwartz einfach nicht aufgeben.

* * *

Ein paar Wochen später arbeiteten Gideon Peachey und sein Vater zusammen im Hof. Sie hackten Holz und stapelten es auf. Es war Knochenarbeit. Gid nahm das Holz ins Visier, schwang in einem kräftigen Schlag die Axt nach unten und spaltete das Holz in der Mitte, so wie sein Vater es ihn gelehrt hatte.

Um kurz vor eins blickte Gid zufällig auf und sah Abram Ebersol über das Weideland auf sich zu kommen. Er überquerte die Wiese an der Seite des Hauses und kam durch den Hof auf sie zu. „Schön, dich zu sehen!", begrüßten Gid und sein Vater ihn wie aus einem Mund.

Abram bot an, ihnen zu helfen. Gid war dankbar für die zusätzliche Hilfe, denn sie hatten mehr Holz zu hacken, als er und Papa in drei Stunden bewältigen konnten, und es würde nicht mehr lange dauern, bis es Zeit zum Nachmittagsmelken wäre.

Mit einem steifen Lächeln nickte Abram. „Ich wusste doch, dass ich mich nützlich machen könnte."

Gid gab Abram dankbar eine zweite Axt, und die beiden arbeiteten den Holzstoß ab, während sein Vater die gespaltenen Scheite aufschichtete. Sie waren anderthalb Stunden an dieser Arbeit, ehe seine Mutter jedem von ihnen ein großes Glas Eistee brachte. Gid wischte sich die Stirn und warf einen Blick auf den Mann, der vielleicht eines Tages sein Schwiegervater werden würde. Falls Leah Ebersol ihn als Mann haben wollte. Gid gefiel der Gedanke, Leah zu heiraten, schon seit dem ersten Mal, als er von Abrams und Papas Plan erfahren hatte. Er hatte jedoch weder seinem Vater noch seinem Nachbarn verraten, dass er schon lange vor seiner Schulzeit ein Auge auf das hübsche brünette Mädchen geworfen hatte, das gleich hinter ihrer Wiese wohnte. Von den vier Ebersol-Schwestern fand er Leah am faszinierendsten. An seiner Einstellung hatte sich auch nichts geändert, als sie miteinander in die Schule kamen. Leah war das freundlichste, angenehmste Mädchen in der ganzen Klasse gewesen. Ganz abgesehen davon, dass er sie richtig schön fand – innerlich und äußerlich. Adah und Dorcas, seine jüngeren Schwestern, mussten das ebenfalls erkannt haben, denn die Mädchen, besonders Adah und Leah, hatten schon als Kinder Freundschaft geschlossen.

Es war wirklich so, jeder, der sie kannte, sagte nur Gutes über Abrams Leah. Gid konnte nur hoffen, dass er würdig befunden würde, ihr Bräutigam zu werden. Dass sie ihm erlauben würde, sich am kommenden Sonntag nachts von ihm in seinem schwarzen, offenen Einspänner nach Hause fahren zu lassen. Offensichtlich hatte Adah bereits mit Leah darüber gesprochen, dass sie zu dritt zum Singen fahren könnten. Aber Adah hatte gesagt, dass Leah ein wenig weiter wegfahren möchte – hinüber nach Grasshopper Level. Dagegen hatte er nichts einzuwenden. Ihn interessierte mehr der Teil, bei dem es ums Heimfahren ging.

Laut Adahs Auskunft war es ihr nicht gelungen, Leah festzunageln, mit ihnen zu fahren. Offenbar wollte Leah lieber mit Sadie fahren. Wenn das der Fall wäre, würde Leah sich dann später mit Adah treffen? Wollte Leah sagen, dass sie Gid vielleicht eine Chance gäbe, der junge Mann zu sein, der sie nach Hause bringen dürfte?

Diese Frage nagte an ihm, seit Adah ihm von ihrem Gespräch mit Leah vor ein paar Tagen draußen am See berichtet hatte.

Und was war mit dem Brief, den er Leah durch Adah hatte überbringen lassen, in dem er sein Mitgefühl für Leahs verletzten Knöchel zum Ausdruck gebracht hatte? Er hätte gern mehr getan als einfach eine Karte zu schreiben, in der er ihr eine gute Genesung wünschte. Wenn die ganze Situation nicht so kompliziert gewesen wäre – wegen Papas und Abrams Plänen –, hätte er hinübergehen und sie ein wenig besuchen können. Vielleicht hätte er ihr sogar auf seiner Mundharmonika ein Lied vorspielen können. Großvater Mathias Byler hatte ihm eine neue Melodie beigebracht. Er und Großvater Mathias verbrachten gern die Abende miteinander und spielten auf ihrer Mundharmonika, sooft sie konnten. Großvater spielte geschickt auf seinem Instrument. Gid hingegen unterliefen immer wieder Fehler, und er musste noch besser lernen, sich von seinem Gehör leiten zu lassen und zu erkennen, ob er höhere oder tiefere Noten spielen musste. Natürlich wären die Bischöfe nicht damit einverstanden, dass sie beim Singen oder anderen Gelegenheiten Musik spielten, denn damit könnten sie ja womöglich die Leute zum Tanzen und dergleichen verführen. Trotzdem durften sie bei sich zu Hause spielen, zu ihrer eigenen Unterhaltung – „und zu unserem eigenen Erstaunen", sagte Großvater Mathias immer mit einem Schmunzeln und einem Augenzwinkern. Großvater und Großmutter Mattie Sue freuten sich immer, wenn ihre Enkelkinder zu Besuch kamen. „Kommt zu uns, sooft ihr Lust habt", sagte Großmutter immer und lud die drei Geschwister ein, auf dem Byler-Hof zu übernachten, wo sie zu Großvaters rhythmischer Serenade einschlummerten.

Gids Gedanken kehrten wieder zu Leah zurück. Er war sicher, dass Großvater und Großmutter von ganzem Herzen mit ihr einverstanden wären, obwohl er noch keiner Menschenseele anvertraut hatte, welche Zuneigung er ihr entgegenbrachte. Nur Adah ahnte vielleicht etwas, nachdem er sie gebeten hatte, seine Briefträgerin zu sein.

Von jetzt an plante er jedoch, die Dinge nach *seinen* Vorstellungen zu regeln. Er müsste Leah ganz einfach bei ihrem ersten Singen in ein Gespräch verwickeln, damit er der Einzige wäre, der sie in seinem Wagen nach Hause fahren könnte. Wenn nicht, könnte er seine Chance verspielen, die hübsche Leah überhaupt für sich zu gewinnen. Mit ihrem gewinnenden Lächeln und ihrer angenehmen Art wäre sie für viele junge Männer wie ein Magnet.

Andererseits war Sadie Ebersol – falls sie Leah tatsächlich zum Singen begleiten sollte – sehr schwer zu durchschauen. Er hoffte von ganzem Herzen, Sadie hätte vielleicht andere Pläne oder wäre zu Hause zu sehr beschäftigt, um Leah zu begleiten. Das würde seine Aussichten deutlich verbessern. Sadie schien sich einfach nicht viel aus ihm zu machen. Sie hatte Gid in letzter Zeit von oben herab behandelt. Er hatte keine Ahnung warum. Es war ihm sonderbar vorgekommen, da Hannah und Mary Ruth – und auch Abram und Ida – genauso freundlich und nett waren, wie Leah es schon immer gewesen war. An Sadie war irgendetwas anders. Obwohl sie wirklich hübsch war und faszinierende blaue Augen hatte, nun ja ... er konnte die Wurzel des Problems erahnen. Leahs ältere Schwester war sehr von sich eingenommen. Außerdem schien sie zu denken, Regeln seien dafür da, gebrochen zu werden. Er hatte einige Gerüchte von anderen jungen Leuten gehört; man erzählte sich, Sadie treffe sich womöglich mit jemandem, der nicht aus der Amischgemeinde kam. Das konnte Gideon nur schwer akzeptieren. Immerhin war Sadie erst vor ein paar Wochen beim Predigtgottesdienst drüben in Moses Stoltzfus' Haus vor dem Bischof und der versammelten Gemeinde niedergekniet und hatte sich taufen lassen. Dieser heilige Akt markierte eindeutig das Ende ihrer Rumspringzeit. Irgendwie passte alles nicht ganz zusammen, wenn Sadie ihren Eid brach, kaum dass sie ihn abgelegt hatte. Aber das würde die Zeit zeigen.

Er hatte heimlich Leah beobachtet, als ihre Schwester in der Reihe der Täuflinge gestanden hatte, um Gott ihre Versprechen zu geben. Leahs hübsches Gesicht hatte gezuckt, als hätte sie Mühe gehabt, die Tränen zurückzuhalten. Warum sollte sie bei der Taufe ihrer Schwester traurig sein? Waren es vielleicht Freudentränen gewesen? Er wäre nie so neugierig, sie zu fragen. Es ging ihn schließlich wirklich nichts an. Aber manchmal fragte er sich doch, was Sadie sich dabei dachte, in die Kirche einzutreten, wenn ihr die Güte und Aufrichtigkeit fehlten, die bei ihrer Schwester Leah und bei anderen so offensichtlich zu beobachten waren. Vielleicht würde die liebe Leah eines Tages ihre Gefühle bei ihm über das alles ausschütten. Vielleicht aber auch nicht.

* * *

Am darauf folgenden Sonntagnachmittag behauptete Sadie, sie sei viel zu müde, um mit Leah zum Singen zu fahren.

„Wirklich?", fragte Leah.

Aber Sadie schüttelte nur den Kopf. Sie sagte, sie wolle an diesem Abend früh zu Bett gehen. *Eindeutig etwas Neues bei ihr*, dachte Leah. Etwas, das Sadie öfter tun sollte, denn es war nicht zu übersehen, wie ausgelaugt sie war. In letzter Zeit war sie wieder zu Hause geblieben und hatte sich kein einziges Mal mehr aus dem Haus geschlichen. Leah war erleichtert und fragte sich, ob Sadies Taufe in die amische Kirche vielleicht tatsächlich die Dinge zum Guten gewendet habe. Konnte das sein?

Aber eines beunruhigte Leah immer noch. Sie fand es seltsam, dass sie nie eine Erklärung für Sadies Verschwinden an jenem Nachmittag bekommen hatte. Wohin war ihre Schwester gegangen, als sie eigentlich am Verkaufsstand hätte stehen sollen? Niemand – nicht einmal Papa oder Mama – schien das zu wissen, und es schien auch niemand danach zu fragen. Falls es doch jemanden interessierte, dann sprach er nicht darüber.

Nun ja, abgesehen von alledem war endlich das Wichtigste und Segensreichste geschehen: Sadie war offizielles Mitglied der amischen Kirche der Alten Ordnung geworden. Getauft und ausgesondert.

Bemüht, sich nicht über Sadie zu ärgern, weil sie sich weigerte, sie zu ihrem ersten Singen zu begleiten, war Leah fest entschlossen, einen schönen Abend zu verbringen, ob mit ihrer Schwester oder ohne sie. Als sie mit ihren Arbeiten im Haus und auf dem Hof fertig war, sagte sie Mama, dass sie zu ihrer Freundin gehe.

Gegen drei Uhr eilte Leah los, um Adah zu besuchen. Sie schlug die Abkürzung über die Wiese ein. Sie musste Adah fragen, ob Gid sie beide tatsächlich zum Singen nach Grasshopper Level mitnehmen würde.

Adah schien überglücklich zu sein, dass Leah mit ihnen fahren wollte. „Das ist ja eine herrliche Nachricht!", rief Adah mit strahlendem Gesicht. „Und zerbrich dir nicht den Kopf darüber, dass es ein wenig weiter weg ist! Ich bin sicher, das macht Gid überhaupt nichts aus."

Kichernd hielten sich die beiden an den Händen und sprangen im Schlafzimmer herum, das Adah und Dorcas miteinander teilten. Es war gut, dass die kleine Dorcas nirgends zu sehen war, denn Leah wollte bestimmt nicht den Eindruck erwecken, sie würde sich bald in Dorcas' und Adahs einzigen Bruder verlieben, der gerade draußen im Hof war und mit ihrem eigenen Vater und dem Schmied Holz hackte.

* * *

Am Ende ergab es sich, dass Leah und Adah auf dem Rücksitz des offenen Einspänners hinter Gid saßen, der euphorisch grinste und die Zügel fest in der Hand hatte. Sie und Adah flüsterten fast auf dem ganzen Weg miteinander. Gid schwieg die meiste Zeit und mischte sich nur gelegentlich in das Gespräch ein, um sich nach dem einen oder anderen jungen Mann zu erkundigen, der ebenfalls alt genug geworden sein könnte, um am Singen teilzunehmen. Aber er erwähnte kein einziges Mal irgendeine junge *Frau,* was Leah sehr interessant fand. Es war, als sei Smithy Gid wild entschlossen, jede Erwähnung eines anderen Mädchens zu vermeiden, das ihm vielleicht gefallen könnte.

Natürlich behielt sie ihre Spekulationen darüber, was Gid vielleicht dachte, für sich. Es war nicht ihre Aufgabe, sich darüber den Kopf zu zerbrechen. Er hatte jedes Recht, ein beliebiges Mädchen, das heute Abend käme, anzusprechen. Sie würde ihm nicht im Weg stehen. So viel war sicher.

* * *

Junge Leute aus mehreren Gemeindebezirken waren bereits in der großen Scheune versammelt, als Leah und Adah aus Gids Einspänner stiegen. Gideon zäumte fast umgehend sein Pferd ab und führte es in den Stall. Später würde er sich zu den jungen Männern gesellen, erklärte Adah ihr, und nicht nur für seine Schwester Adah, sondern auch für Leah in die Rolle des älteren Bruders schlüpfen, da sie keinen Bruder hatte, der sie zum Singen begleiten konnte. Es bestand die stillschweigende Übereinkunft, dass sie nicht automatisch verpflichtet war, auch im selben Einspänner wieder nach Hause zu fahren, nur weil sie eingewilligt hatte, mit Gid und Adah zum Singen zu fahren.

Leahs größte Hoffnung war, dass Jonas Mast heute Abend auftauchen würde. Wenn er nicht käme, wäre sie todtraurig. Aber irgendwie war sie sicher, dass er hier sein würde. Mit einem Lächeln auf seinem gut aussehenden Gesicht, nur für sie.

Es war schön, so viele junge Leute auf einem Haufen zu sehen. Die jungen Männer waren wirklich eines Anblickes wert! Sie hatten sich herausgeputzt, als besuchten sie den Predigtgottesdienst. Ihre Haare waren sauber gewaschen und gekämmt, ihre Strohhüte hatten sie in der Hand. Sie trugen langärmelige, weiße Hemden, braune Hosenträger und schwarze Tücher und schöne schwarze Hosen, ganz frei von jedem Fältchen oder Staubkörnchen.

Auf dem Weg zur Scheune waren ihr besonders die Einspänner aufgefallen, die alle sauber und auf Hochglanz poliert im Hof an der Seite standen. Einige der Pferde, die sie auf der Fahrt hierher gesehen hatte, hatten zu viele Reflektoren am Geschirr befestigt. Anscheinend wollten ein paar Jungen ein wenig angeben.

Die Mädchen waren ebenfalls schön herausgeputzt für diesen Abend. Viele von ihnen trugen ihre *guten* blauen oder lila Kleider, einschließlich einer sauberen, langen, schwarzen Schürze. Sie selbst hatte sich für ihr lila Kleid entschieden, genauso wie Adah.

„Komm mit“, flüsterte Adah ihr zu. „Setzen wir uns um den Tisch. Es beginnt bald, so wie es aussieht.“

Leah, die sich plötzlich scheu fühlte, folgte ihrer Freundin zu einem langen Tisch, der auf dem Scheunenboden aufgebaut war. Der Boden war für diesen Abend sauber gefegt worden. Die Jungen sollten sich auf eine Seite setzen und die Mädchen auf die andere. Bis jetzt hatten nur die Mädchen ihre Plätze eingenommen. Die Jungen schlenderten immer zu dritt oder zu viert herüber, als versuchten sie, die Situation einzuschätzen und zu sehen, welche neuen Mädchen gekommen waren.

Plötzlich bekam sie eine Gänsehaut vor Aufregung und gespannter Vorfreude. Sie hatte Jonas immer noch nicht entdeckt, aber Sadie – ausgerechnet sie! – hatte sie gewarnt, sich nicht anmerken zu lassen, dass sie auf einen bestimmten jungen Mann wartete. „Falls Jonas kommt, dann kannst du dich darauf verlassen, dass er versuchen wird, *dich* nach Hause zu bringen und keine andere“, erklärte Sadie. Leah ging davon aus, dass ihre Schwester wohl Recht hatte.

Das Singen begann, bevor Leah richtig begriff, was geschah. Mehrere Mädchen stimmten das erste Lied an, damit alle in die Melodie einstimmen konnten. Sie schienen nur die schnelleren Kirchenlieder zu singen. Manchmal wurde ein anderer Text gesungen, als sie es vom Gottesdienst gewohnt war. Für Leah war das alles neu, aber sie fand sich schnell zurecht und stimmte in die Melodie ein. Sie sang mit ihrer kräftigen Stimme, wie Mama es immer im Gottesdienst tat. Mama war beim Singen immer so fröhlich. Genauso wie Leah jetzt, besonders da Jonas Mast am anderen Ende des Tisches soeben den Blickkontakt zu ihr gesucht hatte.

Jonas ist da! Ihr Herz schlug schneller. Aber sie achtete darauf, nicht zu oft in seine Richtung zu schauen, damit weder Adah, die neben ihr saß, noch Smithy Gid, der genau gegenüber von ihr Platz genommen hatte, erfuhren, dass der Sohn des Dorfschmieds wirklich keine Chance hatte, Leah in seinem Einspänner nach Hause zu bringen. Nicht die geringste Chance. Sie wollte die Gefühle der beiden nicht verletzen – weder die ihrer besten Freundin noch die ihres Kindheitsfreundes.

Zwischen den einzelnen Liedern war genug Zeit, um sich mit den Jungen auf der anderen Tischseite zu unterhalten oder, wie in

Leahs Fall, mit Adah und zwei anderen Mädchen an ihrer Seite. Gegen zehn Uhr wurden riesige Schüsseln mit Popcorn, Mineralwasser und Limonade aufgetischt. Eine weitere Stunde verging, in der man viel miteinander redete und lachte und in der die Jungen sich bereits bemühten, ein Mädchen zu finden, das sie nach Hause bringen konnten.

„Wenn wir unsere Kinder gut unterweisen, werden sie die Wahrheit nicht verlassen." Mamas Worte hallten in Leahs Ohren wider, während sie hier saß und mehr als hundert junge Leute beobachtete. Einige von ihnen entfernten sich vom Tisch, und es bildeten sich die ersten Paare.

Sie stand auf und schaute sich nach Adah um, die auf einmal verschwunden zu sein schien. Sie war sich Gideons Absichten bewusst und wollte nicht allein hier stehen bleiben. Damit würde sie es Gid zu leicht machen, sie anzusprechen. Dann erspähte sie Adah auf der anderen Seite der Scheune, wie sie mit einem Jungen aus ihrem Gemeindebezirk sprach. Adah hatte Leah also bei ihrem ersten Singen allein gelassen, um mit einem jungen Mann zu sprechen. Aber das störte Leah nicht weiter. Am Ende war sie froh, dass sie allein unter den Dachbalken stand, wo zwei Tauben hoch über ihr gurrten.

Jonas trat leise und unauffällig hinter sie und flüsterte ihr ins Ohr: „Hallo, Leah."

Sie fuhr herum und begrüßte ihn. „Schön, dich wiederzusehen", sagte sie mit einem breiten Lächeln. Sie wünschte, sie hätte mehr sagen können, aber sie hoffte, sie hätten den Rest des Abends Zeit, um sich miteinander zu unterhalten.

„Ich habe dich mit Adah Peachey und ihrem Bruder kommen sehen", sagte er.

„Ja ... Sadie fühlt sich nicht so gut."

Er zeigte sich ein wenig besorgt. „Hat sie Grippe?"

„Wahrscheinlich. Sie und Mama sind immer noch nicht ganz fit."

Er berührte leicht ihren Ellbogen und führte sie zu einer ruhigeren Stelle unter dem Heuschober, wo sie reden konnten, ohne dass andere ihr Gespräch mit anhören könnten. „Leah, ich hatte gehofft ..." Seine blauen Augen blinzelten nervös. „Was ich sagen wollte ... würdest du vielleicht ... äh ... darf ich dich später nach Hause bringen?"

Sie lächelte und gab ihm gern eine positive Antwort. „Ja, das wäre sehr nett von dir. Danke, dass du fragst."

Sein Gesicht begann zu strahlen, als würde es ihm nichts ausmachen, ihr dieselbe Frage bei noch vielen Singabenden zu stellen. Als hätte er nichts dagegen, auf der Stelle diese Scheune zu verlassen und mit ihr davonzufahren. Natürlich benahm er sich so, wie es erwartet wurde. Er schilderte ihr, wie der weitere Abend ablaufen würde. Sie würden herumstehen und sich miteinander unterhalten, Popcorn essen und etwas trinken, zusehen, wie einige der Jungen Witze übereinander rissen und andere Späße machten. Dann, gegen elf Uhr, würden sich Paare bilden und nach draußen zu den Einspännern gehen und zu einer netten, langsamen Fahrt unter dem Sternenhimmel aufbrechen.

Sie konnte es kaum erwarten, den Rest des Abends zu erleben. Aber es wäre undenkbar, sich zu wünschen, dass die nächste Stunde schneller verginge. Schließlich wusste sie, dass sie Jonas' volle Aufmerksamkeit genoss und dass er nicht von ihrer Seite weichen würde. Ja, in dieser Nacht wurden ihre schönsten Träume wahr.

13

Am Morgen übernahm es Leah, das Frühstück zu kochen, da Mama und Sadie noch schliefen. So etwas kam selten vor, wenigstens bei Mama. Es dauerte bei beiden recht lange, bis sie wieder auf die Beine kamen, fand Leah. Aber sie half gern aus. Jetzt hatte sie eine neue Gelegenheit, Eier und Schinken anzubraten. Besonders nach dem letzten Versuch war sie dafür sehr dankbar. Ihre Familie war höflich gewesen und hatte kein Wort darüber verloren, wie furchtbar das Essen geschmeckt hatte, das jedem wie ein Stein im Magen gelegen haben musste. Womöglich hatten ihre Kochkünste zu Mamas und Sadies Magenbeschwerden beigetragen. Das könnte sein. Heute würde sie dafür sorgen, dass dies nicht passierte. Vielleicht würde sie versuchen, für Sadie und Mama die Eier zu pochieren, statt sie anzubraten. Und auch für Opa Brenneman. Das war bestimmt leichter bekömmlich. Dazu gäbe es ein wenig Haferbrei.

Sie war gerade dabei, den Tisch zu decken und in Gedanken zum letzten Abend und zum Singen zurückzukehren ... und zu ihrem geliebten Jonas, als plötzlich Tante Lizzie auftauchte und ihre Hilfe anbot. „Mama ist oben“, informierte Leah sie. „Es geht ihr immer noch nicht so gut.“

„Ach, und Sadie?“, fragte Lizzie.

„Sadie auch. Aber dieser Grippevirus hat noch nicht das ganze Haus angesteckt.“

„Das ist doch eine gute Nachricht, für die wir dankbar sein können, oder?“ Mit diesen Worten stieg ihre Tante die Treppe hinauf und rief leise: „Ida ... darf ich reinkommen? Ich bin es, deine Schwester Lizzie.“

Leah lächelte und dachte daran, wie nahe sich Mama und Tante Lizzie schon immer standen. Manchmal tauchte Lizzie ohne Vorwarnung aus heiterem Himmel auf ... ohne dass ihr jemand gesagt hatte, dass man sie dringend brauche oder dass besonders viel zu tun sei. Nein, sie schien einfach zu wissen, wann sie zu ihnen kommen musste. Ehrlich gesagt, war Leah sehr froh, dass sie Mamas Schwester an diesem Morgen hier hatte, denn Leah fing an, sich ernsthafte Sorgen zu machen und sich zu fragen, was für eine Krankheit ihre Mutter wohl hatte. In Sadies Fall war es für sie ziemlich offensichtlich. Sie hatte sich übernommen, als sie immer fortgelaufen war, um ihren englischen Freund, Derry Irgendwas, zu treffen. Aber, Gott sei Dank, das alles schien jetzt der Vergangenheit anzugehören. Jetzt holte Sadie wahrscheinlich einfach den ganzen Schlaf nach, den sie nächtelang nicht bekommen hatte.

Als die pochierten Eier fest genug aussahen, testete Leah sie mit einer Gabel. Der Dotter war nur noch leicht flüssig, genau so, wie Mama ihre Eier mochte. Leah holte das Holztablett aus der Speisekammer und richtete darauf einen Teller Eier und mit Butter bestrichenen Toast, eine kleine Schale mit warmem Haferbrei und eine Tasse Himbeertee an, der gut zur Magenberuhigung war.

„Klopf, klopf", rief sie durch die geschlossene Tür, als sie oben an der Treppe ankam. Offensichtlich führten Mama und Tante Lizzie ein persönliches Gespräch, bei dem sie nicht gestört werden wollten.

„Komm herein!" Lizzie öffnete die Tür. Ihre Augen wurden größer, als sie das Tablett in Leahs Händen erblickte. „Schau nur, wer dir hier ein richtig gesund aussehendes Essen zum Frühstück zubereitet hat, Ida!"

Ganz langsam richtete sich Mama im Bett auf, als Lizzie vom Essen sprach. Tante Lizzie trat an ihre Bettkante und half ihr, sich mit mehreren Kissen abzustützen. „Wie lieb von dir, Leah, Liebes", sagte ihre Mutter.

„Ich hoffe, dieses Frühstück schmeckt besser als das letzte, das ich gekocht habe." Sie stellte das Tablett über Mamas Schoß auf der Bettdecke ab, als diese bequem saß. „Kann ich dir noch irgendetwas holen?"

„Schau doch bitte zu deiner Schwester Sadie ins Zimmer, wenn es dir nichts ausmacht", bat Mama. Ihr Gesicht sah etwas aufgedunsen aus, und ihre Haare hingen immer noch in einem einzigen langen Zopf über ihren Rücken.

„Ich schaue nach, ob sie schon Hunger hat." Aber Leah war eigentlich nicht besonders erpicht darauf, sich um ihre große Schwester zu kümmern. Immer mehr hielt sie es für das Beste, Abstand zu halten. Auf diese Weise konnte Sadie wenigstens verarbeiten, was ihr in letzter Zeit Kopfzerbrechen bereitete. Vielleicht begriff sie allmählich, was es bedeutete, dass sie ihren weltlichen Mann für die Kirche aufgegeben hatte. Ja, das war wahrscheinlich der Fall, denn Sadie war nicht halb so fröhlich, wie Leah es von ihr erwartet hatte, nachdem sie mit ihrer Taufe ihr Leben und jeden ihrer Tage dem allmächtigen Gott zur Verfügung gestellt hatte.

„Danke, Leah", sagte Mama leise.

„Sag es doch bitte Tante Lizzie, wenn du noch irgendetwas anderes brauchst oder willst! Sie braucht dann nur zu mir in die Küche hinunterzurufen. Dann bringe ich es dir." Sie kam sich fast wie eine Aushilfsköchin vor. Das war ein richtig schönes Gefühl.

„Sicher, ich lasse es Lizzie wissen", nickte Mama und winkte ihrer Schwester, sie solle kommen und sich zu ihr ans Bett setzen. „Du bist ja so gut zu deiner alten Mama, Leah."

Leah lächelte. An ihrer Mutter war überhaupt nichts alt. Vielleicht war sie einfach aus irgendeinem Grund erschöpft. Sie zog die Tür hinter sich zu und ließ sie nur einen Spaltbreit offen. Dann eilte sie durch den Flur, um nach Sadie zu schauen. Ihre Schwester bewegte sich ein bisschen, lag aber immer noch im Bett. „Willst du etwas essen?", fragte Leah leise.

Sadie, deren Haare zu zwei dicken, langen Zöpfen geflochten waren, drehte sich im Bett um und schaute Leah an. „Vielleicht etwas Tee, aber das ist im Moment alles. Danke."

„Bist du sicher, dass du nicht etwas Haferbrei magst? Ich habe für Mama mehr als genug gekocht."

„Später vielleicht." Sadie stöhnte ein wenig und zog sich die Decke um den Hals. „Mama geht es also auch noch nicht besser?"

„Sieht so aus."

„Ich wüsste gern, was *sie* hat."

Leah schüttelte den Kopf. „Ich weiß es nicht."

„Nun, was es auch ist. *Ich* fühle mich völlig ausgelaugt. Geht es Mama auch so?"

Leah erinnerte sich an die blassen Wangen ihrer Mutter. Sie wiesen normalerweise eine gesunde, rosige Farbe auf. „Mama sieht blass aus. Genauso wie du."

„Vielleicht fühle ich mich besser, wenn ich ein wenig gegessen habe ... wie gestern."

Und vorgestern und vorvorgestern, dachte Leah.

Sie war schon ein Stück auf dem Flur, als sie etwas vernahm, das sich anhörte, als weine jemand leise. Überrascht blieb sie stehen. Leah hörte Mamas Stimme. Unter Tränen gestand sie Tante Lizzie, dass sie vermutlich allmählich in die Wechseljahre komme.

„Na, wenn das alles ist, dann brauchst du dich nicht so aufregen, Ida. Wenn du mich fragst, mir kam der Gedanke, ob du nicht vielleicht schwanger bist."

Mama lachte laut auf. „Ach, sei doch nicht albern!"

„Nun, wenn du Recht hast, dann dürfte ein wenig Himbeertee helfen", sagte Lizzie.

Meine Güte, Leah hatte mehr gehört, als sie hören wollte. Mama kam mit zweiundvierzig Jahren schon in die Wechseljahre? Sie wusste von anderen Frauen, die Mitte vierzig tranige Augen bekamen und behäbig wurden. Es war einfach schwer vorstellbar, dass ihre Mutter auch so werden sollte. Immerhin war sie bis jetzt immer eine der Ersten gewesen, die zu Hause oder bei einem Arbeitseinsatz eine Arbeit zu Ende gebracht hatten. Das konnte doch einfach nicht sein, oder?

* * *

Jonas Mast und seine Brüder, Eli und Isaak, trafen gleich nach dem Frühstück ihren Vater in der nördlichsten Ecke des Apfelgartens an. Mama hatte die drei mit einer Thermoskanne mit heißem Kaffee losgeschickt, „für später, wenn Papa anfängt zu frieren", und hatte sie zur Hintertür hinausgeschoben. Jonas und der dreizehnjährige Eli sollten Papa helfen, die vielen Äpfel einzusammeln, die auf den Boden gefallen waren. Fallobst ergab einen guten Apfelsaft. Das wussten sie. Isaak, der gerade erst elf geworden war, wollte nur zwei Stunden bleiben. Dann müsse er wieder auf den Hof, um dort seine Arbeiten zu erledigen, hatte er gesagt. Auf diese Weise könnten sie alle gemeinsam zum Mittagessen wieder in der Küche sein. So hatte es die Mutter wenigstens geplant.

Papa stimmte ihr zu. „Dann musst du schnell arbeiten. Keine Trödeleien heute, mein Sohn." Isaak nickte und ging an die Arbeit.

Während er die Äpfel aufsammelte, wanderten Jonas' Gedanken zurück zum letzten Abend, an dem das hübscheste Mädchen der Welt sich bereit erklärt hatte, mit ihm vom Singen nach Hause zu fahren. Es war eine herrliche Fahrt in seinem Einspänner gewesen. Sie hatten sich lange unterhalten und über fast jedes Thema gesprochen, das es unter der Sonne gibt. Oder genauer gesagt: unter dem Mond. Aber die lebhafte Unterhaltung mit seiner sympathischen entfernten Kusine hatte ihn nie ermüdet. Im Gegenteil, sie war eines der interessantesten Mädchen, das er seiner Meinung nach je kennen gelernt hatte, einschließlich seiner vier Schwestern und einiger seiner direkten Kusinen, ganz zu schweigen von einem ganzen Haufen Mädchen in seinem Gemeindebezirk – einige hatten ihm entweder mit verführerischen Blicken oder mit Worten klar zu verstehen gegeben, dass sie nichts dagegen hätten, sich von ihm den Hof machen zu lassen.

Das Gespräch hatte sich auch um ihr Kindheitsversprechen gedreht. Keiner von ihnen hatte sich genau daran erinnern können, was sie sich vor Jahren versprochen hatten. Aber er wusste, dass er Leah *jetzt* mehr liebte als irgendwann früher in seinem Leben. So Gott wollte, würde er sie eines Tages heiraten.

Oh, was habe ich nur getan?, dachte Sadie und richtete sich in ihrem Bett auf. Sie steckte sich ein Kissen in den Rücken und ließ ihren Tränen freien Lauf. Das, was sie am meisten befürchtet hatte, war geschehen.

Gedanken an den Gemeindebann meldeten sich in ihrem Kopf. Ach, die Sünde und diese Schande! Obwohl sie sich beherrschen wollte, war sie vor Sorge ganz krank. Wie würde Mama wohl reagieren, wenn Sadie ihr erst ihr furchtbares Geheimnis verriete?

Papa würde sie vielleicht wegschicken, sie zwingen, ihr Baby zur Adoption freizugeben ... auch wenn sie das alles nicht mit Bestimmtheit wusste. Sie machte sich große Sorgen, was wohl aus ihr und dem Baby werden würde. In den Augen der Kirche war sie eine unmoralische junge Frau, eine Gesetzesbrecherin durch und durch. Wenn sie nicht auf Knien vor der ganzen Gemeinde Buße tat, würde sie hinausgeworfen werden und wäre gezwungen, getrennt von der Gemeinschaft der Gläubigen zu leben.

Sie war von panischer Angst ergriffen und unsicher, was sie tun sollte. Was würde passieren, wenn ihre Geburtswehen einsetzten? Wer in aller Welt würde ihr überhaupt helfen, ihr Baby zur Welt zu bringen? Sie konnte nicht daran denken, Kontakt zur amischen Hebamme aufzunehmen; denn dann würde sich die Sache ziemlich schnell herumsprechen.

Ach, so viele beunruhigende Fragen lagen wie eine zentnerschwere Last auf ihr!

Am allerschlimmsten war das Alleinsein. Sie musste die Folgen ihrer Sünde ganz allein tragen. „Sei gewiss, dass deine Sünde dich überführen wird", stand in der Bibel. „Der Lohn der Sünde ist der Tod."

Papa würde zweifellos nicht zögern, sie an diese Verse zu erinnern, sobald er davon erfuhr.

* * *

Beim Mittagessen fand Leah, Mama sehe schon etwas besser aus. Tante Lizzie war den ganzen Vormittag geblieben und hatte ihr geholfen, das Haus aufzuräumen. Dann hatte sie einen Berg Kartoffeln für eine große Pfanne Bratkartoffeln geschält. Hannah hatte auch geholfen. Heute war schulfrei, da die Engländer den Columbus Day feierten. Mary Ruth war draußen und schaute nach der Wäsche, die auf der Leine hing. Vielleicht waren ein paar Teile schon trocken. Bald würde sie einen Arm voll Wäsche ins Haus bringen und alles zusammenlegen, bevor Tante Lizzie den Tisch deckte.

Leah hatte ebenfalls einen ausgefüllten Vormittag. Sie hatte die Eier aus dem Hühnerhaus geholt und die Nachttöpfe aus den

Schlafzimmern ausgeleert. Während sie sich am Waschbecken die Hände wusch, war sie froh, dass *diese* Arbeit erledigt war. Von allen Aufgaben im Haus war für sie dies der unangenehmste Teil. Mama konnte Mary Ruth nie dazu bringen, Leah dabei zu helfen, selbst wenn Leah sie darum bat und anbot, dafür eine von Mary Ruths Aufgaben zu übernehmen. Einiges musste einfach erledigt werden ... ob es einem nun gefiel oder nicht.

Als sie hinausging, um Papa und Großvater zum Essen zu rufen, ertappte sie sich dabei, dass ihr Blick über die Felder zum Bauernhaus des Schmieds wanderte. Ach, sie war immer noch ein wenig traurig – wegen Smithy Gid und der gestrigen Nacht. Sie hatte wirklich nicht gewusst, wie sie ihm beibringen sollte, dass sie bereits von Jonas eingeladen worden war, mit ihm nach Hause zu fahren, als er mit hochroten Wangen schüchtern zu ihr gekommen war. Oh, sie hatte versucht, ihm nicht wehzutun, als sie ihm eine Absage erteilte, obwohl sie ihm nie etwas versprochen oder ihm falsche Hoffnungen gemacht hatte. Adah hatte sich zum Glück gerade mit einem anderen Jungen unterhalten. Sonst wäre die Situation noch unangenehmer für Leah geworden. Der arme Gid war am Ende ganz allein in seinem Einspänner nach Hause gefahren – hatte sie inzwischen aus der Gerüchteküche vernommen. Er hatte keine Lust gehabt, noch ein anderes Mädchen zu fragen.

Was konnte sie tun? Beide Jungen waren sehr nett. Und sie mochte Gid. Er war wirklich ein freundlicher, netter junger Mann. Und auch so loyal. Das weckte in ihr die Frage, wie loyal Jonas gewesen wäre, wenn *er* sie nicht zuerst gefragt hätte. Wäre Jonas allein nach Hause gefahren so wie Smithy Gid? Sie vermutete es, wusste es aber nicht. Wenigstens nicht mit Sicherheit.

Trotzdem war sie überglücklich, weil ihr erster Singabend der allerbeste gewesen war, den sich ein Mädchen je wünschen konnte. Und sie hatte bereits eine weitere Verabredung mit Jonas, auf die sie sich freuen konnte – in zwei Wochen. Am Samstagabend vor ihrem predigtfreien Sonntag wollte er wieder mit ihr ausfahren. Dieses Mal sollte ihre Verabredung geheim gehalten werden. Sie waren also tatsächlich ein Liebespaar! Was konnte es Schöneres geben!

14

Hannah konnte es nicht erwarten, Großvater Johannes zu besuchen. Immerhin hatte sie heute schulfrei. Sie wusste, dass er mehrere Stunden mit Papa im Stall gearbeitet hatte. Er war also gewiss ziemlich erschöpft. Eine Stunde nach dem Mittagessen begab sie sich nach nebenan, wo er gerade von seinem Mittagsschlaf erwachte.

Er streckte sich ein wenig und setzte sich in seinen Lieblingsstuhl. Dabei lächelte er sie über das ganze Gesicht an. „Oh, hallo, Hannah", sagte er mit einem Leuchten in seinen graublauen Augen, das zeigte, wie sehr er sich auf ein wenig Gesellschaft freute.

„Ich wollte dich nicht wecken." Sie setzte sich auf die Bank am Wohnzimmerfenster.

„Ich freue mich, dass du hereinschaust."

Ihr Blick wanderte aus dem Fenster, wo sie ihren Vater schnellen Schrittes über den Hof gehen sah. „Erwartet Papa dich wieder draußen?", fragte sie.

Opa lachte leise. „Ich glaube, dein Vater hat von mir für heute genug."

Sie hatte nicht die entfernteste Ahnung, was ihr Großvater mit dieser Bemerkung meinte. Mit einem leisen Seufzen wartete sie, ob er noch mehr dazu sagen würde. Als er es nicht tat, sondern nur seine graue Weste zuknöpfte, fragte sie, ob er einen heißen Kaffee wolle. Vielleicht war ihm ein wenig kalt.

„Ja, ich trinke gern einen Kaffee. Bitte schwarz."

„Ja, Opa, das habe ich nicht vergessen", rief sie über die Schulter zurück und ging in seine kleine Küche. Einen Augenblick später kam er ebenfalls und setzte sich an den kleinen eckigen Tisch. Anscheinend freute er sich auf die Zeit mit ihr genauso wie sie.

Eines führte zum anderen – sie unterhielten sich über die Ernte und die bevorstehenden Arbeiten drüben in Hickory Hollow. Opa erinnerte sich an die Tage, die er bei Onkel Noah verbracht hatte; und bald drehte sich ihr Gespräch um Gobbler's Knob. Hannah erzählte, wie es war, auf diesem Hof aufzuwachsen, dem einzigen Ort, den sie kannte.

„Ja, und ich bin inzwischen schon zweimal umgezogen“, sagte er mit einem leichten Lächeln.

„Das stimmt. Zuerst hattest du deinen eigenen Hof ... dann wohntest du bei Onkel Noah, und jetzt hier bei uns im Großvaterhaus.“

Er nickte. „Wahrscheinlich versuche ich, es deiner Tante Lizzie gleichzutun.“

„Was, ist sie auch schon öfter umgezogen?“

„Ja, zweimal, genauso wie ich.“

Hannah hakte in ihrem Kopf die Orte ab, an denen Tante Lizzie gewohnt hatte. „Hm-m, ich glaube, mir fallen nur zwei Orte ein, wo sie gewohnt hat. Dein Haus mit Oma, als Lizzie und Mama und ihre Zwillingsschwestern in Hickory Hollow aufwuchsen, und später in ihrem Blockhaus. Wo hat sie denn sonst noch gewohnt?“ Soweit sie wusste, war Lizzie direkt vom Hof ihrer Eltern in das Blockhaus gezogen, als klar war, dass sie nicht heiraten würde.

Opa nickte. „Wusstest du denn nicht, dass Lizzie hier, in diesem Haus, gewohnt hat?“

„Hier? Wirklich?“ Das waren ja sonderbare Neuigkeiten. Hannah wusste gar nichts damit anzufangen

„Ja, für eine Weile ... kurz nach ihrer Rumspringzeit. Lizzie wurde hier in Gobbler's Knob Mitglied der amischen Kirche und zog um, um hier in der Nähe von deiner Mama und deinem Papa zu wohnen.“

„Tante Lizzie und Mama standen sich schon immer nahe, nicht wahr?“, sagte sie und wusste, dass es die Wahrheit war.

Opa lächelte. „Man könnte wahrscheinlich sagen, dass Ida – deine Mama – damals Lizzies zweite Mutter war.“

„Das, was du da sagst, wundert mich aber trotzdem“, erklärte Hannah erstaunt. „Warum sollte unsere Tante eine zweite Mutter brauchen, wenn sie doch schon so erwachsen war, dass sie Mitglied einer Kirche werden konnte? Und warum hat sie nie geheiratet? Sie ist doch immer noch eine sehr schöne Frau.“

Plötzlich wurde es ganz ruhig im Raum. Hannah glaubte sogar, sie könne das Surren der Flügel einer Hausfliege hören, die gerade an ihr vorbeiflog.

Als Opa schließlich sprach, war es ein Flüstern. „Es wäre vielleicht besser, wenn du nicht zu viele Fragen stellst."

Ihre Verwirrung stieg von Minute zu Minute. „Aber wenn Tante Lizzie hier wohnte, als sie getauft war, wann ist sie dann ins Blockhaus auf dem Berg umgezogen?"

„Wahrscheinlich, als das Haus fertig gebaut war." Großvater seufzte und wirkte plötzlich irgendwie unruhig. „Dein Papa und seine Brüder haben es für sie gebaut."

„Damit sie in der Nähe von Mama wohnen konnte?"

Opa rieb sich seinen langen, grauen Bart. „Die meisten unverheirateten Frauen wollen ein wenig Unabhängigkeit, vermute ich. Soweit ich mich erinnere, wollte Lizzie das auch. Aber hier war sie trotzdem noch nahe genug, um ein wenig am Familienleben teilnehmen zu können."

Hannah dachte über das nach, was sie soeben gehört hatte. Tante Lizzie hatte sie wirklich alle sehr gern. Das war schön für sie. Und sie liebten sie auch, genauso wie alle ihre anderen Tanten und Onkels. „Ich bin froh, dass Lizzie in unserer Nähe wohnt."

„Ich auch", erklärte Opa.

Sein Kaffee war ein wenig kalt geworden. Sie stand also vom Tisch auf und goss ihm unaufgefordert noch etwas heißen Kaffee nach. „Es ist aber auch schön, dass *du* zu uns gezogen bist", sagte sie.

„Auf diese Weise kann ich meine Enkeltöchter in diesem Teil der Welt besser kennen lernen."

Sie musste schmunzeln. Großvater hatte anscheinend das Gefühl, dass seine Kinder und Enkelkinder über ganz Lancaster County verstreut waren. Genau betrachtet, waren sie das auch. Papa und Mama fuhren selten nach Hickory Hollow, um Tante Becky und Onkel Noah und die ganzen anderen Verwandten zu besuchen. Es war einfach ein ziemlich weiter Weg.

Plötzlich sagte sie: „Du bist der letzte von meinen Großeltern, den ich noch habe." Meine Güte! So direkt hatte sie es nicht sagen wollen. Aber sie hatte gerade daran denken müssen, dass Opa und Oma Ebersol und auch Oma Brenneman schon im Himmel waren. „Du bist alles, was mir geblieben ist."

Opa lächelte sie liebevoll an und legte die Hand auf Hannahs Finger. „Zerbrich dir wegen solcher Dinge nicht den Kopf. Solche Sorgen helfen dir nicht weiter. So Gott will, habe ich noch ein paar Jahre vor mir."

Sofort hatte sie ein schlechtes Gewissen. „Mama sagt, ich mache mir Sorgen um Dinge, die nie eintreten werden."

Opa nickte. „Das tun wir wahrscheinlich alle mehr oder weniger."

„Trotzdem sollen wir jeden einzelnen Tag genießen, den der Herr uns schenkt, oder?", entgegnete sie.

Opa hielt immer noch ihre Hand und schmunzelte. „Du brauchst kein Mitleid mit mir zu haben, Hannah. Hier zu wohnen, wird bestimmt ganz schön. Es gefällt mir schon jetzt sehr gut." Er zwinkerte sie an. „Besonders, da es so viele interessante Leute gibt, mit denen man sich unterhalten kann."

Sie fühlte sich jetzt besser. Opa hielt sie für eine interessante Enkelin. Er bezeichnete sie also nicht als Quasseltante, wie er Mary Ruth gestern Abend beim Essen spaßhaft tituliert hatte. „Wir können uns bald wieder unterhalten", sagte sie, als sie hörte, dass Mama von der anderen Seite des Hauses nach ihr rief.

„Ja, das wäre schön", erwiderte er grinsend.

Sie beugte sich nach unten und küsste die faltige Stirn ihres Großvaters, ehe sie eilig zu ihrer Mutter lief.

* * *

Mary Ruth war begeistert von dem fast endlosen Strom von Kunden, die den ganzen Nachmittag zu ihrem Stand am Straßenrand kamen. Sie freute sich, als sie Mrs. Ferguson einen Korb mit Zierkürbissen verkaufen konnte, eine ihrer vielen treuen Stammkundinnen. Dann traf Mrs. Esbenshade ein, noch bevor Mrs. Ferguson in ihrem neuen, glänzend polierten Wagen wegfuhr.

„Ich habe gehört, dass in eurer Familie bald eine Hochzeit ansteht", sagte Mrs. Esbenshade.

Die einzige Hochzeit in ihrer Familie, von der sie wusste, war die der Masts. Sie erwähnte Annas Namen. „Kennen Sie meine entfernte Kusine, Mrs. Esbenshade?“, fragte sie.

„Aber ja, ich kaufe jedes Jahr Äpfel von Fannie und ihren Töchtern.“ Das rundliche Gesicht der Frau begann zu strahlen. „Der zweite Sohn meiner Nachbarn arbeitet für Peter Mast auf dem Hof.“

„Wir bekommen auch alle unsere Äpfel von den Masts“, erzählte Mary Ruth und plauderte ungezwungen mit der Frau.

„Wann ist denn Annas Hochzeit?“

„Am dritten Dienstag im November. Die bevorstehende Hochzeit von Anna und ihrem Bräutigam wurde direkt nach der Herbstkommunion in der Kirche verkündet. Das ist bei uns so Sitte.“

„Amische Hochzeiten gibt es also nur im November und Dezember?“

„Hier in Lancaster County schon ... und hin und wieder auch Ende Oktober oder Anfang Januar, wenn es nötig ist. In zwei Monaten gibt es nur eine begrenzte Anzahl von Dienstagen und Donnerstagen, wissen Sie.“

Mrs. Esbenshade lächelte. „Ich kann wirklich nicht behaupten, dass ich viel über eure Sitten wüsste, Mary Ruth. Ich warte dann wohl am besten auf eine schriftliche Einladung von Anna.“

„Eine gute Idee.“ Dann versuchte sie, das Interesse der englischen Frau auf einige Kürbisse zu lenken, die jetzt wirklich gut aussahen.

„Ich komme morgen wieder und suche mir einen schönen großen Kürbis für meinen Neffen aus. Er ist jetzt sieben und will unbedingt ganz allein einen Kürbiskopf aushöhlen.“

„Dann bis morgen. Entweder wird Leah oder Sadie morgen hier stehen.“ Mary Ruth wusste nicht viel über Halloween, nur dass in dieser Nacht englische Kinder von Tür zu Tür gingen und um Süßigkeiten bettelten. Es war ein Tag, den die Amisch nie feierten. Das Beste am Oktober waren die vielen Kürbisse, die verkauft wurden. Außer natürlich die Kürbisse, die Mama vorher bereits beiseite gelegt hatte, um Kürbis-Nuss-Kekse, Kürbis-Gewürz-

Kuchen und Kürbis-Strudel zu backen, ihre besondere Spezialität. Die Kürbisse waren sehr gut für das Geschäft, und je mehr sie jedes Jahr anpflanzten, umso mehr verkauften sie anscheinend auch.

Einige Minuten, nachdem Mrs. Esbenshade fortgefahren war, kam der junge Elias Stoltzfus im Marktwagen seines Vaters vorgefahren. Er lenkte den Wagen an den Straßenrand und gab dem Pferd einen Zuckerwürfel, ehe er zum Verkaufsstand herüberschlenderte. „Hallo, Mary Ruth", rief er ihr zu, nahm seinen Strohhut ab und schien das aufgereihte Obst und Gemüse überhaupt nicht zu beachten. Es schien, als wolle er mit ihr über etwas reden. Das sollte ihr nur recht sein. „Mein Papa sagt, wir fahren vielleicht zur Hochzeit bei den Masts im nächsten Monat. Was hältst du davon?"

Davon hielt sie sehr viel. Aber um nicht zu forsch zu erscheinen, nickte sie nur langsam und lächelte den rothaarigen Jungen freundlich an, der nach seinem Vater, einem langjährigen Ältesten in ihrer Kirche, benannt war.

„Was ich sagen will, Mary Ruth: Wenn es so weit ist, dass sich alle zum Hochzeitsessen hinsetzen, hoffe ich, dass du gegenüber von mir am Tisch sitzt."

„Ja, das tue ich gern, Elias." Ihr Herz schlug vor Freude über seine Einladung schneller.

„Ich werde mein Möglichstes tun, um richtig in der Reihe zu stehen, bevor wir uns setzen. Mach dir deshalb keine Sorgen. Es wird bestimmt schön."

Auch wenn sie noch einige Jahre von dem Alter entfernt waren, in dem Mädchen und Jungen miteinander ausgingen, was Elias sicher wusste, denn er selbst war auch noch zu jung, gefiel ihr trotzdem der Gedanke, mit ihm befreundet zu sein. Natürlich würde sie im Umgang mit Jungen ganz vernünftig bleiben, genauso wie Leah es immer gewesen ist ... und Mama es früher bestimmt auch war. Sie käme nie auf die Idee, sich so zu benehmen wie Sadie im letzten Jahr. Gott sei Dank, war ihre große Schwester ein wenig ruhiger geworden, seit sie offizielles Mitglied ihrer Kirche war. Das war gut so.

Elias wollte nichts kaufen. Er grinste so breit, dass man seine weißen Zähne sehen konnte, und winkte ihr zu, als er sich zum Gehen wandte. „Dann sehe ich dich morgen in der Schule, ja?"

„Ja, in der *Pause*", nickte sie und hoffte, er würde sich daran erinnern und vielleicht über den Pausenhof kommen und Hallo zu ihr sagen.

Elias lief zu seinem Pferd und Wagen zurück und setzte sich. Er stieß einen lauten Pfiff aus, um sein belgisches Pferd zu einem flotten Trab anzutreiben. Dann war er auch schon wieder unterwegs. Er war ein sehr schneller Fahrer, würde Papa sicher sagen, wenn er gesehen hätte, wie Elias mit dem Pferd umging. Der Stoltzfus-Junge war schon immer so gewesen. Jung und spritzig, genauso wie sein Hengst. Aber gleichzeitig strahlte er etwas Freundliches und Sanftes aus, fand Mary Ruth.

Sie zählte im Geiste die Jahre, die sie noch bis zu ihrer Rumspringzeit warten müsste, als ein weiterer Kunde vorfuhr. Dieses Mal war es ein vornehmer Engländer mit den dunkelsten Haaren und Augen, die sie je gesehen hatte. Ein richtig gut aussehender junger Mann, auch wenn er natürlich ein weltlicher Engländer war. Seine Haare waren sauber gekämmt, und er trug eine gebügelte schwarze Hose und ein langärmeliges weißes Hemd mit einer roten Wollweste und einer schwarzen Krawatte und sah fast aus wie ein Staubsaugervertreter. „Guten Tag, was kann ich für Sie tun?", begrüßte sie ihn und vermutete, dass er bestimmt genug Geld hätte, um den ganzen Stand leer zu kaufen, wenn er wollte.

„Ich will nichts kaufen", erklärte er unverblümt. „Ich bin hier, um deiner Schwester eine Nachricht zu geben. Ich vermute, dass sie deine Schwester ist." Er reichte ihr einen Umschlag.

„Das kommt darauf an, wen Sie meinen. Ich habe drei Schwestern, Sir."

Er lächelte sie an. „Bitte, du brauchst doch nicht ‚Sir' zu mir zu sagen ... ich bin nicht viel älter als du."

Sie war nicht sicher, ob er ihr zuzwinkerte oder nicht, aber er versuchte unübersehbar, mit ihr zu flirten. Ihr Blick wanderte zu dem Brief in ihrer Hand, und sie sah, dass er an Sadie Ebersol adressiert war. „Ja, Sadie ist meine Schwester. Ich gebe ihr den Brief."

„Vielen Dank." Er nickte leicht und benahm sich erneut wie ein richtiger Gentleman.

Sie steckte den Brief in ihre Tasche. „Ich sorge dafür, dass Sadie den Brief heute Abend bekommt, wenn Ihnen das recht ist."

„Kein Grund zur Eile", sagte er. „Tschüss." Er drehte sich um und eilte zu seinem glänzenden, grauen Auto zurück. Dann fuhr er mit quietschenden Reifen davon.

Sie fand es sehr seltsam, dass beide junge Männer vor ihr hatten angeben wollen. Der eine mit einem festen Griff um die Zügel, der andere mit einem Bleifuß. Sie tastete nach dem Brief in der Tasche ihres Kleides. Sie wollte nicht vergessen, dass sie Sadie finden musste, sobald sie zum Abendessen ins Haus ging.

* * *

Die Dunkelheit hatte sich schon längst über das Land gelegt, als sie sich alle zum Bibellesen und zum Abendgebet in die Küche setzten. Sadie war froh, dass sie die Glasschirme an den Öllampen regelmäßig säuberte. Das war viel besser für Papa, wenn er lange Stellen aus der Bibel vorlas wie zum Beispiel am heutigen Abend.

Aus seiner amischen Bibel las er laut aus dem neunten Kapitel des Lukasevangeliums, Vers dreiundzwanzig: „Da sprach er zu ihnen allen: Wer mir folgen will, der verleugne sich selbst und nehme sein Kreuz auf sich täglich und folge mir nach. Denn wer sein Leben erhalten will, der wird es verlieren; wer aber sein Leben verliert um meinetwillen, der wird's erhalten."

Papa las noch weiter, aber Sadies Gedanken blieben an den Worten „wer sein Leben erhalten will, der wird es verlieren" hängen. War es das, was sie getan hatte, als sie letzten Monat vor dem Bischof und vor der versammelten Gemeinde niederkniete? Hatte sie versucht, ihr Leben zu erhalten ... ihre Seele?

Aber was war mit dem winzigen Leben, das jetzt in ihr heranwuchs? Was würde aus Derrys Baby werden, wenn es erst einmal in der amischen Gemeinschaft geboren wäre? Liebte er Sadie genug, um sie zu heiraten? Sie hatte keine Ahnung. Sie wusste nur, dass sie Angst hatte und wünschte, sie könnte Derry bald wieder sehen. Sie musste ihm sagen, dass das, was sie seit mehreren Wochen vermutet hatte, absolut wahr war. Wenn sie sich nicht verrechnet hatte, würde sie Mitte Juni ein Kind zur Welt bringen.

Sie konnte nur erahnen, wie verletzt Papa und Mama wären, wenn sie es erfuhren. Aber sie konnte es nicht ertragen, es ihnen heute zu sagen, und auch nicht diese Woche. Sie wusste überhaupt nicht, wann sie sich überwinden könnte, etwas so Beschämendes preiszugeben. Sie erinnerte sich noch sehr lebhaft an den Standpunkt der Kirchengemeinde – und die Konsequenzen für die Sünderin –, als vor zwei Jahren ein junges Mädchen schwanger geworden war. Was hatte das für einen Aufruhr gegeben! Jetzt war sie in derselben Situation. Wie? Wie hatte ihr das nur passieren können?

Ihre Gedanken kreisten immer noch um ihre missliche Lage, während Papas Stimme pausenlos weitersprach. Immer mehr kam sie zu dem Entschluss: Wenn sie nicht in Gefahr stünde, mit dem Gemeindebann belegt zu werden – würde der Bischof eine Ausnahme machen? –, könnte sie Derry heiraten und ein weltliches Leben führen, falls er sich weigerte, amisch zu werden. Vielleicht könnte sie ihrer Familie damit einen Teil der Schande ersparen. Aber solche Ideen führten zu nichts. Das wusste sie genau. Es führte kein Weg an der amischen Ordnung vorbei. Etwas anderes zu glauben wäre Torheit. Nur eines wusste sie ohne jeden Zweifel: Sie müsste ihrem geliebten Freund die beunruhigende Nachricht mitteilen. Sie konnte nur raten, was er sagen oder tun würde. Er hatte ihr immer wieder gesagt, dass er sie liebte. Darauf konnte sie sich doch verlassen, oder? Er hatte ihr so oft seine Liebe beteuert, dass sie es nicht zählen konnte. Aber es war auch eine unumstößliche Tatsache, dass sich Sadie mit ihrer Nachricht auf gefährlichen Boden begab. Er konnte beim geringsten Anlass zornig werden.

Sie wusste kaum, was sie als Erstes tun sollte. Am besten behielt sie diese Sache noch eine Weile für sich.

* * *

Mary Ruth stürmte ins Zimmer, in dem Sadie und Leah beide in ihren langen Baumwollnachthemden standen und sich ihre hüftlangen Haare bürsteten. „Ach, ich habe ganz vergessen, dir etwas zu erzählen, Sadie", rief sie aufgeregt. „Ein junger Mann – völlig schick herausgeputzt – kam heute Nachmittag zu unserem Verkaufsstand. Er bat mich, dir das zu geben."

Sadie fragte sich, wovon in aller Welt Mary Ruth sprach. Und warum sie so aufgeregt war. Auf dem Umschlag stand ihr Name. Ihr Herz tat einen Sprung. War das ein Brief von Derry? Etwas, das sie sich so sehnlich wünschte ... das sie bei ihren kostbaren Schätzen aufbewahren könnte? War das möglich?

Nachdem Mary Ruth ihr den Brief übergeben hatte, machte sie jedoch keine Anstalten, das Zimmer zu verlassen und Sadie mit diesem kostbaren Brief von ihrem Liebsten allein zu lassen. „Darf ich den Brief vielleicht allein lesen?", fragte sie schließlich gereizt.

Leah und Mary Ruth verstanden diesen Wink mit dem Zaunpfahl und verließen gemeinsam das Zimmer und schlossen die Tür hinter sich. Sadie trat an die kleine Öllampe auf der Kommode, blieb dort mit zitternden Fingern stehen und öffnete den Umschlag.

Liebe Sadie,
ich hoffe, dir geht es gut.
Vielleicht kommt es ein wenig überraschend, aber ich hoffe, du stimmst mir zu, dass es an der Zeit ist, uns zu trennen. Du bist jetzt ein getauftes Mitglied deiner Kirche, und ich bereite mich darauf vor, in die Armee einzutreten, was mich zweifellos weit fort von Lancaster County führt. Mir ist bewusst, dass wir darüber schon gesprochen haben und dass ich versprach, während meiner Militärzeit mit dir ständig in Kontakt zu bleiben.
Aber ich habe über die möglichen Probleme einer solchen Beziehung nachgedacht und es mir anders überlegt. Ich werde dich nicht an mich binden, da ich dir nicht versprechen kann, dich zu heira-

ten. Eine solche Loyalität kann ich von dir nicht erwarten, und selbst wenn ich es täte, wäre das keinem von uns beiden gegenüber fair, oder?
Ich wünsche dir alles Gute in deinem Leben.

Mit freundlichen Grüßen
Derek Schwartz

Sadie hatte das Gefühl, jemand hätte ihr einen Tritt in den Magen gegeben. Derry wollte sie nie wiedersehen? Er machte einfach Schluss mit ihr? Aber wie konnte das sein? Sie konnte das nicht begreifen. Nach allem, was sie einander bedeutet hatten. Nach *allem.* Ein solcher grausamer Brief, jetzt, da sie ihn mehr als je zuvor brauchte. Oh, sie fühlte sich so krank ... ihr war übel. Sie fürchtete, sie müsse sich übergeben.

Es ist an der Zeit, uns zu trennen ...

Sie taumelte zum Bett und umklammerte den Brief. Sie gab sich nicht die Mühe, ihr Schluchzen zu unterdrücken. Sie vergrub ihren Kopf unter dem Kissen und bemerkte deshalb nicht, dass Leah leise ins Zimmer getreten war, die Tür geschlossen hatte und sich über sie beugte. „Ach, Sadie ... meine liebe Schwester ..." Dann fühlte sie Leah neben sich liegen. Sie lag ganz nahe neben ihr, legte die Arme um sie und hielt sie fest, als wäre sie ein kleines Kind. „Na, na", flüsterte Leah. „Weine dich ruhig aus."

„Ach, ich habe ihn so sehr geliebt", weinte sie. „Ich habe ihn wirklich geliebt ..."

Leah sagte nichts mehr. Irgendwo zwischen der Dunkelheit der Nacht und dem Schleier aus bitteren Tränen schlief Sadie ein.

Leah war zwischen der unübersehbaren Traurigkeit ihrer Schwester und ihrer eigenen Neugier wegen des Briefes, den die schlafende Sadie immer noch mit der Hand umklammerte, hin und her gerissen. So ... Sadie hatte die Beziehung zu ihrem englischen Freund also nicht beendet, wie Leah gehofft hatte. Egal, jetzt war es jedenfalls vorbei. Und so sehr ihr Sadie auch Leid tat, war sie doch von ganzem Herzen froh, dass Derry endgültig von der Bildfläche verschwunden war. Er hatte auf so feige Weise mit Sadie Schluss gemacht! Dieser Mann war es wirklich nicht wert, dass ihn irgendjemand liebte. Und schon gar nicht ihre Schwester.

Leah blieb absichtlich wach und ließ ihre Gedanken zu Jonas wandern. Sie hatte keinen Grund, von *ihm* je einen feigen Brief zu erwarten, jetzt, da sie Beweise für sein lebhaftes Interesse an ihr hatte, an seiner Absicht, sie zur Freundin zu haben. In einem Jahr würden ihre Heiratspläne in der Kirche bekannt gegeben werden, und bis Thanksgiving wären sie wahrscheinlich verheiratet. Ja, das bevorstehende Jahr würde das schönste in ihrem ganzen Leben werden ... wenn Papa endlich zur Einsicht käme. Und auch Smithy Gid.

Mit einem Seufzen stand sie auf und zog eine leichte Quiltdecke über ihre Schwester. Leah hoffte und betete, dass Sadie bald genauso großes Glück haben würde wie sie selbst mit ihrem geliebten Jonas. Nur dieses Mal mit einem netten amischen Mann.

Aber die Sorgen wollten nicht schweigen und raubten ihr den Schlaf. War Sadies guter Ruf durch die Gerüchte, die unter den Amisch kursierten, befleckt worden?

15

Derek Schwartz überredete seinen Bruder, mit ihm für einen Abend in die Stadt zu fahren. Nach Harrisburg, das sechzig Kilometer entfernt war. Robert war ein Spielverderber, besonders an diesem Freitagabend. Derek warf ihm das auch mehrmals vor, während sie in eine Kneipe mit dem Namen *The Niche* fuhren.

Nach einem sehr schweigsamen Abendessen brachen sie zu einem Lokal auf, wo eine große Auswahl an Mädchen es nicht erwarten konnte, zur Musik einer Kapelle aus der Stadt zu tanzen, während ein Möchte-Gern-Frank-Sinatra auf der Bühne stand und sich mit dem Mikrofon wichtig tat. Derek erfüllte die Wünsche der Mädchen sehr gern und tanzte mit vier verschiedenen Blondinen, bevor er bemerkte, dass Robert immer noch tatenlos am Rand saß. Das ärgerte ihn, aber er beschloss, dieses Mal den Mund zu halten. Der arme, bemitleidenswerte große Bruder, der immer noch unter dem Schock des Krieges litt. Sollte er nicht froh sein, dass er die Invasion in die Normandie überlebt hatte und geistig und körperlich unversehrt geblieben war? Einige der jungen Männer in seinem Alter waren mit einem Haken an Stelle einer Hand zurückgekehrt – oder noch schlimmer in Leichensäcken. Sein Vater hatte Derek eines Abends auf dem Gang, der die kleine Klinik mit ihrem Haus verband, flüsternd erklärt: „Dein Bruder braucht viel Geduld von uns allen ... Zeit, sich wieder an das normale Leben außerhalb des Militärs zu gewöhnen."

Trotzdem konnte Derek an diesem Abend keine Spur Mitleid mit Robert aufbringen. Warum sollte er seine Energie auf der Tanzfläche damit vergeuden, dass er Robert aus seiner Lethargie riss, wenn doch die Atmosphäre im Raum mit ausgelassener Freude, parfümierten und modern frisierten Mädchen und einer großartigen Musik erfüllt war? Wusste denn der ehemalige GI nicht, dass es Zeit zu feiern war? Er war am Leben, meine Güte!

* * *

Als sie wieder im Auto saßen und nach Hause fuhren, war Derek stolz auf die vier Telefonnummern, die er in der Hosentasche hatte, alle von blauäugigen Blondinen. Ja, es wären Ferngespräche, aber er musste sie ja nicht alle in einer einzigen Woche anrufen ... oder in einem Monat. Eines stand für ihn fest: Er war bereit für eine neue Freundin. Harrisburg, York, Reading, egal wo. Die Sache mit Sadie Ebersol war viel zu lange gegangen. Er könnte sich selbst ohrfeigen, weil er sie so lange hingehalten und sie im Glauben gelassen hatte, er würde mit ihr in Kontakt bleiben, wenn er in der Armee wäre. Oder weil er ihr erzählt hatte, er würde sie lieben. Ihn hatte gereizt, wie unschuldig sie gewesen war ... und wie vertrauensselig. Ihm sträubten sich die Haare, wenn er an ihre heimlichen Treffen im Wald dachte. Die Erinnerungen an die letzten zwei Monate verfolgten ihn – die Risiken, die er eingegangen war – wie er sich zur Arbeit geschleppt hatte, zu müde, um volle Leistung zu bringen.

Gerade noch rechtzeitig war er Sadie losgeworden. Mit einem sauberen und unmissverständlichen Brief, den ihre schlaue – und ziemlich aufgeweckte – jüngere Schwester ihr gewiss übergeben hatte. Inzwischen hatte sich Sadie – wie er sie kannte – wahrscheinlich zwei Nächte hintereinander in den Schlaf geweint. Bald wäre sie jedoch wieder auf den Beinen und würde flirten und sich einen gut aussehenden, höchstwahrscheinlich raubeinigen amischen Jungen suchen, jetzt, da sie ein getauftes Mitglied dieser hinterwäldlerischen Kirche war. Er nahm sich vor, in Zukunft vorsichtiger mit seinem Süßholzraspeln zu sein. Er hatte Sadie zu viele leere Versprechungen gemacht. Seine beste Tat war es gewesen, die Sache zu beenden, bevor etwas passierte, das ihn an sie binden würde.

Robert brach das Schweigen und riss Derek aus seinen Gedanken. „Wie können sie das machen?"

„Was?"

„Wie können die Leute so tun, als wäre alles in bester Ordnung? Wissen denn diese Mädchen in Harrisburg nicht, dass es einen Krieg gegeben hat? Unsere Männer wurden abgeknallt und verkrüppelt, und sie – und du ... *jeder* tut so, als wäre nichts geschehen."

Derek drehte sich um und schaute seinen Bruder an.

„Wie kann hier zu Hause alles so bleiben wie immer?"

In den vier Monaten seit der Rückkehr seines Bruders hatte Derek ihn noch nie über seine Kriegserlebnisse sprechen hören. Er hatte die Frustration, den Zorn in Roberts Stimme vorher noch nicht zu hören bekommen. „Vielleicht deshalb, weil einige von uns nicht dort waren und nicht mit angesehen haben, wie Menschen ins Jenseits befördert wurden ... *deshalb*", schoss Derek zurück und konnte sich nicht erklären, warum er selbst plötzlich auch so wütend war.

Robert versank sofort wieder in tiefes Schweigen. Das weckte bei Derek ein deutliches Unbehagen. Das Gesicht seines Bruders war oft so weiß wie die Laken, die ihr Vater von Zeit zu Zeit über eine Leiche legen musste. Robert trug stolz die Maske des Todes, was Derek sehr störte. Es war, als müsse dieser junge Kriegsveteran den Tod hier und jetzt lebhaft nachempfinden, um irgendwie zu rechtfertigen, was seine niedergemetzelten besten Freunde durchgemacht hatten, die gestorben waren. Robert fuhr viel zu langsam auf der Bundesstraße, während die Abfahrt nach Strasburg in Sicht kam. *Was hat er wirklich?*, fragte sich Derek. Warum fuhr Robert, als bestünde nicht die geringste Eile, irgendwohin zu kommen? Überhaupt irgendwohin zu kommen? Als habe er es nicht eilig, nach Hause zu kommen, sich ins Bett zu legen und im Schutz ihres Elternhauses zu schlafen statt in irgendeinem Fuchsbau. Hatte er Angst, er könnte die schrecklichen Alpträume am Strand der Normandie im Schlaf erneut durchleben müssen?

* * *

Als der Arzt das Klopfen an der Seitentür hörte, ließ er sich Zeit, von seinem bequemen Sessel aufzustehen, um nachzusehen, wer so spät noch vor der Tür stand. *Die Jungen müssten bald zurück sein*, war sein erster Gedanke. Vielleicht hatten sie ihren Hausschlüssel vergessen. Aber, nein, als er die Tür öffnete, schaute er in das tränenüberströmte Gesicht einer jungen amischen Frau. „Entschuldigen Sie bitte vielmals, dass ich Sie störe", sagte sie leise. „Ich wollte nur fragen ... ist Derry zu Hause?"

„Derek? Sie wollen *meinen* Sohn sprechen?"

„Ja, wenn ich nicht störe."

Sein Blick wanderte an ihr vorbei in den Hof. Er erwartete, ein Pferd und einen Einspänner in der Einfahrt zu sehen. „Sind Sie zu Fuß hier?"

Sie nickte. „Es ist wichtig."

„Also, Derek ist nicht zu Hause", sagte er schnell und betrachtete im Verandalicht ihre Augen. Hübsche, traurige, hellblaue Augen. „Ich weiß nicht, wann er nach Hause kommt."

„Ich kann gern warten."

Er fuhr sich mit der Hand durch die Haare und überlegte, was er sagen oder tun sollte, was das Beste für Derek wäre. „Ich fahre Sie am besten nach Hause. Ich kann nicht sagen, wie spät es wird, bis er ..."

„Nein, danke. Ich muss Derry heute Abend noch sprechen."

Sie kennt seinen Spitznamen? Was für eine Art von Beziehung hat dieses Mädchen zu meinem Sohn?, fragte er sich beunruhigt.

Plötzlich hatte er den Eindruck, er müsse sie auffordern, morgen oder an einem anderen Tag wiederzukommen. Aber nichts konnte das Mädchen davon abhalten, sich draußen auf die Verandastufe zu setzen und zu warten. Da tauchte plötzlich Lorraine in ihrem Bademantel auf. Sie wollte wissen, was hier vor sich ging, und fragte, warum Henry das arme Mädchen nicht ins Haus gebeten habe.

„Nein ... nein, das geht nicht", wehrte das Mädchen ab. „Ich möchte Ihnen auf keinen Fall zur Last fallen."

„Aber damit fallen Sie uns doch nicht zur Last", beharrte seine Frau. „Bitte, kommen Sie doch herein!"

Das Mädchen, das sich einfach als Sadie vorgestellt hatte, war eigensinniger als sie beide zusammen. Sie drehte sich um und machte es sich auf der zweiten Stufe der Seitenveranda bequem, fest entschlossen, auf Derek zu warten.

Schließlich schloss Henry die Tür und ließ das Mädchen draußen sitzen. Er wandte sich an Lorraine. „Warum musstest du zu so später Stunde so gastfreundlich sein? Wir kennen diese junge Frau doch überhaupt nicht", fragte er nur mühsam beherrscht. Es brächte nichts, lautstark zu protestieren. Damit würde er nur aus einer Mücke einen Elefanten zu machen.

„Sie wohnt bestimmt in der Nachbarschaft, Henry", sagte seine freundliche, einfühlsame Frau. „In unserer Gegend wohnen viele Amisch. Das weißt du ganz genau."

„Aber ... ein amisches Mädchen, das nach *Derry* fragt?" Er zwang sich zu einem Lachen. „Findest du das auch ganz normal?"

Die Spannung zwischen ihnen löste sich schließlich in ihrem gemeinsamen Lachen auf, auch wenn er sich dabei ertappte, dass er regelmäßig zum Fenster hinausspähte, um zu sehen, ob das Mädchen immer noch da sei. Um Dereks willen hoffte er, sie würde ihre Meinung ändern und wieder nach Hause gehen. Wohin sie gehörte.

* * *

Die Straße war dunkel, die Scheinwerfer waren das einzige Licht auf der schmalen Straße, die von allen Seiten von Maisfeldern gesäumt war. Zu Dereks Überraschung brach Robert das Schweigen. „Hat Papa dich je vor Frauen gewarnt?", fragte er.

„Nein."

„Bevor ich in den Krieg zog ... am Bahnhof, sagte Papa ein paar Sachen."

Derek schüttelte den Kopf. „Worauf willst du hinaus?"

„‚Halte dich an deine eigenen Leute', hat Papa gesagt und mir auf den Rücken geklopft, während der Zug schon einfuhr. Es schien ihm sehr wichtig zu sein ... er schrieb sogar Briefe, in denen er mich warnte, mich nicht mit europäischen Mädchen einzulassen. Papa sagte, Frauen brächten nur Probleme mit sich."

„Nicht *alle* Frauen", entgegnete Derry. „Papa hatte mit Mama Glück."

„Ich habe nicht auf ihn gehört. Ich verliebte mich in ein deutsches Mädchen. Sie hieß Verena." Robert brach ab. Er musste mehrmals husten.

„Was passierte dann?"

„Sie starb bei einer Explosion." Sein Bruder schwieg wieder. „Gott sei Dank, schlief sie ... es geschah mitten in der Nacht ... sie wurde ahnungslos im Schlaf getötet." Robert setzte den Blinker und bog ab. Dann schaltete er die Zündung aus und öffnete das Fenster.

„Ja? Das ist hart."

Sie saßen lange da und schwiegen.

Bald war Derry derjenige, der hustete. „Fahren wir heute noch nach Hause?"

Robert drehte sich abrupt zu ihm um und sah aus, als würde er jetzt wieder mit dem Krieg anfangen. „Es klingt vielleicht komisch in deinen Ohren, aber da drüben habe ich Gott ein Versprechen gegeben. Als alle um mich herum untergingen oder in Stücke zerrissen wurden ... betete ich und versprach, dass ich, wenn ich aus dieser Hölle lebendig herauskäme, mein Leben irgendwie Christus übergeben würde. Etwas Großes für ihn tun würde."

„Was denn?"

Robert atmete hörbar ein und lehnte den Arm aus dem offenen Fenster. „Was würdest du davon halten, wenn ich Pfarrer würde, wie Opa Schwartz?"

Derry hätte am liebsten laut gelacht, aber das war nicht der richtige Zeitpunkt und nicht der richtige Ort. „Du, das ist dein Leben. Versaue es dir, wenn du willst."

„Aber ... du hast nicht gesehen, wie blutig – wie unbeschreiblich brutal der Krieg war. Verstehst du denn nicht, dass ich heute eigentlich gar nicht mehr leben dürfte? Dass dein Bruder in zwei Metern Tiefe begraben sein müsste ..." Roberts Stimme versagte.

„Ich will nicht derjenige sein, der dir sagt, wie dumm es sein könnte, einen Eid oder was es auch ist, den du Gott gegeben hast, zu brechen." Derry hatte genug von diesem ganzen Gerede seines großen Bruders. Von diesem ganzen religiösen Gerede ...

Robert sollte endlich aufhören, seine ganzen Sorgen bei ihm abzuladen, und lieber nach Hause fahren. Als Derry ihm das auch deutlich sagte, starrte Robert ihn einen Augenblick ernst an. Dann richtete er sich auf, schaltete den Motor wieder an und sprach kein Wort mehr.

* * *

Sadie saß auf der Veranda, nachdem sie soeben Derrys Eltern – Dr. Henry Schwartz und seine nette Frau – kennen gelernt hatte, und dachte an ihre Kindheitstage hier in Gobbler's Knob zurück. Die meiste Zeit hatte sie ein glückliches, sorgenfreies Leben geführt ... und die Ordnung gehalten und versucht, das Richtige zu tun. Papa und Mama hatten sie im Glauben an den Herrn erzogen. Daran bestand kein Zweifel. Doch jetzt saß sie hier auf den Stufen von fremden Leuten, während unter ihrem verängstigten Herz deren Enkelkind heranwuchs.

Ach, sie hatte Leah *etwas* erklären müssen. Immerhin war Leah bei ihr gewesen und hatte sie getröstet, nachdem Derrys unerwarteter Brief sie völlig aus dem Gleis geworfen hatte. Allerdings hatte sie mit keinem Wort verraten, dass sie ein Kind erwartete. Sie wollte diese Nachricht noch niemandem verraten. Nur Derry sollte es wissen. Sie hatte Leah erzählt, dass sie ihren englischen Freund nie wieder sehen würde, aber den Brief hatte sie verwahrt und Leah nicht lesen lassen.

Es war nicht möglich gewesen, unbemerkt das Haus zu verlassen. Deshalb hatte sie die ganze Woche gewartet, bis sich eine Gelegenheit bot, den Kilometer zu Derrys Elternhaus zu Fuß zurückzulegen, denn sie wagte es nicht, das Pferd an den Familieneinspänner zu spannen. Nicht um diese Stunde. Während sie jetzt hier saß und wartete, fand Sadie die Dinge, die Derry ihr geschrieben hatte, noch schlimmer. Es war auch furchtbar traurig, feststellen zu müssen, dass er heute Abend nicht zu Hause war. Sie hatte gehofft, er würde vielleicht zu Hause bleiben und wehmütig an die Tage und Wochen ihrer Liebe zurückdenken. Aber jetzt fragte sie sich, ob er sie überhaupt jemals geliebt hatte, wenn er so schnell schon wieder abends ausging und sich eine schöne Zeit machte, während sie immer noch um ihn weinte – um alles, was hätte sein können.

Oder was immer *noch* sein könnte. Wagte sie es, ihm zu sagen, welche Idee sich in ihrem Kopf formte ... in ihrem Herzen?

* * *

Henry überlegte, ob es nicht ein wenig voreilig gewesen war, die junge, barfüßige Frau loszuwerden. Warum hatte er sie eigentlich nicht ins Haus geladen und sie freundlich begrüßt? Dafür war er bei seinen Patienten bekannt. Er war ein Mann, der seine eigene Meinung hatte, und er verdrängte die aufkeimende Besorgnis beim Gedanken an ein weinendes amisches Mädchen vor seiner Türschwelle.

Er ging wieder ins Wohnzimmer und lauschte gespannt, was sich wohl bald vor seiner Tür abspielen würde. Es war schon sehr spät geworden. Robert und Derek kämen bestimmt jede Minute zurück. Sein Zweitältester konnte sehr gut für sich selbst reden, was auch immer das Mädchen von ihm wollte. Das war weder seine noch Lorraines Sorge. Trotzdem stand er auf und spähte gespannt aus dem Fenster, als Roberts Auto in die Einfahrt bog.

* * *

Derek erblickte Sadie sofort, die zusammengekauert auf der Verandastufe saß, als könnte sie sich dadurch unsichtbar machen. Wie dem auch sei, sie war da und wartete auf ihn. „Was macht *sie* denn hier?“, fauchte er.

„Wer?“, fragte Robert.

„Vergiss es!“ Er sprang aus dem Auto, wütend wie ein bissiger Hund, und rannte ein Stück auf sie zu. „Komm mit mir, Sadie!“, knurrte er, ohne zu warten, bis sie aufstand und ihm folgte. Er marschierte aufgebracht am Haus vorbei zum Eingang der Klinik, in der sein Vater seine Patienten behandelte. Dort wartete er auf sie, die Arme vor der Brust verschränkt. „Was hast du dir dabei gedacht, einfach hier aufzutauchen?“, wollte er wütend wissen.

Sie kam langsam näher, hielt aber Abstand zu ihm. Erst jetzt bemerkte er, dass sie unter ihrem langen blauen Kleid wie immer barfüßig war. In der Kälte und Dunkelheit der Nacht, in der nur die Lampe auf der Veranda ein wenig Licht verbreitete, war er erneut von ihrer Schönheit fasziniert. „Derry, entschuldige, wenn ich dich belästige. Aber ich muss dir etwas sagen“, begann sie leise.

Sie standen wie zwei Statuen in der Dunkelheit.

„Mein Brief“, murmelte er. „Geht es um den Brief?“

„Ja.“ Ihre Stimme zitterte. „Und ... noch um etwas anderes.“

„Schau, Sadie, es tut mir Leid, was zwischen uns vorgefallen ist. Ich habe nicht nachgedacht ...“

„Nein“, unterbrach sie ihn. „Aber *ich* habe nachgedacht.“ Dann sagte sie leise, fast flüsternd: „Derry, ich dachte, du willst vielleicht wissen, dass ... ich schwanger bin.“

Wie vor den Kopf gestoßen, trat er einen Schritt zurück. Sadies Worte hallten wie ein Trompetenstoß in seinem Kopf wider. „Bist du sicher?“

„Wenn ich nicht sicher wäre, hätte ich es nicht gesagt.“

Ein unangenehmes Schweigen lag in der Luft und trennte sie wie ein Vorhang voneinander. Seine Worte waren beherrscht. „Was willst du jetzt tun?“

„Das geht nicht nur *mich* etwas an, Derry. Es ist auch dein Kind.“ Schnell ließ sie den Kopf hängen. Nicht, weil sie sich schämte, dessen war er gewiss. Nach einer Weile hob sie langsam die Augen und schaute ihn an. „Wenn du mich nur halb so sehr liebst, wie du die ganze Zeit gesagt hast, könntest du um den Dienst für Onkel Sam herumkommen, weißt du.“

Er verstand nicht gleich, was sie damit meinte. Dann begriff er. Sie wollte, dass er sie heiratete, damit ihr Kind den Namen seines Vaters und ein Zuhause hätte. Das würde jedes Mädchen an ihrer Stelle wollen. Sie glaubte anscheinend, er suche nur eine Möglichkeit, sich um den Militärdienst zu drücken. Sadie beließ es nicht bei einfachen Andeutungen. Er konnte an ihrer Haltung sehen, dass sie ihm klar und deutlich sagen würde, was sie dachte. „Das wäre doch ein herrlicher Grund, zu Hause zu bleiben, oder?“

„Aber ich *will* in die Armee.“

Sie schwieg erneut.

Er versuchte, ihrem Blick auszuweichen. Diese schönen Augen hatten ihn gleich am ersten Abend um den Verstand gebracht. „Reden wir doch lieber über *dich.*“ Er wollte nicht brutal klingen, aber welche andere Wahl blieb ihm? „Mein Vater kennt vielleicht jemanden in Philadelphia, der dieses Problem beheben könnte. Und zwar bald. Ich fahre dich natürlich hin.“

„Nein“, lehnte sie unmissverständlich ab. „Was geschehen ist, ist geschehen.“ Sie trat einen Schritt vor und schaute ihm ernst in die Augen. „Dieses kleine Kind in mir, *unser* gemeinsames Baby, wurde aus Liebe gezeugt. Wenigstens dachte ich das. Du solltest dich schämen, Derry Schwartz, wenn du denkst, ich könnte mein eigenes Fleisch und Blut umbringen.“ Sie weinte. „Ich kenne dich nicht mehr. Wahrscheinlich habe ich dich nie gekannt.“ Sie drehte sich um und rannte über den Rasen davon zur Straße.

„Warte ... Sadie!“, rief er hinter ihr her. „Ich fahre dich nach Hause.“

Sie blieb abrupt stehen und stemmte die Hände in ihre schlanken Hüften. „Lieber laufe ich zwanzig Kilometer in der dunkelsten Nacht durch die Gegend, als dass ich mich von dir irgendwohin fahren lasse. Du bist der grausamste Mensch, den der Herr im Himmel je geschaffen hat!“ Mit dieser Beurteilung seines moralischen Wertes rannte sie in die Nacht hinein.

Derek stand auf dem Rasen und schaute ihr nach. „Papa hatte Recht. Frauen *bringen* nur Probleme“, knurrte er und spuckte auf den Boden.

16

Leah hatte Sadie fest eine Hand auf die Schulter gelegt und gehofft, sie könne sie mit ihren Worten zur Vernunft bringen. Sie hatte versucht, ihre Schwester davon abzuhalten, die Straße hinabzulaufen und „nur noch dieses eine Mal mit Derry zu reden".

„Aber ... du hast doch die Sünden der Vergangenheit hinter dir gelassen, oder?", hatte Leah gefragt. Die Tränen, die in Sadies Augen glänzten, waren unübersehbar. „Ehrlich, ich will mich nicht in dein Leben einmischen, aber ..."

„Dann misch dich nicht ein", hatte Sadie ihr erwidert.

„Halte den Eid, den du Gott gegeben hast", war alles, was Leah flüstern konnte, bevor Sadie ihr Schlafzimmer verließ und in die Nacht hinauseilte.

Jetzt war Leah allein in ihrem Zimmer. Nervös ging sie auf und ab. So etwas tat sie normalerweise nie. Sadie war irgendwohin verschwunden, um mit ihrem früheren englischen Freund zu reden ... aber warum, das hatte sie Leah nicht verraten. Der Brief, der vor ein paar Tagen so traurige Nachrichten gebracht hatte, war jetzt tief in einer der Kommodenschubladen versteckt – oder vielleicht auch in Sadies Aussteuertruhe. Leah war ziemlich sicher, dass ihre Schwester ihn irgendwo in ihrem Zimmer aufbewahrte, aber sie würde ihn nicht suchen. Es wäre falsch, die Worte zu lesen, die Sadie ihr nicht freiwillig gezeigt hatte.

Aber Leah konnte nicht ins Bett gehen. Nicht, solange Sadie nicht wieder zu Hause war, sicher im Haus ihres Vaters. Sie setzte sich in ihrem Nachthemd auf die Bettkante und betete schweigend und wartete darauf, dass ihre getaufte Schwester endlich auf Zehenspitzen ins Haus schlich.

Der beißende Geruch nach Holzrauch vermischte sich mit der Herbstluft, als Sadie nach Hause eilte. Sie achtete nicht auf die spitzen Steine unter ihren nackten Füßen. Immer wieder lief sie ein Stück, bis sie nicht mehr konnte, dann verlangsamte sie für ein paar Sekunden ihre Schritte auf der zweispurigen Straße, die an die Ostseite des Waldes grenzte, in dem sie und Derry sich unzählige Male getroffen hatten. Auf der Straße, zwischen Derrys und ihrem Elternhaus. In der Ferne hörte sie eine Eule. Der schaurige Klang kam aus der Tiefe des Waldes. Trotzdem hatte Sadie keine Angst, allein unterwegs zu sein.

Sie dachte an das heimelige Feuer, das Tante Lizzie bestimmt den ganzen Abend am Leben erhalten hatte, auch wenn um diese Zeit von den Flammen zweifellos nur noch etwas Glut übrig geblieben war, die allmählich abkühlte. Vielleicht kam der Rauch, der so schwer in der Luft lag, sogar von Tante Lizzies Haus. Aber ihr kleines Blockhaus war genau auf der anderen Seite des Berges. Warum musste sie in einer Nacht wie dieser ausgerechnet an ihre fröhliche unverheiratete Tante denken? Sadie wusste, wie gern Lizzie im Wald spazieren ging. Manchmal sogar nachts, besonders wenn der Mond am Himmel stand. Tante Lizzie sagte, sie könne in solchen Zeiten am besten mit Gott reden.

Sadie wusste nicht, wie heute Abend ihre Beziehung zu ihrem himmlischen Vater aussah. Sie hatte ihre Zukunft um Derry herum aufgebaut, und jetzt lagen ihre ganzen Hoffnungen in Trümmern. Vielleicht könnte sie nach Hickory Hollow ziehen und in der Nähe ihrer verheirateten Kusinen wohnen – vielleicht bei Onkel Noahs und Tante Beckys erwachsenen Kindern. So könnte sie nicht nur vor den hochgezogenen Augenbrauen, die es sicher geben würde, fliehen, sondern auch vor den tadelnden Worten von Mama, Papa und Prediger Yoder ... bis hinauf zum Bischof, sofern sie nicht ihre schreckliche Sünde bekannte und ins Reine brachte. Danach würde sie, was genauso furchtbar war, den Rest ihres Lebens allein verbringen müssen, ohne Aussicht darauf, heiraten zu können. Kein amischer Mann wollte ein „Mädchen aus zweiter Hand“. Vorbei wäre es mit dem Singen am Sonntagabend, sobald ihre Schwangerschaft bekannt würde, vorbei wäre es mit den Fahrten in einem offenen Einspänner in sternklarer Nacht, mit dem Lachen bei Hochzeitsfesten. Mit einem jungen Mann zu zweit etwas zu unternehmen, gehörte für sie der Vergangenheit an. Ausgerechnet die burschikose Leah wäre die erste von Abrams Töchtern, die heiratete.

Sadie band ihre Gebetshaube enger, damit der Wind sie ihr nicht vom Kopf wehte, und überlegte, wie es wohl wäre, in der Nähe ihrer Verwandten in Hickory Hollow zu wohnen. Wie war es für Lizzie gewesen, als sie alle ihre Freunde verließ und hierher zog, um in Mamas Nähe zu sein? Besonders da Lizzie zwei Schwestern hatte, die ihr altersmäßig viel näher standen als Mama, „und auch geistig näher", wie Onkel Noah vor Jahren bei einem ihrer wenigen Besuche bei Mamas älterem Bruder und seiner Familie erwähnt hatte. Natürlich spielte das jetzt keine Rolle mehr. Lizzie war längst ein festes Mitglied der amischen Gemeinde von Gobbler's Knob, sie half Mama, kümmerte sich um Opa Brenneman und führte ihr eigenes Leben. Sie hatte nie geheiratet, was Sadie oft verblüffte. Immer wenn sie dieses Thema gegenüber Lizzie oder Mama ansprach, sagten sie etwas wie: „Einige Frauen sind einfach damit zufrieden, ohne Mann zu leben." Aber das glaubte Sadie nicht. Nicht eine Minute lang glaubte sie das. Sie hatte Tante Lizzie bei Picknicks in der Gemeinde und bei anderen Gelegenheiten erlebt. Sie war fröhlich und munterte auch die Menschen in ihrem Umfeld auf. Sie war eine lebensfrohe Frau.

Sadie hatte sich immer gefragt, ob Lizzie nicht vielleicht einen älteren Mann heiraten würde – vielleicht einen Witwer. Aber bis jetzt hatte sich keine solche Gelegenheit ergeben.

Sadie warf einen kurzen Blick hinter sich und sah in der Ferne die Scheinwerfer eines Autos rasch näher kommen. Sie ging ganz links am Straßenrand neben dem mit Gras überwachsenen Graben, in dem den ganzen Sommer über wilde Erdbeeren wuchsen und in dem man im Juni die Glühwürmchen tanzen sehen konnte.

„Ich will in die Armee ..."

Derrys Worte hallten in ihren Ohren wider. Als sie an dieses grauenhafte Gespräch vor ein paar Minuten zurückdachte, hatte sie das Gefühl, tief in ihrem Inneren falle eine eiserne Tür ins Schloss. Egal, was Derry von nun an sagte oder tat, sie würde sich um ihr Baby kümmern und es lieben. Dieses unschuldige Kind musste vor der mörderischen Einstellung seines eigenen Vaters beschützt werden.

Sie trat wütend gegen die Straße und schürfte sich dabei den rechten Fuß auf, was sie jedoch nicht störte. *Dieser Derry Schwartz ist ein ganz gemeiner Kerl*, dachte sie. Am erschreckendsten war für sie, dass sie nie auf die Idee gekommen war, er könnte anders sein als der, den sie in den letzten Monaten kennen gelernt hatte: ein netter und immer liebevoller junger Mann ... der es nicht erwarten konnte, sie so oft wie möglich zu sehen. Was war nur geschehen, dass er seine Meinung über sie so grundlegend geändert hatte? Hatte er eine neue Freundin gefunden ... in so kurzer Zeit? Oder war sein Entschluss, zum Militär zu gehen, der Hauptgrund? Wenn das der Fall war, warum in aller Welt sollte er sich weigern, die Briefe zu schreiben, die er ihr versprochen hatte? Warum?

Die Fragen quälten sie und ließen ihr keine Ruhe. Die Autoscheinwerfer hatten sie eingeholt. Sie drehte sich um und erkannte Derry, der mit dem Arm aus dem offenen Fenster winkte. „Sadie! Bleib jetzt sofort stehen, und steig ein!"

Als ihr bewusst war, wer der Fahrer war, drehte sie steif den Kopf weg und marschierte eigensinnig weiter.

„Sei doch nicht so dickköpfig!", schrie er sie an. Jetzt hatte er das Auto abgestellt. Sie hörte, wie die Tür zugeknallt wurde und er mit wütenden Schritten auf sie zu kam. Lief er ihr nach, um ihr zu sagen, dass es ihm Leid tue? Würde er sie in den Arm nehmen und ihr sagen, dass er das Gesagte nicht so meine? Dass sie so schnell wie möglich heiraten sollten, dass er seine Meinung geändert und beschlossen habe, nicht zum Militär zu gehen? Dass er sie trotzdem noch *liebte*?

Aber nein ... seine Worte hallten grausam in die Nacht hinaus. „Hör mir zu, Sadie!" Jetzt spürte sie seine Hand auf ihrer Schulter. Er drehte sie herum, dass sie ihn anschauen musste. „Du kannst nicht einfach davonlaufen, als wäre nichts geschehen", sagte er. „Du musst doch etwas unternehmen wegen ... des Babys."

„Ich werde etwas unternehmen. Ich werde unser Kind allein aufziehen", antwortete sie. „Dagegen kannst du nichts tun. Es sei denn ..." Ihr Blick wanderte an ihm vorbei zu seinem grauen Auto, das er mitten auf der Straße abgestellt hatte. Die Fahrertür stand weit offen. Genauso kam Sadie ihr eigenes Leben und ihre Zukunft vor: offen für die ganze Welt und alle Amisch. Jeder konnte einen großzügigen Blick darauf werfen und sie verurteilen.

„Es sei denn was?“ Sein Griff um ihre Arme wurde fester.

„Es sei denn, du änderst deine Meinung.“

„Das ist unmöglich“, erklärte er unverblümt. „Vielleicht gibt es die Möglichkeit, es zur Adoption freizugeben, aber wer wird schon ein Mischlingskind haben wollen?“

War das der eigentliche Grund, warum er ihr Kind ablehnte? Aber sie glaubte nicht, dass er so gefühllos wäre, das laut auszusprechen. Es waren so verletzende Worte. „Lass mich gehen, Derry. Ich will nach Hause.“

Er ließ sie, wenn auch widerwillig, los und trat von ihr zurück. Verachtung lag in seinen Augen. „Sadie Ebersol, ich wünschte, ich wäre dir nie begegnet.“

„Ja, das wünschte ich auch. Noch viel mehr als du.“ Sie drehte sich um und begann zu laufen. Sie lief, bis ihre nackten Füße vom harten Teer ganz taub geworden waren. Sie lief fort von dem, was hätte sein können – von all ihren Träumen und Wünschen, die sich alle um einen einzigen verlogenen Mann gedreht hatten –, und flüchtete zum Haus ihres Vaters, wo sie sich bemühen würde, in den nächsten paar Monaten ihre Sünde zu verbergen, ihre Kleider und Schürzen unauffällig weiter zu nähen, bis sie ihr Geheimnis nicht länger verstecken könnte. Dann würden die Amisch die Wahrheit über sie und ihren trügerischen Bund mit Gott in ihrer Taufe wissen. Entweder würden sie ihr helfen, als unverheiratete Frau mit einem Kind zu leben, oder sie würden sie ablehnen, aus ihrer Gemeinschaft ausschließen – sie mit dem Bann belegen. In diesem Augenblick wusste sie, dass sie zu eigensinnig wäre, um auch nur vor einem einzigen Menschen Buße zu tun.

Bald kam das Bauernhaus in Sicht. Sie beschleunigte ihre Schritte, froh, dass Derry sich entschieden hatte, auf der Straße zu wenden und wieder zurückzufahren. Sie war sicher, dass sie ihn nie wieder sehen würde. Sie hoffte es von ganzem Herzen.

* * *

Leah hörte Sadie die Treppe heraufkommen und blieb wartend im Türrahmen stehen. „Gut, endlich bist du zu Hause", flüsterte sie.

„Ich möchte Derry nie wiedersehen, solange ich lebe."

Damit fällt mir ein Stein vom Herzen, dachte Leah, laut sagte sie jedoch: „Ich bin froh, dass du da bist, Schwester."

Da drehte sich Sadie um, schaute sie traurig an und sank ihr in die Arme. Leah streichelte sanft ihre Schwester und sagte nichts mehr, während Sadie an ihrer Schulter schluchzte. Sie hoffte nur, das Weinen ihrer Schwester wäre so leise, dass ihre Mutter nicht davon aufwachte.

* * *

Ida war es lästig, dass sie mehrere Male in der Nacht aufstehen musste. Da sie nicht zum Toilettenhäuschen im Hof gehen wollte, war sie dankbar für den Nachttopf in ihrem Zimmer, besonders in der letzten Zeit, in der sie so tief schlief. Am nächsten Morgen hatte sie immer das Gefühl, wie ein Stein geschlafen zu haben. War das bei ihrer älteren Schwägerin, Becky Brenneman, auch so? Hatten sich bei ihr die Wechseljahre auch so angekündigt? Sie hatte mit Becky immer ganz offen reden können, erinnerte sie sich. Aber es war schon so lange her, seit Abram eingewilligt hatte, sie alle zu ihrem Bruder und seiner Familie zu bringen. „Es ist zu weit nach Hickory Hollow", hatte er gesagt, als sie letzte Woche danach gefragt hatte. „Nicht während der Erntezeit", hatte er ihren Vorschlag erst gestern Abend abgelehnt. Sie würde Abram also nicht mehr fragen. Erst wieder nach der Heiratssaison. Aber dann wäre es wahrscheinlich zu kalt und es läge zu viel Schnee auf der Straße. Dann wäre seine Ausrede wahrscheinlich, dass sie nicht alle sechs im Schlitten Platz hätten. Besser gesagt sieben, wenn Lizzie mitfuhr, was sie bestimmt wollte.

Abram und Noah kamen die meiste Zeit nicht gut miteinander aus. „Wir sehen einfach einiges unterschiedlich", hatte Abram oft gesagt. Was Ida verwirrte, wenn sie genauer darüber nachdachte, denn in der ganzen Gemeinde gab es sonst niemanden, mit dem Abram nicht zurechtkam. Er war ein verlässlicher und guter Freund aller Männer hier in der Gemeinde. Manchmal fragte sie sich, was ihren Mann an ihrem älteren Bruder so sehr störte. Aber während sie hier im Bett lag, war sie dankbar, dass sie einen Mann wie Abram kennen gelernt und geheiratet hatte, der neben ihr schlief und leise atmete. Nicht wie so viele Ehemänner, deren Frauen sich über ihr lautes Schnarchen beklagten. Nein, Abrams Schlaf war ruhig und gleichmäßig. Ihn konnte fast nichts aufwecken, stellte sie fest. Nicht einmal die traurigen Geräusche, die jetzt aus Sadies und Leahs Schlafzimmer kamen.

Was um alles in der Welt ist mit den beiden?, fragte sie sich. Es klang, als weinte Sadie. Sie stützte sich auf und lauschte. Ja, sie war ganz sicher, dass das Schluchzen von Sadie kam. Ach, sie wäre ja so froh, wenn alle vier Töchter eines Tages ihre Rumspringzeit unbeschadet hinter sich hätten. Jetzt kam Leah auch schon in dieses Alter! Und bei den Zwillingen würde es auch nicht mehr lange dauern.

Lieber Herr Jesus, hilf uns durch diese kommenden Jahre. Hilf doch, dass sich jeder von uns dir unterordnet, begann sie zu beten.

Als das traurige Schluchzen allmählich verebbte, sank sie wieder in einen Tiefschlaf, und kein einziger Traum beeinträchtigte ihre Ruhe.

* * *

Am Morgen, bevor Abram aufstand, um in seine Arbeitskleidung zu schlüpfen und in den Stall zum Melken zu gehen, änderte der Wind seine Richtung und blies jetzt gegen die Nordwestseite des Hauses. In dieser frühen Morgenstunde lag er neben seiner geliebten Ida, die tief schlief und, wie er erstaunt feststellte, schnarchte, dass sich die Balken bogen.

Während er auf das dröhnende, pfeifende Geräusch eines bevorstehenden Regensturms lauschte, dachte er an seinen Schwiegervater, Johannes Brenneman, der drüben im Großvaterhaus wohnte. Vorher war ihm das nie aufgefallen, aber in letzter Zeit erinnerte er ihn immer mehr an Noah, den unbequemen ältesten Bruder seiner Frau. Nicht immer, nur hin und wieder verkündete der frühere Bauer seine Meinung so unverblümt, dass Abram sich wünschte, er würde seine Kommentare für sich behalten.

Wenn er zum Beispiel nur an den gestrigen Tag dachte, an dem die beiden draußen im Stall gearbeitet hatten. Johannes hatte den Tieren mit der Heugabel Heu gegeben, während Abram ein wenig sauber gemacht hatte – etwas, das Leah immer getan hatte, bis sie beschloss, lieber Frauenarbeiten zu verrichten. Abram hatte eine diesbezügliche Bemerkung über Leah gemacht.

Johannes hatte sofort seine Meinung dazu geäußert: „Es wird Zeit, dass das Mädchen selbst über sein Leben entscheidet, oder?"

Abram wusste nicht richtig, wie er mit dieser Bemerkung umgehen sollte. Ähnlich war es vor zwei Tagen gewesen, als er mit Johannes vertraulich über Leah und Smithy Gid gesprochen hatte – dass er glaubte, die beiden gäben ein wunderbares Paar ab. Fand Johannes das nicht auch?

Johannes hatte doch nichts Besseres dazu zu sagen gehabt als: „Ach, lass Leah doch in Ruhe! Wenn du mich fragst, sollte sie sich in den Mann verlieben dürfen, der ihr gefällt. Genauso wie du und Ida das auch durftet."

Abram bereute es, dass er Johannes nach seiner Meinung gefragt hatte. Dieser Mann war viel zu schnell bereit, seine Stimme zu Dingen, die ihn überhaupt nichts angingen, ertönen zu lassen. Abram wollte gewiss nicht täglich mit Johannes' Meinung zu allem und jedem leben müssen. Er und Ida taten diesem Mann einen Gefallen, indem sie ihn bei sich wohnen ließen ... und sich um ihn kümmerten. Lizzie kümmerte sich ebenfalls um ihn. Und auch die vier Mädchen. Ja, alle schienen um den alten Mann herumzuschwänzeln.

Jetzt, da er über all das nachdachte, fragte sich Abram, ob es tatsächlich eine gute Idee war, Johannes heute mitzunehmen. Das heißt, falls der Regen sich verzog und alles ein wenig abtrocknete. Er und der Schmied hatten gehofft, zusammen mit mehreren anderen Männern aus der Gemeinde einem ihrer Nachbarn bei der Maisernte zu helfen. Es war nicht besonders klug, den alten Mann einzuspannen, aber andererseits würde Abram es später zu hören bekommen, wenn Johannes im Nachhinein von dem Arbeitseinsatz erfuhr und nicht einbezogen worden war.

Je länger er darüber nachdachte, umso mehr neigte er dazu, Johannes zu fragen, ob er mitkommen wollte. Wenn sein Schwiegervater zu müde würde, könnte er immer noch zu den Frauen ins Haus gehen und sich einen heißen Kaffee geben lassen oder ein Nickerchen machen. Oder beides.

* * *

Gideon Peachey war froh über den stürmischen Wind, der bereits angefangen hatte, die dunklen Regenwolken wegzublasen. Er hatte seine Mundharmonika in seiner Jackentasche stecken und war in seinem offenen Einspänner unterwegs, um Großvater Mathias Byler zu helfen, den alten Schuppen hinter seinem Haus neu zu decken.

Unterwegs warf er einen Blick über seine rechte Schulter auf Abrams großes Bauernhaus und das weite Land, das es umgab. Und siehe da, er erblickte Leah. Sie kam auf die vordere Veranda und schüttelte einen langen, geflochtenen Läufer aus. Er wollte ihr winken, bemerkte aber, dass sie überhaupt nicht in seine Richtung schaute. Warum sollte er also winken? War das nicht typisch für seine Beziehung zu Leah, wenigstens solange er sich erinnern konnte? Sie schaute immer in eine völlig andere Richtung und nicht zu ihm.

Er könnte sich ohrfeigen, weil er seinem Vater anvertraut hatte, dass Leah sich beim letzten Singen geweigert hatte, mit ihm nach Hause zu fahren. Er hatte eigentlich nur mit jemandem über seine Enttäuschung sprechen wollen. Das war alles. Natürlich war die Reaktion seines Vaters nicht besonders ermutigend ausgefallen. „Am besten gehst du zu den Ebersols hinüber und machst etwas, um Leahs Aufmerksamkeit zu gewinnen“, hatte sein Vater ihn aufgefordert.

Was sollte er denn tun?, überlegte er, und warum sollte er die Sache eigentlich weiterverfolgen, wenn Leah seine Gefühle nicht erwiderte?

So stand sie an diesem Samstagmorgen da und klopfte mit einem Teppichklopfer die Läufer aus und Gideon verpasste eine Gelegenheit, ihr zu winken. Aber es stand ihm nicht zu, sich zwischen Leah und Jonas Mast zu stellen. Er hatte gesehen, wie die beiden sich an jenem Abend in der Ecke der Scheune angesehen hatten. Es war einfach nicht richtig, egal, was sein Vater ... und auch Abram sagte. Man gewann nicht das Herz einer jungen Frau, indem man versuchte, ihre Aufmerksamkeit gegen ihren Willen auf sich zu lenken, fand Gideon. Nein, er würde Leah und Jonas in Ruhe lassen. Sie sollten selbst entscheiden, ob sie ineinander verliebt waren oder nicht. Er würde einfach abwarten.

* * *

Nach ungefähr einer Stunde wusste Abram, dass er seiner ersten Eingebung folgen und seinen Schwiegervater zu Hause hätte lassen sollen. Dort, wo Ida und Lizzie ihm jeden Wunsch erfüllten. Es war nicht so, dass Johannes an diesem Morgen viel Aufmerksamkeit gebraucht hätte. Er zeigte nur viel zu viel Interesse an Abrams Gespräch mit dem Schmied, der im Vorbeigehen erwähnte, Gideon hätte von Leah einen Korb bekommen.

„Willst du damit sagen, dass Leah nicht mit Gideon nach Hause gefahren ist?“, fragte Abram.

Der Schmied nickte kräftig. „Genau das will ich sagen. Ja.“

Johannes fragte weiter: „Hat Gideon sie überhaupt gefragt?“

„Natürlich hat er sie gefragt“, antwortete der Schmied. „Aber jemand war ihm zuvorgekommen.“

„Ist Leah mit *diesem* Kerl nach Hause gefahren?“, fragte Johannes.

„Soviel Gideon erzählt hat, ja.“

Abram musste nicht lange raten, wer dieser „Jemand anders“ war. Der Schuldige war Jonas Mast. Daran bestand für ihn kein Zweifel.

„Wer zuerst kommt, mahlt zuerst“, verkündete Johannes und lachte laut.

Abram und der Schmied fanden das gar nicht lustig. Abram versuchte, das Thema zu wechseln und das Gespräch auf die deutschen Schäferhunde zu lenken, die Gideon züchtete, um sie zu verkaufen. Aber Johannes zeigte nicht viel Interesse an den Hunden.

„Wenn ich an Gideons Stelle wäre, dann würde ich mich mit ihr lange vor dem nächsten Singen verabreden.“ Johannes’ Augen leuchteten.

Das ärgerte Abram grenzenlos, aber er hielt den Mund.

„Gid ist nicht der Typ, der sich Leuten aufdrängt, und schon gar nicht Mädchen“, fügte der Schmied hinzu. „Es muss einen besseren Weg geben.“

„Zu hoffen, dass der andere ein Auge auf ein anderes Mädchen wirft, oder was?“ Johannes grinste wieder.

„Dieser andere ist niemand anders als Peter Masts Sohn, der Älteste von Idas Vetter“, erklärte Abram. So, er hatte es offen ausgesprochen. Was hielten sie wohl von *dieser* Neuigkeit?

„Was willst du damit sagen, Abram?“ Johannes runzelte die Stirn so sehr, dass die Furchen in seinem Gesicht noch tiefer wurden. „Es ist doch nichts Schlimmes, wenn entfernte Verwandte heiraten. Das kommt ständig vor.“

Abram nickte. Sie alle wussten, dass sie darüber nicht diskutieren brauchten. Allerdings hatte er in letzter Zeit von Kindern gehört, die mit körperlichen und geistigen Behinderungen geboren worden waren. Besonders die Kinder von Amisch, die direkt oder weitläufig miteinander verwandt waren. „Aber die Gefahr, dass Kinder behindert werden oder dass es andere Probleme gibt, steigt.“

„Pah! Das kommt hier in der Gegend selten vor“, entgegnete Johannes.

Abram zuckte die Achseln. Johannes konnte sagen, was er wollte. Ihm lagen Leah, Gideon und ihr künftiger gemeinsamer Nachwuchs am Herzen. Er wollte nur das Beste für seine sanfte, fleißige Tochter. Und das war gewiss nicht Jonas Mast. Nicht, wenn es nach Abram ging. Außerdem brauchte Gideon Peachey eine kräftige, treue Frau ... wie Leah, die ihm helfen konnte, auf dem Land, das er eines Tages erben würde, Rinder zu züchten.

17

Jonas Mast arbeitete Seite an Seite mit Derek Schwartz. Sie luden Kartoffeln in Kisten, die auf dem Markt verkauft werden sollten. Katie und Rebekka, seine Schwestern, würden viele davon auf dem Stand an der Straße verkaufen, aber der Großteil der Kartoffeln ging auf den Hauptmarkt am Penn Square in Lancaster. Anna, die älteste seiner Schwestern, erstellte mit seiner Mutter alle möglichen Listen, um alles für die Hochzeit in einem Monat fertig zu haben. Anna hatte zu viel anderes zu tun, um ihnen in diesem Jahr beim Verkauf der Kartoffeln und Äpfel zu helfen. Aber sie und Nathanael King planten, gleich hinter dem Obstgarten der Masts in derselben Straße zu wohnen. Jonas wusste also, dass er und sein Vater mit Nathanaels Hilfe im nächsten Jahr rechnen konnten ... und es deshalb verkraften würden, wenn Derek Schwartz wegging.

„Wir werden dich nächsten Sommer und im Herbst bei der Ernte sehr vermissen", sagte Jonas zu seinem englischen Freund.

Derek nickte. „Bis dahin bin ich längst fort."

„Papa wünschte sich, du müsstest nicht zur Armee gehen." Jonas brauchte Derek nicht zu erinnern, dass die Amisch gegen Gewalt und Krieg waren. Der Arztsohn wusste bestimmt, dass die Amisch Aggression und Rache ablehnten.

„Ich freue mich darauf, von hier fortzukommen", sagte Derek unvermittelt und überraschte Jonas mit dieser Bemerkung.

„Warum denn?"

Derek zuckte die Achseln. „Es wird einfach Zeit, dass ich in die Welt hinauskomme. Einen größeren Horizont bekomme. Du weißt ja, wie es ist. Der Junge vom Lande sieht sich in der großen Welt um."

Jonas konnte Dereks Unruhe nicht nachvollziehen. Er selbst machte sich nichts daraus, die große Welt kennen zu lernen. „Du bist bis ungefähr Weihnachten noch hier, oder?"

„Ja, ich fahre irgendwann kurz vor Neujahr ab."
„Wohin?"
„Das erfahre ich erst, wenn ich meinen Einberufungsbefehl bekomme."
Einberufungsbefehl ... fort von zu Hause ...
Das alles weckte in Jonas ein deutlich spürbares Unbehagen. Er hatte kein Interesse daran, sein jetziges Leben aufzugeben oder die Amisch zu verlassen. Das Einzige, was ihn dazu veranlassen könnte, überhaupt daran zu denken, aus dem Haus seines Vaters auszuziehen, war der Plan, Leah Ebersol zu heiraten. Wenn er mehrere Monate mit ihr befreundet wäre – vielleicht schon zum Jahresende – würde sie in Bezug auf ihre gemeinsame Zukunft sicher genauso denken wie er. Aber es würde zu nichts führen, jetzt die Dinge zu überstürzen. Er würde sich Zeit lassen, ihr Herz zu gewinnen, doch er hatte den Eindruck, dass dazu nicht viel nötig wäre, wenn er an das strahlende Lächeln auf ihrem hübschen Gesicht auf dem Heimweg vom Singen dachte. Ja, Leah war sein Mädchen. Das hatte er schon mit dreizehn Jahren oder sogar noch früher gewusst.
„Sag mal, Jonas", begann Derek, als sie die letzte Kartoffelkiste auf den Marktwagen hievten. „Ich wollte dich fragen ... kennst du zufällig eine amische Familie, die vielleicht ... ein Baby adoptieren will?"
„Ein Baby?" Jonas wischte sich die Stirn. Er fand diese Frage aus Dereks Mund sehr sonderbar. Derek machte auf ihn nicht den Eindruck, als würde er sich sonderlich um andere Menschen kümmern. „Spontan fällt mir dazu niemand ein. Geht es um ein Kind, dessen Mutter Patientin deines Vaters ist?"
Derek schüttelte den Kopf. „Nein ... ich habe nur von einer jungen Frau gehört, die schwanger ist."
„Na, dann solltest du vielleicht lieber deinen Vater fragen. Er kennt sich doch auf diesem Gebiet besser aus. Vielleicht kennt er ein Ehepaar, das ein Kind sucht."
Jonas' Antwort schien Derek nicht besonders zu befriedigen. „Ach, vergiss es einfach", winkte er schnell ab.

„Meine Mutter ist selbst schwanger. Sie hat also bald alle Hände voll zu tun."

Derek schüttelte den Kopf. „Ich habe auch nicht an *deine* Mutter gedacht."

„Wenn du willst, kann ich sie fragen, ob sie jemanden kennt. Sie kennt vielleicht ein Ehepaar, das ein Baby aufnehmen könnte ... oder Leute, die selbst keine Kinder bekommen können."

„Nein ... es ist schon in Ordnung. Spar dir die Mühe!" Damit ging Derek um den Marktwagen herum und bewegte sich in Richtung Küchentür, um einen Schluck Wasser zu trinken.

* * *

Hannah folgte jetzt schon seit ein paar Tagen ihrer Zwillingsschwester in der Schulpause. Mary Ruth war überzeugt, dass Elias Stoltzfus mit ihnen sprechen wolle. Natürlich lag das an Elias' kürzlichem Besuch bei ihrem Verkaufsstand, erklärte Mary Ruth. Aber sie verpassten ihn ständig. Entweder steckte er mitten in einem Baseballspiel oder in irgendeiner anderen Aktivität mit den anderen Jungen.

Auch heute hielt Hannah wieder nach ihm Ausschau. Unerwartet kam er auf sie zu. Er winkte und lief zu ihnen herüber. „Hallo, Mary Ruth ... und Hannah." Scheinbar freute er sich, sie beide zu sehen, aber Hannah kam sich vor wie das fünfte Rad am Wagen. Sie schwieg, was sie in der Nähe von Jungen ohnehin am liebsten tat. Sie sah, wie Mary Ruths Gesicht sich rötlich färbte. Auch Elias' Gesichtsfarbe wurde deutlich dunkler. Was war denn das jetzt? Waren sie verlegen und wussten nicht, was sie miteinander reden sollten? Anscheinend.

Aber nein, Elias erzählte von seinen Plänen, einen alten Ponywagen zu reparieren, den ihm sein Onkel „in den nächsten Tagen" schenken würde.

Als die Schulglocke klingelte und Elias davonstürmte, um sich mit den Jungen in einer Reihe aufzustellen, flüsterte Hannah: „Was hatte *das* denn jetzt zu bedeuten, Mary Ruth?"

„Ich schätze, er kann es nicht erwarten, etwas zu haben, mit dem er spazieren fahren kann. Du weißt ja, wie Elias ist, wenn er den Marktwagen seines Vaters lenkt."

Es war kein Geheimnis, dass Elias Stoltzfus für alles, das schnell war, eine Schwäche hatte. Seine Schwestern erklärten übereinstimmend, dass er wahrscheinlich einen schnellen Sportwagen fahren würde, wenn er Mennonit wäre.

Und so drehten sich die Gespräche in der Nachmittagspause – wenigstens unter den Mädchen der siebten Klasse – alle darum, dass Elias bald einen eigenen Ponywagen besäße.

„Vielleicht will er es mit seinem älteren Bruder Esra aufnehmen", sagte eines der Mädchen. Das löste breites Gelächter aus.

Hannah konnte es kaum erwarten, aus der Schule zu kommen und wieder nach Hause zu fahren. Wen interessierte es schon, was Elias mit einem gebrauchten Ponywagen vorhatte? Ehrlich gesagt, interessierte es sie viel mehr, was *Esra* machte. Ach, aber sie war ja so scheu! Zu schüchtern, um je mit einem Jungen so zu reden, wie Mary Ruth es konnte. Lieber beschäftigte sich Hannah in den nächsten Tagen mit Sticken. Sie wollte Anna Mast eine ganz besondere Überraschung machen. Ein blaues Baumwolltaschentuch mit einer weißen Taube in der Ecke, das sie an dem Tag ihrer Hochzeit mit Nathanael King in ihre Tasche stecken konnte.

Ja, Anna würde sich bestimmt freuen, wenn sie ein solches Geschenk bekam. Das wusste Hannah genau. Sie konnte es kaum erwarten, dass dieser aufregende Tag kam – die Hochzeit auf dem Mast-Hof. Dort würde sie Esra Stoltzfus wieder sehen, auch wenn sie ihm nur verstohlene Blicke zuwerfen würde. Mit seinen fünfzehn Jahren hatte er sicher auf ein älteres Mädchen ein Auge geworfen, vermutete sie.

* * *

Gegen halb zehn beschloss Lizzie, dass sie Ida einen kurzen Besuch abstatten könnte. Sie traf Leah und Ida in der Küche an, wo sie Seite an Seite arbeiteten und gemeinsam den Holzofen schürten. Der friedliche Anblick erwärmte ihr Herz, und sie rief laut, als sie die Hintertür hinter sich schloss: „Hallo, ist jemand zu Hause?“

Leah und Ida schauten gleichzeitig auf. Ein Lächeln lag auf den leicht geröteten Gesichtern von Mutter und Tochter. „Komm herein, Lizzie“, begrüßte Ida sie. „Schön, dich zu sehen, Schwester.“

Lizzie kam sich irgendwie als etwas Besonderes vor, wenn sie Idas regelmäßige herzliche Begrüßung hörte, sooft sie kam ... so, als habe Ida sie wirklich vermisst, auch wenn nicht viel mehr als zwölf Stunden vergangen waren, seit sie sich gestern Abend das letzte Mal gesehen hatten. Ida war in jeder Hinsicht eine gastfreundliche Frau, und Lizzie fühlte sich reich gesegnet, dass sie eine so liebe große Schwester hatte. „Ihr beide seid wirklich ein herrlicher Anblick“, sagte sie, während sie sich geradewegs zum Ofen begab und an den Töpfen mit der selbst gekochten Suppe schnupperte. „Du siehst aus, als ginge es dir heute besser, Ida.“

„Oh ja, heute fühle ich mich um vieles besser.“ Ida strahlte bei diesen Worten über das ganze Gesicht. Sie drehte sich wieder zum Ofen, wo sie die zwei großen Töpfe Suppe umrührte und Leah fröhlich Anweisungen gab.

Lizzie schaute sich um. „Wo sind denn heute Morgen die anderen alle?“

Leah antwortete ihr: „Die Zwillinge sind in der Schule, und Sadie ist mit Miriam Peachey drüben in Strasburg, um Stoff zu kaufen.“

„Ja, wir müssen darangehen, neue Kleider zu nähen. Die Mädchen schießen wie Unkraut in die Höhe, und der Sommer ist vorbei.“ Ida lachte leise über ihre eigene Bemerkung.

Leah zwinkerte. „Mama denkt, wir wachsen mehr, wenn es draußen heiß ist.“

„Ach, das ist ein Ammenmärchen“, schmunzelte Lizzie. Sie probierte von der Suppe. „Hmm ... schmeckt gut. Wirklich köstlich.“ Sie stand da und hoffte, sie bekäme noch mehr. „Habe ich dieses Rezept irgendwo?“

„Oh ja, bestimmt. Es ist einfach Gemüse-Austern-Suppe mit Schwarzwurzeln und Sellerieblättern zur Geschmacksverbesserung.“

Ida tauchte den Löffel noch einmal in den schwarzen Topf. „Aber das ist der letzte Löffel, bevor wir essen."

„Ist das eine Einladung zum Mittagessen?", grinste Lizzie.

Leah nickte und schaute sie freundlich an. „Du bist immer eingeladen, Tante Lizzie. Das solltest du inzwischen doch wissen."

Sie wusste es. Es war so tröstlich. Idas Familie liebte sie – mochte sie – so sehr, dass sie Lizzie an ihrem täglichen Leben teilnehmen ließen. Ihr Leben hier in Gobbler's Knob, das unangenehm und angespannt begonnen hatte, hatte sich zu einem wunderbaren Leben entwickelt. Für alle Beteiligten. Hauptsächlich, weil Ida und Abram damals so freundlich gewesen waren, sie einzuladen, zu ihnen zu ziehen und hier in Gobbler's Knob zu wohnen.

„Leah, kannst du mir die Zutaten dieser Gemüsesuppe nennen?" Sie dachte, wenn Leah ihr noch einmal alles aufsagte, könnte sie sich leichter merken, was Ida sie lehrte.

Leah sagte ihr die Zutaten gern auf – wenigstens hatte Lizzie diesen Eindruck. „In diese Suppe kommen gewürfelte Kartoffeln, Zwiebeln, gehackter Kohl, reife Tomaten, einige Karotten, eine große Stange Sellerie, der Mais von vier Maiskolben ..." Sie brach ab und überlegte. Dabei sagte sie sich leise noch einmal auf, was sie bereits gesagt hatte, und berührte leicht ihre Finger, während sie zählte. „Nicht zu vergessen die Bohnen, grüne und rote Paprika, Limabohnen, Reis und Gerste. Ach ja, und Petersilienblätter, wenn du keine Sellerieblätter nehmen willst."

Lizzie klatschte Beifall über die lückenlose Aufzählung und lobte Leah. „Du holst schnell auf ... Nicht wahr, Ida?"

„Ja, das würde ich auch sagen." Ida setzte sich einen Augenblick an den langen Tisch auf der anderen Seite der Küche. „Sie hat es in kurzer Zeit weit gebracht. Das sagt sogar Abram."

Über diese letzte Bemerkung musste Lizzie schmunzeln. Der fleißige Abram, ein guter Mann. Er war der Grund, warum sie nach ihrer Rumspringzeit von Hickory Hollow hierher gezogen war ... er hatte mit seinen bloßen Händen ein Blockhaus gebaut, in dem sie wohnen konnte. Ja, Ida hatte wirklich einen guten Mann geheiratet. Falls sie je eines Tages die Chance bekäme, würde sie gern auch so einen Mann wie ihn kennen lernen. In diesen Tagen gab es jedoch nur wenige unverheiratete Männer. Und inzwischen ging sie schon auf die Vierzig zu. Wahrscheinlich würde sie nie heiraten. Trotzdem fragte sie sich, warum der Herr die Sehnsucht nach einem Mann immer noch in ihr Herz legte. Was hatte das für einen Zweck, wenn ihr nichts anderes blieb als zu hoffen und zu träumen und unter dem Schutz von Abram und seiner Familie ihr Leben zu führen?

„Wann wollen die Mädchen denn anfangen zu nähen?", fragte sie Ida.

„Morgen Nachmittag wahrscheinlich. Hast du Lust zu helfen?"

Leah setzte sich neben Ida auf die Bank. Sie strahlte immer noch über das ganze Gesicht und war zweifellos stolz auf sich. „Ja, du solltest kommen, Tante Lizzie. Im Haus wird das reinste Chaos herrschen, wenn alle ihren Stoff und ihre ganzen Nähsachen ausbreiten."

„Ich komme gern und helfe", sagte sie zu. „Wann habt ihr eigentlich vor, Annas Hochzeitsgeschenk zu machen?"

Leah fuhr sich mit der Hand an den Mund. „Das stimmt, Mama. Wir sollten uns überlegen, was wir ihr schenken wollen."

„Am besten erkundigst du dich bei Fannie, was das Paar brauchen kann." Ida fächerte sich mit ihrer langen, schwarzen Schürze Luft zu.

„Ich würde sagen, sie können alles brauchen", meinte Lizzie. „Das ist doch bei den meisten Frischverheirateten so."

Leah stand auf und ging zur Hintertür. „Papa wird sich schon fragen, warum ich die Hühner noch nicht gefüttert habe."

„Dann lauf los! Sag deinem Vater, wenn du ihn siehst, dass wir gegen elf Uhr mittagessen."

„Ja, ich sage es ihm."

„Ein gutes Mädchen", sagte Lizzie, als sie und Ida dasaßen und zuschauten, wie Leah zur Hintertür hinaushuschte und zum Hühnerstall lief.

Ida berührte sie am Ellbogen. „Ich bin froh, dass wir allein sind, Lizzie ... ich muss dir etwas Persönliches sagen."

„Ja?"

Ida schwieg kurz und legte die Hand über ihr Herz. „Ich werde ein Kind bekommen."

Lizzie ergriff die freie Hand ihrer Schwester. „Wirklich?"

„Ja", antwortete Ida und schaute sie ein wenig unsicher an. „Stell dir das nur vor! Und das in meinem Alter, wo ich doch dachte ..."

Lizzies Herz schlug schneller. „Oh, Ida, das ist aber eine schöne Überraschung. Was für eine wunderbare Neuigkeit!" Sie konnte nichts dagegen tun. Tränen traten ihr in die Augen. „Ich freue mich so für dich. Weiß Abram es schon?"

„Noch nicht. Ich werde es ihm heute Abend sagen. Und morgen dann den Mädchen ... wenn sie alle damit beschäftigt sind, ihre Kleider zuzuschneiden. Leistest du uns Gesellschaft, wenn die Zwillinge von der Schule nach Hause kommen?"

Sie war ja so erleichtert. Ein neues Baby in der Familie! „Ich komme ganz bestimmt, Ida." Sie ließ die Hand ihrer Schwester los. „Du kannst mit meiner Unterstützung rechnen. Genauso wie damals, als Hannah und Mary Ruth uns alle damit überraschten, dass sie Zwillinge waren!"

„Na, ich kann nur hoffen, dass es diesmal nur *ein* Kind ist." Ida fächerte sich noch mehr Luft zu. „Ich glaube nicht, dass ich in meinem Alter mit mehr als einem Kind fertig werde."

„Abram wird sich freuen! Und die Mädchen erst!"

„Ich habe das Gefühl, es wird wieder ein Mädchen", sagte Ida. „Dabei kann ich das gar nicht wissen!"

„Fünf Mädchen fände ich großartig."

Ida erzählte ihr, was Kusine Fannie gesagt hatte. Dass sie einen Sohn bräuchten, damit der Familienname nicht ausstarb. „Pah, ich habe gesagt, wir würden es dem Herrn überlassen, was er uns geben will."

Lizzie nickte. Sie war dankbar für diesen ungestörten Augenblick mit Ida. „Das ist eine gute Antwort, finde ich. Wann soll das Baby kommen?"

„Soweit ich sagen kann, Mitte Mai."

„Ein Frühlingsbaby. Das ist gut." Lizzie stand auf und trat zur Hintertür. Durch das Fenster konnte sie sehen, wie ihr Vater Abram half, die Pferde und Maultiere auf die Weide zu führen. Drüben auf der anderen Seite des Hofes streute Leah den Hühnern das Futter hin. *Wir bekommen noch ein kleines Kind, das wir lieben … und zu dir führen können, Herr,* betete sie im Stillen.

***

Ida saß am Küchentisch, nachdem Lizzie zu einem kurzen Spaziergang aufgebrochen war. Sie genoss die seltene Ruhe im Haus und beschloss, Becky Brenneman, ihrer Schwägerin drüben in Hickory Hollow, einen Brief zu schreiben. Becky wäre bestimmt sehr überrascht, wenn sie Idas Neuigkeit erfuhr, genauso wie Lizzie soeben. Ida hatte immer noch das erstaunte Gesicht ihrer Schwester vor Augen. Wer hätte gedacht, dass so etwas noch passieren würde? Schließlich waren die Zwillinge schon dreizehn. Es würde fast so werden, als ziehe sie ihr Enkelkind auf, aber dieses Baby wäre ihr *Kind* – ihres und Abrams – im fortgeschrittenen Alter.

Sie nahm den Füllfederhalter zur Hand und begann zu schreiben.

Meine liebe Schwägerin Becky,
ich habe schon so lange nicht mehr geschrieben. Wir hatten alle Hände voll zu tun mit dem Gemüsegarten und dem Einmachen … du wahrscheinlich auch. Papa hat sich nebenan gut eingelebt, und ich glaube, Abram freut sich, dass er zwei Hände mehr hat, die ihm auf dem Hof helfen. (Leah hat beschlossen, dass sie kochen, nähen und so weiter lernen will. Das überrascht mich nicht. Schließlich ist sie inzwischen sechzehn. Ich kann es kaum glauben … die kleine Leah kommt auch schon ins heiratsfähige Alter.)
Wie geht es dir und Noah? Wie gefällt es euch, im Großvaterhaus zu wohnen? Es wird bei uns wahrscheinlich auch nicht mehr lange dauern, bis es so weit ist – wenn Papa irgendwann im Himmel ist.

Sie brach mitten im Schreiben ab. Was hatte sie soeben geschrieben? Es war nicht möglich, dass sie und Abram in ihr Großvaterhaus ziehen würden, selbst wenn ihr Vater in den nächsten fünf bis zehn Jahren sterben sollte. Nicht, wenn sie jetzt noch ein Kind bekam. Was wäre, wenn es ein Sohn würde? Er wäre das Baby in der Familie, aber auch der einzige Junge, und würde irgendwann dieses Land erben. Aber bis dahin verginge noch viel Zeit. Um Himmels willen, das Kind, das in ihr heranwuchs, könnte alles über den Haufen werfen. Wenn es ein Mädchen war, müssten sie um des Kindes willen trotzdem hier im Haupthaus wohnen bleiben. Im Großvaterhaus war nicht genug Platz für eine zweite Familie!

Sie strich den letzten Satz in ihrem Brief durch und betrachtete das Briefpapier. *Ich fange einen neuen Brief an Becky an,* beschloss sie. Plötzlich traten ihr aus keinem ersichtlichen Grund Tränen in die Augen und liefen ihr über das Gesicht. Sie beugte den Kopf und betete für dieses kostbare neue Leben in ihr – das völlig unerwartet kam.

18

Die Stunden vergingen für Leah viel zu langsam. Jetzt war erst Donnerstagnachmittag. Sie warf einen Blick auf den Kalender, der an der Tür hing, die in den Keller hinabführte. *Der einundzwanzigste Oktober.* Sie müsste noch diesen Tag und morgen und dann auch noch fast den ganzen Samstag warten, bis sie Jonas wiedersähe. Fast zweieinhalb Tage!

Sie und ihre Schwestern breiteten gerade ihre selbst gezeichneten Kleidermuster und die neu gekauften Stoffe auf dem langen Küchentisch aus. Leah überlegte später, einen Teil von Mamas Hausarbeit zu übernehmen, um auf andere Gedanken zu kommen und nicht nur an ihr bevorstehendes heimliches Treffen mit Jonas am Samstagabend denken zu müssen. Mama schien mehr Ruhe als je zuvor zu brauchen, und Leah dachte manchmal an das, was sie Tante Lizzie vor einiger Zeit hatte sagen gehört, als sie unabsichtlich das Gespräch zwischen ihrer Mutter und ihrer Tante mitgehört hatte.

Was hatte Mama gesagt? Dass sie bald in die Wechseljahre käme? Nun ja, davon hatte Leah nicht viel Ahnung. Trotzdem konnte sie die Müdigkeit im Gesicht ihrer Mutter sehen, die blasse Gesichtsfarbe. Mama sah normalerweise nie so erschöpft und ausgelaugt aus.

„Gib mir bitte deine Schere", sagte Mary Ruth zu Hannah.

„Was ist denn mit *deiner*?", fragte Hannah von der anderen Seite des Tisches.

Mary Ruth schaute auf die Schere in ihrer Hand hinab. „Meine ist ganz stumpf."

„Dann bring sie doch zu Papa in den Stall", schlug Leah vor. „Er kann sie dir schleifen."

In diesem Augenblick kam Mama in die Küche. „Mädchen ... habe ich euch erzählt, dass Tante Lizzie bald kommen wird, um uns zu helfen, eure Kleider zu nähen?"

„Vielleicht kann Lizzie später für mich draußen am Verkaufsstand stehen, wenn ich Sadie ablösen soll", schlug Hannah leise vor. „Ich möchte mein Kleid gern *selbst* nähen."

„Aber der Verkaufsstand ist heute deine Aufgabe, Hannah. Du darfst dich nicht um deine Pflichten drücken." Mama setzte sich in den Schaukelstuhl.

Hannah verzog ein wenig die Nase, sagte aber nichts weiter. Sie mochte nicht allein draußen am Straßenrand stehen.

Mary Ruth mischte sich mit leuchtenden Augen ein. „Mir würde es nichts ausmachen, bis zum Abendessen für Hannah am Verkaufsstand zu stehen. Ehrlich nicht, Mama."

Aber ihre Mutter blieb unerbittlich. „Es sind nicht mehr allzu viele Kürbisse, die wir noch verkaufen können. Hannah kommt nicht mehr oft an die Reihe, bis der Frost kommt und die Saison für dieses Jahr beendet ist."

Tante Lizzie kam pfeifend die Stufen hinter dem Haus herauf und trat in die Küche. „Hallo, alle miteinander", sagte sie. „Wie kann ich euch helfen?"

Mama lenkte die Aufmerksamkeit der Mädchen auf sich. „Bevor wir anfangen, die Stoffe zuzuschneiden und zu nähen, habe ich euch etwas Wichtiges mitzuteilen. Kann bitte jemand auf die vordere Veranda hinausgehen und Sadie rufen, sie möge schnell ins Haus kommen."

Mary Ruth lief los, um Mamas Bitte nachzukommen.

Inzwischen drehte sich Leah um und schaute ihre Mutter groß an. An der Art, wie sie auf ihrem Schaukelstuhl saß, war etwas anders als sonst. Sie strahlte richtig. Was hatte sie ihnen an einem solchen Tag zu sagen, an dem so viel Arbeit auf sie wartete?

Als Sadie im Haus war, sagte Mama: „Mädchen, kommt alle zu mir."

Sie gehorchten ihr schnell. Sadie stand im Türrahmen und behielt den Verkaufsstand im Auge. Leah und Hannah setzten sich zu Mamas Füßen. Mary Ruth lehnte sich an Sadies Schulter. „Was ist denn, Mama?", fragte Mary Ruth.

Mama schaukelte auf dem Hickory-Stuhl vor und zurück. Dann hielt sie inne. Sie faltete die Hände auf ihrem Schoß und schaute zu ihnen auf. „Ach, ich hätte ja nie gedacht, dass ich euch eines Tages so etwas sagen würde. Aber jetzt ...“ Sie seufzte hörbar auf. „Nun ja, Mädchen, ihr bekommt eine kleine Schwester oder einen kleinen Bruder.“

Mary Ruth kreischte begeistert auf und warf sich eilig eine Hand über den Mund. Sadie sah völlig verblüfft aus und wurde aschfahl. Hannah saß schweigend neben Leah auf dem Boden. Ihr Gesicht war ein einziges Fragezeichen. Leah spürte eine große Freude in ihrem Herzen. Sie ergriff Mamas Hand und drückte sie fest. „Oh, Mama, das ist eine herrliche Nachricht. Das wird bestimmt lustig.“

„Wann ist es so weit?“, fragte Sadie benommen.

„Am Ende des Frühlings ... irgendwann im Mai, denke ich.“

Hannah fand schließlich ihre Stimme wieder. „Was hat Papa dazu gesagt?“

Mama lächelte. „Ich habe es ihm letzte Nacht gesagt. Er ist ... nun ja, erschrocken, könnte man sagen.“

„Überrascht, aber glücklich?“, fragte Leah und warf einen Blick auf Tante Lizzie, die aussah, als habe es ihr die Sprache verschlagen.

„Es wird eine Zeit dauern, bis wir uns daran gewöhnen“, sagte Mama mit Tränen in den Augen.

„Ja, noch sieben Monate“, nickte Mary Ruth und versuchte, Sadie dazu zu bewegen, mit ihr durchs Zimmer zu tanzen. Aber Sadie rührte sich nicht von der Stelle.

„Wir können abwechselnd mit unserer kleinen Schwester spielen“, schlug Hannah vor.

„Wer sagt denn, dass es ein Mädchen wird?“, meinte Leah. „Vielleicht bekommen Mama und Papa einen Sohn.“

„Das sehen wir, wenn es so weit ist“, sagte Mama weise. „Wollten wir nicht heute ein paar Kleider nähen?“

Leah freute sich aufrichtig über diese Nachricht. Jetzt konnte sie noch an etwas anderes denken als an ihre bevorstehende Verabredung mit Jonas. Aber es war schon lustig ... Fannie Mast und Mama würden bald beide ein Baby bekommen. Sie fragte sich, wie lang Mama diese Nachricht für sich behalten würde und nur der Kreis der direkten Familie davon erfuhr. Sie unterließ es jedoch, das zu fragen, und genoss das fröhliche Plappern von Mary Ruth und Tante Lizzie. Hannah war still wie immer, aber auch Sadie sprach seltsamerweise kein Wort. Konnte es sein, dass diese ganze Aufregung um ein neues Baby die Erstgeborene in der Familie beunruhigte? Aber nein, Leah hielt das nicht für möglich. Sadie war noch nie eifersüchtig gewesen. Vielleicht war sie immer noch verletzt wegen der Sache, die zwischen ihr und diesem Derry gewesen war. Ja, das war wahrscheinlich die Ursache.

* * *

Abram führte die Tiere allein von der Weide zurück in den Stall. Er hatte Lizzie erblickt, die auf dem Maultierpfad vom Berg herabwanderte und auf seinen Hof zusteuerte. Sie kam, um den Mädchen beim Nähen zu helfen, hatte Ida gestern Nacht erwähnt, nachdem sie ihm erzählt hatte, dass sie ein Baby erwartete. Und das ausgerechnet, bevor sie sich schlafen legten. Glaubte sie denn, er könne schlafen, nachdem sie ihm eine so erstaunliche Nachricht mitgeteilt hatte? Nun ja, er hatte geschlafen. Aber erst, als er mindestens eine gute Stunde über alles nachgedacht hatte.

Nachdem der Schmied ihm erzählt hatte, dass Leah Gideons Einladung beim letzten Singen abgelehnt hatte ... also Abram fand, es hing alles viel zu sehr in der Luft, ohne dass auch noch die Möglichkeit bestand, dass er nach so vielen Jahren doch noch einen Sohn bekommen könnte. *Einen richtigen Sohn!* Denn einen Jungen würde Ida höchstwahrscheinlich bekommen. Das sah dem Vater im Himmel ähnlich, nach so vielen Mädchen!

Abram nahm seinen Strohhut ab und kratzte sich am Kopf. Er war nicht sicher, ob er noch *so* lange auf dem Hof die Verantwortung tragen wollte. So wie die Arthritis ihm in letzter Zeit zusetzte, wenn sich das Wetter änderte. Sein Rücken schmerzte an manchen Tagen, dass er sich kaum noch bewegen konnte.

Er drehte sich um und ging zum Stall zurück. Dabei versuchte er, sich einzureden, dass er sich nicht so viele Sorgen zu machen brauche. Und wenn das Kind trotz allem wieder ein Mädchen war? Sein wichtigster Schritt war jetzt, Leah zur Vernunft zu bringen, ihr klar zu machen, dass Smithy Gid die beste Wahl für sie war.

Trotzdem konnte er nicht einfach kommen und ihr sagen, dass sie Jonas nicht mehr sehen dürfe. Aber er könnte es auf einem Umweg versuchen. Ja, das könnte er, und das würde er auch tun. Gleich morgen früh nach dem Melken, wenn er und Leah Gelegenheit hätten, unter vier Augen miteinander zu sprechen. Von „Mann zu Mann" sozusagen.

* * *

Nachdem das Geschirr vom Abendessen gespült, abgetrocknet und weggeräumt war, setzte sich Ida an den Tisch und schrieb einen kurzen Brief an Fannie Mast, in dem sie ihre Kusine fragte, was Anna an selbst genähter Wäsche am dringendsten brauchen könnte. Das war schnell gefragt, und da sie noch viel Platz auf dem Blatt freihatte, beschloss sie, Fannie auch ihre Neuigkeit zu erzählen.

P. S. Ich wollte es dir eigentlich das nächste Mal erzählen, wenn wir uns sehen, aber ich weiß nicht, wann das sein wird. Deshalb erzähle ich es dir jetzt. Du kannst es noch eine Weile für dich behalten. Abram und ich erwarten Mitte bis Ende Mai ein Kind. Dein Baby und unseres werden dann fast gleich alt sein. Siehst du, was es bei mir ausgelöst hat, dass wir in deiner Küche über Babys sprachen, Fannie? Haha!
Lass mich bald wissen, was Anna braucht! Ich freue mich darauf, bald von dir zu hören.
Liebe Grüße
Deine Kusine
Ida

Als sie den Brief noch einmal las, wurde Ida bewusst, dass sie lieber Söckchen für ihr Kind häkeln sollte, statt Kopfkissenbezüge oder Tischdecken für Anna zu besticken. Allmählich begriff sie, was es bedeutete, dass sie bald ein Kind bekommen würde ... und wurde davon überwältigt. Fast mehr als ihr freudiges Herz ertragen konnte. Seit gestern hatte sie nicht mehr geweint. Sie wollte die Uhr nicht zurückdrehen, selbst wenn sie es könnte ... nein, sie wollte nicht wieder ihre und Abrams Rentenjahre planen – die „Jahre, in denen man langsamer tut", wie ihr Vater immer sagte.

Sie hoffte, Abram würde sich bald an den Gedanken gewöhnen und sich mit ihr freuen können. Wahrscheinlich brauchte er dieses Mal länger als früher bei ihren anderen Kindern. Aber er würde sich damit anfreunden. Ganz bestimmt, er brauchte nur etwas Zeit.

* * *

Am nächsten Morgen saß Leah verschlafen auf ihrem Melkschemel und wischte Bessies Euter sauber, bevor sie anfing, sie von Hand zu melken. Papa war ebenfalls gekommen und sagte, er wolle ihr bei Rosie helfen. Daraus schloss Leah, dass etwas kommen würde. Aber eines nahm sie sich fest vor: Falls Papas Eifer, mit ihr zu plaudern, sich um ihr mangelndes Interesse an Smithy Gid drehte, würde sie kein Wort über ihre heimliche Verabredung mit Jonas Mast verraten. Sie hatte das Gefühl, diese Freundschaft mehr denn je schützen zu müssen.

Als sie anfing, Bessie zu melken, setzte sich Papa auf seinen Melkschemel neben sie. Sie hörte das leise Pling-Pling von Rosies fetthaltiger Milch an den Seiten des Eimers.

„Ich weiß, dass ich eigentlich nicht fragen sollte ... aber du hast doch nichts dagegen, oder?", begann Papa.

Sie lächelte. „Worum geht es denn, Papa?"

„Nun ja ... ich würde nur gern wissen, wie dir dein erstes Singen gefallen hat."

Sie zuckte ein wenig mit den Achseln und achtete vorsichtig darauf, nicht zu viel zu verraten. „Es war ganz schön. Wirklich."

„Hast du jemanden gesehen, den du kanntest ... aus unserem Gemeindebezirk, meine ich?"

Papa war nicht so gut darin, ihr unauffällig Informationen zu entlocken, aber sie spielte mit. „Ja, ein paar Jungen, die dort waren, kannte ich."

Die zwei Milcheimer wurden immer voller. Das war das einzige Geräusch, das man im Stall hören konnte. Warum stellte Papa ihr nur solche Fragen, wenn er doch genau wusste, dass sie bereits in ihrer Rumspringzeit war? Lag ihm Smithy Gid so sehr am Herzen?

Sie wollte Papa ein wenig auf die Sprünge helfen. „Gid war mit seiner Schwester auch beim Singen." Dann fügte sie schnell hinzu: „Adah und ich saßen während der ganzen Lieder nebeneinander am Tisch."

„So, wirklich?"

„Sie und ich waren ziemlich lange zusammen." Sie würde jedoch nicht so weit gehen und ihm erzählen, dass Gids Schwester am Ende mit einem anderen Jungen nach Hause gefahren war. Mit welchem Jungen ein Mädchen nach Hause fuhr, sollte ihr Geheimnis bleiben. Außerdem war Papa klug genug, sie nicht zu fragen.

„Konntest du denn beim Singen mit Smithy Gid sprechen?"

Papas Frage ging ihr zu weit. „Papa ... ich ..."

„Ich überschreite meine Grenzen, fürchte ich. Weißt du, Leah, ich setze einfach so große Hoffnungen auf dich und den Peachey-Jungen."

Sie dachte über seine Worte nach. „Das sagst du schon, solange ich zurückdenken kann. Aber ... wenn ich ehrlich sein soll: Ich mag einen anderen Jungen. Das war schon immer so."

Papas leises Knurren ertönte unter der Kuh.

„Spielt es für dich eine Rolle, dass ich überglücklich bin?", fragte sie. „So glücklich wie du und Mama?"

Schweigen.

„Papa?"

„Leah, ich weiß einfach nicht ..."

„Bist du mir deshalb böse?"

Papa hörte auf zu melken und lehnte sich auf seinem Hocker

zurück, um seine Tochter anzuschauen. „Versuche nur, dich weise zu entscheiden. Ja?"

„Das bedeutet, dass ich überhaupt keine Wahl habe, oder?"

„Du hast die spitze Zunge deiner Mutter!"

„Es tut mir Leid, Papa."

„Und, was ist?"

„Am besten reden wir nicht mehr darüber", sagte sie leise.

Papas geliebtes Gesicht verschwand hinter der alten Rosie.

Ihr Vater war verletzt. Sie wünschte, sie könnte sein Gesicht wieder sehen, sie könnte um die Kuh herumschauen, könnte sehen, wie enttäuscht er war.

Schließlich sprach Papa wieder. „Trotzdem werde ich nicht aufhören zu hoffen, solange du keine verheiratete Frau bist."

Leah seufzte. Sie wusste nicht, was sie sagen sollte. Es sah so aus, als gäbe es keine Möglichkeit, ihren Vater umzustimmen. Wenigstens noch nicht. Aber eines Tages vielleicht. Sie und Jonas könnten es vielleicht schaffen.

* * *

Sadie war froh, dass Mama schwanger war. Diese Nachricht hatte sie zuerst völlig umgeworfen, aber jetzt, da sie Zeit gehabt hatte, darüber nachzudenken, wurde ihr klar, dass der Zeitpunkt bestens für sie war. Auf diese Weise würde sich alles nur um Mama und ihr Baby drehen und nicht um Sadies traurige, sündige Situation. Sie konnte sich sozusagen hinter Mamas Rockschößen verstecken.

Inzwischen spürte sie ein zartes Band zu dem kleinen Kind, das in ihr heranwuchs, auch wenn sie bis jetzt noch keine Bewegung des Babys gespürt hatte. Sie wollte ihr Kind vor Leuten wie Derry Schwartz beschützen. Seine Bemerkungen waren so grausam gewesen. Wie ein junger Mann nur so ganz anders sein konnte als sein eigener Vater – der Dorfarzt, der den Leuten half, gesund zu werden – würde sie wohl nie begreifen. Sadie erinnerte sich an die lächelnden, höflichen Gesichter von Derrys Eltern. Sie hatten Sadie sogar eingeladen, ins Haus zu kommen, obwohl sie die junge Frau vorher noch nie gesehen hatten. Das konnte sie kaum glauben, wenn sie an diese grauenhafte Nacht zurückdachte.

Ihre Zeit am Verkaufsstand war vorbei. Gern überließ sie Hannah das Feld, die sich nie direkt beklagte und nur durch die Art, wie sie die Nase verzog und die Augen zusammenkniff, zeigte, dass es ihr nicht sonderlich behagte, allein hier draußen zu stehen und englische Kunden zu bedienen. „Vergiss nicht, was Mama gesagt hat!", rief Sadie ihr über die Schulter zu. „Wenn du alles verkaufst, haben wir bis zum nächsten Frühling unsere Ruhe."

„Ich habe gehört, was sie gesagt hat", kam Hannahs freudlose Antwort.

„Gut, ich gehe ein bisschen spazieren ... hinüber zum Blackbird Pond, falls irgendjemand nach mir fragen sollte." Das sagte sie, weil Papa und Mama sie das letzte Mal streng getadelt hatten, nachdem sie einfach verschwunden war. Keine ihrer Schwestern hatte davon jedoch etwas mitbekommen. Sie hatte die strenge Zurechtweisung über sich ergehen lassen, auch wenn sie damals bereit gewesen wäre, für diese heimlich gestohlenen Stunden mit Derry jeden Preis zu zahlen. Jetzt ... würde sie fast alles anders machen, wenn sie könnte. Angefangen mit den heimlichen nächtlichen Ausflügen mit Naomi Kauffman. Die beiden hatten schon die ganze Zeit Schwierigkeiten heraufbeschworen, und man konnte nicht sagen, was aus Naomi würde, wenn *sie* nicht bald ebenfalls Mitglied der Kirche würde.

„Geh lieber ins Haus, und hilf Mama beim Kochen!", rief Hannah hinter ihr her.

Aber Sadie hatte nicht die Absicht, geradewegs ins Haus zu gehen, wo sie erwartet wurde. Sie ließ sich Zeit und schlug den Weg zum langen Schotterweg zu den Peacheys ein, dann bog sie ab und steuerte auf deren Bauernhaus zu. Die Sonne schien ihr auf den Rücken. Der Wind war bereits spürbar frisch. Die ersten Anzeichen des Herbstes ließen sich nicht länger leugnen. Sie atmete tief ein und schwang die Arme, während sie am Haus des Schmieds vorbeiging, durch deren Hof und hinaus auf das Weideland, das zwischen dem Hof und dem See lag.

Sie erwartete nicht, dass sie um diese Zeit am Nachmittag jemanden draußen antreffen würde. Adah und Dorcas waren zweifellos im Haus und kochten das Essen für den Sonntag vor, genauso wie Mary Ruth, Leah und Mama es in der Ebersol-Küche taten. Smithy Gid half höchstwahrscheinlich seinem Vater in der Schmiede hinter dem Stall. Sie interessierte sich nicht besonders für die Arbeit auf einem Bauernhof oder das Beschlagen von Pferdehufen. Vielleicht war das der Grund, warum sie nach Strasburg ausgebrochen war und freitagabends mit englischen Männern geflirtet hatte. Es hatte sie noch nie gereizt, einen Bauern zu heiraten, schon damals in der Schule war das so gewesen. Aber da sie amisch war, hatte sie nie eine andere Wahl gehabt.

In der Gegend um den Blackbird Pond war keine Menschenseele zu sehen. Dafür war sie sehr dankbar. Sie setzte sich in den Schatten der knorrigen Weide. Die Erde unter ihr war feucht und kalt. Wie oft hatte sie an diesem See gespielt, als sie und Leah klein waren. Wie begeistert hatte sie zugesehen, wenn Smithy Gid auf den Boden des Sees getaucht war und mit bloßen Händen Kaulquappen gefangen hatte.

Während sie jetzt auf das dunkle Wasser starrte, fragte sie sich, was sie sich für ihr Leben noch erhoffen konnte. Konnte sie sich überhaupt noch etwas erhoffen? Außer dass sie die beste Mutter sein wollte, die ein Kind sich nur wünschen konnte, gab es nicht viel, auf das sie sich freuen konnte. Sie war im wahrsten Sinne des Wortes im dunklen Wald vom richtigen Weg abgekommen. Das war ganz allein ihre eigene Schuld.

Sie stützte den Kopf auf die Knie und knirschte mit den Zähnen. Sie wusste, dass sie bereuen sollte, was alles in ihrem Leben falsch gelaufen war. Aber sie war mehr wütend als reumütig. Sie wollte mit Derry nichts zu tun haben. Sie würde nie wieder durch die Tür dieser abscheulichen Hütte treten, in der sie manche mitternächtliche Stunden mit ihm verbracht hatte. Sie wünschte, die Truthahnjäger würden im nächsten Monat kommen und die Hütte einfach abreißen. Denn es war wirklich ein alter, baufälliger Verschlag. Der Gedanke an den großen Wald jagte ihr ein Schaudern über den Rücken. Derry hatte sie vor den Gefahren gewarnt, die dort lauerten, aber gleichzeitig hatte er immer gesagt, dass sie ihm vertrauen könne! Warum war sie nur so gutgläubig gewesen? So eine Idiotin?

Es täte ihr vielleicht gut, wenn sie weinen und einem Teil ihrer inneren Anspannung Luft machen könnte. Dann hätte ihr Baby vielleicht mehr Platz zu wachsen. Ihr wurde schnell klar, wie dumm dieser Gedanke war. Wenn sie nachts besser schlief und viel Obst und Gemüse aß, täte sie alles dafür, einen gesunden Sohn oder eine gesunde Tochter zu bekommen. Da sie so wenig darüber wusste, was sie bis zur Geburt ihres Babys tun musste, war sie am letzten Mittwoch nach Strasburg in die Bibliothek gefahren und hatte ein Buch zu diesem Thema ausgeliehen, während Miriam Peachey Stoff für Kleider ausgesucht hatte. Damit Miriam nicht herausfand, wohin sie gegangen war, nachdem sie selbst den Stoff und die Nähutensilien für die Kleider ihrer Schwestern ausgesucht hatte, hatte Sadie das Buch unter dem Rücksitz des Einspänners versteckt. Plötzlich kam ihr ein guter Einfall. Sie könnte Mama beobachten – essen, was sie aß, tun, was sie tat, damit sie ein gesundes Kind bekäme. Bei genauerem Nachdenken stellte sie fest, dass ihr und Mamas Baby wie Zwillinge aufwachsen würden. War das nicht sonderbar?

Sie stand auf und ging die ganze Länge des Sees entlang spazieren. Sie sah Gids Schäferhund Fritzi auf sich zuspringen. „Hallo, Fritzi", rief sie und war für seine Gesellschaft dankbar. Als der Hund sie eingeholt hatte, kniete sie nieder und rieb ihm an beiden Seiten den Hals, dort, wo der Hund am liebsten gestreichelt wurde. „Darfst du denn hier draußen herumlaufen? Du solltest dich doch um deine Welpen kümmern", flüsterte sie. „Was machst du hier, so weit weg von deinen Kindern?"

Fritzi schaute mit großen Augen zu ihr auf, als wollte sie sagen: *Ich brauche ein wenig Auslauf.*

„Ja, das stimmt. Komm mit mir." Sadie spazierte weiter um den See herum und Fritzi war ihr stiller Begleiter.

Sie blickte zum Himmel hinauf und fragte sich, wie Gott sie

wohl für ihre Übertretungen bestrafen würde. Manchmal erinnerte sie sich an die Bibelstelle, die Papa oft aus dem Römerbrief vorlas: „Wir wissen aber, dass denen, die Gott lieben, alle Dinge zum Besten dienen, denen, die nach seinem Ratschluss berufen sind.“

Sie hatte sich Gott nicht so hingegeben, wie sie das hätte tun sollen. Nicht im Geringsten. Sonst wäre sie nicht in dieser traurigen Lage. Nachdem sie „nach seinem Ratschluss berufen wurde“, hatte sie bewusst gesündigt ... sogar noch nach ihrer Taufe. Prediger Yoder würde ihr raten, die Sache in Ordnung zu bringen, und zwar sehr bald, wenn er davon wüsste. Es war schon schlimm genug, vor dem Prediger und den Ältesten Buße zu tun. Aber dass diese dann nach Hause gingen und ihren Frauen von Sadies unmoralischem Verhalten erzählten, damit sie Sadies Schande bei den nächsten Arbeitseinsätzen in der ganzen Gemeinde verbreiten könnten ... das war einfach unerträglich. Dieses Geschwätz würde nicht nur ihre Aussichten auf eine spätere Ehe zunichte machen, nein, Leahs Ruf und der gute Ruf der Zwillinge wären ebenfalls beschmutzt. Aber sobald ihr Bauch so groß wurde, dass die Schwangerschaft nicht mehr zu verheimlichen war, spielte es wahrscheinlich überhaupt keine Rolle mehr, ob sie vor den Ältesten ihre Sünde bekannte oder nicht. Jeder könnte dann die beschämende Wahrheit sehen.

Ach, sie wusste einfach nicht, was sie tun sollte. Und sie wusste auch nicht, was sie glauben sollte.

19

Jonas trieb das Pferd ein wenig zur Eile an, da er es nicht erwarten konnte, Leah wieder zu sehen. Ihre haselnussbraunen Augen – in denen ein Fünkchen Gold schimmerte – hatten gestrahlt, als er sie gefragt hatte, ob er sie zu einem Ausflug abholen dürfe. „Ja, das wäre schön", hatte sie geantwortet, und er hätte vor Freude fast Luftsprünge gemacht, als er zu seinem Pferd und zu seinem offenen Einspänner zurückgegangen war.

Als er jetzt über die Anhöhe kam, erblickte er in der Ferne Abrams weite Getreidefelder. Fast die Hälfte davon war schon abgeerntet, wie er im Zwielicht sehen konnte. Er hätte gern seine Hilfe angeboten, wenn ihn nicht sein eigener Vater für das Abernten ihrer vielen Apfelbäume und die Verarbeitung der Äpfel brauchen würde. Einige ihrer Bäume waren sieben Meter hoch. Die mühsame Vermostung kostete jeden Tag viele Stunden Arbeit, da sie damit fertig sein wollten, bevor der Schnee sich über das Land legte.

Als er die Stelle erreichte, an der die lange Auffahrt zum Ebersol-Hof in die Straße mündete, verlangsamte er das Pferd und hielt am rechten Straßenrand an. Er warf einen Blick auf das neue Armaturenbrett, den Tacho und das Handschuhfach, die er erst letzte Woche eingebaut hatte. Er hoffte, Leah würde sein Einspänner gefallen und er wäre ihr nicht zu angeberisch. Ehrlich gesagt, freute es ihn sehr zu wissen, wie schnell sein Pferd den offenen Einspänner fortbewegte. Das Handschuhfach war bestimmt ganz nett, wenn er Leah nach dem Singen oder auch sonst nach Hause brachte und sie etwas ablegen wollte.

Er sprang von seinem glänzenden, schwarzen Einspänner, blieb neben dem Pferd stehen und wartete auf Leah. Ursprünglich hatte er angeboten, viel später am Abend zu kommen – wenn in Abrams Haus die Lichter ausgegangen waren –, aber sie hatte gesagt, dass sie ihn schon früher hier draußen am Ende der Auffahrt treffen könne. Es schien ihr irgendwie nicht zu behagen, zu spät noch unterwegs zu sein, obwohl er keine Ahnung hatte warum.

Immerhin war morgen der gottesdienstfreie Sonntag. Die Jungverliebten der Amisch konnten also ein wenig länger ausschlafen. Hatte Abram mit ihr darüber gesprochen, dass sie nicht zu lange fortbleiben dürfe? Jonas wollte am Anfang dieser Beziehung keine Fehler machen – er käme nicht auf die Idee, den Vater seiner lieben Freundin zu beleidigen, das hieß, falls Leah überhaupt verraten hatte, wen sie heute Abend treffen wollte. Höchstwahrscheinlich hatte sie Jonas' Namen bei keinem Gespräch erwähnt.

Er streichelte sein Pferd und ließ den Blick über die goldene, friedliche Abendlandschaft wandern: über Abrams große Wiese und dann weiter zum angrenzenden Feld. Er hatte die Gerüchte gehört, dass Abram große Hoffnungen hege, Leah und Smithy Gid würden eines Tages heiraten, aber er verwarf solche Gerüchte als bloßes Geschwätz. Abram war ein vernünftiger Mann. Er würde Leah doch sicher selbst bestimmen lassen, wen sie als Ehemann wollte.

Heute Abend hoffte Jonas, er könnte herausfinden, wie gut er und Leah miteinander auskamen. Sie würden seinen verheirateten Vetter mütterlicherseits besuchen. Später würden Anna und ihr künftiger Ehemann sich zu einem Strudel und Eis zu ihnen gesellen.

Das sanfte Rascheln der Blätter im leichten Herbstwind lenkte seinen Blick noch aufmerksamer auf die Auffahrt, auf der jeden Augenblick Leah auftauchen müsste. Er schlenderte ein Stück die Auffahrt hinauf, um ihr entgegenzugehen. Dann war sie da ... er erblickte die weiße Gebetshaube auf ihren braunen Haaren und – wenn er sich nicht täuschte – ein fröhliches Lächeln auf ihrem Gesicht. „Bist du das, Leah?", rief er.

„Ja, ich bin es. Hallo, Jonas."

Er bot ihr seine Hand, während sie den restlichen Weg zu seinem abgestellten Einspänner zurücklegten. Er half ihr hinauf und wartete, bis sie Platz genommen hatte. Dann schwang er sich selbst auf den Wagen.

Sie fuhren ein Stück die Georgetown Road entlang und unterhielten sich dabei die ganze Zeit. Er war aufs Neue fasziniert, wie lebhaft und angenehm er sich mit ihr unterhalten konnte. Als eine kurze Pause in ihrem Gespräch einkehrte, erkundigte er sich: „Weiß dein Papa, mit wem du heute Nacht unterwegs bist?"

„Ich habe es ihm nicht gesagt."

Er wollte wissen, wie lange sie heute Abend fortbleiben wollte. „Wolltest du bald wieder nach Hause, sagen wir, vor Mitternacht?"

„Vielleicht lieber gegen elf", antwortete sie. „Ist dir das recht?"

Jonas gefiel es überhaupt nicht, nur so kurz mit ihr zusammen zu sein, denn sie würden einander erst wieder am nächsten Sonntagabend beim Singen sehen, falls Leah einwilligte, erneut mit ihm nach Hause zu fahren. „Ich bringe dich rechtzeitig nach Hause", nickte er.

Als sie sich dem Hof seiner Verwandten näherten, begann er ein kleines Spiel mit Leah. „Kannst du erraten, wohin wir fahren?"

„Zum Haus von jemandem?"

„Ja."

„Jemand, den ich kenne?"

„Du hast sie beim großen Familientreffen vor mehreren Jahren im Sommer kennen gelernt", sagte er und genoss diesen angenehmen Zeitvertreib. „Als Mamas entfernte Verwandte aus Hickory Hollow auch kamen."

„Oh ja, ich erinnere mich. Lass mich überlegen." Sie schwieg und dachte nach. „Ist es ein frisch verheiratetes Ehepaar?"

„Sie haben vor zwei Jahren geheiratet." Er war sicher, dass sie es mit Hilfe dieser zusätzlichen Information erraten würde.

„Ich glaube, ich weiß, wer es ist. Es müssen Bennie und Amanda Zook sein."

„Das stimmt, und ich habe noch eine zweite Überraschung." Er senkte die Stimme und klang ganz geheimnisvoll. „Es kommt noch ein zweites Paar. Kannst du erraten, wer?"

„Sind sie verheiratet oder noch nicht?"

Er war beeindruckt von ihrem scharfen Verstand. „Noch nicht verheiratet. Mehr kann ich nicht sagen."

Sie begann, ein junges Liebespaar nach dem anderen aufzuzählen. „Becky Lapp und Johannes Esh? Mary Ann Glick und Jesse Stoltzfus?“

„Möchtest du noch eine Hilfe?“, fragte er schließlich.

„Nur eine *kleine*, ja?“

Er beugte sich näher zu ihr vor, ein guter Vorwand, um den Abstand zu ihr zu verringern. „Wenn sie verheiratet sind, reimt sich ihr Name auf ‚Sing‘.“

Sie musste nur wenige Sekunden nachdenken. Dann sagte sie: „Jetzt weiß ich es. Wir treffen uns mit deiner Schwester Anna und ihrem Verlobten, Nathanael King!“

Auf diesen Augenblick hatte er gewartet. Er legte den Arm um sie und zog sie nahe an sich heran. „Du hast Recht, meine liebe Leah.“ Damit küsste er sie auf die Wange.

Der Erntemond stieg gelb und rund über den östlichen Horizont. Leah deutete auf den Mond und sagte, dieser Anblick sei atemberaubend schön. Jonas war überglücklich, denn das hatte er erhofft ... dass sie wunderbare, angenehme Erinnerungen an ihren ersten Abend haben würde, den sie als Liebespaar unterwegs waren, an etwas ganz Besonderes, das sie in vielen Jahren ihren Enkelkindern erzählen könnten.

* * *

Der Abend bei Jonas’ Verwandten war erfüllt von Lachen, fröhlichen Unterhaltungen und lustigen Geschichten, aber der Schokoladen-Mokka-Strudel und das selbst gemachte Vanilleeis waren der Höhepunkt des Besuchs. Leah und Anna sagten übereinstimmend, dass sie noch nie einen so köstlichen Strudel gegessen hätten. Jonas freute sich besonders, als er sah, wie gut seine Schwester und Leah sich verstanden.

Irgendwann flüsterte ihm Nathanael zu, als die Frauen nicht zuhörten, dass die beiden Paare vielleicht eine Doppelhochzeit abhalten könnten. Jonas verblüffte dieser Vorschlag, aber er blieb äußerlich ruhig und gelassen. „In weniger als drei Wochen? Nein, wir sind heute doch erst zum ersten Mal miteinander aus“, erwiderte er.

Das Thema wurde fallen gelassen. Er fürchtete, dass diese überstürzte Idee Leah erschrecken könnte. Und wenn nicht sie, dann ganz sicher Abram. Jonas musste sich im Laufe der Zeit bewähren, er musste zeigen, dass er Abrams Tochter würdig war – die sein „bestes Pferd im Stall" war, soweit Jonas das beurteilen konnte.

Er schlug den langen Rückweg ein und war sich sehr wohl bewusst, wie spät es war: Viertel vor zehn. Es blieb also noch jede Menge Zeit, die sie allein verbringen konnten. „Hat es dir gefallen?", fragte er.

„Oh ja, sehr sogar. Danke, Jonas."

„Anna und Nathanael hat es auch gefallen, glaube ich."

„Ja, diesen Eindruck hatte ich auch. Es war so schön, deine Schwester näher kennen zu lernen."

„Anna sagte, es wäre schön, wenn wir bald wieder einmal etwas miteinander unternehmen könnten. Zu viert."

„Was hält Nathanael davon?"

Jonas lächelte. „Er ist auch sehr gern mit uns zusammen." Dann brachte er den Mut auf, sie zu fragen, ob sie einwilligen würde, mit ihm nach dem nächsten Singen nach Hause zu fahren.

„Aber ja, sehr gern, Jonas."

Ihre Antwort freute ihn über alle Maßen. Er musste sich ein wenig zügeln, damit er nicht zu schnell vorpreschte und der hübschen Leah zu früh sagte, welche tiefen Gefühle er für sie empfand. Immerhin waren sie heute zum ersten Mal miteinander aus.

Er genoss die Ruhe und den Hauch von Zimt, der in der frischen Nachtluft lag. Er ergriff Leahs Hand und hielt sie während des ganzen Weges zu ihr nach Hause fest, während sie miteinander sprachen und lachten. Sie waren so glücklich miteinander!

Leah wünschte, sie hätte nie erwähnt, dass Jonas sie schon gegen elf Uhr nach Hause bringen sollte. Meine Güte, es war so ein schöner Abend. Und jetzt fuhren sie unter dem Vollmond spazieren. Ihre Hand lag in Jonas' Hand, und sie unterhielten sich wie die allerbesten Freunde. Sie hatte seit dem letzten Singen versucht, sich diese Nacht in ihren Gedanken auszumalen, aber wie hätte sie wissen können, dass sie fast traurig wäre, wenn der Abend seinem Ende entgegenging?

Papas Maisfeld tauchte bald in ihrem Blickfeld auf und rückte schnell näher, während das Pferd und der Einspänner sich dem Ebersol-Hof von der Seite der Peacheys her näherten. Wenn ihr Vater nur verstehen könnte, wie glücklich sie in dieser Nacht war.

„Ich zähle die Tage, bis ich dich wieder sehen kann", sagte Jonas.

„Eine Woche und einen Tag, oder?" Sie fühlte, wie er sanft ihre Hand drückte.

„Meine Brüder und ich werden bis dahin viel im Obstgarten arbeiten. Um diese Jahreszeit gibt es eine Menge Arbeit."

„Ich werde meiner Mama helfen, alles einzumachen, und draußen auf dem Hof Papa zur Hand gehen." Sie erwähnte nicht, dass ihre Mutter schwanger war. Dieses Thema ließ sie vorerst aus. Es war Mamas Sache, ihre Neuigkeit zu erzählen.

„Dann haben wir beide viel zu tun ... und die Zeit wird im Nu vergehen, oder?", fragte er.

Sie nickte, glaubte es aber keine einzige Sekunde. Denn sie wusste, wie langsam die Stunden dahingekrochen waren, während sie auf *diesen* Abend gewartet hatte. Vermisste er sie auch so sehr? Wie viele Jahre wollte Jonas warten, bis er sie fragte, ob sie ihn heiraten wolle?

Als es an der Zeit war, sich zu verabschieden, umarmte er sie schnell und etwas unsicher. Ach, es hätte ihr nichts ausgemacht, wenn er sie mitten auf die Lippen geküsst hätte, so wie sie sich in diesem Augenblick fühlte ... und so wie er sie anschaute. Aber sie wusste, was sich gehörte. Mama hatte es ihr eingeschärft: *„Spare dir das Küssen auf den Mund für die Ehe auf!"*

„Gott sei mit dir, Leah." Er hielt ihre beiden Hände fest.

„Der Herr sei auch mit dir, Jonas." Sie sagte zwar, dass sie den Weg zum Haus allein gehen könne, aber davon wollte er nichts hören.

Er band das Pferd fest und begleitete sie dann die Auffahrt hinauf, die zum Hof ihres Vaters führte. Eine weitere Gelegenheit für Jonas, ihre Hand zu halten. Sie musste lächeln. Sie hatte seine zärtliche Berührung bereits vermisst.

Dann sprachen sie darüber, dass sie ihrem Vater immer draußen im Hof und Stall bei der Arbeit geholfen hatte. „Ich schätze, das kam, weil Papa und Mama es bereuten, dass sie Sadie je zur Mittelschule hatten gehen lassen, obwohl sie leicht eine Schulbefreiung für sie hätten erwirken können." Leah hatte gezögert, heute Abend den Namen ihrer älteren Schwester zu erwähnen. Sie wusste nicht, welche Gerüchte unter den Amisch die Runde machten ... was Jonas über Sadies ungenierte Rumspringzeit vielleicht zu Ohren gekommen war. „Als ich mit der achten Klasse fertig war, setzte Papa sich durch und bestimmte, dass ich zu Hause bliebe und weiterhin mit ihm draußen arbeiten sollte."

Jonas blieb stehen. „Das tut mir so Leid, Leah. Ich wünschte, du hättest nicht so schwer arbeiten müssen ... nur um nicht zur Schule zu gehen."

„Das hat mir wirklich nichts ausgemacht. Papa und ich kommen gut miteinander aus. Und sehr lange habe ich mich, ehrlich gesagt, auch nicht für Frauenarbeit interessiert ... und für Frauen*geschwätz*", gestand sie.

„Und jetzt?" Er schaute zu ihr hinab und suchte im Mondschein ihre Augen.

„Ach, ich weiß nicht. Ich schätze, ich habe nie ganz zu den Frauen gepasst. Irgendwie war ich anders als sie." Was sie eigentlich meinte, war, dass sie nicht so hübsch sei wie die anderen alle. Aber so etwas wagte sie nicht zu sagen. Jonas glaubte sonst womöglich, sie sei auf Komplimente aus.

„Du *bist* also wirklich Abrams Leah?", flüsterte Jonas.

Ihr Herz wollte aufhören zu schlagen. „Wo hast du das denn gehört?"

„Meine Schwestern sagen das manchmal." Er ging wieder weiter. „Aber ich glaube nicht, dass das stimmt. Für mich bist du wunderschön. Wahrscheinlich sogar das hübscheste Mädchen, das ich je gesehen habe."

Sie wollte sagen: „Nimmst du mich jetzt nicht auf den Arm?", ging jedoch lieber wortlos weiter.

„Du bist wie ein hübsches Rotkehlchen", sagte er.

Sie traute ihren Ohren kaum. Er hatte sich gemerkt, welcher

Vogel ihr Lieblingsvogel war! „Ich habe mich immer eher für einen einfachen braunen Spatz gehalten.“

„Falls du dich mit Sadie vergleichst, rate ich dir, tu das bitte nicht.“

Sie schluckte schwer und hoffte, er würde nichts weiter zu diesem Thema sagen.

„Du bist deiner Schwester in allem weit überlegen. Du hast so ein gutes Herz.“

„Das ist wirklich sehr nett von dir, Jonas, aber ...“

„Nein, ich meine es wirklich so. Du bist *mein* Rotkehlchen, Leah, und das wirst du immer bleiben.“

Seine Worte verunsicherten sie ein wenig. Wie konnte ein so gut aussehender junger Mann sagen, *sie* sei hübsch? Und außerdem: War es nicht viel zu früh, um solche Worte zu sagen?

Aber sobald Jonas fort war und das Klappern der Kutschenräder auf der Straße nur noch Erinnerung war, war sie froh, dass er es gesagt hatte. Sie hegten also dieselben Gefühle füreinander. Und das nach so vielen Jahren.

* * *

Gegen halb zehn ging Sadie zu Bett, nicht um zu schlafen, sondern um das Buch über Schwangerschaft und Geburt zu lesen, das sie sich ausgeliehen hatte. Sie hatte sorgfältig darauf geachtet, dass die Tür fest verschlossen war, auch wenn an den Schlafzimmertüren keine Schlüssel steckten – nirgends im ganzen Haus. Nicht einmal an den Außentüren. Sie saß im Bett, die Öllampe neben sich auf einem Stuhl, und verschlang jedes Wort. Sie staunte, wie ein einziges Buch so viele Informationen enthalten konnte. Es war eine gute Idee gewesen, es heute Abend zu lesen, da Leah mit Jonas Mast unterwegs war. Wo sie waren, wusste Sadie natürlich nicht.

Gegen halb elf legte sie das Buch zur Seite, stand auf und schaute aus dem Fenster. Nirgends war eine Spur von Leah zu sehen. Sie hätte beinahe laut gelacht. Jetzt waren die Rollen vertauscht. *Sie* war zu Hause und machte sich Sorgen um Leah.

Bevor sie wieder unter ihre Decke schlüpfte, markierte sie die

Stelle, bis zu der sie gelesen hatte, und versteckte das Buch tief unten in ihrer Aussteuertruhe, genauso wie ihr Geheimnis vorerst gut versteckt in ihrem Körper ruhte.

Aber sie konnte nicht einschlafen. Sie lag wach ... und wartete, bis sie auf der Treppe leise Schritte hören würde. Sie würden bestimmt bald kommen, hoffte sie. Leah hatte Jonas gewiss klar zu verstehen gegeben, dass sie nicht so lange fortbleiben wollte. Nicht heute, am ersten Abend, den sie mit ihm unterwegs war. Außerdem wartete auf Jonas noch eine halbe Stunde Heimweg, nachdem er Leah abgeliefert hatte. Wegen der weiten Entfernung nach Grasshopper Level würde Leah sich vielleicht doch irgendwann mit Smithy Gid verabreden, überlegte Sadie. Wenn auch aus keinem anderen Grund als aus Bequemlichkeit. Die meisten Jungen legten keinen großen Wert darauf, so weit zu fahren, um ein Mädchen abzuholen und wieder nach Hause zu bringen. Sie hatte einige ihrer Vettern schon darüber klagen hören, während sie nach dem Predigtgottesdienst auf das gemeinsame Essen warteten. Aber nein, Leah hatte sich in Jonas verliebt.

Sadie überlegte, dass sie eigentlich mit Leah zum nächsten Singen fahren könnte. Um zu sehen, was so los war. Das würde niemandem schaden. Niemand beim Singen müsste erfahren, dass sie in anderen Umständen war. Vielleicht würde sie sogar selbst einen netten Jungen finden. Wenn sie jemanden dazu bekommen könnte, sich in sie zu verlieben. Dann würde sie ihm ihr Geheimnis anvertrauen ... wenn er dann immer noch bereit wäre, sie zu heiraten, könnte ihr eine große Schande erspart bleiben. Aber wer in aller Welt sollte *dieser* Mann sein? Gewiss niemand, den sie aus ihrem Gemeindebezirk kannte. Keinen davon konnte sie sich als möglichen Ehepartner vorstellen.

Sie löschte die Lampe, trat ans Fenster und schaute in den Hof hinab. Jetzt stand also *sie* hier und wartete, bis Leah nach Hause käme, während sie in einer so schönen Nacht selbst unterwegs sein und ihren Spaß haben könnte. Wenn sie nur nicht so dumm gewesen wäre!

20

Die Tage vergingen schnell, genau wie Jonas es vorhergesagt hatte. Aber Leah ertappte sich doch oft dabei, wie sie verliebt an ihn dachte und sich auf das nächste wunderbare Zusammensein mit ihm freute. Sie passte gut auf, dass sie Sadie nicht zu viel davon erzählte. Sadie war jedoch in letzter Zeit viel in ihre eigenen Gedanken vertieft. Der Unterschied zwischen ihnen war jetzt, dass Sadie auf fast alles nur knappe Antworten gab, während Leah ihr Glück kaum in Zaum halten konnte.

Mama musste das auch aufgefallen sein. Sie sagte, Leah sei fast genauso eine Plappertante geworden wie Mary Ruth. Diese Bemerkung schien Mary Ruth jedoch nicht im Geringsten zu stören. Das sorgte nur für lebhaftere Gespräche beim Einmachen in Mamas großer Küche mit Tante Lizzie und Miriam und Adah Peachey.

Die Tage wurden kürzer, je näher Anna Masts Hochzeitstag rückte. An einem Morgen Mitte November erwachte Leah davon, dass es von draußen eiskalt in ihr Schlafzimmer zog und sie vor Kälte bibberte. Sie drehte sich um und stellte fest, dass Sadie die dicken Wolldecken alle auf ihre Seite des Bettes gezogen hatte. Leah versuchte, auch einen Teil von den Decken abzubekommen, damit sie noch ein wenig schlafen könnte, bevor sie aufstehen und ihre Arbeiten erledigen musste.

Vor kurzem hatte Papa gesagt, dass sie nicht aufstehen und zum ersten Melken in die Kälte hinaus müsse. *Nett von ihm,* dachte sie und rollte sich mit dem Rücken an Sadie.

Auch nachdem sie die Hälfte der Quiltdecken zurückerobert hatte, fröstelte Leah immer noch ein wenig. Aber das Gewicht der Quiltdecken war angenehm und eine herrliche Erinnerung daran, dass Mama sie sehr liebte. Genauso wie Jonas' Wolldecken sie in seinem offenen Einspänner wärmten, wenn sie miteinander unterwegs waren.

Beim letzten Singen hatte Sadie überraschend verkündet, dass sie mitkommen wolle. Sie hatten viel Spaß miteinander gehabt – so viel Spaß wie vorher schon lange nicht mehr, fast wie früher, als sie noch Kinder gewesen waren. Aber Sadie war ihr kaum von der Pelle gerückt und hatte Leah fast keine Gelegenheit gelassen, mit Jonas allein zu sprechen. Leah und Sadie waren mit Smithy Gid und Adah zum Singen gefahren und fuhren am Ende mit Jonas nach Gobbler's Knob zurück. Ein interessantes Gespann.

Leah hatte das Gefühl, Sadie wolle sie ausspionieren. Das gefiel ihr überhaupt nicht. Jonas dagegen schien Sadies Anwesenheit überhaupt nicht zu stören. Er hatte sie in ihr Gespräch einbezogen und ihr fast genauso viel Aufmerksamkeit geschenkt wie Leah. Sadie hatte hinter ihnen auf dem Sitz gesessen und ihren Wollrock eng um sich gelegt. Jonas hatte offen mit ihr gescherzt, natürlich höflich. Es war wirklich sehr sonderbar gewesen. Zu dritt in einem Einspänner für Liebespaare!

Nach jenem Abend hatte Sadie jedoch gesagt, Leah solle in Zukunft wieder allein zum Singen gehen. „Ach, warum denn das?“, hatte Leah gefragt. Es hätte sie wirklich interessiert, welche Gründe Sadie bewogen, nun doch wieder zu Hause zu bleiben. Aber Sadie hatte nur abgewinkt und gesagt: „Einfach so. Es ist besser, wenn Liebespaare zu zweit sein können.“

Jetzt saß Sadie also nachts wieder in ihrem Zimmer, während Leah Jonas in der Küche beim Holzofen empfing, nachdem die Familie sich schlafen gelegt hatte. Leah war dankbar, dass Jonas sich nicht so sehr für die ganzen Aktivitäten interessierte, die von den Gemeindeältesten mit großem Stirnrunzeln bedacht wurden, die aber einige Jungen in seinem Alter begeisterten. Sie hatte den Eindruck, dass er die Regeln der Amisch streng befolgte. Er war wirklich der beste Freund, den sie sich vorstellen konnte.

* * *

Zwei Abende vor Anna Masts Hochzeitsfeier erinnerte Dr. Schwartz' Frau ihre Familie, dass sie alle zu der amischen Hochzeit am „kommenden Dienstag“ eingeladen seien.

Begleitet von Dereks ablehnendem Knurren, stand Lorraine auf und ging in die Küche. Sie kam mit einem Tablett mit Nachspeise und heißem Kaffee zurück. „Das ist eine seltene Gelegenheit", sagte sie mit einem um Unterstützung bittenden Blick auf ihren Mann. „Eine Gelegenheit, die wir uns nicht entgehen lassen werden ... wir *alle*."

Henry ergriff eilig das Wort. „Derek, es wäre unhöflich, wenn du zur Hochzeitsfeier der Tochter deines Arbeitgebers nicht kämest."

Der Junge brummte etwas Unverständliches und bohrte seine Gabel in seinen Nachtisch. Robert wechselte das Thema und bat um Henrys Erlaubnis, mit dem Auto der Familie zu einer kirchlichen Veranstaltung in Quarryville fahren zu dürfen. „Wann ist denn dein Auto repariert?", erkundigte sich Henry.

„Der Mechaniker sagte, morgen sei es so weit. Wenn du also nichts dagegen hättest, Papa ..."

„Natürlich nicht." Henry zog die Autoschlüssel aus seiner Hosentasche. „Wann können deine Mutter und ich dich zurückerwarten?"

„Gegen halb zehn. Vielleicht auch schon früher", antwortete Robert. Derek gab erneut ein lautes Brummen von sich.

Henry schaute Derek scharf an. Diese schweigende Ermahnung erfüllte ihren Zweck. Sein aufmüpfiger Sohn setzte sich wieder aufrecht an den Tisch.

Von der Tür her rief Robert: „Bis heute Abend!", winkte noch kurz und ging zur Garderobe. Robert erfüllte Henry mit Vaterstolz, der groß und stattlich in seinem Haus stand. *Er hat furchtbare Dinge gesehen und überlebt,* dachte er. Das plötzliche Interesse seines Sohnes, Pfarrer zu werden, teilte er zwar nicht, aber es überraschte ihn irgendwie nicht.

Henry war zwar kein religiöser Mensch, aber er glaubte an einen Schöpfergott, der die Macht hatte, Leben zu geben und es wieder zu nehmen. Ein Gott, der irgendwo weit weg im Himmel wohnte. Nur einmal in seinem Leben hatte Henry gebetet, und das mehr aus Verzweiflung als aus irgendeinem anderen Grund – als Robert in einem Brief von dem grausamen Blutvergießen auf den

Schlachtfeldern in Europa geschrieben hatte. Seitdem hatte er jedoch kein einziges Mal mehr gebetet. Er hatte nicht einmal für Roberts unbeschadete Rückkehr gedankt.

Erst heute Morgen hatte sein Sohn begeistert erzählt, dass er eine Veranstaltung der Mennonitengemeinde hier in der Nähe besuchen wolle. Robert war sogar so weit gegangen, sich bei seiner Mutter nach dem christlichen Dienst und Leben seines Großvaters zu erkundigen. Lorraine hatte daraufhin schnell den Raum verlassen und war mit einem alten Fotoalbum zurückgekehrt. Er hatte sich die Bilder mit großem Interesse angesehen und auf einem Foto seinen Großvater mit einer Bibel in der Hand genau betrachtet.

Jetzt öffnete Robert die Haustür und schloss sie wieder hinter sich. Der Krieg hatte ihren jungen ehemaligen Soldaten stark verändert. Was wäre nötig, damit Derek erwachsener würde und mehr Verantwortungsbewusstsein zeigte? Die bevorstehende Zeit in der Armee? Henry hoffte es.

Derek war zu keinem vernünftigen Gespräch bereit. Henry konnte nicht zu seinem Sohn durchdringen. „Was stört dich denn, mein Sohn?“, fragte er etwas enttäuscht.

„Ich kann es einfach nicht erwarten, von hier fortzukommen“, lautete die erboste Antwort.

„Du freust dich auf den Dienst beim Militär?“

„Nicht nur das ... ich freue mich auch darauf, aus Lancaster County fortzukommen.“

Diese Bemerkung traf ihn zutiefst. *Warum empfindet unser Junge so?,* fragte sich Henry.

Lorraine hielt sich aus dem Gespräch heraus. Sie war am anderen Ende des Raumes und entfernte die vertrockneten Blätter von den Usambaraveilchen. Gelegentlich warf sie ihm einen liebevollen Blick zu. Henry und seine Frau hatten wirklich ihre liebe Mühe mit Derek und könnten leicht ähnliche Schwierigkeiten mit Robert haben, wenn er nicht als veränderter Mann aus Europa zurückgekommen wäre.

Henry war kein Vater, der sich in die Privatangelegenheiten seiner Söhne einmischte, und hatte auch nicht verraten, dass er im Stillen den hitzigen Wortwechsel zwischen dem amischen Mädchen und Derek vor einigen Wochen im Hof beobachtet hatte. Obwohl er die Worte, die gesagt worden waren, nicht verstanden hatte, machte er sich Sorgen, dass zwischen den beiden etwas nicht stimmte. Als Derek dann hinter dem Mädchen hergelaufen war – die zu Fuß davongerannt war – und wie ein Verrückter seinen Motor angelassen und die Straße hinab hinter ihr her gerast war, hatte sich Henrys große Besorgnis noch erhöht.

Dereks nächste Worte verletzten ihn mehr, als er zugeben wollte. „Außerdem will ich nichts mit diesem stinkenden Leben zu tun haben – das du mit Mama führst!“ Sein Sohn sprang vom Tisch auf.

„So nicht, junger Mann! Ich habe jahrelang für den guten Namen unserer Familie gearbeitet. Ich lasse nicht zu, dass du ...“

„Spar dir deine Worte, Papa!“ Mit dieser Bemerkung stürmte Derek davon.

Überrascht schaute Henry Lorraine an, die traurig den Kopf schüttelte. Sie kam auf ihn zu und legte ihm die Hände auf die Schultern. „Unverbesserlich“, hörte er sie sagen.

Schließlich stand Henry auf und nahm seine Frau in die Arme. „Es tut mir Leid, dass du dir das von unserem Sohn anhören musst, Liebes“, sagte er. „Das macht mir erst bewusst, was meine Eltern mit mir durchgemacht haben müssen.“

„Derek wird bald erwachsen werden, genauso wie wir auch erwachsen wurden.“ Damit stellte sich Lorraine auf die Zehenspitzen und gab ihm einen zärtlichen Kuss.

* * *

Leah und Jonas waren seit gut einer halben Stunde unterwegs. Sie fuhren in seinem Einspänner gemütlich zwischen den Feldern und Wiesen dahin und ließen sich Zeit, zu Leah nach Hause zu kommen. Malerisch schöne Häuser standen abseits von der Straße, von weiten Wiesen umgeben. Jonas überraschte sie mit der Frage, in was für einem Haus sie einmal wohnen wolle, wenn sie verheiratet sei. Natürlich sagte sie, in einem Haus wie dem ihres Vaters. „Ein Haus, das schon seit Jahren in der Familie ist, weißt du."

„Also etwas richtig Altes?"

„Oh ja."

Überrascht sagte Jonas, dass ihm das auch gefallen würde. Sie kamen ganz nahe an das Thema heran, das für Leah zurzeit sehr wichtig war, und sie war ziemlich sicher, auch für ihren Freund: das Thema Heiraten. Wann würden sie sich das Ja-Wort geben?

Aber während Jonas weitersprach, wurde ihr bewusst, dass sie dieses Thema nicht vertiefen würden. Wenigstens nicht heute Abend. Ihn beschäftigte mehr die Hochzeit seiner Schwester in zwei Tagen. „Anna ist furchtbar aufgeregt und nervös", lachte er. „Mama und Papa wechseln manchmal nur vielsagende Blicke."

„Was für eine junge Ehefrau wird sie denn sein?", fragte Leah und hoffte, sie trete ihm mit dieser Frage nicht auf die Füße.

„Ach, Anna wird das schon schaffen. Wie jede andere frisch verheiratete Frau auch ... nach einiger Zeit." Dabei legte er den Arm um sie und zog sie nahe an sich heran. „Genauso wie *du* es eines Tages sein wirst."

„Aber mit einer Ausnahme", sagte sie schnell.

„Und die wäre?"

„Ich kann mir im Stall besser helfen als die meisten anderen jungen Frauen!"

Das entlockte Jonas ein herzhaftes Lachen, wie sie es noch nie von ihm gehört hatte. Er unternahm keinen Versuch, ihr zu widersprechen.

21

Der Tag, an dem die Mast-Hochzeit stattfand, begann mit einer herrlichen Morgendämmerung. Sadie wäre lieber zu Hause geblieben. Natürlich tat sie es nicht. Die ganze Familie – und Tante Lizzie – drängte sich in die Familienkutsche und fuhr hinüber nach Grasshopper Level, um einen langen, festlichen Tag zu verbringen.

Als sie endlich ankamen, gesellten sie und Leah sich zu einer Gruppe anderer Mädchen in ihrem Alter, die im Hof warteten. Sie würden hier draußen bleiben, bis sie das Zeichen bekämen, dass sie zum Gottesdienst hineingehen könnten.

Naomi Kauffman und mehrere andere Mädchen schauten ihr entgegen und lächelten, blieben jedoch in ihrem eigenen Freundeskreis stehen. Sadie ließ sich davon nicht den Tag verderben. Beunruhigter war sie, als sie das Auto der Familie Schwartz vorfahren sah. Alle vier Familienmitglieder stiegen aus und gingen hinauf zum Bauernhaus.

Als sie Derry erblickte, fragte sie sich für einen flüchtigen Augenblick, ob ihr Baby mehr Ähnlichkeit mit seinem Vater und dessen Familie oder mit den Ebersols haben würde.

Schnell verwarf sie diesen quälenden Gedanken. Derry zu sehen, wenn auch nur aus der Ferne, verdarb ihr die Freude an Annas Hochzeitstag. Sie konnte es kaum erwarten, wieder nach Hause zu kommen. Warum war sie überhaupt hier?

* * *

Bevor Annas Hochzeitsgottesdienst begann, huschte Hannah schnell zum Schlafzimmer der Braut hinauf und klopfte an die Tür. Sie wollte Anna das blaue Taschentuch mit der eingestickten weißen Taube persönlich überreichen. Hannah betrachtete das einmalige Taschentuch in Annas Hand. Eine Taube, die ganz weiß vom blauen Hintergrund abstach.

„Oh, Hannah, das ist ja wunderschön!", rief die Braut. *„Heute* brauche ich wirklich eine Friedenstaube. Ich bin ja so aufgeregt."

Hannah verstand, was sie meinte. Anna war ein einziges Nervenbündel. Das war nicht zu übersehen. „Aber du brauchst doch keine Angst zu haben", tröstete sie ihre Kusine und war über sich selbst überrascht. „Heute ist der Tag, auf den du und Nathanael gewartet habt. Heute werdet ihr Mann und Frau. Das ist doch herrlich."

Dann küsste sie Anna auf die Wange und wünschte ihr „einen wunderschönen Tag". Zufrieden über ihren Mut, eilte sie die Stufen hinab und durch die Küche wieder in den Hof. Draußen schaute sie sich inmitten der immer größer werdenden Versammlung von Hochzeitsgästen nach Mary Ruth um. Sie hatte Anna Mast nicht nur etwas geschenkt, das sie immer an diesen Tag erinnern würde, sie hatte der aufgeregten Braut auch Mut zugesprochen. Aber es hatte sie einige Überwindung gekostet.

* * *

Nach der Hauptpredigt nahmen die Trauzeugen – drei junge Männer und drei junge Frauen – ihre Plätze vorne neben der Reihe ein, in der die Prediger saßen. Dann, gegen Ende des dreistündigen Gottesdienstes, bestätigte Anna Mast, dass sie wirklich „von Gott berufen sei, Nathanael Kings Frau zu werden". Nathanael bestätigte dies ebenfalls.

Als verkündet wurde, dass sie nun Mann und Frau waren, floss so manche Träne, besonders nach den Worten „bis dass der Tod euch scheidet". Nun war klar, dass die Ehe für ein Leben lang geschlossen war. Dieses Versprechen zweier Menschen galt vor den Menschen und vor Gott.

Sadie saß dicht neben Tante Lizzie und hielt sich von Derry Schwartz und seiner Familie fern. Trotzdem fiel der Blick des Arztes auf sie, als die weltlichen Gäste aufbrachen, bevor das Hochzeitsessen begann. Sadie wandte schnell den Blick ab. Sie war ja so verlegen, als sie daran dachte, wie sehr sie sich zum Narren gemacht hatte, als sie mitten in der Nacht zum Haus der Familie Schwartz gegangen war. Sie hatte sich doch tatsächlich auf die

Stufen vor ihrem Haus gesetzt und gewartet, um mit ihrem Sohn, dieser Ratte, zu sprechen. Manchmal fragte sie sich, was damals nur in sie gefahren war. Es war der vorläufige Abschluss eines schrecklichen Kapitels in ihrem Leben gewesen. Wenigstens hoffte sie das, denn sie würde teuer für ihre Sünde bezahlen, sobald ihr Geheimnis für alle sichtbar werden würde.

In letzter Zeit achtete sie streng darauf, das Richtige zu essen. Sie beobachtete, was Mama zu sich nahm, und ging früh ins Bett. Ihr Körper begann, sich zu verändern, auch wenn das Baby jetzt noch sehr langsam wuchs. Das alles wusste sie aus dem hilfreichen Buch aus der Bibliothek, dessen Leihfrist sie kürzlich verlängert hatte, als sie mit Mama nach Strasburg gefahren war, um Nähutensilien und dergleichen zu kaufen. Sie durfte das Buch noch weitere drei Wochen behalten und hoffte, dass sie sich die wichtigsten Sachen gemerkt hätte, wenn sie es endgültig abgeben müsste.

Die Tage, in denen sie bewusst in Sünde gelebt hatte, waren vorbei. Trotzdem hatte sie nie einem Menschen ihre Sünden gebeichtet. Nicht einmal Mama. Sie dachte daran, sich Leah anzuvertrauen. Aber was würde das bringen? Ihre Schwester konnte ihr die Schuld nicht vergeben. Das konnte niemand. Ihre jüngere Schwester war völlig von Jonas fasziniert. Sie hatte so verträumte Augen, wenn sie in der Küche ihre Aufgaben erledigte, dass es schwer war, ihre Aufmerksamkeit auf etwas anderes zu lenken. Nein, es war nicht nötig, Leah die Freude zu verderben ... wenigstens jetzt noch nicht.

* * *

Mary Ruth hatte schon vor dem Hochzeitsessen gemerkt, dass Elias Stoltzfus in ihrer Nähe stand, besonders, als die jungen Leute versuchten, sich draußen aufzustellen, und einige der Jungen große Scheu zeigten, sich zu einem Mädchen zu setzen. Einige wurden am Arm gepackt und zur Tür gezogen, wo ihnen keine andere Wahl blieb, als sich neben ein bestimmtes Mädchen zu stellen. Sobald sie in einer Reihe standen, hörte jeder Widerstand auf, und die jungen Paare näherten sich Hand in Hand dem Hochzeitstisch.

Esra Stoltzfus, der zufällig Hannahs Partner geworden war, sah richtig zufrieden aus, als freue er sich, dass es ihm gelungen war, sich so in die Reihe zu stellen, dass er genau gegenüber von ihrer Zwillingsschwester seinen Platz einnahm. Mary Ruth konnte sich des Gedankens nicht erwehren, dass sie und Hannah wohl mit den Stotzfus-Brüdern bei diesem Hochzeitsfest zusammen sein sollten. Sie dachte daran, wie wichtig es Elias gewesen war, sie zu fragen, ob er gegenüber von ihr am Tisch sitzen dürfe.

Als sie an seinen unerwarteten Besuch bei ihrem Verkaufsstand zurückdachte, schlug ihr Herz ein wenig schneller. Wer weiß, wozu sich ihre Freundschaft entwickeln würde? Spontan beschloss sie, die fröhlichste Partnerin zu sein, die Elias sich bei diesem Hochzeitsfest nur wünschen konnte. Er betrachtete immer wieder die Reihe der Mädchen und beäugte dann schnell kritisch die Jungen in seiner Reihe und bewegte leicht den Kopf auf und ab, als zähle er, wie viele es waren – und wo er landen würde. Er wollte unbedingt auf Nummer Sicher gehen, dass er am Ende ihr Tischpartner wäre.

Heute ist wirklich ein wunderbarer Tag, dachte Mary Ruth überglücklich.

* * *

Abram versuchte, Idas Bruder, Noah Brenneman, aus dem Weg zu gehen. Trotzdem schien sein Schwager fest entschlossen, ihn wegen der Vergangenheit zur Rede zu stellen.

Der Bauer, dessen Haut vom Wetter gegerbt war, trat nach dem Hochzeitsessen auf ihn zu. „Du gehst mir aus dem Weg, Abram."

„Kann schon sein."

„Jetzt haben wir doch eine schöne Hochzeit erlebt und uns voll gegessen. Meinst du nicht, dass du da eine Minute oder zwei bei mir stehen bleiben kannst?"

„Ich werde es versuchen." Abram überraschte die Unverblümtheit des graubärtigen Mannes. Noah nahm nie ein Blatt vor den Mund, das wusste Abram schon. Wenigstens war es vor Jahren so gewesen, als sich das verzwickte Problem zum ersten Mal zwischen sie gestellt hatte.

„Du grollst mir immer noch, wie ich sehe ... und das nach all den Jahren“, sagte Noah geradeheraus.

„Ja, vielleicht.“ Abram lehnte sich auf den Griff der Brunnenpumpe. „Aber du kennst die Wahrheit. Genauso wie ich. Was du mit Lizzie im Sinn hattest ... es war einfach völlig falsch! Das sollte doch jeder längst eingesehen haben.“

Noah schaute ihm direkt in die Augen. „Kann schon sein, aber ich wollte meine Familie schützen. Was ich von dir allerdings nicht behaupten kann. Du hütest ein riesig großes Geheimnis, Abram. Merk dir meine Worte. Eines Tages wirst du deshalb Probleme bekommen.“

„Überlass das Ida und mir! Das ist unsere Sache.“

„Vergiss nicht: Lizzie ist *meine* Schwester. Was du und deine Familie tust, wirkt sich auf uns Brennemans auch aus.“ Mit dieser Bemerkung drehte sich Noah auf dem Absatz um und ließ Abram einfach stehen.

Abram lief ein Schauder über den Rücken. Noahs bösartige Bemerkungen hallten in seinen Ohren wider und sperrten die fröhlichen Stimmen der jungen Leute aus, die um ihn herum ausgelassen feierten. Er wünschte, Noah würde sich einfach um sich und seine Frau Becky kümmern und ihn in Ruhe lassen.

Meine Güte, dachte er, *werden wir denn nie Frieden in dieser Sache finden?*

* * *

Nach dem Abendessen versammelten sich die jungen Leute in der großen Scheune der Masts. Dort veranstalteten sie ein Singen und spielten Gesellschaftsspiele.

Kurz vor Einbruch der Dunkelheit gingen Leah und Adah Peachey hinaus, um sich eine Verschnaufpause zu gönnen. Sie unternahmen zu zweit einen Spaziergang auf der hohen Wiese hinter dem Stall.

„Ich bin müde“, gähnte Adah und ergriff Leahs Hand, während sie miteinander den Hang hinaufstiegen.

„Ein Hochzeitstag ist immer lang. Kein Wunder, dass du müde bist“, erwiderte Leah.

„Es gibt noch einen anderen Grund, der mich müde macht. Mein Bruder will wissen, ob du und Jonas offiziell ein Paar seid.“

„Das macht dich müde?“, fragte Leah.

„Na ja, er fragt mich immer wieder ... auch wenn es ihn überhaupt nichts angeht.“

„Was sagst du ihm, wenn er fragt?“

„Ich sage ihm: ‚Mach doch die Augen auf ... was siehst du denn bei den Singstunden?‘“

„Vielleicht sollte er zu einer anderen Singveranstaltung gehen als ich“, schlug Leah vor.

„Diesen Rat habe ich ihm auch schon gegeben. Das darfst du mir glauben.“ Adah seufzte. „Aber es hilft nichts. Gid wartet auf dich. In dieser Hinsicht ist er völlig eigensinnig.“

Diese Information irritierte Leah. „Warum sollte Gid auf mich warten? Er könnte doch inzwischen ein eigenes Mädchen als Freundin haben.“

„Vielleicht, aber er mag eben *dich*, Leah.“

Das ärgerte sie. „Hat das etwas damit zu tun ... was unsere Väter wollen?“, wollte Leah wissen.

„Gids Zukunft liegt jetzt in seiner eigenen Hand“, sagte Adah. Dann war sie wieder sehr schweigsam.

Das war Leah neu. „Seit wann?“

„Erst seit kurzem.“

„Bist du sicher?“

Adah nickte und ließ Leahs Hand los, um sich zu bücken und eine vertrocknete Wildblume zu pflücken. Adah sammelte eine ganze Hand voll. Dann stand sie auf, rieb die Blumen zwischen den Fingern und ließ die toten Stücke vom Wind davontragen. „Papa sagte Gid neulich, dass Liebe trügerisch sein kann. Er solle sich am besten nicht zu große Hoffnungen machen“, flüsterte Adah fast geheimnisvoll. „Mein Vater hat ihm geraten, er solle sich doch eine Freundin suchen, die ihm gefällt.“

Leah wollte ihren Ohren kaum trauen.

Adah drehte sich um und bedachte sie mit einem seltsamen, leichten Lächeln. „Warum willst du denn meinem Bruder nicht wenigstens eine kleine Chance geben? Ich denke, du und Gid, ihr könntet ein richtig gutes Paar sein."

„Es tut mir so Leid, Adah. Es tut mir wirklich Leid." Leah fragte sich den Rest des Tages, ob ihr Vater und der Schmied sich mit ihrer und Jonas' Freundschaft abgefunden hätten.

Papa wusste doch höchstwahrscheinlich über Jonas Bescheid und hatte nichts unternommen, um diese Beziehung zu verhindern. Das war wirklich seltsam.

22

Den restlichen November und bis tief in den Monat Dezember hinein besuchten sie eine Hochzeit nach der anderen. Das Wetter hätte nicht kälter sein können: schneebedeckte Höhen und ein trüber grauer Himmel, über den dunkle Wolken zogen. Wind und Schneeregen kamen aus dem Nordosten und wehten kräftig vom Atlantischen Ozean her über das Land.

Der Wald hinter dem Ebersol-Hof schien mit jedem Tag, der verging, dunkler zu werden. Die Singvögel waren längst in den Süden geflogen, und besonders Ida vermisste ihr fröhliches Zwitschern, während das Baby in ihrem Bauch immer mehr heranwuchs. Sie wartete mit Sehnsucht und großer Vorfreude auf den Frühling. Alle, die sie kannten, sagten, sie strahle über das ganze Gesicht.

Obwohl sie mit ihrem Baby beschäftigt war, argwöhnte sie, dass mit Sadie etwas überhaupt nicht stimme. Aber Ida ließ ihre Gedanken nicht in diese Richtung weiterwandern.

* * *

Leah genoss es, ihren Schwestern und Mama zu helfen, hübsche Sachen für ihre eigene Aussteuertruhe und für die Truhen anderer Mädchen zu nähen und Quilt- und Backtage zu besuchen. Oft leistete sie Tante Lizzie an den Nachmittagen Gesellschaft. Sie schlüpfte in ihre Schneestiefel und stapfte die Anhöhe hinauf zu ihrer gemütlichen Blockhütte. Manchmal verbrachte sie allein oder mit Sadie oder Mary Ruth die Nacht bei ihrer Tante. Hannah hingegen hatte nie besondere Lust, woanders als zu Hause zu schlafen. Bei Tante Lizzie backten sie süßes Brot und tranken heiße Schokolade oder Lizzies Lieblingsgetränk, Kräutertee. Leah schrieb Dutzende Rezepte ihrer Tante auf und bat sogar um noch mehr „für mein eigenes Rezeptbuch ... im nächsten Herbst“. Auf diese Weise wusste Lizzie Bescheid und konnte Mama verraten, dass sie im nächsten Juli jede Menge Sellerie für Leahs Hochzeitsessen im

Herbst pflanzen müssten. Lizzies Augen strahlten auf, als sie begriff, was Leah ihr soeben verraten hatte. Sie versprach, Leahs Pläne für sich zu behalten, „bis die richtige Zeit kommt".

Leah war so glücklich, dass Jonas den ganzen Winter über jede Woche heimlich zu Besuch kam. Sie las ihm laut aus dem Buch der Psalmen und gelegentlich auch aus dem Märtyrerspiegel vor – Geschichten von Christen aus dem siebzehnten Jahrhundert, die als Märtyrer gestorben waren. Gemeinsam betrachteten sie die bunten Bilder in Jonas' Vogelbuch und lernten die Stimme und den Ruf vieler verschiedener Vogelarten kennen.

Eines Abends verriet Jonas ihr sein starkes Interesse an Holzarbeiten. Er erzählte ihr, dass er vor einigen Jahren mit seinem Vater über die Möglichkeit gesprochen hatte, den Obstgarten und das umliegende Land aufzuteilen, falls Jonas nie die Gelegenheit bekäme, das Zimmerhandwerk zu lernen. Er und seine künftige Frau könnten vom Apfelanbau und dem Bauernhof leben, aber Jonas wollte so nahe beim Ebersol-Hof wohnen, dass Leah zu Fuß zu ihren Schwestern gehen konnte. Somit schied die Möglichkeit, in Grasshopper Level zu wohnen, aus.

Sie sprachen davon, im nächsten September in Leahs Kirche einzutreten und Anfang November zu heiraten und sich in der Nähe des Ebersol-Hofes niederzulassen. Vielleicht würden sie in der ersten Zeit einen kleinen Hof pachten. Im Flüsterton sprachen sie über ihre künftigen Kinder und Enkel, und manchmal spielten sie bis spät in die Nacht Dame.

Leah fühlte sich wirklich gesegnet, dass sie so unbeschwert einen Mann lieben konnte und von ihm geliebt wurde. Manchmal fragte sie sich jedoch besorgt, ob sie vor Sadie heiraten solle, da diese Ehre eigentlich der ältesten Tochter der Familie zufallen sollte. Sie betete, dass der Herr ihrer großen Schwester recht schnell einen Mann schicken würde.

* * *

Sadie, die in Bezug auf ihren Körper immer unsicherer wurde, als der Januar kam und dann der Februar, nahm sich vor, irgendwie ihre Lebenseinstellung zu ändern. Ohne Buße zu tun – durch reine Willenskraft – strengte sie sich an, eine gehorsamere Tochter und liebevollere Schwester zu werden ... besonders gegenüber Leah, die im letzten Sommer viel mehr eingesteckt hatte, als sich Sadie im umgekehrten Fall von einer Schwester hätte gefallen lassen.

An den Samstagabenden, an denen Jonas Mast zu Besuch kam, huschte Sadie nach nebenan, um Opa Johannes zu besuchen, der es genoss, ihr – und manchmal auch den Zwillingen – die bekannten Geschichten aus seiner Jugend zu erzählen. „Die guten alten Tage", sagte er dann immer. Wie er als Junge gelernt hatte, Holz zu fällen und mit seinem eigenen Opa Fische zu fangen, und von dem Tag, an dem er Oma Brenneman gefragt hatte, ob sie ihn heiraten wolle. Wenn er seine alte Pfeife ansteckte und am Kamin rauchte, machte der süße Tabakgeruch Sadie ein wenig schwindelig und ließ ihre Ängste ein bisschen weniger groß erscheinen. In solchen Augenblicken stand sie kurz davor, Opa ihr Herz auszuschütten und ihm ihr Geheimnis zu verraten, da sie genau wusste, dass sie ihm vertrauen könnte, aber so weit ging sie trotzdem nie. Früher oder später müsste sie es jedoch Leah erzählen. Die Zeit verging, und sie hatte ihr Baby inzwischen ins Herz geschlossen und es sehr lieb gewonnen. Sie war sicher, dass es ein Junge war, auch wenn sie nicht wusste, wie sie das hätte erklären sollen. Sie glaubte, dass ihr geliebtes ungeborenes Kind das erste männliche Kind wäre, das seit vielen Jahren in diesem Haus aufwachsen würde. Sie war froh, dass sie nie wieder von Derry gehört hatte, und vermutete, dass er zur Armee gegangen war und inzwischen seine Grundausbildung fast abgeschlossen hatte.

* * *

Mary Ruth steckte viel Energie in ihre Schulaufgaben und erzielte die besten Noten, die sie je gehabt hatte. Ihr Hunger nach Büchern und Lernen wuchs immer mehr, obwohl sie ganz genau wusste, wie Papa und Mama darauf reagieren würden, wenn sie irgendwann den Mut aufbrächte, ihnen zu sagen, dass sie gern zur Mittelschule gehen wolle. Und später ... vielleicht eines Tages auch studieren wollte. Ihre Zwillingsschwester war die Einzige, die wusste, wie es wirklich in ihrem Inneren aussah. Es schmerzte sie, dass sich eines Tages ihre Wege trennen würden, denn ihr war klar, dass Hannah beabsichtigte, in der heiligen Taufe dem Herrn nachzufolgen und Mitglied der amischen Kirche zu werden.

* * *

Hannah hatte angefangen, jeden zweiten Tag ihre persönlichsten Gedanken in einem Tagebuch festzuhalten. Begonnen hatte sie damit am Neujahrstag. Bei einigen Absätzen – über bestimmte Jungen – konnte sie sich richtig vorstellen, wie Mama die Augenbrauen in die Höhe zöge, wenn sie lesen würde, was ihre Tochter geschrieben hatte. Mit ihren bestickten Taschentüchern machte sie inzwischen gute Geschäfte. Ein kleiner Geschenkladen in Strasburg verkaufte ihre Handarbeiten für sie. Hannah sparte ihr Geld, um Mary Ruth eines Tages helfen zu können, sich ihren heimlichen Wunsch zu erfüllen, nämlich zu studieren. Aber der Gedanke, dass ihre Zwillingsschwester nicht mehr in ihrer Nähe leben würde, war für sie fast zu schmerzlich, um ihn ertragen zu können.

* * *

An den Wintertagen las Abram aus der deutschen Bibel vor und hielt mit seiner Familie Abendandachten. Ida, die inzwischen ein paar Pfund zugelegt hatte, beklagte sich manchmal, dass der Holzofen zu viel Hitze verbreitete. Also standen sie alle auf und setzten sich ins Wohnzimmer, wo die Mädchen vor Kälte zitterten. Alle außer Sadie, die sich in den kühleren Räumen genauso wohl zu fühlen schien wie Mama.

Wenn jemand auf Politik zu sprechen kam, erklärte Abram seiner Familie, besonders seinen Töchtern, klar und deutlich, dass er mit Amerikas neuem Präsidenten nicht viel anfangen könne. „Jemand, der so viel Profanes von sich gibt ... ist für mich keine richtige Führungspersönlichkeit."

Aber noch mehr als Harry Trumans Fluchen störte Abram Jonas

Masts unerschütterliche Entschlossenheit, Leah zur Frau zu bekommen. Dem Schmied behagte diese Beziehung ebenso wenig, da Gideon bis jetzt nicht das geringste Interesse an irgendeinem anderen Mädchen aus der Gemeinde zeigte. Leah war unübersehbar das einzige Mädchen, das Gid mochte und in das er verliebt war. Er hatte sie sich fest in den Kopf – und ins Herz – gesetzt. Nichts, was Abram oder der Schmied über Jonas Mast dachten, konnte daran etwas ändern. Was Abram anging, so fand er, dass seine liebe, liebe Tochter sich ein Juwel von einem Mann entgehen ließ, während sie sich mit dem Sohn von Idas Vetter immer besser verstand und sogar plante, ihn zu heiraten. Aber wenn Leah ihn liebte und wenn Jonas sie liebte, nun ja ... was sollte Abram dann tun? Er konnte nicht erzwingen, dass Leah sich in Gid verliebte, oder? Nein, damit würde er nur eine Kluft zwischen sich und Leah aufbauen, und wie sollte er damit leben können?

* * *

Derek Schwartz schaute kein einziges Mal zurück, als er seine Taschen gepackt hatte und zur Grundausbildung abkommandiert worden war. Seiner Mutter standen am Busbahnhof Tränen in den Augen, aber sein Vater wirkte eher ernst als traurig. Robert, der bei Dereks Abschied nicht anwesend war, hatte es geschafft, die Stadt noch vor seinem Bruder zu verlassen. Er war nach Harrisonburg in Virginia gefahren, wo er sich eine Teilzeitstelle und eine kleine Wohnung suchen und dann am Eastern Mennonite College studieren wollte. Sein Vater war über Roberts plötzliches Interesse am anabaptistischen Glauben erstaunt gewesen, und auch darüber, dass sein Sohn jetzt tatsächlich Prediger werden wollte, aber Mama hatte ihn ermutigt: „Folge deinem Herzen, Robert ... wohin es dich auch führt.“ Das war typisch für sie, auch wenn er wusste, dass es ihr nicht leicht gefallen war, ihren Sohn schon wieder fortgehen zu sehen.

Derek dagegen hatte den Eindruck, dass es sie nicht sonderlich interessierte, was *er* mit seinem Leben machte. Mama und auch sein Vater bekämen einen Wutanfall, wenn einer von ihnen wüsste, dass er seine Pflichten als werdender Vater völlig ignorierte und es der naiven Sadie Ebersol überließ, ihr Kind, das Enkelkind seiner Eltern, allein aufzuziehen. Aber jetzt gab es kein Zurück mehr. Hatte er nicht angeboten, ihr zu helfen, die ungewollte Schwangerschaft zu beenden? Aber sie hatte sich mit unmissverständlichen Worten geweigert. Ihm blieb also nichts mehr zu sagen oder zu tun. Es war auch sehr klug von ihm gewesen, nicht auf ihre lächerliche Idee hereinzufallen, sie könnten heiraten.

* * *

Es war der Tag, an dem die Engländer die Liebe feierten – der Valentinstag –, an dem Sadie zu dem Schluss kam, dass sie ihr Geheimnis nicht länger für sich behalten könne. Sie und Leah zogen gerade ihre Flanellnachthemden an, und Sadie strengte ihre Augen an, um sich in dem kleinen Spiegel auf der Kommode von der Seite zu betrachten. „Leah, findest du nicht, dass ich zugenommen habe?", fragte sie.

„Wie kommst du denn darauf? Du bist so dünn wie eine Bohnenstange."

„Aber nein, im Ernst. Schau mich doch an", beharrte sie und fragte sich, ob ihre Schwester an ihrer Figur einen Unterschied bemerke. „Bin ich denn nicht dicker ... irgendwo?"

Leah schüttelte den Kopf und lachte leise. „Worauf willst du denn hinaus, Schwester? Du siehst genauso aus wie immer."

Sadie setzte sich auf die Bettkante und atmete tief ein. Der gefürchtete Augenblick war gekommen. Sie musste Leah einfach von dem Baby erzählen, das in ihrem Bauch heranwuchs. Was sollte sie sagen, und wie sollte sie es sagen? Immerhin hatte Leah nicht wie sie fast fünf Monate Zeit gehabt, sich an den Gedanken zu gewöhnen, dass Sadie schwanger war. Sie musste also darauf achten, dass sie Leah verdeutlichte, wie sehr sie ihr Tun bereut hatte, als sie Mitte Oktober herausgefunden hatte, dass sie schwanger war. Aber jetzt ... *jetzt* konnte sie es nicht erwarten, ihr kleines Baby im Arm zu halten, es an sich zu drücken, es zu streicheln und ihm „Ich habe dich lieb“ in seine kleinen Ohren zu flüstern. Aber wie würde Leah diese Nachricht aufnehmen?

Sie würde es wohl nie erfahren, wenn sie nicht den Mut aufbrachte, ihr ihre Situation zu beichten, und zwar in den nächsten paar Minuten. Leah war schon unterwegs zur Öllampe und wollte sie ausdrehen ...

„Schwester“, sagte sie leise. „Es gibt etwas, das ich dir sagen will.“

Leah drehte sich um und schaute sie mit fragend gerunzelter Stirn an. Als Sadie ihr bedeutete, sie solle sich neben sie setzen, kam sie schnell und schaute sie fragend an. „Was ist denn?“

„Hör zu, Leah ...“

„Hast du einen Mann kennen gelernt, der sich in dich verliebt hat?“, fragte Leah.

Diese Bemerkung erstaunte Sadie nicht. Immerhin war es eine natürliche Sache, dass eine jüngere Schwester so etwas dachte ... es war ganz normal, dass Leah sich komisch vorkam, weil sie selbst fast verlobt war und Sadie mit ihren fast neunzehn Jahren immer noch ohne Freund war und auch ohne Aussicht darauf, bald zu heiraten.

Sadie ergriff Leahs Hand und drückte sie fest. „Was ich dir sagen will, wird zuerst ein sehr schwerer Schock für dich sein. Für mich war es am Anfang das Schrecklichste, was es geben kann.“ Sie schwieg und streichelte Leahs unschuldige Hand. „Ich habe etwas Furchtbares getan, ich habe in den Augen des Herrn und dieser Familie *gesündigt.* Oh, Leah, meine liebe Schwester, wie soll ich dir nur sagen, dass ich ... schwanger bin?“

Im Raum wurde es totenstill. Das Licht des Wintermondes auf der schneebedeckten Landschaft beleuchtete Leahs verblüffte Miene. „Aber, Sadie ... was sagst du da?“

„Erinnerst du dich an den englischen Mann, von dem ich dir im letzten Herbst erzählt habe? Nun ja, wir ... er und ich ...“ Sie konnte sich nicht überwinden, die Worte auszusprechen.

„Oh, das ist ja furchtbar!“, platzte Leah heraus.

Sadie brachte ihre Schwester sanft zum Schweigen. „Ruf doch bitte nicht gleich die ganze Familie zusammen! Sie brauchen es noch nicht zu wissen", sagte sie, aber sie verstand Leahs Schock. Sie legte die Arme um ihre Schwester und drückte Leah an sich. „Es tut mir Leid, dass ich dir das sagen musste ... dass du eine so unmoralische Schwester hast", flüsterte sie traurig.

Lange Zeit schien Leah unfähig, ein Wort zu sagen. Sie war völlig aufgewühlt und bestürzt. Leise weinte sie in das Kopfkissen. „Wie konntest du so etwas nur tun, Sadie?", sagte sie schließlich.

Dann rollten sie sich nebeneinander auf dem Bett zusammen, das sie seit ihrer Kindheit teilten, unter den alten Quiltdecken, die ehrbare, gerechte Frauen genäht hatten. Sadie war völlig ausgelaugt und kraftlos. Sie sagte nichts mehr und begriff erneut, welche schlimme Sünde sie begangen hatte, dass sie über sich selbst ... und über ihre geliebte Familie so viel Schande brachte.

* * *

Abram war gerade vom Toilettenhäuschen zurückgekommen. Das Mondlicht spiegelte sich auf dem Schnee. Während er schlaftrunken wieder die Treppe hinaufstieg, hörte er ein leises Schluchzen aus dem Schlafzimmer kommen, in dem Sadie und Leah lagen.

Er blieb jedoch nicht stehen, sondern begab sich geradewegs ins Schlafzimmer und legte sich neben seine Frau ins Bett. Er war ziemlich sicher, dass das Schluchzen von Leah kam. Ja, es *war* Leah. Aber warum?

Plötzlich überkamen ihn quälende Schuldgefühle wegen etwas, das er an diesem Nachmittag getan hatte: Er hatte das Münztelefon in Strasburg benutzt und etwas Entscheidendes in die Wege geleitet. Natürlich konnte Leah jetzt noch nichts davon wissen, nicht *so* schnell. Sie ahnte noch nicht, dass er Fannie Masts verheirateten Vetter in Ohio angerufen hatte. Als alles gesagt gewesen war, hatte es so einfach ausgesehen. Jonas Mast würde bald einen Brief bekommen, in dem ihm eine Stelle als Zimmermannslehrling in Holmes County angeboten wurde.

Falls Leah je herausfände, was Abram getan hatte, wäre sie außer sich. Außer sich vor Trauer. So hörte sich ihr Schluchzen jetzt schon an. Aber Fannies Vetter hatte geschworen, dass niemand von seinem Gespräch mit Abram an diesem Tag erfahren würde.

Über diesem Gedanken schlief Abram schließlich ein. Er wusste, dass er zu weit gegangen war und sich höchstwahrscheinlich viel zu sehr bei der Wahl eines Mannes für seine geliebte Leah eingemischt hatte.

* * *

Es war pechschwarz auf dem Heuboden. Leah kletterte die lange Leiter hinauf und versteckte sich mitten in der Nacht, während Sadie – die bald eine *unverheiratete* Mutter sein würde – im Haus lag und schlief. Als Schwestern hatten sie einander eng umschlungen gehalten, bis Leah davongeschlichen war. Sie musste allein sein mit ihren Gedanken.

Unter der Last ihrer Sorgen fast erdrückt, saß sie in der Ecke, wo das Heu in sauberen, rechteckigen Ballen gestapelt war, wo nur das Stöhnen eines Maultiers die Stille durchbrach. Eine der vielen Stallkatzen fand sie und kuschelte sich in ihren Schoß.

„Das ist alles meine Schuld. Diese schreckliche Lage, in der Sadie jetzt steckt. Ich hätte sie verraten sollen, als noch genug Zeit war, ihre Reinheit zu bewahren. Ach, hätte ich das nur geahnt ..."

Leah war ganz sicher ... wenn sie die Zeit zurückdrehen könnte, würde sie das sofort tun – und im nächsten Augenblick zu Papa laufen und ihm verraten, dass ihre Schwester in größter Gefahr stand, ihre Seele zu verkaufen.

23

Jetzt schreibe ich schon seit zwei Monaten in mein Tagebuch. Mama wirft manchmal einen Blick durch die offene Tür in mein Zimmer und schaut mich mit einem sonderbaren Schmunzeln an, wenn ich in großer Geschwindigkeit die Seiten meines Büchleins voll schreibe. Sie braucht sich keine Sorgen zu machen, dass ich womöglich üben würde, um eines Tages Schriftstellerin zu werden, dass ich versuchen könnte, Individualität zu entwickeln, die der Bischof so sehr ablehnt. Das kann ich am besten mit meinen Stickereien, falls ich überhaupt Kreativität entwickeln will. Mama muss sich meinetwegen nicht den Kopf zerbrechen. Es genügt schon, wenn sie das wegen Mary Ruth nächstes Jahr tun muss, die dann mit der achten Klasse fertig ist.

Es dauert nicht mehr lange, dann wissen wir, ob wir einen kleinen Bruder oder eine kleine Schwester bekommen. Ich muss zugeben, ich wüsste überhaupt nicht, was ich mit einem kleinen Bruder anfangen sollte. Nach vier Mädchen im Haus ... wie soll das nur sein?

Mama ist in letzter Zeit immer glücklich. Papa ist dagegen öfter gereizt als früher. Und auch Leah. Ehrlich gesagt, verstehe ich nicht, was in meine älteren Schwestern gefahren ist. Die Älteste ist so freundlich zu mir und zu Mary Ruth. Sadie hat sich völlig verändert, stelle ich fest, seit sie ihre Rumspringzeit hinter sich hat. Dafür ist Leah jetzt schrecklich reizbar. Wie konnten sie nur so sehr die Rollen tauschen?

Aber ich denke, Jonas wird ein guter Ehemann für Leah. Er kommt samstagabends und besucht sie. Ich bin sicher, dass er Leah jeden zweiten Sonntag vom Singen nach Hause bringt. Er liebt sie sehr. Das kann ich in seinen Augen sehen, bevor wir abends aus der Küche geschickt werden. Mary Ruth und ich hoffen, Leah heiratet nicht schon im nächsten Herbst, obwohl alles darauf hindeutet. Es wäre einfach schön, wenn in unserem glücklichen kleinen Haus noch eine Weile alle vier Schwestern zusammen wären. Natürlich kann es sein, dass mit einem neuen Geschwisterchen bald sowieso

alles ein wenig lebhafter wird.
Das war alles für heute.

Hannah Ebersol

***

Mary Ruth wartete nach der Schule, um noch kurz mit ihrer Lehrerin von der Georgetown-Schule zu sprechen. „Ich wollte fragen, ob Sie mir ein paar Zusatzaufgaben geben könnten?“, fragte sie. „Mich fasziniert die Mathematik.“

„Dann schauen wir einmal, was sich da machen lässt, Mary Ruth.“ Miss Riehl blätterte in ihrem großen Mathematikbuch und fand viele Seiten mit Aufgaben, die Mary Ruth lösen könnte. „Hier ... du kannst dir diese Aufgaben abschreiben und sie zu Hause lösen.“

„Vielen Dank, Miss Riehl!“

„Ich korrigiere deine Arbeiten, wenn du fertig bist.“

„Ich mache sie noch heute Abend“, versprach sie.

„Kein Grund zur Eile.“ Die Lehrerin setzte sich hinter ihren Schreibtisch.

„Oh, doch.“ Mary Ruth begann, ihr zu erklären, welche Ziele sie für ihre Zukunft hatte, und schüttete ihr Herz bei ihrer Lehrerin aus. Sie sprach von ihrer Hoffnung, eines Tages Lehrerin zu werden. „Aber ... bitte sprechen Sie noch mit niemandem darüber, ja?“

Miss Riehls Gesicht strahlte. Sie schien ihre Schülerin zu verstehen. „Ich helfe dir, so gut ich kann, Mary Ruth.“

Mary Ruth bedankte sich noch einmal und eilte zur Tür, wo Hannah auf sie wartete. Gemeinsam gingen sie zum kleinen Parkplatz hinaus und hielten nach ihrer Mitfahrgelegenheit Ausschau.

„Und, hast du es getan?“, fragte Hannah mit einem Lächeln.

„Du wirst nie glauben, wie viele zusätzliche Aufgaben Miss Riehl mir gegeben hat!“

„Das freut mich ja so für dich.“

Die Mädchen wechselten liebevolle Blicke miteinander. „Ich weiß nicht, wie ich es manchmal schaffen sollte, wenn ich nicht mit dir über alles reden könnte“, gestand Mary Ruth ihrer Zwillingsschwester.

Hannah nickte. „Werden wir einander immer haben?“

Mary Ruth hörte die traurige Verzweiflung in der Stimme ihrer Schwester. Die Frage kam tief aus Hannahs Herzen, von einem Mädchen, das sich höchstwahrscheinlich in der Amischgemeinschaft eine Existenz aufbauen würde und sich nie über die Welt draußen große Gedanken machte, während ihre Zwillingsschwester versuchte, so viel Wissen zu sammeln, wie ihr Verstand aufnehmen konnte.

* * *

An dem Tag, an dem der Brief aus Ohio im Briefkasten der Masts lag, fuhr Jonas im geschlossenen Familieneinspänner die Straße hinab und wollte Besorgungen in Bart erledigen. Er hatte daran gedacht, die Post einfach im Briefkasten liegen zu lassen, damit eine seiner Schwestern sie holen und Mama bringen konnte ... aber dann blieb er doch stehen und schaute nach, was an diesem verschneiten Tag Ende März für seine Familie gekommen war.

Flüchtig sah er die Absender durch und stellte fest, dass mehrere Briefe aus der Willow Street und einer aus Ninepoints gekommen waren. Briefe von Kusinen und Freundinnen seiner Schwestern Rebekka und Katie, vermutete er, da sie die eifrigsten Briefeschreiber in der Familie waren. Außer Mama, die in letzter Zeit ziemlich viele Briefe an Ida Ebersol – seine zukünftige Schwiegermutter – geschrieben hatte, wie sie ihm erzählte. Mama hatte erst neulich erwähnt, dass sich die zwei Familien „seit dem letzten Treffen im August“ viel näher gekommen waren. Er würde ihr darin gewiss nicht widersprechen. Ob Mama und Papa irgendeine Ahnung hatten, wie viele Fahrten er im letzten Monat hinüber nach Gobbler's Knob unternommen hatte, um seine Leah zu besuchen?

Der Brief, bei dem er sich abrupt aufrichtete und der sofort seine Neugier weckte, kam aus Millersburg in Ohio und war an ihn selbst adressiert. „Wer kennt mich denn in Millersburg?“, murmelte er vor sich hin und eilte wieder in den Wagen zurück, um nicht länger in der Kälte stehen zu müssen.

Als er im Schutz des Wagens saß, schloss er die Einspännertür und überflog den Inhalt des Briefes, der zu seiner großen Überraschung eine Einladung von David Mellinger enthielt, einem Vetter seiner Mutter und einem ausgezeichneten Zimmermann. Er fragte Jonas, ob er nicht Lust hätte, zu ihm zu kommen und für ihn zu arbeiten, „bis die Äpfel deines Papas im nächsten Herbst reif zum Pflücken sind."

Sechs Monate fort von zu Hause?

Sofort wanderten seine Gedanken zu Leah. Wie sehr würde er sie in der langen Zeit vermissen! Wie würde es sich auf ihre Pläne auswirken, den nötigen Taufunterricht vor der Heiratssaison im Herbst zu besuchen? Ihm graute davor, Leah von dieser beruflichen Chance zu erzählen. Natürlich war das eines der besten Angebote, das ein junger Mann in seinem Alter je von einem erfahrenen Zimmermann bekommen konnte. Genau das, wovon er immer geträumt hatte!

Aber warum musste dieser Brief ausgerechnet jetzt kommen? Der Zeitpunkt war überhaupt nicht passend. Trotzdem konnte er die Einladung von Vetter David nicht einfach ausschlagen. Den ganzen restlichen Tag dachte er über die Vor- und Nachteile eines solchen Abenteuers nach.

* * *

Smithy Gid war sehr wohl bewusst, dass an diesem warmen Aprilvormittag im Peachey-Haus ein Arbeitseinsatz stattfand. Mama hatte alle Ebersol-Frauen und auch deren Tante Lizzie eingeladen, um an diesem Samstag Teppichläufer anzufertigen. Adah und Dorcas hatten die ganze letzte Woche aufgeregt davon gesprochen. Am gestrigen Abend hatten sie dann ihn und auch Papa dezent aufgefordert, „sich rar zu machen". Die Mädchen hatten bei dieser Bemerkung viel zu laut gekichert.

Aber er war ihrem Wunsch nachgekommen und bemühte sich sehr, nach dem Frühstück nicht mehr in die Nähe des Hauses zu kommen. Er kümmerte sich um Fritzi und ihren zweiten Wurf reinrassiger Welpen, die jetzt drei Wochen alt waren. Er fütterte die vier Angusrinder, die er und Papa mästeten, damit sie in den nächsten paar Wochen zum Metzger gebracht werden konnten.

Dann bot er seinem Vater an, ihm in der Schmiede zu helfen. Aber Papa sagte, er brauche keine Hilfe. Wenigstens nicht heute, was Gid wirklich seltsam anmutete, denn er wusste, dass sein Vater *immer* das eine oder andere brauchte, wenn er die vielen Zugpferde in der Amischgemeinschaft mit Hufen beschlug.

Nach Gids Berechnung wären seine Schäferhundwelpen bald entwöhnt. Deshalb könnte er anfangen, Kontakt zu den Leuten aufzunehmen, die sich bereit erklärt hatten, wenigstens fünf Tiere von diesem Wurf zu nehmen. Damit blieben ihm noch zwei Tiere übrig. Er wusste noch nicht, ob er eine Anzeige aufgeben und sie auf diesem Weg zum Verkauf anbieten sollte. Er überlegte, wie Leah wohl reagieren würde, wenn er ihr den kleinsten Welpen mit dem hübsch gefleckten Fell als Geschenk anböte. Einfach so, aus keinem besonderen Grund. Er war klug genug, gegenüber Leah Ebersol seine Grenzen nicht zu überschreiten, aber er hatte gehört, dass Jonas Mast möglicherweise für eine Weile nach Ohio ziehen und dort als Zimmermannslehrling arbeiten würde. *Diese* Nachricht war für jeden hier völlig überraschend gekommen.

Als er seinen Vater dazu fragte, bekam er nur als Antwort: „Ich weiß nicht viel darüber, mein Sohn. Aber ... schauen wir doch einfach, was dabei herauskommt." Das klang fast so, als wüsste sein Vater doch etwas. Aber Gid hatte nicht die Angewohnheit, das Tun seines Vaters in Frage zu stellen. Nicht einmal in seinen Gedanken.

* * *

Leah war ganz elend zumute. Die Worte ihrer Schwester hallten immer noch in ihren Ohren wider, obwohl inzwischen fast zwei Monate seit Sadies schockierender Enthüllung vergangen waren. Sie wünschte, sie hätte nie versprochen, über Sadie und ihren englischen Freund zu schweigen. Niemals!

Obwohl Leah und Jonas über fast alles miteinander sprachen, verriet Leah ihm das Geheimnis ihrer Schwester nicht. Und auch Papa und Mama gegenüber erwähnte sie kein Wort. Nur ein einziges Mal hatte sie nahe davor gestanden, sich Tante Lizzie anzuvertrauen, hatte es sich dann aber doch anders überlegt und entschieden, es sei Sadies Angelegenheit und Aufgabe. Außerdem konnte niemand mehr etwas ändern. Was geschehen war, war geschehen.

Sadie müsste es ihren Eltern selbst erzählen. Und zwar recht bald. Schließlich könnte sie dieses Geheimnis nicht ewig vor ihnen geheim halten. Leah beobachtete, wie sich der Körper ihrer Schwester langsam veränderte. Besonders im weichen Schein der Öllampe, wenn sie sich abends auszogen und in ihre Nachthemden schlüpften, war ihre Schwangerschaft inzwischen nicht mehr zu übersehen.

Mit einem Seufzen legte sie ihre Schere zur Seite und ließ Stücke aus altem Stoff in einen großen Korb auf dem Boden fallen. Sie entschuldigte sich und wollte allein zum Toilettenhäuschen der Peacheys hinausgehen, obwohl sie Sadie oder die Zwillinge hätte fragen können, ob sie mitkämen. Es war nicht so, dass sie hoffte, unterwegs Gid über den Weg zu laufen. So etwas hatte sie überhaupt nicht im Sinn gehabt. Trotzdem erblickte sie ihn drüben im Stall ... wo er einen der neuen Welpen streichelte. Schnell wandte sie den Kopf ab und schritt eilig auf ihr Ziel zu.

Gid tat ihr in letzter Zeit fast Leid – ja, fast die ganze Zeit seit ihrem ersten Singen an jenem Abend im letzten Oktober. Sie wünschte, er würde sich ein nettes Mädchen suchen, dem er den Hof machen könnte. Immerhin war er doch ein netter junger Mann und sah auch gut aus. Und er hatte ein Herz aus reinem Gold, wie ihr Vater schon immer sagte. Soweit sie das beurteilen konnte, hatte es nie einen Anlass gegeben, daran zu zweifeln.

Er rief ihr etwas zu, als sie aus dem kleinen Häuschen neben dem Stall zurückkehrte. Sie drehte sich zu ihm um und lächelte freundlich. Was wollte er ihr sagen? „Leah, ich habe mir überlegt ..." Dann brach er ab und sagte nichts mehr, sondern hielt wortlos einen kleinen Hund mit rötlich schwarz schimmerndem Fell, süßen braunen Augen und einem neugierigen Blick hoch. „Möchtest du ihn haben? Er gehört dir, wenn du willst."

„Aber, ich kann doch nicht einfach ..."

„Nein ... nein, ich möchte ihn dir einfach schenken. Von Nachbar zu Nachbar sozusagen."

Gid lächelte jetzt wie ein kleiner Junge. Er wollte ihr so gern eine Freude bereiten. „Ich bin sicher, deine Eltern haben nichts dagegen. Außerdem finde ich, ihr könntet bei euch auf dem Hof einen guten Wachhund gebrauchen."

Bei diesen Worten drehten beide den Kopf und schauten über das Weideland der Peacheys hinüber zum Ebersol-Hof, der in der Ferne zu sehen war. Gid brach das Schweigen. „Wenn du dir nicht sicher bist, könntest du ja deinen Vater fragen ... was *er* dazu sagt?"

Dagegen konnte sie nichts einwenden. Sie hob die Hand und berührte den kleinen Welpen in Gids Armen. Plötzlich begann der Hund, ihr mit seiner kleinen, rosa Zunge die Hand abzulecken. „Oh, das kitzelt", entfuhr es ihr. „Er ist ja so süß."

„Ich glaube, er mag dich, Leah."

Sie musste lachen. „Ja, das glaube ich auch."

„Ich hebe ihn für dich auf. Wenn du dich entscheidest, ihn zu dir zu nehmen, bringe ich ihn dir gern."

„Das ist sehr nett von dir. Danke." Sie eilte ins Haus zurück. Gids strahlendes Gesicht hatte sie ein wenig aufgemuntert. Sie war sicher, dass seine Motive ehrbar waren, auch wenn er taub sein müsste, um nicht gehört zu haben, dass Jonas bald nach Ohio abreisen würde.

Sie war an dem Abend tapfer gewesen, an dem Jonas ihr von dieser „einmaligen Chance" erzählte. Leah hatte gesehen, wie seine Augen geleuchtet hatten, weil ein Traum in seinem Leben wahr werden würde, aber gleichzeitig hatte sie die Traurigkeit in seiner Stimme gehört. Ihr war klar gewesen, dass sie vor ihm keine Tränen vergießen dürfte. Sie hatte sogar laut überlegt, ob es nicht vielleicht eine Möglichkeit für sie gäbe, ihn zu begleiten – vielleicht könnte sie eine ältere Verwandte pflegen oder irgendwelche anderen Arbeiten übernehmen, damit sie ihre Beziehung persönlich und nicht nur durch Briefe am Leben erhalten könnten. Wenn dann die Zeit vorbei wäre, könnten sie nach Hause zurückkehren und wie geplant im Herbst heiraten.

Sie wollte darauf vertrauen, dass der Herr ihr die richtigen Antworten geben würde.

„Ich bin vor der Apfelernte im nächsten Herbst zurück", versprach er.

Aber als sie Sadie davon erzählte, riet ihre Schwester ihr, sich nicht zu sehr auf ein solches Versprechen zu verlassen. „Am besten solltest du ihn überhaupt nicht gehen lassen", meinte Sadie. „Wenn Jonas fortgeht, kommt er vielleicht nie wieder zurück. Erinnerst du dich an Abe Yoder? Er hat die arme Melinda sitzen lassen, weil ihn das Land in Ohio gelockt hat."

Sadies Worte machten Leah das Herz schwer. „Ich käme nie auf die Idee, so mit Jonas zu sprechen. Er kann selbst denken und entscheiden, was richtig ist."

„Vielleicht überlegst du dir doch noch einmal, ob du dieses Risiko eingehen willst. Sag ihm wenigstens, wie sehr du ihn vermissen wirst ... lass ihn wissen, dass du sehnsüchtig auf ihn wartest!"

Ach, sie glaubte, ihren geliebten Freund zu kennen. Wenn Jonas sagte, er käme vor der Ernte wieder nach Hause, dann würde er auch kommen. Ganz sicher. Das sagte sie Sadie auch. „Du kennst meinen Jonas nicht so gut wie ich", beharrte sie.

* * *

Leahs Reaktion und ihr Lächeln, bei dem ihm ganz warm ums Herz geworden war, zeigten Smithy Gid, dass Leah sein Geschenk, das von Herzen kam, gern angenommen hatte. Es war eine ausgezeichnete Idee gewesen. Er bereute es nicht im Geringsten, dass er so spontan gehandelt hatte. Nur Jonas Mast ließ ihm keine Ruhe. Leah war immerhin seine langjährige Nachbarin und Freundin seit Kindestagen. Wenn sie sich entschied, Jonas zu heiraten, dann sollte es eben so sein.

Trotzdem hoffte Gideon, dass sie wenigstens das Schönste von Fritzis Jungen nehmen und dem Hündchen ein Zuhause geben würde. Wer weiß, vielleicht wäre ein geliebtes Haustier der Anfang einer besonderen Beziehung zwischen ihm und Leah. Vielleicht aber auch nicht.

24

Abram war außer sich. Ja, er war richtig aufgebracht. Jonas Mast hatte darauf bestanden, mit ihm draußen im Stall unter vier Augen zu sprechen, nachdem er Leah ziemlich früh vom Singen nach Hause gebracht hatte. Der Junge legte ihm sorgfältig durchdachte Pläne vor. Er hoffe, in der Nähe von David Mellingers Haus in Millersburg, Ohio, eine Unterkunft und Arbeit für Leah zu finden. „Ich arbeite daran und bekomme in den nächsten Tagen bestimmt die ersten Antworten", sagte Jonas. „Was würdest du dazu sagen?"

Abram fragte sich, wovor Jonas Angst hatte. Glaubte Jonas ehrlich, Leah würde sich vielleicht mit einem anderen verabreden, wenn sie in Gobbler's Knob blieb? Aber nein, als er den Jungen das fragte, erklärte Jonas, er wolle nicht so lange fort sein, ohne „meine liebe Leah" zu sehen.

„Ihr könnt euch doch Briefe schreiben. Genauso wie jeder andere in einer solchen Situation", riet ihm Abram. Aber tief in seinem Herzen erschrak er über Jonas' starkes Widerstreben, Leah zurückzulassen.

„Ich liebe sie ehrlich", gestand Jonas mit leuchtenden Augen. „Sie ist alles, wofür ich lebe. Leah ist meine beste Freundin."

Abram nickte. Er konnte verstehen, dass der junge Mann von Leah fasziniert war, so lieb und hübsch wie sie war. Trotzdem entschied er, dass seine Tochter *nicht* nach Ohio fahren würde. Egal, was passierte, sie würde brav hier bleiben. Smithy Gid musste *seine* Chance bekommen, Leah zu umwerben und ihr vielleicht den Hof zu machen. Dann konnte, so wie Abram die Dinge sah, seine geliebte Tochter sich selbst zwischen den beiden Männern entscheiden. Das war alles, was er mit Jonas' Abwesenheit bezwecken wollte. Nicht mehr.

Er tippte an seinen Strohhut, als Jonas sich umdrehte und den Stall verließ. Der Junge war voller Hoffnungen und Träume und offensichtlich sehr verliebt. Abram hatte nicht die Absicht, ihn zu verletzen. Nein, ganz gewiss nicht. Aber in der Tiefe seines Herzens wusste er, dass er in Bezug auf Smithy Gid und Leah Recht hatte.

***

Nachdem an diesem Abend das Geschirr abgewaschen, getrocknet und weggeräumt war, begleitete Sadie Opa Johannes auf seine Seite des Hauses. Sie war froh, dass sie allein mit ihm sein konnte. Sie hoffte auf einen ruhigen Abend mit dem weisen alten Mann.

Großvater Johannes würde ihr sicher bereitwillig zuhören, und sie war heilfroh, hier bei ihm sein zu können, fort von dem aufgeregten Geplapper nebenan, wo Mama, Leah und die Zwillinge immer noch über den Arbeitseinsatz drüben bei Miriam Peachey plauderten. Leah interessierte sich am meisten für einen kleinen Hund, den Smithy Gid ihr schenken wollte, „genauer gesagt, der ganzen Familie", wie Leah schnell erklärte. „Du kannst morgen gleich rübergehen und sagen, dass du den Hund nimmst", hatte Papa gesagt und erklärt, er verstehe nicht, warum Leah ihn überhaupt fragte.

Die ganze Familie – besonders die Mädchen – war ganz außer sich vor Vorfreude auf die Ankunft von Fritzis hübschem kleinem Hündchen. Sadie konnte die aufgeregten Stimmen selbst hier noch hören. Sie warfen in der nächsten Stunde mit allen möglichen Hundenamen um sich, bis es Zeit wurde, ins Bett zu gehen.

Sobald Großvater gemütlich in seinem kleinen Wohnzimmer saß und Sadie ein hübsches Feuer im Ofen angezündet hatte, fragte sie ihn: „Opa, hast du je etwas getan, dessen du dich so schämtest, dass du dich nicht überwinden konntest, es einem Menschen zu beichten?"

Er schaute sie fragend an. „Nun ja, ich glaube schon. Das hat *jeder*. Niemand ist vollkommen. Wenigstens kenne ich keinen, der das wäre."

Sie wollte ihm nichts von ihrer Situation erzählen, damit ihre Eltern nicht womöglich aus zweiter Hand von ihrer Schwangerschaft erfuhren. Natürlich würde ihr Großvater, wenn sie ihn bat, alles streng vertraulich behandeln. Aber war das nicht eine zu schwere Last, die sie einem Mann seines Alters aufbürden würde?

Sie brachte nicht den nötigen Mut auf, offen ihr Herz bei ihm auszuschütten. Er schien jedoch zu spüren, dass sie Trost und Ablenkung vertragen könnte, und erzählte ihr eine Geschichte nach der anderen – hauptsächlich aus seinem eigenen Leben als Jugendlicher und junger Erwachsener.

Dann wurde seine Stimme ganz leise. „Hör zu, Sadie. Eines musst du dir für den Rest deines Lebens merken.“ Er hörte auf zu reden, um sich seine Pfeife anzuzünden, und paffte daran, bis der Tabak richtig brannte. Als er zufrieden die Pfeife in der Hand hielt und eine dünne Rauchwolke zwischen seinen Lippen emporstieg, sprach er weiter: „Ich will mich nicht zum Richter darüber aufspielen, was bei anderen Menschen richtig oder falsch ist“, sagte er mit einem liebevollen Lächeln. „Ich bin selbst oft vom richtigen Weg abgekommen, und das kann mir jederzeit wieder passieren.“

Vom richtigen Weg abgekommen ...

Darunter konnte sie sich etwas vorstellen und von dunklen und verbotenen Wäldern und dergleichen. Jedes Mal, wenn sie mit Derry Schwartz zusammen gewesen war, hatte sie sich fest vorgenommen, dass es das letzte Mal sei, aber trotzdem hatte sie sich immer wieder danach gesehnt, ihn zu sehen. Was für ein schwacher Vorsatz das gewesen war. Sie hatte den Vorsatz nicht halten können, weil sie Derry so sehr geliebt hatte.

Aber jetzt verabscheute ein Teil von ihr diesen Mann, und ein anderer Teil von ihr fragte sich, wie sie ihn je vergessen sollte, nachdem sie sein Baby unter dem Herzen trug. Konnte sie ihn je wirklich aus ihrem Herzen reißen?

„Du weißt, dass du jederzeit zu deinem alten Großvater kommen und mit ihm reden kannst, ja?“, sagte ihr Großvater und riss sie aus ihren Gedanken.

„Darüber bin ich wirklich froh“, sagte Sadie. Sie ergriff seine faltige Hand und hielt sie einen Augenblick ganz fest. Tief in ihrem Inneren wusste sie, dass dies möglicherweise einer ihrer letzten Abende als schwangere Frau sein könnte. Sehr bald würde ihr Baby in ihren Armen liegen ... und sie hatte dieses Geheimnis so lange vor allen verborgen und sorgfältig ihre Kleidernähte nach und nach immer weiter genäht.

* * *

Den ganzen Tag hindurch hatte sie immer wieder starke Krämpfe gehabt. Manchmal hätte sie sich vor Schmerzen krümmen können, so stechend waren sie gewesen. Das Buch aus der Bibliothek, das sie inzwischen fast auswendig kannte, hatte kein Wort davon erwähnt, dass das Baby zu früh kommen könnte. Am Ende des siebten Monats ihrer Schwangerschaft nach Sadies Berechnung.

Als die leichte Blutung einsetzte und im Laufe des Tages immer stärker wurde, geriet sie in Panik und fragte sich, was in ihrem Körper vorging. Würde sie ihr Baby verlieren?

„Leah", begann sie lange nach dem Abendessen, als sie sich vorbereiteten, ins Bett zu gehen. „Es wird bald etwas passieren, fürchte ich ..."

„Was meinst du?", fragte Leah verständnislos.

„Ich glaube, das Baby kommt sehr bald."

„Dann, würde ich sagen, wird es höchste Zeit, es Mama zu erzählen!"

„Nein, nein, noch nicht", flehte Sadie flüsternd. „Ich brauche zuerst einen Arzt."

Leah kniff die Augen zusammen und bedachte sie mit einem angsterfüllten Blick. „Ich kann schnell das Pferd anspannen und dich zur Hebamme bringen."

Aber diese wohnte viel zu weit weg, und sie glaubte nicht, dass sie es aushalten könnte, im Einspänner durchgeschüttelt zu werden. Der Arzt, der am nächsten wohnte, war Derrys Vater. Das wusste Sadie, aber seine Klinik war das *Letzte,* wohin sie gehen wollte. „Was ist mit Tante Lizzie? Vielleicht kann sie helfen?", schlug Sadie vor. „Du könntest Mama erzählen, wir wollen heute Nacht bei ihr schlafen ... einfach so."

„Das wäre eine Lüge", antwortete Leah.

„Aber im Augenblick das Beste, was wir machen können."

Leah war unbehaglich zumute, aber sie gab ihrer Schwester zögernd Recht. „Ja, wahrscheinlich, aber was willst du tun, wenn das Baby tatsächlich kommt? Dann kannst du die Wahrheit nicht mehr vor ihnen geheim halten."

Ihre Schwester hatte natürlich Recht, aber Sadie hatte keine Kraft, jetzt mit ihr zu diskutieren. „Ich brauche Hilfe", flüsterte sie und fühlte sich völlig ausgelaugt. „Bitte bring mich zu Tante Lizzie!"

„Kannst du den Weg zu ihr hinauf zu Fuß gehen? Glaubst du, das schaffst du?"

„Wenn du bei mir bist, ja, dann schaffe ich es."

„Dann geh und leg dein Wolltuch um. Es ist recht kühl draußen", riet Leah. „Ich schaue kurz zu Mama hinein und sage ihr, dass wir heute bei Tante Lizzie übernachten. Das ist nichts Ungewöhnliches. Vielleicht schöpft sie überhaupt keinen Verdacht."

Sadie hatte immer noch keine Ahnung, was passieren würde, nachdem sie ihr Kind geboren hätte. *Falls* das Baby lebte ... meine Güte, es war viel zu früh!

Und, ach ... Tante Lizzie würde von einer Sekunde auf die andere alles wissen. Das ließ sich jetzt nicht mehr vermeiden. Andererseits war es so vielleicht am besten. Lizzie könnte helfen, Papa und Mama diese erschütternde Nachricht schonend beizubringen, wenn die Zeit käme, dass Sadie ihr Kind nach Hause holte.

Sie stützte sich schwer auf Leah, während sie sich den anstrengenden Weg zu Lizzies Blockhaus hinaufschleppten. Schritt für Schritt ging es unter Schmerzen voran. Sie war so froh, dass ihre Schwester bei ihr war.

* * *

Lizzie sprang schnell aus dem Bett, als sie das Klopfen an ihrer Hintertür hörte. Sie eilte zur Tür, um zu sehen, wer sie nach Einbruch der Dunkelheit noch besuchen kam.

„Meine Güte", flüsterte sie, als sie Leah und Sadie erblickte. Leah hielt Sadie fest, damit sie überhaupt stehen konnte. Die Gesichter der beiden Mädchen waren tränenüberströmt. „Kommt schnell ins Haus!"

Gemeinsam halfen sie Sadie ins Gästezimmer. Dort legten sie

Sadie, die kraftlos und blass war, aufs Bett. Mit einem schnellen, verstehenden Blick erkannte Lizzie, was los war. Sadie war schwanger, wie sie schon seit einigen Wochen vermutet hatte. „Im wievielten Monat bist du?“, fragte sie.

Aber Sadie konnte ihr keine Antwort geben. Sie stöhnte nur immer wieder. Also bemühte sich Leah, ihrer Tante die Details zu erklären. Meine Güte, Sadie brauchte schnellstens ärztliche Hilfe!

Lizzie zögerte, sie hätte gern eine amische Hebamme in ihr Haus geholt. Aber es blieb so wenig Zeit, und die nächste Hebamme wohnte erst in über fünf Kilometer Entfernung.

Lieber Herr, bitte hilf mir. Was soll ich nur tun?, betete sie.

Sadies Gesicht wurde aschfahl. Sie krümmte sich vor Schmerzen. Lizzie blieb keine andere Wahl. Ein Engländer, Dr. Schwartz, müsste dieses Kind zur Welt bringen.

Sie wandte sich an Leah und sagte eilig: „Das schaffen wir nicht allein.“ Lizzie beschrieb ihr den Weg zur Klinik. „Lauf, hol dir eines der Pferde. Mit dem Einspänner dauert es zu lange.“ Dann nahm sie Leah am Arm und führte sie zum Türrahmen, wo Sadie sie nicht hören konnte. Dort sagte sie: „Du musst mit dem Pferd zu diesem Arzt reiten ... es geht um das Leben deiner Schwester und ihres Kindes!“

Zu Tode erschrocken, rannte Leah den ganzen Weg hinab zum Stall. Sie war froh, dass sie, Smithy Gid und Adah früher schon einmal ohne Sattel auf den Pferden ihrer Väter geritten waren. Andernfalls wäre sie nicht sicher gewesen, ob Lizzies Idee so gut war. Sie wusste auch, dass Frauen nicht auf Pferden reiten sollten. Aber in einem Notfall – der, wie sie aus Lizzies Blick ableitete, sicher vorlag – würde sie ihrer Tante gehorchen und die Anweisungen des Bischofs über das Reiten ignorieren. Wenn ihre geliebte Schwester in dieser Nacht starb, könnte sich Leah nie vergeben, dass sie sich entschieden hatte, den Buchstaben des Gesetzes zu folgen.

Also ritt sie los. Sie klammerte sich an den Hals und die Mähne des Pferdes. Ihre hüftlangen Zöpfe flogen durch die dunkle Nacht. Die Georgetown Road hinauf, am Wald vorbei, zum Haus und zur Klinik des Arztes, zu dem Lizzie sie geschickt hatte.

* * *

Henrys Müdigkeit war wie weggeblasen, als er die Fremde an seiner Tür erblickte. Knapp und präzise beschrieb das amische Mädchen, das sich als Leah Ebersol vorstellte, eine verzweifelte Situation – ihre junge Schwester hatte knapp einen Kilometer entfernt vorzeitige Wehen.

Ohne Zeit zu verlieren, nahm er seinen Mantel und seinen Hut und eilte hinaus. In der Zwischenzeit hatte das Mädchen sein Pferd im Hof angebunden und versprach entschuldigend, dass sie es später holen würde.

Die Fahrt dauerte nur wenige Minuten. Trotz ihrer unübersehbaren Angst beschrieb ihm Leah klar und verständlich den Weg zu der Stelle, an der der „Maultierweg abbiegt, der zum Blockhaus meiner Tante führt".

Henry stieg schnell aus dem Auto und eilte hinter Leah die Stufen zu dem kleinen Blockhaus hinauf. Ihre unschuldigen, angsterfüllten Augen und ihre zitternde Stimme verrieten dem Arzt, dass sie von den ganzen Umständen einer Geburt nicht viel Ahnung hatte. Er war fest entschlossen, alles zu tun, um das Leben ihrer Schwester und des Babys zu retten.

Ohne zu zögern, führte sie ihn in das Zimmer, in dem ihre Schwester sich vor Schmerzen krümmte. Schnell machte er sich ein Bild von der Situation. Er sah die starken Schmerzen der jungen Mutter, deren Gesicht mit Schweißperlen bedeckt war.

Er sprach leise mit ihr und stellte sich vor. „Ich bin gekommen, um Ihnen zu helfen, das Baby zur Welt zu bringen. Wenn Sie genau tun, was ich sage, wird alles leichter gehen. Haben Sie mich verstanden?"

Sie blickte zu ihm auf und nickte schwach. In diesem Augenblick erkannte er sie. Sie war die junge Frau, die in jener Herbstnacht gekommen war und Derek gesucht hatte. Die Frau, die mit seinem Sohn gestritten hatte und dann zu Fuß davongelaufen war. Die er bei der Mast-Hochzeit aus der Ferne wiedergesehen hatte. Er sah in ihren tränennassen Augen, dass sie ihn auch erkannte.

Sie sagte, sie heiße Sadie Ebersol, sei unverheiratet, und ihre Eltern wüssten nichts von ihrer Schwangerschaft.

Kann es sein, dass ich hier Dereks Kind zur Welt bringe?, fragte sich Henry. Bei diesem Gedanken wollte seine Seele vor Schmerz laut aufschreien.

Jetzt war keine Zeit, sich über diese Möglichkeit den Kopf zu zerbrechen. Vielmehr machte er Gebrauch von seiner medizinischen Erfahrung und kümmerte sich um die vor ihm liegende Aufgabe. Auf dem Gang hörte er die jüngere Schwester, Leah, leise mit jemandem in der Küche sprechen. Kurz danach vernahm er Schritte und hörte einen Teekessel pfeifen. Er schaute auf seine Armbanduhr und kontrollierte die Abstände zwischen den Wehen. Dann wies er Sadie an, wie sie richtig atmen musste.

Ängstlich ergab sich Sadie den Geburtswehen. Angesichts der äußeren Umstände war diese Entbindung anders als alle, die er bisher durchgeführt hatte.

Als das Baby schließlich kam, hob Sadie ihren Kopf und flüsterte erschöpft: „Habe ich einen Sohn?"

„Ja, es ist ein Junge, aber ..." Henry konnte den Kleinen nicht dazu bewegen, zu schreien, obwohl er ihm mehrmals auf das Hinterteil klopfte.

Er hielt inne. Das Baby lag in seinen Armen. Sein Verstand arbeitete fieberhaft. „Es tut mir schrecklich Leid, Sadie, aber ... Ihr Baby ist blau", flüsterte er. „Es atmet nicht."

Als sie das hörte, begann die junge Frau herzzerreißend zu weinen. Sie rief nach ihrer Schwester, die sofort ins Zimmer geeilt kam. „Er ist tot, mein liebes Baby ist tot!", schluchzte Sadie.

Inmitten dieser Panik tauchte eine ältere Frau im Türrahmen auf. Ihr und Henrys Blick begegneten sich kurz. Ihre haselnussbraunen Augen kamen ihm vage bekannt vor, aber er wusste nicht genau, wo er sie schon gesehen hatte. Vielleicht war sie eine seiner Patientinnen gewesen, oder er hatte an einem Verkaufsstand am Straßenrand schon mit ihr gesprochen.

„Sie kümmern sich bitte um alles?" Die Frau trat neben Leah an

Sadies Bett, wo die beiden versuchten, die vor Trauer untröstliche Mutter zu beruhigen.

Er schaute auf das leblose Baby in seinen Händen und hatte einen dicken Kloß im Hals. „Ich kümmere mich um die sterblichen Überreste ..."

„Danke, Herr Doktor", sagte Sadies Schwester.

Er trat ans Bett und bot an: „Ich würde gern morgen noch einmal nach Ihnen schauen, Sadie, und mich vergewissern, dass es Ihnen besser geht."

„Das ist sehr freundlich von Ihnen", antwortete die Tante der jungen Frau. „Aber ich kümmere mich selbst um sie."

Zitternd zog Sadie aus dem langen Ärmel ihres Nachthemdes ein winziges weißes Taschentuch mit einem bestickten Schmetterling in der Ecke. Ihre Finger bebten, als sie es auseinander faltete und es zärtlich über das Gesicht des Babys legte. „Flieg davon, mein Kleines ... ruhe in Frieden!", flüsterte sie.

Henry sprach ihr noch einmal leise sein Mitgefühl aus. Dann verließ er das Haus. Der winzige, kleine Junge war in seinen warmen Mantel eingewickelt. Auf seinem blutigen Gesicht lag Sadies Taschentuch.

* * *

Er legte den Säugling auf den Beifahrersitz seines Autos. Ihm war bewusst, dass er höchstwahrscheinlich seinen eigenen tot geborenen Enkelsohn zur Welt gebracht hatte.

Gemischte Gefühle tobten in seinem Herzen. Plötzlich erfüllte ihn eine unerklärliche Trauer. Hier lag der kleine Junge, den er nie kennen lernen könnte, mit dem er nie spielen könnte, den er nicht zu einem jungen Mann heranwachsen sehen könnte. Sein eigenes Fleisch und Blut, auch wenn es in Sünde gezeugt worden war. Der Erstgeborene seines Sohnes.

Andererseits ... was wäre geschehen, wenn dieser Junge am Leben geblieben wäre? Höchstwahrscheinlich wäre Henrys guter Ruf und der seiner Familie für immer befleckt gewesen. Wenn nicht sogar zerstört.

Er verabscheute sich wegen seiner geteilten Gefühle. Traurig streckte er die Hand aus und legte sie auf den Bauch des toten Kindes. „Deine Mutter heißt Sadie Ebersol“, sagte er leise. Der Name der jungen amischen Frau würde ihn bestimmt noch jahrelang verfolgen.

„Und dein Vater heißt ...“

Er dachte an Derek. Er und Lorraine hatten sich kürzlich über einen Brief von ihm gefreut, da sie seit der Einberufung ihres Sohnes nichts mehr von ihm gehört hatten. Dereks Brief steckte voller Klagen über die schwierige Eingewöhnung in das Armeeleben in Fort Benning, Georgia. Mit keinem einzigen Wort hatte er sich nach ihnen erkundigt, danach, was zu Hause los war. Und ganz gewiss nicht nach der amischen Frau, die er zurückgelassen hatte ...

In Gedanken versunken, vernahm Henry plötzlich ein leises Wimmern. Bildete er es sich nur ein, oder hatte sich das Taschentuch über dem Gesicht des Babys leicht bewegt? Meine Güte ...

Seine Hand lag immer noch auf dem Bauch des Kindes, und er fühlte, wie sich die kleine Brust hob und senkte. Dann verwandelte sich das leises Wimmern des Säuglings in ein lautes Weinen. So laut und kräftig wie bei jedem anderen Neugeborenen!

Was war das?

Offensichtlich hatte er sich viel zu früh mit dem Tod des Kindes abgefunden. Medizinische Fachzeitschriften dokumentierten solche seltenen Fälle. Säuglinge, die auf wunderbare Weise von selbst wieder anfingen zu atmen.

Henrys Puls raste. Er kümmerte sich nicht um die Geschwindigkeitsbegrenzung und wollte kein Risiko eingehen. Er musste Sadies Baby schnellstens zur Klinik bringen – in einen Brutkasten. Er bog mit quietschenden Reifen in seine Auffahrt ein, dann hob er eilig den Säugling hoch und trug ihn atemlos in die Klinik.

Unter der Wärmelampe wusch er das kleine Gesicht und den kleinen Körper. Dann legte er ihm eine Windel an und wickelte den Neugeborenen in eine warme Decke und legte ihn in den Brutkasten. Obwohl das Baby jetzt normal atmete, wäre es aufgrund des Sauerstoffmangels bei seiner Geburt wahrscheinlich entweder geistig behindert oder in seiner Entwicklung verzögert. Jetzt war er noch zu klein, um seine eigene Körperwärme zu halten. Später müsste er erst lernen, an der Flasche zu saugen.

Henry blieb über ihm stehen und betrachtete das rosige Gesicht dieses Kindes. Es ließ sich nicht leugnen – er erkannte Dereks dunkle Haarlocken und seine Augen wieder. Dieses Kind *war* sein Enkelsohn!

Verwirrt und hin und her gerissen, nahm Henry das verschmutzte Taschentuch – das Tuch, das Sadie dem Säugling auf das Gesicht gelegt hatte – und wusch es mit kaltem Wasser sauber. Knapp einen Kilometer entfernt lag eine trauernde Mutter und weinte sich in den Schlaf, ohne zu ahnen, dass ihr Kind am Leben war.

Er hatte es in der Hand, ihre Traurigkeit in Freude zu verwandeln, aber damit würde er den guten Namen seiner eigenen Familie in Verruf bringen. Und auch den Namen von Sadies Familie. Was sollte er nur tun?

Er ging zwischen dem Wartezimmer, seinem Privatbüro und der Säuglingsstation auf und ab und führte leise Selbstgespräche. Er spielte jede nur denkbare Möglichkeit in seinem Kopf durch. Die richtige Entscheidung wäre es natürlich, das Kind seiner Mutter zurückzubringen. Oder er könnte unauffällig eine Adoption arrangieren und damit im wahrsten Sinne des Wortes Sadies Haut retten, die aus leicht verständlichen Gründen ihre streng amischen Eltern im Dunkeln über dieses Kind lassen wollte. Aber wenn er das tat, würde er sein Enkelkind womöglich nie wiedersehen.

Bis spät in die Nacht rang Henry um eine Entscheidung, die jedem gesunden Menschenverstand widersprach.

* * *

Leah war völlig erschöpft. Sie fühlte sich ausgelaugt. Trotzdem blieb sie mehrere Stunden lang in Tante Lizzies Gästebett neben Sadie sitzen. Sie streichelte ihr über die Haare. Ihre Schwester war nach dieser anstrengenden Geburt erschöpft eingeschlafen und hatte keinen Lohn für ihre schmerzliche Entbindung.

Tante Lizzie hatte sich einverstanden erklärt, dass die Mädchen über Nacht bei ihr bleiben sollten, wie sie es oft taten. Leah war froh, dass sie Mama Bescheid gegeben hatte, bevor sie das Haus verlassen hatten.

Sadie schlief unruhig und gab im Schlaf traurige, weinende Geräusche von sich. Leah fühlte sich selbst nicht ganz wohl, wobei ihre Erschöpfung daher rührte, dass sie die halbe Nacht wach geblieben war und entweder Sadie versorgt hatte, nachdem der Arzt gegangen war, oder sie festgehalten und mit ihr geweint hatte.

Doch als ihre Schwester in einen tiefen Schlaf gesunken war, war Leah aufgestanden und zurück zur Klinik gegangen, um dem Arzt sein Honorar zu zahlen, das Lizzie ihr in die Hand gedrückt hatte. Außerdem hatte sie ihr Pferd geholt und es auf der Straße zurück in den Stall ihres Vaters geführt, bevor der neue Tag angebrochen war. Ihr war das Gebot des Bischofs bewusst, und sie hatte gehofft und betete, dass sie nie wieder wegen eines Notfalls die Regeln der Kirche brechen müsste. Nie wieder in ihrem Leben.

Jetzt war sie nicht in der Lage, sich zu setzen oder auszuruhen. Sie ging in der Hütte auf und ab, betete im Stillen und fragte Gott, wie diese furchtbare Geschichte überhaupt hatte geschehen können. Sie glaubte es zu wissen ... auch wenn sie es ihrer Schwester nie erzählen würde. Die ehebrecherische Sünde von König David war auf ähnliche Weise bestraft worden. Warum sollte Sadies Gesetzesübertretung von Gott ungeachtet bleiben? Genau das hatte der himmlische Vater in dieser schweren Nacht über sie kommen lassen. Himmlische Bestrafung.

Sadie hatte für ihren Ungehorsam den gerechten Lohn bekommen. Leah fühlte sich verantwortlich, weil sie über die Sünden ihrer Schwester geschwiegen hatte.

Tante Lizzie war sehr widerwillig, als Sadie sie anflehte, ihrer Mutter nichts zu erzählen. Lizzie widersprach ihr vehement und beharrte darauf, dass sie es Mama unbedingt sagen sollte. Leah stellte sich auf Sadies Seite und bat Lizzie ebenfalls, die Dinge auf sich beruhen zu lassen. „Was geschehen ist, ist geschehen. Wenn Mama und Papa davon erfahren, macht das alles nur noch schlimmer. Ändern lässt es sich sowieso nicht mehr“, argumentierte sie.

Schließlich willigte ihre Tante ein, nie ein Wort über das zu verlieren, was in dieser Nacht geschehen war. Es sei denn, Sadie spräche zuerst davon.

Und so behielten die drei das dunkle Geheimnis für sich, während draußen schwerer Nebel über dem Wald hing, wie ein Schleier, der sich beim ersten Licht auflösen würde.

So bald wie möglich würde Leah Jonas erklären müssen, dass sie zwar sehr gern in Ohio wohnen und dort einer Mutter im Haushalt helfen würde, während Jonas im Mittleren Westen das Zimmerhandwerk erlernte, aber sie könne Sadie nicht allein lassen. Nicht jetzt. Traurig ergab sie sich in ihr Schicksal, dass sie gezwungen wären, ihre Beziehung nur mit Briefen aufrechtzuerhalten. Es gab keine andere Möglichkeit.

Schwestern hatten schließlich Vorrang ... sogar vor einem jungen Mann, den man heiraten wollte. Das hatte Mama ihren Töchtern ihr Leben lang eingeschärft. Man tat alles für die Familie, egal, was kam.

25

Leah kümmerte sich in den folgenden Tagen aufopfernd um Sadie, sobald Tante Lizzie ihnen erlaubt hatte, nach Hause zu gehen. Immer wieder beobachtete Leah Mama dabei, wie sie Sadie besorgt anschaute, wenn sie zusammen in der Küche arbeiteten. Aber ihre Mutter stellte nie Fragen, warum sie so plötzlich entschieden hatten, bei ihrer Tante zu übernachten. Ebenso wenig fragte sie wegen Sadies Blässe und ihrer plötzlich hageren Figur nach.

Bald drehte sich Mamas Aufmerksamkeit ganz um die Geburt ihres eigenen Babys. Sadie kam wieder zu Kräften und ging ihren täglichen Pflichten nach.

Am allerbesten war, dass die Mädchen mit viel Begeisterung eine Ecke in Papas und Mamas großem Schlafzimmer für ihr neues Geschwisterchen vorbereiteten. Es wurde viel genäht und gearbeitet. Sadie beteiligte sich ebenfalls daran. Sie machte eine leichte Babydecke für die Frühlings- und Sommermonate, wenn das neue Baby immer noch winzig wäre und gelegentlich eingewickelt werden musste.

Leah wurde es schwer ums Herz, als sie eines Nachmittags einen Blick auf Sadie warf, die mit todernster Miene häkelte. Wie verkraftete ihre Schwester diese Situation? Der Verlust des Babys und der Schmerz forderten sicher ihren Tribut. Aber Sadie verlor kein einziges Wort darüber, weder in der Privatsphäre ihres Schlafzimmers, noch wenn sie zufällig zu zweit allein in der Küche arbeiteten.

Sadies ungebrochenes Schweigen bereitete Leah viel Kopfzerbrechen. Sie war sich ziemlich sicher, dass sie, falls so etwas ihr passieren würde, das starke Bedürfnis hätte, sich jemandem anzuvertrauen, die lähmende Traurigkeit mit einer lieben Schwester oder Freundin zu teilen. Aber jedes Mal, wenn sie einen Versuch unternahm, die Tür zu einem solchen Gespräch aufzustoßen, wechselte Sadie abrupt das Thema. Es war nicht zu übersehen, dass ihre Schwester schwer litt. Aber was sollte sie tun? Leah würde nicht nachbohren, da sie fürchtete, damit könnte sie Sadie noch weiter von sich weisen. Trotzdem konnte sich Leah kaum vorstellen, wie groß Sadies Trauer um den Verlust ihres Kindes sein musste, besonders da jetzt alle über Mamas Baby sprachen, das bald zur Welt kommen würde.

Eine Woche später eilte Leah mit flatternden Nerven die Anhöhe hinauf zu Tante Lizzie. Sie hoffte, ihre Last und Sorgen bei ihr abladen zu können. Lizzie begrüßte sie mit einem schmerzlichen Blick in ihren Augen, obwohl sie sich über den Besuch zu freuen schien. Sie bot ihr warme Zuckerkekse und kalte Milch an. „Hm-m. Du hast immer die köstlichsten Kekse", schwärmte Leah und machte es sich in der Küche bequem.

Lizzies Augen begannen ein wenig zu leuchten. Alle Töchter ihrer Schwester machten solche Bemerkungen über das außergewöhnliche Backtalent ihrer Tante. Ida sagte ebenfalls oft, wie lecker und weich Lizzies Kekse waren.

Bald drehte sich ihr Gespräch um Sadie und darum, dass sie vor Sorge schier krank waren. „Meine Schwester ist die ganze Zeit so schweigsam. Sie spricht kaum ein Wort mit uns", erzählte Leah, froh, ihr Herz ausschütten zu können. „Ich habe Angst, Tante Lizzie. Sie ist gar nicht mehr sie selbst. Oft geht sie allein fort und macht einen Spaziergang auf der Hauptstraße." Leah seufzte. „Was können wir nur tun, um ihr zu helfen?"

Tante Lizzie nickte und gab ihr zu verstehen, dass sie Sadie auch gern helfen würde. „Was die Sache noch verschlimmert, ist das Baby deiner Mama, das in ein paar Wochen kommen wird. Wie wird unsere Sadie *das* verkraften?"

„Das weiß nur Gott ..." Leah hatte das Gefühl, es gäbe nicht mehr viel dazu zu sagen. „Aber wir können um Gottes Hilfe beten, oder Tante Lizzie?"

„Ja, das ist das Beste, was wir im Augenblick tun können."

Das erfüllte Leah mit einer gewissen Ruhe und Zuversicht. Sie dankte Lizzie dafür, dass sie ihr zugehört hatte. „Ich sollte jetzt am besten nach Hause gehen und bei der Vorbereitung des Abendessens helfen." Sie küsste ihre Tante zum Abschied auf die Wange und eilte die Anhöhe hinab zum Ebersol-Hof.

* * *

Nachdem Papa Leah erlaubt hatte, den kleinen Schäferhundwelpen aufzunehmen, machten die Mädchen die verschiedensten Vorschläge, welchen Namen der Hund bekommen solle. „Wir sollten uns einen Namen überlegen, der nicht so häufig ist“, schlug Leah vor. Sie wusste, dass dieser Hund mit seiner besonderen Markierung im Fell ein außergewöhnlicher Hund war.

Die ganze Familie war froh, dass sie nun einen kleinen Wachhund hatten, der draußen im Stall in einer Kiste schlief, die mit Heu gepolstert war. Die Mädchen buhlten alle um die Aufmerksamkeit des Tieres und fütterten es abwechselnd mit Milch aus einer Flasche.

„Ich finde, er sieht aus wie ein pelziger Pfirsich“, sagte Mary Ruth. „Nennen wir ihn doch Peachy.“

Hannah blickte mit der Nähnadel in der Hand auf und lächelte. „Du könntest ihn Giddy Gid nennen.“ Alle brachen in lautes Gelächter aus. Sogar Mama.

Aber keine von ihnen konnte sagen, was daran so lustig war. Trotzdem verstand Leah diese Andeutung und hoffte, sie schicke nicht die falsche Botschaft aus, indem sie Gideons Welpen als Geschenk annahm. Gewiss nicht.

„Du könntest ihn *King* nennen“, schlug Mama vor. „Da er außer Papa der einzige Mann auf dem Hof ist ... bis jetzt.“

„Ja, das ist ein ausgezeichneter Name für einen Hund.“ Leah übernahm Mamas Vorschlag, und der Hund hieß ab sofort King.

* * *

Von Zeit zu Zeit verließ Sadie das Haus und spazierte die schmale Hauptstraße entlang, an Papas Land und den daran angrenzenden Feldern und Wiesen des Schmiedes vorbei. Manchmal sogar noch weiter ... hinüber zum Schlosser, drei Kilometer entfernt von zu Hause, wo sie abbog und bei Naomi Kauffman vorbeispazierte. Wahrscheinlich hatte ihre Freundin Naomi mit ihrer Mutter und ihren Schwestern alle Hände voll zu tun und sah Sadie nicht an ihrem Haus vorbeigehen. Sadie war es egal, dass sie zur

Zeit sehr ernst aussah. Sie sehnte sich verzweifelt danach, allein zu sein, um ihren großen Verlust in aller Stille verarbeiten zu können, da sie es nicht wagte, offen zu trauern. Sie bemühte sich, jeden Tag aus dem Haus zu kommen und die frische Frühlingsluft einzuatmen.

Eines Nachmittags war sie wieder unterwegs und spazierte dieselbe Straße entlang. Sie genoss den Duft der blühenden Bäume und Sträucher. Die Hartriegel waren in diesem Jahr sehr früh dran, ebenso die Azaleen, da der ganze April viel wärmer war als gewöhnlich. Sie fand es erstaunlich, dass dieser Landstrich so wunderschön war. Er war herrlich abseits gelegen und bot doch solche interessanten Anblicke. Bis heute war ihr noch nie aufgefallen, dass die Straße sich an manchen Stellen verspielt schlängelte, aber am besten war, dass hier keine Sommertouristen unterwegs waren, die neugierig die Georgetown Road hinauf- und hinabfuhren und hofften, eine amische Kopfbedeckung oder ein Pferd mit Einspänner zu Gesicht zu bekommen.

Wie sehr sie diese Zeit allein brauchte! Sie brauchte sie ganz dringend. Leah ging ihr allmählich auf die Nerven mit ihrer Neugier und ihren ständigen Fragen, wie Sadie damit zurechtkomme – mit dem Tod ihres Babys und dem allen. Natürlich versuchte Leah nur, nett zu sein, das wusste Sadie. Trotzdem regten sich in ihr negative Gefühle gegenüber ihrer Schwester. Die Dinge hatten sich geändert; die Rollen waren vertauscht. Sie wünschte sich Leahs glückliches, sorgenfreies Leben. Ihr eigenes Leben lag in Trümmern. Zu viele junge Männer aus der Gemeinde hatten – höchstwahrscheinlich von Naomi – gehört, dass Sadie vor ihrer Taufe ziemlich wild gewesen war. Solche Informationen kamen, auch wenn sie nur flüsternd weitergetragen wurden, immer irgendwie Männern im heiratsfähigen Alter zu Gehör, die sich vielleicht eine Weile mit ihr amüsieren wollten, aber, wenn es so ernst wurde, eine Frau vorzogen, die unschuldig war. Jemanden wie Leah, für die sich *zwei* junge Männer interessierten.

Sadie lehnte Leahs wiederholte Einladungen zum Singen ab. Wenn sie mitführe, müsste sie mit Jonas und Leah nach Hause fahren, was für die beiden nicht besonders amüsant wäre, und für sie auch nicht. Sadie hatte also überhaupt niemanden, nicht einmal ihr Baby. Gott hatte ihr ihren geliebten kleinen Sohn weggenommen und zugelassen, dass er starb, bevor er seinen ersten Atemzug machen konnte, bevor er die Liebe in den Augen seiner jungen Mutter hatte sehen können. Sie vergoss bittere Tränen, während sie ziellos über die Straße ging. Sie fühlte sich so leer ohne das Baby, das in ihr herangewachsen war, so leicht, als könnte ein Windstoß vom Norden kommen und sie einfach wegblasen.

Ach, war es wirklich fair, dass Derrys Leben ungetrübt weitergehen konnte? Ihr Leben war zum Stillstand gekommen. Das Ende hatte in der Nacht begonnen, in der Derry vorschlug, das Leben ihres gemeinsamen Kindes zu beenden. Sie fühlte sich von allem, was ihr früher etwas bedeutet hatte, abgeschnitten. Sie verbrachte jetzt mehr Zeit draußen auf der Straße als in der Nähe des Hauses, während die Tage länger wurden und alles auf die Pflanzzeit zuging. Bald würden sie bis über beide Ohren im Gemüsegarten beschäftigt sein und dazu noch jede Menge Sellerie anpflanzen, den es bei Leahs Hochzeit gäbe. Dann müssten sie mit Papa das Frühgetreide aussäen. Bald gäbe es auch noch ein neugeborenes Baby im Haus, das sich nach Liebe und Zärtlichkeit sehnte, nur dass es nicht Sadies Baby war.

Der Herr hatte sie bitter bestraft. Aber ein Bündnisbruch verlangte Blutopfer. Papas deutsche Bibel stellte solche Wahrheiten heraus, und Prediger Yoder erinnerte sie immer wieder, besonders die jungen Leute, was aus Menschen wurde, die ihr Gelübde gegenüber Gott und der Kirche brachen.

Gehorchen oder sterben ...

Sie erntete nur, was sie gesät hatte. Ihre Welt war ein einziger Scherbenhaufen. Sie hatte ihr Baby verloren ... das war die schlimmste Strafe, die einer jungen Frau zugemutet werden konnte.

* * *

Nach dem Mittagessen huschte Hannah in ihr Zimmer und holte ihr Schreibheft – ihr Tagebuch – heraus, während Mary Ruth am

Küchentisch saß und für ihre Brieffreundin in der Willow Street einen Antwortbrief verfasste. Mama hatte sich zu einem kurzen Nickerchen hingelegt.

23. April 1947

Liebes Tagebuch,
ich weiß nicht, ob es so gut ist, meine Gedanken heute zu Papier zu bringen, nicht dass sie später einmal jemand liest und falsch versteht. Aber ich muss sagen (wenn mich jemand fragen würde), dass Sadie ganz eigenartig wird, sie lässt keinen von uns an sich heran. Sie ist noch schlimmer als vor einem Jahr. Mama weiß anscheinend auch nicht mehr, was sie mit ihr anfangen soll. Das sehe ich daran, wie unsere Mutter seufzt und die Achseln zuckt. Bei der ganzen Arbeit mit dem Pflügen und Eggen des Bodens vor dem Säen ist Papa nicht oft im Haus, außer zum Essen. Ihm fällt Sadies Verhalten also überhaupt nicht auf. Wenn ich es nicht besser wüsste, würde ich sagen, sie ist von einem Freund sitzen gelassen worden, aber wer das gewesen sein könnte, weiß keine von uns. Falls Leah etwas weiß, dann spricht sie nicht darüber.

Hannah legte ihren Füllfederhalter weg und sinnierte darüber, dass sogar Leahs Freude und Glück ein wenig getrübt war. Das lag wahrscheinlich daran, dass Jonas Mast am nächsten Montag nach Ohio fuhr. Sadie und Leah waren sich in letzter Zeit verblüffend ähnlich.

Hannah verstand nicht, was diese Feindseligkeit und Schwermut auslöste, die sich ausbreitete, sobald Sadie ein Zimmer betrat. Sie hatte unter vier Augen mit Mary Ruth darüber gesprochen, aber ihre Zwillingsschwester, die nicht so leicht aus der Ruhe zu bringen war, hatte andere Dinge im Kopf – sie wollte in Mathematik hervorragend abschneiden und erzählte, dass Miss Riehl sehr stolz auf ihre Leistungen sei. Sie hatte Zusatzaufgaben gerechnet und zum Korrigieren abgegeben. Aber Mary Ruth schien keinen Blick für das zu haben, was im Haus vor sich ging. Es war typisch, dass wieder einmal Hannah diejenige war, die sich Sorgen machte und ein Gespür für die Sorgen der anderen hatte.

Hannah war ziemlich sicher, dass ihre Zwillingsschwester auf dem besten Weg war, ihr Elternhaus und die amische Gemeinschaft eines Tages zu verlassen. Wenn Mary Ruths Wissensdurst weiter so groß blieb, führte daran kein Weg vorbei. Während der ganzen Zeit bestickte Hannah aus Liebe zu ihrer Schwester immer mehr Taschentücher, um jeden Cent zu sparen und so Mary Ruths Traum, eines Tages Lehrerin zu werden, verwirklichen zu können.

* * *

Während ihre Töchter vermuteten, sie würde sich ausruhen, zog sich Ida einen Stuhl ans Fenster, von dem aus sie die Sonne und die hoch am Himmel stehenden Wolken sehen konnte. Sie wusste, dass ihr Baby anfangen würde zu stoßen und zu treten, sobald sie sich setzte. Sie lächelte ein wenig. Ihr Blick wanderte über das Stalldach hinaus, an der Windmühle vorbei zum Wald. Da bemerkte sie Sadie, die barfüßig zu Lizzies Blockhaus hinaufging. Ach, sie machte sich in letzter Zeit große Sorgen um ihre Älteste und betete viel für sie. Irgendetwas stimmte nicht mit ihr. Sadie hatte ihr Lächeln verloren. Sie war zurückgezogen und griesgrämig geworden und ließ niemanden an sich heran. Ihr Selbstvertrauen war verschwunden. Und was ganz komisch war: Lizzie verlor keinen Ton darüber.

Ida hatte bei mehreren Gelegenheiten versucht, mit Sadie darüber zu reden, aber jedes Mal ließ ihre Tochter sie abblitzen und zeigte nicht das geringste Interesse an einem offenen Gespräch. Alles, was zur Zeit aus Sadies Mund kam, war kurz angebunden und fast feindselig.

Ida hatte erst letzte Nacht Abram von ihren Sorgen erzählt. „Was ist nur mit unserer Sadie los?“, hatte sie ihn gefragt und das Schlimmste befürchtet.

„Wie meinst du das, Liebes?“

Wenn Abram nichts Ungewöhnliches bei Sadie aufgefallen war, warum sollte sie ihn dann unnötig aufregen? Sie zuckte also die Achseln und beschloss, sich vorerst um ihre eigenen Bedürfnisse zu kümmern. Obwohl sie sich des Gedankens nicht erwehren konnte, dass Lizzie vielleicht etwas wusste, es aber nur nicht sagte. Sie hatte Sadie diese Woche oft draußen spazieren gehen sehen. Manchmal den Maultierpfad zwischen ihrem Hof und Lizzies Blockhaus hinauf. Natürlich wollte sie weder Sadie noch Lizzie zu sehr bedrängen. Es war Zeit, an ihr Kleines zu denken, das sie bald in den Armen halten würde.

* * *

Tante Lizzies Blockhütte sah wie ein hübsches Landhaus aus. Es stand halb versteckt zwischen großen, sprießenden Bäumen und wurde von blühenden Sträuchern geschützt – der Flieder und die Forsythien leuchteten um diese Jahreszeit in ihren kräftigen Farben. Dieser gemütliche Ort nahm in Sadies Herz einen besonderen, fast heiligen Platz ein. Ihr geliebtes Baby war hier in Tante Lizzies Gästezimmer zur Welt gekommen. Jedoch hatte sie nur ziemlich verschwommene Erinnerungen an die Ereignisse jener Nacht.

„Komm herein und mach es dir bequem!“, begrüßte Lizzie sie freundlich an der Hintertür.

„Ich kann nicht lange bleiben.“ Aber Sadie trat dennoch ein und setzte sich. Plötzlich fühlte sie sich ganz schwach.

„Willst du dich nicht wenigstens kurz ausruhen?“ Lizzie lachte leise. „Jetzt bist du schon einmal hier, Sadie. Du kannst die Zeit genauso gut nutzen. Was kann ich dir zu trinken bringen?“

„Ach, gar nichts.“

„Ein Blick auf dich genügt, und ich kann sehen, dass du etwas Flüssiges brauchst. Was darf es sein?“

Ihre Tante wollte sie ein wenig verwöhnen, und sie konnte heute zweifellos etwas Trost und Mitgefühl vertragen. Genauso wie sie Lizzies offenes Ohr in der Woche, nachdem ihr Sohn geboren worden war, gebraucht hatte. Damals hatte sie sich hierher geschlichen, weil sie unbedingt jemanden gebraucht hatte, mit dem sie sprechen konnte. „Also gut. Dann trinke ich, was du am liebsten magst ... vielleicht Kräutertee.“

Tante Lizzie schien sie zu durchschauen. „Du trinkst nie Kräutertee, Sadie. Wie wäre es mit einer guten kalten Limonade?"

Sadie war zu hilflos, um zu widersprechen. Sie nickte einfach.

„Ich bin gleich wieder da. Lauf mir aber nicht davon, hörst du?" Damit verschwand Lizzie in der Küche.

Sadie zog ihren Pullover aus und legte ihn über die Rückenlehne des Stuhls. Von draußen hörte sie das Zwitschern der Vögel im hohen Gras und zwischen den Blumen, die draußen entlang der Steinmauer blühten, die Lizzies Haus umgab. Sie stand auf, trat ans Fenster und starrte hinaus auf ein paar Amseln, die aufgebracht ihr Territorium verteidigten. Wer würde gewinnen? Würden die stärksten, größten Vögel ihren Platz verteidigen?

Ihre Augen wurden feucht. Sie versank in Tagträume. Wer hatte in ihrer Beziehung zu Derry gewonnen, er oder sie? Zweifellos der junge Mann, der zu Onkel Sam, zur Armee gegangen war. Er hatte bekommen, worauf er es von Anfang an abgesehen hatte, dann war er auf und davon. Und sie war um eine schmerzliche Erfahrung reicher.

* * *

Lizzie hatte ihre Nichte nicht erschrecken wollen, als sie mit einem Tablett mit zwei Gläsern Limonade und einem Teller Haferkekse zurückkam. „So, da bin ich wieder. Wir können uns gemütlich unterhalten ... und ein paar Kekse essen."

Sie nippten eine Weile schweigend an ihren Getränken. Dann wurde Sadie allmählich offener und stellte die Frage, die ihr die ganze Zeit schwer auf dem Herzen lag. „Sag es mir noch einmal ... hast du mein Baby gesehen, nachdem ...?" Sie konnte nicht weitersprechen. Sie ließ den Kopf hängen und kämpfte mit den Tränen.

„Ach, Sadie, Liebes." Tante Lizzie trat neben sie. Sie legte Sadie die Hand auf den Rücken und sagte leise ihren Namen.

„Ich wüsste einfach gern, wie er aussah." Sie weinte in ihre Hände.

Lizzie versuchte, sie zu trösten, und sagte: „Es ist ganz normal, dass du weinst. Wirklich."

Sadie ließ ihren Tränen freien Lauf. Sie schluchzte, bis Lizzie glaubte, das Herz des Mädchens würde brechen.

Dann setzte sich Sadie zurück und begann abgehackt: „Oh, ich wünschte ... ich hätte ihn wenigstens gehalten ... nur einen Augenblick ... bevor der Arzt ihn mitnahm."

„Ja, das kann ich verstehen. Aber manches ist einfach besser so, wie es ist."

„Ich hätte wahrscheinlich nicht zulassen dürfen, dass Dr. Schwartz so schnell verschwand."

„Was hättest du sonst tun sollen?" Tante Lizzie setzte sich neben sie. Sie machte sich große Sorgen um ihre Nichte, die zur Zeit so viel Zuwendung brauchte, sowohl körperlich als auch emotional.

„Das alles tut so furchtbar weh", schluchzte Sadie.

„Es ist ganz normal, dass du unter einem solchen Verlust sehr leidest."

Sadie nickte. „Es gibt Nächte, in denen ich von nichts anderem als von meinem Baby träume, Tante ... davon, dass ich ihn immer noch sicher und geschützt in meinem Bauch habe. Dann fängt der ganze Alptraum wieder von vorne an ..."

„Vielleicht kommst du leichter wieder auf die Beine, wenn du eine Weile von hier fortfährst. Ein Tapetenwechsel tut manchmal ganz gut."

„Aber wohin könnte ich denn fahren?", fragte Sadie und richtete sich ein wenig auf.

„Fast überallhin. Deine Mama und ich haben Verwandte in Indiana und auch welche oben in New York State. Und noch ein paar in Ohio."

„Wie würde ich denn dorthin kommen?"

„Ich habe ein wenig Geld für Notfälle gespart. Ich könnte dir vielleicht eine Busfahrt zahlen. Was hältst du davon?"

Diese Worte klangen wie Musik in Sadies Ohren. Sie verbrachten den größten Teil der nächsten Stunde damit, über die Möglichkeit zu sprechen, dass sie bei einer jungen Familie in Millersburg, Ohio, wohnen könnte, Verwandte mit einem Haus voller Kinder, um die sie sich kümmern könnte.

Lizzie stellte klar, dass Sadie nur kurze Zeit fortbleiben dürfe, denn wenn sie die Gemeinde, in der sie getauft worden war, auf

Dauer verließe, würde ihr das sicher den Gemeindebann einbringen. Und auch wenn bekannt würde, dass sie gesündigt hatte. „Was werden deine Eltern zu einem solchen Unternehmen sagen?", fragte Lizzie. „Ist es nicht an der Zeit, dass du es ihnen erzählst? Wenigstens deiner Mama."

„Nein, jetzt lieber nicht. Vielleicht nie ..."

Wie sehr wünschte Lizzie, Sadie würde offen mit ihren Eltern sprechen. Ida und Abram waren freundliche und liebevolle Menschen. Daran bestand kein Zweifel. Hatte das arme Mädchen Angst, die Gemeindeältesten würden es erfahren? Falls das der Fall wäre, könnte Lizzie bezeugen, dass die Amisch ein auf Abwege geratenes Gemeindemitglied, das Buße tat, nicht fallen ließen. Sobald der Sünder Buße tat, nahm die Gemeinde das Gemeindemitglied wieder mit offenen Armen bei sich auf.

Sadie quälte noch etwas anderes als der Tod ihres Babys. Vielleicht hatte es damit zu tun, dass sie nicht bereit war, Buße zu tun. Lizzie hätte am liebsten gefragt, warum sie nicht Prediger Yoder unter vier Augen beichtete. Aber Lizzie sagte nichts. Was hielt das Mädchen zurück? Eigensinn? War es die Sünde des Stolzes oder war Sadie durch und durch rebellisch?

* * *

Sadie beschloss, keiner Menschenseele von ihren Plänen, nach Ohio zu fahren, zu erzählen. Sie wusste nicht, wie lange sie noch hier bleiben würde. Wahrscheinlich wäre es am besten, wenn sie während der Sommermonate hier in Gobbler's Knob bliebe, bis Jonas Mast, der auch nach Ohio wollte, wieder zurück wäre. Auf diese Weise käme Leah nicht auf die Idee, Sadie laufe Jonas hinterher. Das hatte sie nun wirklich nicht im Sinn. Aber falls er immer noch dort wäre, wenn sie käme, wäre es sicher nett, ein bekanntes Gesicht so weit fort von zu Hause zu sehen.

Im kommenden September, ungefähr zu der Zeit, wenn Leah vor Gott und der Gemeinde niederknien und ihren Eid ablegen würde, wollte Sadie einfach in die Nacht hinein verschwinden ... für eine Weile Lancaster County hinter sich lassen. Und kein einziger amischer Mann in Ohio würde ahnen, wie sehr sie gegen die Ordnung verstoßen hatte. Niemand musste wissen, dass sie mit einem englischen jungen Mann befreundet gewesen war. Dass er sie getäuscht hatte und sie von ihm schwanger geworden war und ein totes Kind zur Welt gebracht hatte. Sie würde zwar mit dem Bann belegt werden und nie wieder im Haus ihres Vaters gern gesehen sein, wenn sie länger in Ohio bliebe. Aber welche andere Wahl blieb ihr?

26

Die freudige Geburt einer Tochter am siebzehnten Mai versetzte das ganze Ebersol-Haus in helle Aufregung. Tante Lizzie eilte aus Mamas Schlafzimmer, um die gute Nachricht zu verkünden, während die Hebamme das schreiende Neugeborene untersuchte.

„Es ist ein Mädchen!", berichtete sie Hannah, die schnell in den Garten hinauslief, wo Papa, Sadie, Leah und Mary Ruth Bohnen, Gurken, Rüben, Zucchini und mehrere andere Gemüsearten anpflanzten.

„Sieht ganz so aus, als wären wir weiterhin Abrams *Töchter*", rief Hannah und grinste Papa und ihre Schwestern an.

Papa erhob sich und wischte sich mit großen Augen die Stirn ab. „Es ist also ein Mädchen?"

„Ja, ein Mädchen."

Leah und Mary Ruth kamen angelaufen, umarmten Hannah und sprangen vor Freude auf und ab. Sadie arbeitete unbeirrt weiter. Hannah konnte einfach nicht verstehen warum. Vielleicht hatte ihre große Schwester insgeheim gehofft, es würde ein Bruder werden. Wer weiß?

An den ersten paar Tagen beauftragte Ida hauptsächlich Sadie, ihr bei Lydiann zu helfen, besonders vormittags und nachmittags. Sie war sicher, Sadie würde es bestimmt bald besser gehen, wenn sie erst einmal ihre süße kleine Schwester im Arm hielt. Ja, ein kleines Baby im Arm zu halten war wirklich tröstlich. Die Erstgeborene half also, das Baby der Familie umzuziehen und zu wickeln, mit ihr auf und ab zu gehen, wenn sie Bauchschmerzen hatte.

Sadie schien sich ein wenig zu öffnen, jedoch nicht so sehr, dass sie sich Ida anvertraut hätte. Ganz und gar nicht. *Zur richtigen Zeit wird sie das schon*, fand Ida.

Abram konnte nicht genug davon bekommen, seine neue Tochter zu beobachten und sich darüber zu freuen, wie sie ihr Gesicht lustig verzog, wenn sie schlief. Er sagte Ida, Lydiann sei das hübscheste Baby, das er je gesehen habe. Was er jedoch, wenn sie sich richtig erinnerte, über ihre älteren Töchter auch gesagt hatte, als sie noch ganz klein gewesen waren.

Jetzt hatten sie fünf Mädchen unter einem Dach. Wenigstens für eine Weile. Sadie und Leah würden wahrscheinlich im nächsten Jahr heiraten, vermutete sie. Leah ganz sicher ... Jonas Mast. Lizzie hatte ihr verraten, dass sie bald Sellerie bräuchten. Sie sollten also Mitte Juli am besten viel davon pflanzen.

Abram brauchte sich also doch nicht den Kopf darüber zu zerbrechen, dass er noch zwanzig Jahre das Land bearbeiten müsste, bis er den Hof einem Sohn übergeben würde. Nein, der Herr hatte dafür gesorgt und es für richtig angesehen, ihm eine Tochter und keinen Sohn zu schenken. Eine gesunde Tochter.

Wenn Großvater Johannes älter wurde und es an der Zeit für ihn war, in den Himmel zu gehen, könnte sie mit Abram und Lydiann in das kleine Großvaterhaus ziehen – vielleicht ein bisschen anbauen – und sie dort großziehen und ihren Schwiegersöhnen die Landwirtschaft überlassen. Natürlich wären Mary Ruth und Hannah bis dahin getaufte Mitglieder ihrer Gemeinde und höchstwahrscheinlich ebenfalls verheiratet.

Gott sei Dank wurde alles gut für diejenigen, die den Herrn hier in Gobbler's Knob liebten. Wenigstens sah es so aus.

* * *

Ida setzte einen Kessel zum Kochen auf, da sie sich nach einer Tasse Himbeertee mit einem Löffel Honig sehnte. Es war schon sehr spät. Sie hatte den ganzen Tag mit ihrer Kleinen so sehr alle Hände voll zu tun gehabt, dass ihr keine Zeit geblieben war, sich zu setzen und den langen Brief ihrer Kusine Fannie zu lesen, der mit der Nachmittagspost gekommen war.

Da sie beim Lesen gern etwas in der Hand hatte, wartete sie, bis das Wasser kochte. Dann ließ sie die Teeblätter fünf Minuten ziehen. Sobald sie sich den dampfend heißen Tee in die Tasse gegossen hatte, setzte sie sich in Abrams Lieblingsschaukelstuhl. Sie war froh über die Stille im Haus. Bald würde Lydiann wieder schreien, weil sie Hunger hatte.

Sie lauschte aufmerksam, ob sie oben aus dem Schlafzimmer etwas hörte. Abram schlief tief und fest, und ihre kleine Tochter lag in einer handgemachten Holzwiege in der Ecke des Raumes. Als alles still war, begann sie zu lesen.

Meine liebe Kusine Ida,
viele Grüße aus Grasshopper Level, wo Peter und ich glückliche Eltern von Zwillingen sind ... einem Mädchen und einem Jungen. Du hast zweifellos schon von unserem doppelten Segen gehört. Sie kamen pünktlich nach neun Monaten zur Welt, auch wenn der Junge etwas kleiner und nicht ganz so kräftig ist wie das Mädchen. Wir haben sie Jakob und Amanda genannt. Jake und Mandie. Die beiden sind ein herrlicher Anblick! Jake hat Peters dunkle Haare und sein Kinn, und Mandie hat hellbraune Haare und blaue Augen wie unser Jonas und ein paar der Mädchen.
Wir sind dem Herrn so dankbar und vertrauen ihm auch weiterhin, dass er uns durch die ersten Monate hilft, in denen wir nur wenig oder gar keinen Schlaf bekommen. Aber das kennst du ja und es geht dir inzwischen bestimmt auch nicht anders. Ich habe mich so gefreut, als ich hörte, dass du eine gesunde Tochter bekommen hast. Wenn du irgendwann eine freie Minute hast, würde ich gern hören, wie es dir und Abram mit einem neuen Baby nach so langer Zeit geht.
Irgendwann, vielleicht gegen Ende des Sommers, können unsere Familien sich wieder einmal treffen. Dann können wir alle drei Kleinen nebeneinander liegen sehen. Das wird ein herrlicher Anblick sein.
Ich höre die kleine Mandie quengeln. Sie hat Hunger. Ich gehe und gebe beiden etwas zu essen.
Grüße Abram und die Mädchen! (Und auch Lizzie!)

Ganz liebe Grüße
deine Kusine Fannie

Ida seufzte und faltete den Brief zusammen. Es war so schön, in der Stille zu sitzen, ein wenig aufzutanken und mitten in der Nacht Tee zu trinken. Obwohl sie fast alt genug war, um Großmutter zu sein, war sie wieder Mutter geworden. Was dachte sich der Herr nur dabei?

Natürlich wusste sie, dass sie wieder auf die Knie gehen und beten und um Gottes Weisheit und Beistand bitten müsse, um Lydiann als Nesthäkchen der Familie richtig zu erziehen. Gott wäre auch weiterhin ihre Freude und ihre Kraft. Jeden Tag. Ja, darauf konnte sie sich verlassen. Sie würde solche Geschenke nie als selbstverständlich ansehen.

* * *

Jonas hatte für diese besondere Gelegenheit die Zugpferde seines Vaters genommen. Es war der Tag, vor dem Leah so sehr gegraut hatte, aber sie hätte die Nachmittagsstunden mit ihrem geliebten Freund gegen nichts auf der Welt eintauschen mögen. Sie waren in Jonas' offenem Einspänner auf die Straße gefahren, dann von der Hauptstraße abgebogen und zur White Oak Road gefahren, wo sich die Straße dahinschlängelte wie eine staubbedeckte Schleife unter der heißen Sonne.

Einer der wenig befahrenen Wege, dem sie schließlich folgten, schrumpfte zu zwei Furchen zusammen mit einer dünnen Reihe gelber Löwenzahnblüten dazwischen und führte zu einer weiten Wiese. Dichte, grüne Sträucher, einige mit Dornen, andere mit Beeren beladen, säumten den Weg. Leah behielt die saftigen grünen Wiesen und die kräftigen Landgerüche um sich herum in klarer Erinnerung. Und auch die Art, wie sich das Sonnenlicht auf Jonas' hellbraunen Haaren spiegelte. Sie hörte aufmerksam zu, als ihr Liebster ihr seine Pläne für ihre gemeinsame Zukunft darlegte.

„Ende September oder Anfang Oktober bin ich zurück. Jedenfalls rechtzeitig für die Apfelernte." Jonas griff nach ihrer Hand. „Und ich bete darum, dass die Zeit schnell vergehen wird."

„Auch wenn ich nicht sehen kann, wie das gehen soll ..." Dann nickte sie und versuchte, tapfer zu sein. „Aber wir werden beide so viel zu tun haben ... dass die Zeit schnell vergehen wird."

„Du solltest den Taufunterricht besuchen, wie wir es vereinbart haben. Ich mache das in Ohio auch."

„Ach, wie soll das alles bloß funktionieren?“ Von so etwas hatte Leah noch nie gehört.

„Ich habe bereits mit meinem Bischof gesprochen. Er hat es mir erlaubt, wenn ich eine konservative Gemeinde der Alten Ordnung in der Gegend um Millersburg finden kann.“

Jonas verlangsamte das Pferd, während die Einspännerräder über eine Brücke aus alten Eisenbahnschwellen klapperten.

„Ich werde die Tage zählen, bis wir uns wieder sehen“, sagte Jonas mit heiserer Stimme.

Oh nein ... sag so etwas nicht, dachte sie. Sie hatte sich fest vorgenommen, keine Tränen zu vergießen und ihnen beiden nicht den Nachmittag zu verderben. „Wir haben den Rest unseres Lebens, so Gott will, um ihn gemeinsam als Mann und Frau genießen zu können“, sagte sie tapfer.

Er lächelte sie an. Seine blauen Augen versprachen ihr seine Liebe. Er lehnte den Kopf kurz an ihren. Als die Straße nach einem kleinen Anstieg wieder eben verlief, brachte er das Pferd zum Stehen. „Hier ist ein guter Platz, um Wildblumen zu pflücken. Willst du?“

Sie stand schnell auf und nickte. Jonas half ihr aus dem Einspänner. Nach allen Richtungen erstreckten sich blühende Wiesen. „Ich plane eine schöne Überraschung für dich“, sagte er.

„Ja? Was denn?“

„Es wäre doch keine Überraschung, wenn ich es dir jetzt schon verraten würde, oder?“

Sie ließ nicht locker. „Und *wann* werde ich es erfahren?“

Er stand da und grinste sie über das ganze Gesicht an. „Mein liebes Mädchen, wie werde ich es nur ohne dich an meiner Seite aushalten ... selbst wenn es nur ein paar Monate sind?“ Er zog sie sanft an sich heran und berührte ihre Wange mit einem zärtlichen Kuss. „Du machst es mir sehr schwer, ein Geheimnis für mich zu behalten – mit deinen großen braunen Augen.“

Sie lachte leise, während sie durch das hohe Gras schlenderten. „Und ... sagst du es mir, Jonas? Was hast du vor?“

„Ich werde versuchen, dir eine große Eichenkommode zu machen. Was hältst du davon?“

„Oh, das ist ja eine wunderbare Überraschung! Wann wirst du sie fertig haben, meinst du?"

„Wenn ich zurückkomme." Er berührte ihr Gesicht. „Sie wird mein Hochzeitsgeschenk für dich sein."

„Auf diesen Tag freue ich mich." Sie fühlte, wie ihre Kehle sich zuschnürte, und wusste, dass sie nichts mehr hätte sagen können, selbst wenn sie gewollt hätte.

„Ich liebe dich, Leah", sagte er und wirbelte mit ihr im Kreis herum. Und noch einmal und noch einmal. Bei dem schnellen Drehen wurde ihr vor Freude ganz schwindelig, aber sie genoss am meisten die Landung: in seinen starken Armen. „Erinnerst du dich noch an den Tag, an dem ich mir den Knöchel verletzte?", fragte sie leise. „Du hast mich einfach auf den Arm genommen und in die Küche deiner Mutter getragen, bevor ich richtig wusste, wie mir geschah!"

„Na ja, *jemand* musste dich doch schließlich tragen, oder?"

Sie spürte, wie nahe sie seinem Herzen war, und legte den Kopf auf sein weißes Hemd und flüsterte: „Ich liebe dich auch, Jonas." Dann errötete sie. „Jetzt habe *ich* aber auch ein Geheimnis. Aber das sollte ich dir lieber nicht verraten."

Er streckte die Hand aus und hob ihr Gesicht hoch.

„Sag es mir, oder ... oder ich muss dich auf den Mund küssen."

„Wenn du das tust, machst du alles kaputt."

Trotzdem hielt er ihr Gesicht zärtlich fest und kam immer näher heran. „Was ist dein Geheimnis, Leah Ebersol?"

„Ach, musst du denn so ungeduldig sein?"

„Noch in dieser Minute ... muss ich es wissen, mein Liebling."

Sie atmete tief ein und genoss seine Umarmung. „Ich habe dich immer geliebt, Jonas. Schon damals, als ich erst zehn war. Das ist mein Geheimnis."

Er lächelte zu ihr hinab. „Wir haben beide so empfunden, nicht wahr? Ab dem ersten Tag, an dem wir uns sahen."

„Ja ..." Sie hatte Mühe, die Tränen zu unterdrücken. „Und wir wussten, dass wir einander viel mehr bedeuten würden ... weit über unsere Kindheitsversprechen hinaus."

„Und jetzt sind wir verlobt, Leah."

„Hättest du je gedacht, dass wir uns verloben würden?"

„Daran habe ich nie gezweifelt", antwortete er.

In dieser Stunde nahm sie sich fest vor, dass ihre Liebe zueinander nie im Alltagstrott versinken dürfte wie bei anderen Ehepaaren. Ihre Liebe würde stark und dauerhaft sein, eine Liebe, die bis ins hohe Alter blühte, auch wenn ihnen jetzt eine längere Trennung bevorstand.

Hand in Hand gingen sie die Anhöhe hinauf, von wo sie ihren Blick über das Weideland und die Felder unter sich schweifen ließen und die bunten Schmetterlinge beobachteten, die über den Gräsern tanzten. Ein einziges Rotkehlchen flog über sie hinweg, und Leah schaute glücklich zu ihm hinauf.

„Du bist mein Rotkehlchen ... und wirst es immer sein", hatte ihr geliebter Jonas in ihrer ersten Nacht gesagt, die sie zusammen ausgefahren waren.

Mit Jonas an ihrer Seite war sie genau dort, wo sie hingehörte – für immer. Zwei Menschen, die sich so sehr liebten, konnte gewiss nichts im Leben etwas anhaben.